Zum Buch:

Im Frühling des Jahres 1929 erfüllt sich für Josef und Erna Pankofer endlich ihr größter Traum: Mit der Eröffnung ihres Eiscafés beginnt ein neuer Lebensabschnitt, vorbei die Zeit des Eisverkaufens auf offener Straße. Frisch eingezogen in ihre neue Wohnung über den Ladenräumen läuft der erste Tag vielversprechend, und die ganze Familie inklusive Haushälterin Fanny zieht an einem Strang. Schon bald zeigen sich jedoch erste Risse in der frischen Idylle – Erna macht sich zunehmend finanzielle Sorgen, während Josef sich ganz aufs Experimentieren mit neuen Eissorten stürzt, Tochter Lotte mit ihren fünfzehn Jahren sich endlich Autonomie erkämpfen möchte und ihre ältere Schwester Frieda eines Nachmittags auf die Liebe ihres Lebens trifft. Ausgerechnet jetzt brechen Zeiten an, die von der Familie Pankofer mehr Zusammenhalt fordern als jemals zuvor – um Josefs bisher abenteuerlichste Idee zu verwirklichen und Großes zu erreichen ...

Zur Autorin:

Franziska Winkler wurde in Bad Aibling geboren und ist in Rosenheim aufgewachsen. Unter ihrem richtigen Namen Nicole Steyer sowie unter den Pseudonymen Linda Winterberg und Anke Petersen verfasste sie mehrere erfolgreiche Romane. Die »Träume aus Eis« führen sie nun endlich zurück in ihre bayerische Heimat und nach München, die Stadt, die sie schon immer durch ihre Größe beeindruckt hat und in die sie vor vielen Jahren ihr täglicher Arbeitsweg führte.

FRANZISKA WINKLER

TRÄUME AUS EIS

ROMAN

HarperCollins

1. Auflage 2023
Originalausgabe
© 2023 by HarperCollins in der
Verlagsgruppe HarperCollins Deutschland GmbH, Hamburg
Umschlaggestaltung von Hafen Werbeagentur, Hamburg
Umschlagabbildungen von Joanna Czogala/Trevillion Images sowie
ullstein bild – Süddeutsche Zeitung Photo/Scherl
Gesetzt aus der Stempel Garamond
von GGP Media GmbH, Pößneck
Druck und Bindung von GGP Media GmbH, Pößneck
Printed in Germany
ISBN 978-3-365-00277-3
www.harpercollins.de

1. Kapitel

München, 15. April 1929

Erna trocknete sich ihre Hände an einem rot-weiß karierten Geschirrtuch ab und schob sich eine Haarsträhne hinters Ohr, die sich aus ihrer Hochsteckfrisur gelöst hatte.

»Das war das letzte Eis für heute, oder?«, fragte sie ihre Küchenmamsell Fanny, die gerade die Sorte Schokolade in den Eisschrank in der Speisekammer verfrachtete.

»Ja, damit haben wir alle Sorten beinand«, antwortete die mollige Mitfünfzigerin, die ihr bereits vollständig ergrautes Haar stets zu einem Dutt gebunden trug. »Jetzt kann der Spaß bald losgehen.«

Dem »Spaß«, der für den heutigen Tag geplante Eröffnung ihres ersten eigenen Eissalons, hatten sie wochenlang entgegengefiebert. Erna konnte noch gar nicht so recht glauben, dass sie und ihr Josef ihren bereits seit vielen Jahren gehegten Traum vom eigenen Geschäft nun endlich wahrmachen konnten.

»Ja, das kann er allerdings«, antwortete Erna. »Hoffentlich geht auch alles gut. Ich bin schon so aufgeregt, die halbe Nacht hab ich kein Auge zugetan!«

»Ach, das wird schon werden«, antwortete Fanny. »Das Wetter spielt auch mit. Als hätt' der Petrus gewusst, dass er heute brav sein muss, der alte Schlawiner.« Sie deutete aus dem Fenster: Draußen schien die Sonne von einem wolkenlosen Himmel.

Erna schmunzelte – sie kannte sonst niemanden, der so über den heiligen Petrus sprechen würde. Was war sie froh darüber, dass Fanny den Weg zu ihnen gefunden hatte! Die durchsetzungsstarke ältere Dame hatte jahrelang im Café Ludwig am Sendlinger Tor gearbeitet und Hunderte Eis-Portionen hergestellt. Über vierzig Jahre hatte sie für die Inhaber, die Familie Stiegelmeyer, gearbeitet, und über Nacht war deren Existenz dahin gewesen – ein Brand hatte das Café zerstört. Das stark beschädigte Gebäude war inzwischen sogar abgerissen worden. Nach dem Feuer hatte Fanny eine Weile gebraucht, um sich an den Gedanken zu gewöhnen, dass sie einen anderen Wirkungsort haben würde. »So eine Gewohnheit, die gibt man ja nicht so leicht auf«, hatte sie bei ihrem Vorstellungsgespräch zu Erna gesagt, während ihr Tränen in den Augen glitzerten. »Ich mein, die Küche da, die war ja mein Daheim.« Da hatte Erna gewusst, dass sie in ganz München keine treuere Seele finden würde.

Nun befanden die beiden sich in ihrer kleinen Eiswerkstatt, wie sie die sich hinter der Gaststube befindliche Küche liebevoll bezeichneten. Die Mitte des Raumes füllte ein großer Holztisch aus, auf dem allerlei Eismachzubehör, Schüsseln, Schneebesen und Messbecher wild durcheinanderlagen. Regale voller Geschirr säumten die Wände, und auf dem Ofen standen Unmengen an Töpfen und Tiegeln. Nach Fannys Meinung musste es in einer anständigen Küche immer ein bisschen unordentlich sein: »So ein Durcheinander ghört schon dazu«, hatte sie erst neulich gesagt. »Sonst sieht ja keiner, dass hier gearbeitet wird.« Was sie jedoch gar nicht leiden konnte, war Unsauberkeit. Sobald die Arbeit beendet war, musste die Arbeitsplatte gereinigt, Geschirr gespült und der Fußboden geschrubbt werden. »Gibt ja nix Schlimmeres, als mit de Füß pappen zu bleiben.«

Frieda, Ernas Erstgeborene, trat ein.

»Hier steckst du, Mama!«, sagte die Achtzehnjährige und musterte ihre Mutter mit hochgezogener Augenbraue von oben bis unten. »Du bist ja noch gar nicht fertig angezogen! Wir öffnen den Laden doch schon in einer Stunde. Stell dir vor: Der Korbinian will kommen und einen Artikel über unseren Eissalon für den Schwabinger Anzeiger schreiben. Ist das nicht großartig? Er will sogar einen Fotografen mitbringen! Ich wollte die tollen Neuigkeiten Papa erzählen, aber auch der ist irgendwie verschwunden. Dieses Haus ist heute schlimmer als jeder Heuhaufen.« Sie rang die Hände.

Erna lächelte. Solch vernünftige Worte erinnerten sie daran, dass ihre Tochter dem Kindesalter entwachsen war. Frieda hatte das kastanienbraune Haar, das energische Kinn und die rehbraunen Augen ihres Vaters geerbt, jedoch Ernas lange Wimpern, und auf ihre Nase hatten sich einige Sommersprossen gestohlen, die Erna liebte, Frieda selbst aber eher verabscheute.

»Ich kann mir denken, wo dein Papa abgeblieben ist«, antwortete Erna und sah kurz zu Fanny, die sogleich verstand.

»Geht ruhig«, sagte Fanny und wedelte mit den Armen. »Wir waren ja eh fertig. Aufräumen kann ich auch allein, und dann schau ich gleich, ob im Gastraum alles passt. A frische Schürzn muss ich auch noch anziehen. So gschlampert kann ich ja nicht unter die Leut gehen. Ach, so eine Neueröffnung erleb' ich auch nicht alle Tag!« Sie wandte sich den Töpfen und Schüsseln in der Spüle zu.

Erna verließ mit Frieda den Raum. Im Hausflur des in der Kaufingerstraße gelegenen Anwesens trafen sie auf die Witwe Moosgruber, die sich gerade damit beschäftigte, die Treppe zu wischen. Erna hatte die Nachbarin aus dem dritten Stock vom ersten Augenblick an nicht leiden können. Ihre Blicke hatten etwas Herablassendes an sich, und ihr Tonfall klang ständig überheblich. Außerdem schien sie wie ein Wachhund zu sein. Nichts entging ihr, sie mäkelte an allem herum und bezog sich dabei immer wieder auf die Hausregeln, die offiziell jedoch nirgendwo einsehbar waren. Fanny, die der »alten Moosgruberin«, wie sie sie abfällig nannte, auch nicht besonders zugetan war, hatte neulich gemeint, dass sie diese Regeln bestimmt selbst erfunden hatte.

»Ach, da sind Sie ja, Frau Pankofer. Sie haben wieder mal das Fenster auf ihrem Treppenabsatz offen stehen lassen. In den Hausregeln steht klar geschrieben, dass die Fenster über Nacht geschlossen sein müssen. Könnt ja einer einbrechen!«

Am liebsten hätte Erna ihr eine patzige Antwort gegeben, doch sie wollte keinen Streit mit dieser Person haben. Wer wusste schon, was sie sonst noch alles aushecken würde ... Immerhin hatten sie störungsfrei einen Betrieb zu führen.

»Das muss mein Sepp gewesen sein«, antwortete sie und bemühte sich um ein Lächeln. »Er hat gern frische Luft. Wir werden in Zukunft darauf achten, die Fenster rechtzeitig zu schließen. Aber jetzt müssen Sie uns entschuldigen, Sie wissen doch, dass heute der Eissalon eröffnet wird, und es gibt noch einiges zu tun. Vielleicht möchten Sie nachher zur Einweihung kommen? Sie sind herzlich eingeladen. Jeder Gast erhält eine Kugel Eis gratis.«

Ohne eine Antwort der Moosgruberin abzuwarten, gingen die beiden weiter. Frieda zog es in ihre im zweiten Stock gelegene Wohnung, denn sie wollte nach Lotte, ihrer kleinen Schwester, sehen, die heute mal wieder bummelte. Erna hingegen betrat durch eine Tür den Hinterhof des Anwesens. Dieser war relativ groß, und es gab eine Reihe Hinterhäuser mit vier Stockwerken. Dahinter erhob sich die Frauenkirche. Erna liebte den Anblick der Kirchtürme. Die Tatsache, dass die Kirche so nah an der Häuserfront stand, empfand sie als gutes Omen: Ein solch besonderes Gotteshaus wie die Frauenkirche in der Nähe zu haben, konnte nur Glück bringen. Ihr Blick blieb an der Fensterfront mit den Butzenscheiben hängen, die zu dem im Erdgeschoss des Hinterhauses liegenden Ladengeschäft gehörte. Bis vor Kurzem hatte Gustl Brunner hier noch seine Schreinerei geführt, doch vor einer Weile hatte er sie aus Altersgründen schließen müssen. In der Nachbarschaft wurde gemunkelt, dass in den Laden bald ein Schuster einziehen würde – das hatte die Anni Lindinger aus dem zweiten Stock des Hinterhauses aufgeschnappt, als der Besitzer, irgendeiner von den Wichtigen aus dem Rathaus, da gewesen war. Aber die Anni Lindinger, ein begeistertes Tratschweib, hörte immer irgendwo irgendetwas, und meist entsprach ihr Gerede nicht der Wahrheit.

Rechter Hand der Schreinerei gab es einen Lagerraum, der zum Ladengeschäft der Pankofers gehörte. Die blau gestrichene Holztür war nur angelehnt. Erna schob sie auf und stellte fest, dass sie mit ihrer Vermutung, wo sie ihren Mann finden würde, richtig gelegen hatte.

Josef Pankofer, der, wie im Bayerischen üblich, mit dem Spitznamen Sepp angesprochen wurde, stand vor einem alten Eiswagen mit der Aufschrift *Gefrorenes* darauf, den sie hier untergestellt hatten, und sah diesen wehmütig an.

»Habe ich mir doch gedacht, dass du hier bist«, sagte Erna. Sie trat neben ihren Gatten und wischte ihm einen Fussel von seinem dunkelblauen Jackett. Für den großen Tag hatte er sich bereits zurechtgemacht: Zu dem Jackett trug er ein frisches Hemd und Krawatte sowie helle Hosen, und seine Schuhe waren auf Hochglanz poliert. Sein lichter werdendes, leicht welliges kastanienbraunes Haar hatte er mit Pomade geglättet, aber es war nicht zu leugnen, dass der Zahn der Zeit an ihnen nagte. Auch in Ernas Gesicht zeigten sich bereits die ersten Linien um die Augen und die Mundwinkel, doch in ihrem mittelblonden Haar, das sie der Mode entsprechend halblang und in Wellen gelegt trug, fanden sich noch keine grauen Strähnen. Sie erkannte die Wehmut im Blick ihres Mannes. Auch sie stimmte der Anblick des Eiswagens traurig. Noch im letzten Jahr waren Josef und sein Freund und Geschäftspartner Mario während der Sommermonate mit diesem Gefährt durch die Straßen Münchens gezogen. Kurz nach Weihnachten war der stets fröhliche Italiener allerdings an einer Lungenentzündung gestorben.

»Ich kann mich noch genau an den Moment erinnern, als ich Mario zum ersten Mal gesehen habe«, sagte Josef, ohne den Blick von dem Eiswagen abzuwenden. »Er hat verletzt in dieser alten Scheune gelegen, irgendwo im Nirgendwo. Ich hab nicht anders gekonnt, ich musste ihm helfen. Das waren die längsten zwei Tage meines Lebens. Ich dachte, wir würden niemals in dem Lazarett ankommen. Er hat so viel geredet. Davon, dass er Eisverkäufer ist, dass er Deutschland vermisst. Weißt du noch: Er hat gesagt, er habe ein Mädchen in München, deshalb wollte er immer hierher. Sein Mariechen, das er niemals wiedergesehen hat. Ich hab geglaubt, ich sehe nicht richtig, als ich ihn dann später am Marienplatz mit seinem Eiswagen hab stehen sehen. Mario war das einzig Gute, das der Krieg gebracht hat.« Er stieß einen Seufzer aus. »Und jetzt kann er diesen Tag nicht miterleben, der große Maestro del Gelato. Ohne ihn würde ich immer noch tagtäglich für einen Hungerlohn in der Großmarkthalle schuften. Ich wünschte, er wäre jetzt hier. Sein Eis hätte um Welten besser geschmeckt als das unsrige.« Josef hob die Hand und strich über den Griff des Eiswagens. Staub wirbelte auf und sank funkelnd im Licht der vereinzelt durch ein Dachfenster fallenden Sonnenstrahlen zu Boden.

»Vermutlich«, antwortete Erna. »Aber wir sind nah dran, unser Eis ist köstlich geworden. Ich bin mir sicher, er sitzt dort oben neben seinem geliebten Papa auf einer Wolke und wünscht uns eine Menge *Fortuna*, wie er so schön sagte.«

»Eine schöne Vorstellung«, antwortete Josef und legte den Arm um Erna. Einen Moment schwiegen beide, nahmen Abschied von der Vergangenheit und starteten in eine neue, noch unsicher erscheinende Zukunft. Mit Mario an ihrer Seite wäre es leichter gewesen, das wussten sie beide. Nicht nur dank seines Fachwissens die Eisherstellung betreffend, sondern auch dank seiner Fröhlichkeit, die ihm all die Düsternis seines Lebens, Krieg und Armut, niemals hatten nehmen können.

»Weißt du, was ich mir wünsche?«, sagte Josef. »Dass meine Eltern heute kommen würden und stolz auf das wären, was wir miteinander aufgebaut haben.«

Ernas Miene trübte sich, und das bittere Gefühl von Schuld breitete sich in ihrem Inneren aus. Sie war der Grund dafür, dass er mit seinem Vater gebrochen hatte. Die Wäscherin, in die Josef sich unsterblich verliebt hatte, die ungewollt schwanger geworden war. Das Mädchen aus dem Waisenhaus, das den Pankofers nicht gut genug für ihren Sohn gewesen war. Das Verhältnis zwischen Josef und seinem Vater war schon immer schwierig gewesen – auch ohne ihre Heirat hätte es vermutlich ähnlich geendet. Doch der Gedanke, Vater und Sohn entzweit zu haben, blieb in Erna. »Wir wissen beide, dass das nicht geschehen wird«, antwortete sie. »Selbst deine Mutter hat sich seit Wochen nicht mehr gemeldet.«

»Ich weiß«, entgegnete Josef, in seinem Blick lag Traurigkeit.

Sein Vater, Alois Pankofer, hatte aus einer kleinen Wäscherei über die Jahre eine der wichtigsten Großwäschereien Münchens erschaffen. Er und seine Frau Anneliese hatten zwei Söhne großgezogen, davon lebte heute nur noch Josef – und der war eine Enttäuschung für sie, denn er hatte nichts Besseres zu tun gehabt, als sich in eine einfache Wäscherin aus der Fabrik zu verlieben und sie zu schwängern. Und anstatt dafür zu sorgen, dass sie das Kind weggab, redete er von Liebe und heiratete diese liederliche Person auch noch. Alfons Pankofer hatte es nie laut ausgesprochen, aber Josef wusste, dass er sich wünschte, sein Bruder Fritz, der Liebling seines Vaters, wäre anstatt seiner aus dem Krieg heimgekehrt.

Seine Mutter war milder gestimmt gewesen. Sie war sogar zur Hochzeit mit Erna gekommen und hatte sie kurz nach Friedas Geburt in ihrer einfachen Unterkunft besucht. Außerdem hatte sie ihnen immer wieder Geld zugesteckt, obwohl sie den Umgang mit Mario, diesem »dahergelaufenen Italiener«, wie sie ihn oft herablassend bezeichnet hatte, stets missbilligte. Durch ihre finanzielle Unterstützung war es ihnen gelungen, den Traum vom eigenen Eissalon zu verwirklichen. Jeden Pfennig hatten sie in den letzten Jahren dafür gespart. Er war noch immer nicht perfekt, Josef hätte gerne eine der modernen, elektrischen Eismaschinen und Erna ein größeres Ladengeschäft gehabt. Aber vielleicht würden auch diese Träume irgendwann in Erfüllung gehen. Die Zeit würde es zeigen.

Die Schuppentür knarrte, und beide blickten auf. Es war Frieda, die den Kopf durch die Tür streckte.

»Ihr müsst schnell kommen!«, sagte sie aufgeregt. »Lotte ist da ein Malheur passiert. Sie hat sich leider im Treppenhaus übergeben, und die Moosgruberin ist mächtig sauer.«

»Du liebe Zeit!«, rief Erna. Sie und Josef folgten Frieda sogleich zurück ins Haus, um die Gemüter zu beruhigen.

»Ist dir jetzt noch schlecht?«, fragte Fanny eine Weile darauf und sah Lotte forschend ins Gesicht. Das Mädchen schüttelte den Kopf. Die beiden saßen auf einer Bank vor dem Eissalon im hellen Sonnenlicht.

»Ich glaub nicht mehr.«

»Dann ist ja gut. Des is bestimmt die Aufregung. Manche Leut dreht es da schon mal den Magen um.«

»Jetzt hasst mich die Moosgruberin noch viel mehr«, sagte Lotte.

»Da würd ich nix drauf geben«, antwortete Fanny. »Die mag sich selber nicht.«

Josef, der sich noch ein extra für den Eröffnungstag erworbenes frisches Hemd angezogen hatte, trat nach draußen und erkundigte sich mit besorgter Miene nach dem Gesundheitszustand seiner Tochter. Nachdem ihm versichert wurde, dass es ihr besser ginge, atmete er erleichtert auf. Er ließ seinen Blick über den leeren Gehweg schweifen und seufzte.

»Hach, wie gern hätte ich Stühle und Tische für die Gäste aufgestellt. Diese elenden Behörden mit ihren Vorschriften sind manchmal schon ein Graus.«

»Des is der Flickinger«, sagte Fanny. »Der war schon immer einer von de ganz depperten Amtsschimmeln. Über den hat schon mein alter Chef ständig geschimpft. Des is ein rechter Gschaftler, so ein Wichtigtuer, hat er immer gsagt.«

»Trotzdem werde ich es noch einmal versuchen – und beim nächsten Mal lasse ich mich nicht so schnell abwimmeln. Andere Cafés und Gasthäuser dürfen auch draußen Stühle haben.« Er ging, etwas Unverständliches murmelnd, zurück in den Salon.

Rosi Taler trat näher. Sie betrieb in dem winzigen Ladengeschäft auf der anderen Seite des Hoftors einen kleinen Blumenladen und war eine Seele von Mensch. Rosi war über sechzig, hager und ging etwas schief. »Des depperte Kreuz war schon immer krumm«, hatte sie Erna kurz nach ihrem Einzug erklärt. »Deshalb hat mich auch keiner von den Burschen haben wollen. Meine Mutter hat immer gsagt, dass sie auf mir Krüppel sitzen bleiben wird. Wer mag schon a schiefes Dirndl. Aber ist wohl besser so gwesn. Ich hab so viele Weiber heulen sehen, weil die Männer ned heimkommen sind. Weil sie Krieg ham spielen müssen, die Deppen. Bracht hats uns allen nix.«

»Ich hab ghört, du hast gspuckt, Lotte«, sagte sie und musterte Lotte mit besorgter Miene. »Gehts denn jetzad wieder? Bist noch a bisserl kasig um die Nase.«

Lotte nickte und bemühte sich um ein Lächeln. Sie war fünfzehn und Erna wie aus dem Gesicht geschnitten: das gleiche blonde Haar, die gleichen blauen Augen und der gleiche Sturschädel. Im letzten Jahr war sie aus der Schule gekommen. Acht Jahre mit der besserwisserischen Lehrerschaft waren ihrer Meinung nach genug. Rechnen konnte sie ganz gut, Lesen auch. Bis vor Kurzem hatte sie als Aushilfe im Kaufhaus der Hirschvogels gearbeitet, doch so recht hatte ihr das nicht gefallen. Nun würde sie im elterlichen Betrieb mithelfen.

»Habt ihr denn schon Blumen für die Tische?«, fragte Rosi und schaute durch die Fenster ins Innere des Salons. »Also ich seh nix. Des ist aber fei schon traurig.«

Fanny wollte antworten, kam jedoch nicht dazu, denn Erna trat aus dem Laden. Sie hatte sich rasch umgezogen und trug nun eine weiße Bluse und einen schmal geschnittenen, bis zur Hälfte der Wade reichenden dunkelblauen Rock. Auch etwas Schminke hatte sie aufgelegt. Mit dem roten Lippenstift hatte sie es nach Fannys Meinung etwas übertrieben. Aber was die Schmierereien im Gesicht anging, war sie keine Fachfrau. Natürlichkeit war ihr immer noch am liebsten.

»Was für eine Aufregung«, sagte Erna. »Die Moosgruberin hat sich wieder so weit beruhigt, Frieda hat die Treppe gewischt. Wie sieht es mit der Übelkeit aus?« Sie sah ihre Tochter an.

»Besser«, antwortete Lotte.

»Hach, das ist gut«, erwiderte Erna erleichtert und tätschelte Lotte die Schulter. »Hoffentlich bleibt es so. Sollte es wieder schlimmer werden, legst du dich bitte oben in die Kammer. Ein Malheur am Tag reicht vollkommen. Nicht, dass du uns noch die neuen Gäste vergraulst.«

»Ihr habt noch gar keine Blumen auf den Tischen stehn«, merkte Rosi erneut an und deutete in den Laden. »Des schaut nicht sehr einladend aus, wenn ich des sagen darf.«

»Ach herrje, die Blumen! Die hab ich in der ganzen Aufregung ganz vergessen«, antwortete Erna und schlug sich vor die Stirn. »Und derweil hab ich extra kleine Glasvasen dafür angeschafft. Aber zum Glück hab ich ja die Fachfrau gleich nebenan. Was würdest du mir denn empfehlen, Rosi?«

Rosis Augen begannen zu strahlen. Dass sie als Fachfrau bezeichnet wurde, gefiel ihr.

»Also ich würd Tausendschön mit den kleinen Narzissen nehmen. Die hab ich heute früh ganz frisch beim Großmarkt abgeholt. Das Rot und Gelb passt gut zam und bringt Farbe in den Laden.«

»Das klingt perfekt«, antwortete Erna. »Kannst du mir rasch fünf Sträußchen für die Tische zusammenstellen? Ich bring dir eine der Vasen, dann weißt du die Größe.«

»Gern!«, antwortete Rosi und ging zurück zu ihrem Laden.

Keine zehn Minuten später standen die Blumen im Salon auf den wenigen Tischen, die in den kleinen Gastraum passten. An dem am Fenster stehenden konnten kuschlig zusammengerückt sechs Personen sitzen, ansonsten gab es Zweiertische. Der Salon könnte größer sein – aber ein Eis nahm man sich im Sommer ja eher auf die Hand. So hatte es Mario damals gesagt, als sie den Laden zum ersten Mal besichtigt hatten. Erna konnte sich noch gut daran erinnern, wie sie auf die vergilbten Wände gesehen hatten, an denen die Abdrücke der Schränke zu sehen gewesen waren, die hier zuvor gestanden hatten. Sie hatten damals lange über den perfekten Namen für ihr Geschäft diskutiert. Mario wollte nicht so recht von dem Begriff »Gefrorenes« abrücken. Schließlich kannten diesen die Menschen, denn er stand seit Jahrzehnten auf den Eiswagen der über die Alpen ziehenden Italiener. Doch in Ernas Ohren hatte dieses Wort nie gut geklungen. Der Begriff »Eiscreme« war eingängiger und inzwischen nicht weniger bekannt. So waren sie irgendwann übereingekommen, ihren Laden »Eissalon« zu nennen, obwohl der kleine Raum eher etwas von einer Diele hatte. Früher hatte es hier ein Papeterie-Geschäft gegeben. Es hatte viel umgebaut werden müssen: Die Wände hatten einen freundlichen, hellgelben Anstrich erhalten, Bilder mit mediterranen Ansichten sollten die Sehnsucht nach sommerlicher Leichtigkeit erwecken. Es gab eine Vitrine für das Speiseeis, dahinter weiß gestrichene Regale an der Wand, auf denen sich Glasschalen und weiteres Geschirr befanden. Auch Kaffee wollten sie ausschenken. An heißen Tagen sollte es zusätzlich hausgemachte Limonade geben. Im Winter hatte Josef früher in der Großmarkthalle gearbeitet, denn mit dem Eiswagen rumziehen ging ja nicht. Gemocht hatte er diese Tätigkeit nie sonderlich. Aber nun hatten sie ja das Geschäft, und der Gedanke, es spätestens im Oktober schließen zu müssen, behagte Erna so gar nicht. Sie planten, heiße Getränke wie Kakao anzubieten, Kuchen oder etwas Gebäck zum Mitnehmen zu verkaufen. Irgendeine Lösung würde sich finden.

Josef stand nun mit stolzgeschwellter Brust gemeinsam mit Erna hinter der Theke. Vor Aufregung schob sie die Pappbecher für das Eis ein kleines Stück nach links, dann wieder nach rechts. Es schien, als müssten ihre Hände etwas zu tun haben. Die Ladentür war geöffnet, und Frieda hatte rasch die Angebotstafel auf den Gehweg gestellt, auf die sie in ihrer hübschen Handschrift geschrieben hatte:

»*Heute Neueröffnung: Eine Kugel Eis bezahlen, eine geschenkt bekommen!*« Mit Speck fing man schließlich Mäuse.

Und da kam sie, die erste Kundschaft! Eine Mutter mit ihrer kleinen Tochter an der Hand. Die Eissorten, die sie verkauften, waren Klassiker: Erdbeere, Schokolade und Vanille. Ernas Hände zitterten vor Aufregung, als sie die Bällchen in den Pappbecher beförderte und diesen über die Theke reichte. Die Dame wünschte ihnen viel Erfolg, und die beiden verließen das Geschäft.

»So kann es weitergehen«, sagte Josef freudig, legte den Arm um Erna und drückte ihr übermütig einen Kuss auf die Wange. »Du wirst schon sehen!«, sagte er. »Bald sind wir als bester Eissalon von ganz München bekannt.«

Erna lächelte versonnen. Der Anfang war geschafft, ab jetzt konnte es nur noch aufwärts gehen. Die nächste Kundschaft betrat in der Form von zwei jungen Frauen den Salon, und die Damen setzten sich doch tatsächlich an einen der Tische. Freudig eilte Erna mit Stift und Papierblock in Händen sogleich zu ihnen und nahm voller Stolz die Bestellung auf.

2. Kapitel

München, 29. April 1929

»Also ich finde, ich müsste mir mal wieder die Haare kürzen«, sagte Hilde Gasser und betrachtete ihr Spiegelbild im Schaufenster eines Schuhgeschäfts. »Sie reichen mir schon fast bis zur Schulter. Da lassen sich die Wellen nicht mehr so gut legen.«

»Aber du hast doch von Natur aus Wellen«, antwortete Frieda, die neben ihr stand und ein in der Auslage liegendes Paar Schuhe in Augenschein nahm: hübsche Riemchenpumps aus rotem Leder, deren Preis jedoch schwindelerregend hoch war.

»Ich habe Natur*locken*«, korrigierte Hilde Frieda. »Das ist etwas anderes. Ich muss die jedes Mal erst glätten, bevor ich sie wieder in Wellen legen kann. Neulich ist mir das Eisen wieder zu heiß geworden, und eine ganze Strähne war futsch. Hach, was wäre es toll, wenn es so eine Art Wunderhut gäbe. Aufsetzen und die Frisur sieht genauso aus, wie man sie haben möchte.«

»Ja, das wäre schon was«, antwortete Frieda. »Oder eine Zauberkiste, in der jederzeit die passenden Schuhe wären.

Findest du die roten hier vorne auch so hübsch? Wenn sie nur nicht so teuer wären ...«

Frieda hatte heute ihren freien Nachmittag und war nun mit ihrer Freundin Hilde auf den Weg zu ihrem Lieblingskonzertcafé, dem Arkadia in der Prielmayerstraße. Dort fand, wie jeden Donnerstag, ein Tanztee statt, und dafür hatten sich die beiden herausgeputzt. Frieda hatte ihr bestes Frühlingskleid, ein hellblaues Modell mit tiefer gesetzter Taille und einem glockig fallenden Rock, angezogen. Dazu trug sie die einzigen halbwegs schicken Schuhe, die sie besaß: dunkelbraune Schnürer mit Absatz, die so gar nicht zu ihrem Kleid passen wollten. Aber was half es schon! Sie konnte ja schlecht mit den ausgetretenen Schlappen zum Tanz gehen, die sie während ihrer Arbeit im Eissalon trug. Es wurde höchste Zeit, dass das Geschäft mit dem Eis in die Gänge kam und sie sich dadurch etwas mehr leisten konnten. Hilde hatte es da besser: Ihr Vater arbeitete beim Gericht, und sie wohnten in einer großen Altbauwohnung in Schwabing. Sie trug ein hübsches dunkelblaues Blumenkleid mit einer Schleife am Dekolleté und roten Streublümchen darauf. Ihre dazu passenden Schuhe sahen äußerst elegant aus – nur konnte Hilde mit hohen Absätzen nicht besonders gut laufen.

»Ach«, antwortete Hilde und winkte ab. »Rot ist eine schwierige Farbe. Die passt meistens zu nix. Die würde ich mir gar nicht erst kaufen. Am Ende stehen sie sowieso nur im Schrank.« Das war es, was Frieda so sehr an Hilde liebte. Sie ließ es nicht raushängen, dass ihre Familie finanziell bessergestellt war und besonders ihr Vater sich alle Mühe gab, seine einzige Tochter, sein »Nesthäkchen«, wie er sie liebevoll nannte, zu verzärteln und zu verwöhnen. Aber vielleicht änderte sich durch den Eissalon Friedas finanzielle Situation wirklich zum Positiven. Die Tatsache, dass die Pankofers aus der schäbigen Behausung in Haidhausen ausgezogen waren, in der sie ihre gesamte Kindheit verbracht hatte, war bereits ein großer Fortschritt. In dem klapprigen alten Haus in einer schmalen Gasse neben dem Wiener Platz hatten sie zwei Zimmer bewohnt. Von fließend Wasser im Haus hatten sie damals nur träumen können, und für Wärme hatte nur der Holzofen in der Küche gesorgt. Da war es doch in der geräumigen Wohnung mit Zentralheizung oberhalb des Eissalons bedeutend komfortabler. Es gab nur einen Wermutstropfen, der jedoch hinnehmbar war: Sie musste sich ein Zimmer mit Lotte, dem kleinen Quälgeist, teilen.

Hilde hängte sich bei Frieda ein, die beiden schlenderten weiter und erreichten den weitläufigen Karlsplatz, auf dem der übliche Nachmittagstrubel herrschte. Unzählige Autos fuhren über den Platz, Trambahnen hielten an den Haltestellen. Frauen mit Einkaufsbeuteln in Händen liefen an ihnen vorüber. Ein kleines Mädchen weinte aus irgendeinem Grund bitterlich und wurde von einem jungen Burschen getröstet. Ein Zeitungsjunge plärrte ihnen lautstark die neuesten Nachrichten entgegen. Es war kein wolkenloser, aber immerhin ein trockener und milder Frühlingstag.

»Denkst du, er ist heute da?«, fragte Hilde. »Hach, es wäre so wunderbar, wenn er mich wieder zum Tanz auffordern würde.« Ihre Augen begannen zu strahlen.

Frieda wusste sofort, von wem die Rede war: Karl Gärtner, Hildes neuem Schwarm. Er studierte Medizin und wollte wie sein Vater Chirurg werden. Frieda wusste nicht so recht, was Hilde an dem jungen Mann so anziehend fand. Er war eher klein und schmächtig, und eine Narbe zierte seine Stirn, die von einem Unfall in der Kindheit stammte. Aber wo die Liebe hinfiel ... Sie selbst hatte sich noch nie in einen Jungen verguckt, vielleicht lag das daran, dass ihre Ansprüche zu hoch waren. Sie ging gern ins Kino und sah Liebesfilme, und in denen waren die Männer immer so anders als die jungen Burschen im echten Leben. Sie waren höflicher, manchmal auch frecher oder gleich komplette Draufgänger. Und sie sahen männlicher aus. Anders eben als diejenigen, die ihr bisher den Hof gemacht hatten. Frieda konnte es nur schwer beschreiben. Aber vielleicht verirrte sich ja mal ein solcher Schauspieler in eine der Münchner Lokalitäten. Wissen konnte man es nie.

Die beiden jungen Frauen erreichten schließlich die Prielmayerstraße, in der das Café Arkadia lag, und betraten es in freudiger Erwartung. Das Café bestach durch seine Größe und das gläserne Dach, das den unteren Bereich überzog. Durch das einfallende Licht entstand eine ganz besondere Atmosphäre. Es gab eine ausladende Kuchentheke, die keine Wünsche offenließ. Auf der Galerie fanden die Tanznachmittage statt, und im unteren Bereich standen runde Caféhaustische, viele von ihnen waren besetzt. Über allem lag die gewohnte Geräuschkulisse von Stimmengewirr und Geschirrklappern, die Frieda so sehr liebte. In solchen Häusern fand das Leben statt, und es fühlte sich so wunderbar prickelnd an! Sogleich steuerten die beiden auf die auf die Galerie führende Treppe zu. Als sie oben ankamen, winkte ihnen ihre Freundin Luise zu, die mit zwei weiteren Bekannten einen direkt neben der Tanzfläche liegenden Tisch ergattert hatte. Sie gingen zu den drei Frauen und es folgten die üblichen Küsschen auf die Wangen zur Begrüßung.

»Da habt ihr aber einen strategisch gut gelegenen Platz erobert«, meinte Frieda anerkennend.

»Nicht wahr?«, antwortete Luise. »Gleich neben der Tanzfläche, und zur Toilette haben wir es auch nicht weit. Alles wichtige Dinge für junge Damen.« Sie grinste und zeigte ihre etwas krummen Schneidezähne. Frieda schmunzelte. Sie mochte die blondgelockte Luise, die sie, ebenso wie Hilde, bereits seit Grundschulzeiten kannte. Luise war eine loyale und ehrliche Person mit einem großen Herzen, auf die man sich stets verlassen konnte. Derjenige, der sie mal heiratete, konnte sich glücklich schätzen. Zu den schiefen Zähnen kamen allerdings rundliche Pausbacken, und ihre Figur war eher als gedrungen zu bezeichnen. Aber wie hatte Fanny neulich so schön in der Küche gesagt: »Für jeden Topf findet sich ein Deckel.« Und Luises Deckel würde es gut mit ihr haben.

Die beiden anderen jungen Frauen, Anna und Margot, waren Zwillingsschwestern und glichen einander bis aufs Haar. Das hatte in der Schule oftmals zu lustigen Verwechslungen geführt, doch inzwischen kleideten und frisierten sich die beiden etwas unterschiedlich. Sie hatten rotes Haar und viele Sommersprossen im Gesicht, dazu grüne Augen, was Frieda sehr hübsch fand. Sie sahen aus wie zarte Waldfeen aus einem Märchen.

»Du hast es heute tatsächlich zum Tanz geschafft!«, sagte Margot zu Frieda, nachdem sich die beiden gesetzt hatten. »Ich dachte, du musst jetzt immer im Betrieb mitarbeiten. Wie läuft denn euer Eissalon so? Es tut mir schrecklich leid, dass ich es bisher nicht geschafft habe vorbeizuschauen. Aber zurzeit habe ich schrecklich viele Termine.«

Frieda bemühte sich um ein Lächeln. In Margots Stimme hörte sie wieder diesen arroganten Tonfall, den sie neuerdings an den Tag legte, und ihr Blick hatte etwas Herablassendes an sich. Frieda kannte den Grund dafür: Margot war seit einigen Wochen mit Johannes Ostermann liiert, und es wurde gemunkelt, dass er ihr bald einen Antrag machen würde. Sein Vater leitete einen gut gehenden Sanitärgroßhandel. Johannes war zwar nicht der Erstgeborene, aber am Hungertuch würde er gewiss sein Leben lang nicht nagen. Er studierte Jura und wollte später als Staatsanwalt arbeiten.

»Donnerstags hab ich meinen freien Nachmittag«, antwortete Frieda, bemüht darum, ihre Stimme freundlich klingen zu lassen. »Und danke der Nachfrage, unser Salon läuft hervorragend. Wir haben sogar schon Stammkundschaft und kommen mit der Produktion kaum hinterher. Papa denkt darüber nach, einen weiteren Mitarbeiter einzustellen.« Letzteres war zwar geschwindelt, aber was sollte es.

»Das klingt doch hervorragend«, sagte Anna. »Ich komme die Tage gern mal bei euch vorbei und gönne mir eine Kugel oder zwei. Schokoladeneis ist mein Favorit, aber auch Himbeere oder Stracciatella hab ich gern. Hach, die süßen Freuden! Wie schaffst du es nur, schlank zu bleiben, wenn du ständig davon umgeben bist? Also ich würde im Angesicht von so viel leckerer Eiscreme innerhalb weniger Tage nicht mehr in meine Kleidung passen!«

»Wir machen das Eis ja nicht für uns, sondern für den Verkauf«, antwortete Frieda. »Da wird nicht genascht! Und die Eisherstellung ist auch nichts für Schwächlinge. Man kurbelt schon eine ganze Weile, bis es gefroren ist. Wenn es so weitergeht, habe ich bald Oberarme wie ein Preisboxer.«

»Also das wäre nix für mich«, sagte Luise. »Das klingt zu anstrengend. Ich war im Schulsport schon eine Niete.« Sie winkte ab.

Die Tanzkapelle begann zu spielen und zog damit die Aufmerksamkeit auf sich. Die Musikanten waren vier junge Männer in weißen Anzügen, die sich seitlich der Tanzfläche auf einem kleinen Podest in Stellung gebracht hatten. Sie waren die Hauskapelle des Tanzcafés und machten ihre Sache ganz passabel. Den Anfang der Tanzrunde starteten sie mit *Wenn der weiße Flieder wieder blüht*, was hervorragend zur Jahreszeit passte. Die ersten Tanzpaare drehten sich dazu auf dem Parkett, bevorzugt war hier der Foxtrott. Hilde wurde von einem blonden Mann aufgefordert, auch Anna und Marion ließen sich nicht lange bitten. Frieda lehnte die Aufforderung eines schlaksigen blonden Mannes ab, denn er war ihr beim letzten Mal mehrfach auf die Füße getreten. Auf schmerzende Zehen konnte sie verzichten. Luise wurde von niemandem angesprochen. Sie wirkte etwas bedrückt und nippte an ihrem Weißwein. Beide beobachteten das Geschehen. Die Tanzfläche war, wie gewohnt, gut gefüllt. Viele der Gesichter kannten die beiden. Zu Friedas Leidwesen fand sich auch heute wieder kein Kandidat, der eines zweiten Blickes würdig wäre, und sie stützte das Kinn auf die Hand, während die Kapelle das nächste Lied zu spielen begann.

»München ist ja schon a bisserl provinziell, gell«, sagte Luise und rückte noch ein Stück näher an sie heran. »In Berlin müssten wir sein! Die sollen da Nachtclubs und Varietés haben, davon können wir hier nur träumen. Da tanzt dann auch diese Nackerte mit dem Bananenröckchen. Wie hieß die gleich nochmal?«

»Josephine Baker«, antwortete Frieda.

»Richtig! Von der hab ich neulich eine Fotografie in einer Illustrierten gesehen. Meine Güte, meine Mutter würd mich umbringen, tät ich so auf einer Bühne rumspringen. Anschauen würd ich mir das alles schon ganz gern mal. Doch bis Berlin werd ich in diesem Leben wohl nicht mehr kommen.« Sie seufzte.

»Wieso denn nicht?«, antwortete Frieda aufmunternd. »Sag niemals nie.« Sie erhob sich, denn sie musste zur Toilette. Während sie an der rechten Seite der Tanzfläche vorüberlief, entdeckte sie Hilde, die noch immer mit dem blonden Mann tanzte, der bedeutend attraktiver als ihr Schwarm war. Frieda glaubte, den Mann schon mal irgendwo gesehen zu haben. Aber vielleicht bildete sie sich das auch nur ein. Die beiden würden ein hübsches Paar abgeben, dachte sie bei sich.

Als Frieda wieder aus der Damentoilette kam, stieß sie prompt mit einem jungen, braunhaarigen Mann zusammen. Er hatte ein Weinglas in Händen gehalten, das zu Boden fiel und zerbrach.

»Hoppla!«, rief er aus. Frieda schlug erschrocken die Hand vor den Mund, denn ein Teil des Glasinhalts, es war Rotwein gewesen, war auf seinem weißen Hemd gelandet.

»Ach herrje«, sagte Frieda und blickte auf den Fleck auf seinem Hemd, dann auf die vielen auf dem Boden liegenden Scherben.

»Ich bin aber auch ein Schussel! Jetzt ist Ihr Hemd ruiniert, und dazu das kaputte Glas …«

»Ach, das ist doch nur halb so schlimm«, beschwichtigte er sogleich. »Ich hab doch auch nicht geguckt.«

Frieda bückte sich und begann, die Scherben aufzuheben. Dabei schnitt sie sich in den rechten Daumen und zuckte zurück.

»Au, verflixt ...« Sie richtete sich wieder auf und steckte sich den Finger in den Mund.

»Haben Sie sich verletzt?«, fragte er, und sein Blick wurde sogleich besorgt. »Zeigen Sie mal her.«

Frieda nahm den Finger aus dem Mund. Die Schnittwunde war tiefer als gedacht, sogleich begann sie erneut heftig zu bluten. »Das muss verbunden werden«, stellte der Mann mit besorgtem Blick fest. »Kommen Sie, wir gehen nach unten an die Haupttheke. Dort findet sich bestimmt jemand, der uns behilflich sein kann.« Er legte fürsorglich den Arm um Frieda und führte sie zur Treppe.

Unten angekommen, erhielten sie sogleich Hilfe. Eine ältere Bedienung reagierte patent und schickte eine Aushilfskraft mit Kehrbesen und Schaufel auf die Galerie, um die Scherben zu entfernen. Frieda und der junge Mann wurden in einen ruhigen Nebenraum geführt, der anscheinend als Büro genutzt wurde, und die Bedienung holte einen Verbandskasten hervor.

»Das sieht aber nicht gut aus, Fräulein«, sagte sie und begutachtete die Verletzung näher. »Der Schnitt ist recht tief. Am Ende muss er vielleicht genäht werden. Aber jetzt desinfizieren wir erst einmal, und dann machen wir einen hübschen Verband drum. Das wird schon werden.« Sie tätschelte Frieda fürsorglich die Schulter. Der junge Mann stand neben Frieda, die sich auf einen Stuhl gesetzt hatte. Er machte keine Anstalten zu gehen, was sie tröstlich fand. Nachdem der Finger so weit versorgt war und er noch einige Tipps zur

Entfernung von Rotweinflecken aus einem weißen Hemd erhalten hatte, wurden die beiden aus der Obhut ihrer patenten Krankenpflegerin entlassen. Als sie wieder zurück im Café waren, standen sie nebeneinander vor der Kuchentheke und wussten anscheinend beide nicht so recht, was sie jetzt tun sollten. Frieda wusste nur eines: Die Lust am Tanzen war ihr für heute vergangen. Ihr Daumen begann zu pochen.

»Ich geh dann besser mal nach Hause«, sagte sie und betrachtete ihn zum ersten Mal genauer. Er war wirklich gut aussehend – mit großen blauen Augen und einem markanten Kinn, an dem sich einige Bartstoppeln befanden. In ihrem Inneren entstand ein seltsam flirrendes Gefühl. Als er ihr in die Augen sah, senkte sie rasch die Lider.

»Ich würde Sie gerne begleiten«, sagte er. »Aber nur, wenn es Ihnen nichts ausmacht, ich möchte nicht aufdringlich erscheinen. Es geht mir einzig und allein um Ihre persönliche Sicherheit, mein Fräulein.«

Was er sagte, gefiel Frieda. Sie schien einem wahren Gentleman begegnet zu sein. Und er ähnelte tatsächlich ein wenig den von ihr so heißbegehrten Filmschauspielern ... Aber er war ein Fremder, sie kannte nicht einmal seinen Namen. Schickte es sich dann, mit ihm gemeinsam durch die Straßen zu laufen? Er schien ihre Gedanken zu erraten.

»Entschuldigen Sie, ich glaube, ich hatte mich noch gar nicht vorgestellt. Mein Name ist Erich Bachmann.« Er deutete einen kurzen Diener an und lächelte verschmitzt. Das flirrende Gefühl in Friedas Innerem verstärkte sich. Sie nannte ihren Namen und warf im selben Augenblick sämtliche ihrer eben gedachten Vorbehalte über Bord. Sollten die Leute doch reden!

»Ich würde mich über Ihre Begleitung sehr freuen«, antwortete sie, und ihr Herz begann, wie verrückt zu klopfen. »Es ist auch nicht weit von hier. Ich wohne in der Kaufingerstraße, wir müssen nicht einmal mit der Tram fahren.«

»Na dann«, antwortete er und hielt ihr den Arm hin. »Ein kleiner Spaziergang nach diesem Schreck wird uns gewiss guttun.«

Frieda hängte sich bei ihm ein und während sie den Laden verließen, fielen ihr plötzlich Hilde und die anderen ein. Sie hätte Bescheid sagen sollen. Andererseits kam es nicht zum ersten Mal vor, dass sich eine von ihnen in Luft auflöste. Sie würden sich bestimmt keine großen Gedanken machen.

Sie schlenderten die Prielmayerstraße hinunter und erreichten alsbald den Karlsplatz.

»Sind Sie eine echte Münchnerin?«, fragte Erich.

»Allerdings«, antwortete Frieda. »Geboren und aufgewachsen im Herzen der Stadt, genauer gesagt in Haidhausen. Und Sie?«

»Ebenfalls geborener Münchner«, antwortete Erich. »Der Stammbaum der Familie Bachmann ist in München bis auf das fünfzehnte Jahrhundert zurückführbar. Mein Vater hat kürzlich die Leitung des Kaffeehauses Großglockner seines verstorbenen Onkels am Marienplatz übernommen. Die Spezialität des Hauses ist seit einigen Jahren Eiscreme. Wir haben einen italienischen Koch, der sie hervorragend zubereiten kann. Die letzten Wochen haben wir mit einigen Umbauarbeiten des Hauses verbracht, doch nun ist es bald so weit, und wir können eröffnen. Das Café geht über zwei Stockwerke, und wir haben einen hübschen Sommergarten im Innenhof. Es wird großartig! Wenn Sie wollen, können Sie gerne bald probieren kommen. Paolo ist ein Meister seiner Kunst. Ein besseres Eis als seines haben Sie noch nicht probiert. Und wie ist es bei Ihnen?«, fragte er. »Sie wohnen in der Kaufingerstraße, sagten sie. Betreibt Ihre Familie auch ein Geschäft? Oder bin ich jetzt zu neugierig?«

»Nein, nein«, beeilte sich Frieda zu antworten. »Sie sind keinesfalls zu neugierig.« Sie fühlte sich wie vor den Kopf gestoßen. Ein Café am Marienplatz, dazu die Hauptspezialität Eiscreme, von einem Fachmann aus Italien hergestellt. Eine größere Konkurrenz konnten sie gar nicht bekommen. Du liebe Güte! Und sie lief am Arm des Sohnes des Inhabers durch das Karlstor und tat vertraut mit ihm. Er durfte auf gar keinen Fall erfahren, wer sie war. Ach, was war das plötzlich verzwickt ...

»Mein Vater ist beim Finanzamt tätig«, sagte sie rasch und entschuldigte sich beim Herrgott für ihren Schwindel. »Wir wohnen dort drüben, oberhalb des Blumenladens.« Sie blieb absichtlich ein Stück entfernt vom Eissalon stehen und hoffte inständig darauf, dass nicht ausgerechnet jetzt ihr Vater oder ihre Mutter nach draußen treten würden.

»Wie hübsch«, erwiderte er.

»Danke für die freundliche Begleitung«, sagte Frieda. »Ich wünsche viel Glück bei der Eröffnung.« Ihre Stimme klang unsicher, und sie trat von einem Bein auf das andere. Wie sehr sie sich doch wünschte, sie könnte mit ihm ausgehen, mit ihm tanzen – und noch länger in seine hübschen blauen Augen blicken. Aber dieser Wunsch musste unerfüllt bleiben. Bestimmt würde ihr Vater bald von der Konkurrenz am Marienplatz erfahren, und gewiss würde er sie verteufeln. Was Frieda gut verstehen konnte.

»Kann ich Sie wiedersehen?«, stellte er die Frage, mit der

Frieda bereits gerechnet hatte. »Wir könnten ins Kino gehen. Was mögen Sie für Filme? Komödien oder Krimis?«

Es war Lotte, die dafür sorgte, dass Frieda ihm die Antwort schuldig blieb. Sie hatte sich ihnen mit einer Stofftasche in Händen genähert. Vermutlich hatte sie Einkäufe für das Abendbrot auf dem Viktualienmarkt erledigt, denn es guckte das obere Ende einer Lauchstange heraus.

»Frieda! Was machst du denn hier draußen?«, fragte sie und sah Erich neugierig an. »Ist das Tanzen für heute schon beendet? Dann kannst du mir auch mit dem Abendbrot helfen. Es soll Eintopf geben. Ich hab auch Rindswurst beim Metzger Häferle bekommen.« Sie sah von Frieda zu Erich, und ihr Blick wurde neugierig.

Nun kam auch noch Rosi aus ihrem Laden und trat sogleich zu ihnen.

»Mädchen, das ist gut, dass ich euch zwei hier draußen treffe«, sagte sie. »Könnt ihr bitte der Mama von mir ausrichten, dass ich erst morgen früh die frischen Moosrosen bringen kann? Die hab ich heut auf dem Großmarkt nicht mehr bekommen. Waren alle ausverkauft.« Auch sie sah Erich an und fragte: »Kann ich Ihnen helfen? Wolln's vielleicht Blumen kaufen? Also ich hätt da noch Narzissen. Erste Wahl. Die halten über eine Woche in der Vase.«

»Wieso nicht?«, antwortete er, sah zu Frieda und nickte ihr lächelnd zu. Sie wusste, was das zu bedeuten hatte, und das Kribbeln in ihrem Inneren schien sich nun beinahe zu überschlagen. Für den Moment ließ er seine Frage unbeantwortet. Aber er würde wiederkommen.

»Kommst du jetzt?«, fragte Lotte ungeduldig. »Und was hast du denn mit deinem Daumen angestellt?«

»Ich hab mich an einer Glasscherbe geschnitten. Es ist nichts Großes«, antwortete Frieda. »Haben Sie vielen Dank für die freundliche Begleitung«, sagte sie zu Erich. »Auf bald.« Was redete sie da nur? Nichts *auf bald*! *Auf Nimmerwiedersehen* musste es heißen. Sie stieß innerlich einen Seufzer aus und folgte Lotte durch das Hoftor in den Innenhof. An einem der Fenster im Treppenhaus blieb Frieda noch einmal stehen und blickte auf die Straße, doch Erich war verschwunden.

3. Kapitel

München, 15. Mai 1929

»Was haben wir denn heute für ein Datum?«, fragte Fanny, während sie ihren Putzlappen im Eimer auswusch. »Den vierzehnten, oder? Dann haben wir den heiligen Bonifatius.«

»Nein«, widersprach ihr Ludwig Hinterleitner. »Wir haben heute den fünfzehnten. Also haben wir schon die kalte Sophie. Morgen sind die Eisheiligen überstanden.«

»Wird dann auch das Wetter besser?«, fragte Erna, die hinter der Theke stand und sich damit beschäftigte, eine frische Kanne Kaffee aufzubrühen. Vor dem Fenster des Eissalons ging gerade ein heftiger Graupelschauer nieder, der dafür sorgte, dass die Kaufingerstraße von einer eisigen weißen Schicht überzogen wurde.

»Machst mir aber schon einen ordentlichen Schuss Sahne in mein Kaffee, gell, Erna?«, meinte Ludwig. »Weißt doch, wie gern ich des hab. Gibt's noch Kekse? Mit dem Eis könnts mir ja gehen, da friert's mich immer in den Zähnen. Aber die Kekse, die sind a feine Sach.« Erna brachten seine Ausführungen zum Schmunzeln.

Der ältere Herr wohnte im Nachbarhaus im dritten Stock links. Er war früher Beamter bei irgendeinem Amt in München gewesen, Erna wusste nicht mehr, wo genau. Seit vier Jahren war er nun im Ruhestand und seine Lieblingsbeschäftigung hatte bis vor Kurzem darin bestanden, ins Café Simmerl am Sendlinger Tor zu gehen, bei Kaffee und Keksen am Fenster mit seiner Zeitung zu sitzen und auf die Straße zu gucken. »Denn zum Schaun gibts immer was«, hatte er Erna erklärt. Neuerdings hatte er diese Gewohnheit jedoch geändert und war bei ihnen im Eissalon zu einer Art Stammgast geworden. Er belagerte den am Fenster stehenden Sechsertisch jeden Morgen von halb elf bis zwölf, denn dann war Mittagszeit und er ging zum Essen ins Hofbräuhaus. Da gab es noch viel mehr zum Schaun.

Erna hatte den dicklichen alten Herrn mit dem gezwirbelten Schnauzbart, den buschigen Augenbrauen und der Halbglatze sogleich ins Herz geschlossen. Er strahlte eine ganz besondere Art von Herzlichkeit aus. Sie fühlte sich geschmeichelt, dass er nun seine Vormittage bei ihnen verbrachte. Nur die Tatsache, dass er ihren größten Tisch belagerte, gefiel ihr nicht sonderlich. Aber was sollte man machen? Der Gast war nun einmal König, und Ludwig ließ es sich nicht nehmen, jeden Tag ein gutes Trinkgeld zu geben.

Erna stellte einen Teller mit drei Keksen neben die Portion Kaffee mit extra Sahne auf ein Tablett und brachte es zu ihm. Der Wind vor dem Fenster frischte auf und trieb den Graupel nun in Böen über die Straße. Menschen waren kaum unterwegs. Ein Zeitungsjunge auf seinem Fahrrad suchte Schutz unter dem Vordach eines gegenüberliegenden Wäschegeschäfts, bimmelnd fuhr die Straßenbahn vorüber.

»Wollen wir hoffen, dass mit dem Ende der Eisheiligen tatsächlich eine Wetterbesserung kommt«, sagte Erna. »Obwohl das Wetter ja nicht nur zu den Eisheiligen schlecht gewesen ist. Gott sei Dank war es an unserem Eröffnungstag schön warm, aber seitdem scheint es, als hätte sich Petrus höchstpersönlich gegen uns verschworen. Bei so einer lausigen Frühlingskälte kauft doch kein Mensch Eis.«

»Des werd scho werden«, sagte Fanny. »Bis Mitte Mai spinnts halt gern mal rum. Aber ich hab des im Gefühl. Bald gehts steil bergauf. Man muss immer positiv denken, des hat mein Großvater selig scho immer gsagt. Des Glasl is immer halb voll, niemals halb leer. Verstehst?«

»Dein Wort in Gottes Ohr«, antwortete Erna.

»Der hört des bestimmt«, sagte Ludwig. »Noch näher an der Kirch kannst es ja fast gar nicht sagen. Also der Kirchturm, der steht quasi scho fast hier in der Stube. Hat scho was, wenn der Herrgott persönlich hinterm Haus wohnt. Wenn die Glocken nur ned wären. Des is manchmal scho belastend.«

»Belastend« war charmant ausgedrückt, dachte Erna. Wenn die Glocken der Frauenkirche zu schlagen begannen, bebten bei ihnen die Wände und der Fußboden.

»Wo steckt eigentlich der Sepp?«, fragte Fanny. Sie trat hinter die Theke, schenkte sich ein Tässchen Kaffee ein und schob sich einen Keks in den Mund.

»Er ist noch einmal zum Amt gegangen wegen der Bestuhlung vor dem Salon. Immerhin darf Rosi ihre Blumen auch auf den Bürgersteig stellen, und so schmal ist er jetzt auch wieder nicht. Wir würden gern vor die Bank einen Tisch und zwei Stühle stellen und auf der anderen Seite neben dem Hoftor eine Sitzgruppe mit drei oder vier Stühlen. Das würde doch gleich viel einladender aussehen, und im Sommer sitzt man mit einem Eis gern in der Sonne.«

»Oder mit einem Kaffee und Keks«, fügte Ludwig hinzu. »Obwohl ich immer schnell a rote Nase krieg, wenn ich zu lang draußen bin.«

Ein aus der Küche kommender Aufschrei ließ sämtliche Anwesende erschrocken zusammenzucken. Es folgte ein lautstarkes Fluchen.

»Herrgottsakrament! Pass doch auf, du dumme Kuh!« Das war Friedas Stimme gewesen.

Sogleich eilten Erna und Fanny in die Küche. Dort stand Lotte mit hochrotem Kopf vor der am Boden liegenden Eismaschine. Die Schokoladeneismasse breitete sich auf dem hellgrauen Fliesenboden aus. Frieda, sie hielt einen Schneebesen in Händen, blickte finster drein.

»Es tut mir so leid ...«, stotterte Lotte. In ihren Augen schwammen Tränen. »Ich hab beim Eisauffüllen nicht aufgepasst, und dann ist die Maschine runtergefallen. Es war keine Absicht!«

»Du bist so tollpatschig. Nix kannst du richtig machen«, blaffte Frieda ihre Schwester an. »Wie soll aus dir nur mal was werden? Wenn du dich so dämlich anstellst, wird dich keiner heiraten wollen.«

»Du bist so gemein!«, rief Lotte und rannte an Erna und Fanny vorbei aus dem Raum. Laut schlug sie die ins Treppenhaus führende Tür hinter sich zu. Erna sah ihre Älteste vorwurfsvoll an.

»Wie redest du denn mit deiner Schwester?«

»Wenn es doch wahr ist«, antwortete Frieda und verschränkte die Arme vor der Brust. »Zurzeit macht sie ständig

Ärger, und sie ist faul. Seit sie aus der Schule raus ist, denkt sie, sie muss gar nichts mehr machen. Deshalb hat das beim Hirschvogel bestimmt auch nicht geklappt. Das Arbeiten hat Lotte wahrlich nicht erfunden. Dazu ihre Ungeschicklichkeit! Ständig fällt ihr irgendwas runter oder sie kotzt in Treppenhäuser. Die Moosgruberin redet noch immer kein Wort mit uns.«

»Die hat vorher auch nicht viel mit uns geredet«, entgegnete Erna. »Und wenn doch, war es nur Gemecker.«

»Am besten wird es sein, wenn mir uns jetzad alle mal wieder beruhigen«, sagte Fanny und hob beschwichtigend die Hände. »Es is ja nur a bisserl Eismasse, die auf dem Boden gelandet ist. Also kein Weltuntergang. Und die Lotte wird des auch noch lernen. Geh schau! Sie ist doch noch so viel jünger. Ich werd mich in der nächsten Zeit a bisserl um sie kümmern. Des wird scho werden. Und jetzt mach ma schnell alles sauber, und dann rühr ich a neue Eismasse an.«

»Die Eismaschine ist auf jeden Fall heile geblieben«, sagte Erna. Sie hatte die Maschine der Firma Hünersdorff, die sie extra neu für den Laden angeschafft hatten, vom Boden aufgehoben und von allen Seiten begutachtet. Die aus verzinntem Blech hergestellte Maschine hatte nicht eine Delle oder Schramme. Nur der innere Topf mitsamt der Kurbel war rausgerutscht.

»Na, das ist doch fein. Und schauts mal«, Fanny deutete zum Fenster. »Der greisliche Graupel hat aufgehört, es scheint sogar die Sonne. Wenn das nicht ein gutes Omen ist!«

»Wer sagt hier was von guten Omen?«, sagte plötzlich Josef. Er stand in der Tür und sah verwundert auf die Schokoladensoße auf dem Fußboden.

»Nur a kleines Missgeschick. Nix Schlimmes«, erklärte Fanny rasch, bückte sich und begann, die Schokoladensoße aufzuwischen.

»Du bist schneller zurück als gedacht«, sagte Erna. »Wie war es denn auf dem Amt? Konntest du etwas erreichen?«

»Das konnte ich tatsächlich«, erwiderte Josef und lächelte verschmitzt. »Wir haben die Genehmigung für die Bestuhlung vor dem Laden erhalten!«

»Oh, was für ein Glück!«, rief Erna und fiel ihm freudig um den Hals.

»Es geschehen noch Zeiten und Wunder«, sagte Fanny. »Da hat da Flickinger doch tatsächlich auch mal an guten Tag ghabt.«

»Der Herr Flickinger war heute nicht anwesend«, antwortete Josef mit einem breiten Grinsen. »Es war ein Herr Gasser, mit dem ich alles so weit klären konnte. Ein äußerst umgänglicher Herr. Wir können nur hoffen, dass er uns noch längere Zeit erhalten bleibt.«

»Darauf sollten wir anstoßen«, sagte Erna. »Oder wir gönnen uns alle selber eine Portion Eis. Man soll die Feste ja feiern, wie sie fallen, gell.«

Fröhlich wurde zugestimmt, und alsbald saßen sie in gemütlicher Runde bei Ludwig am Fenstertisch und aßen Vanille- und Schokoladeneis, während draußen der nächste Graupelschauer vom Himmel fiel. Auch Lotte hatte wieder zu ihnen gefunden. Frieda hatte sie geholt und sich für ihre groben Worte entschuldigt. Die erneute Verschlechterung des Wetters machte Erna aufgrund der guten Neuigkeiten jetzt nichts mehr aus. Sollte die Kalte Sophie sich nur recht ordentlich austoben. Schon morgen würden sie die Tische vor dem Salon aufstellen! Sie standen bereits fertig abgeschliffen und frisch gestrichen im Lager neben dem alten Eiswagen und warteten auf ihren Einsatz.

In diesem Moment klopfte es an die Tür – eine ältere Frau in einem dunklen Mantel mit Regenschirm stand im Eingang, die Erna nur zu gut kannte. Es war Josefs Mutter, Anneliese Pankofer, die vor der Tür ihren Schirm schloss und eintrat.

»Grüß Gott beieinander«, grüßte sie. Sogleich verkrampften sich Ernas Hände vor Nervosität. Das Verhältnis zwischen ihnen beiden ließ sich als äußerst schwierig bezeichnen. Sie würde niemals den Moment vergessen, als Anneliese damals, nachdem bekannt geworden war, dass sie von Josef ein Kind erwartete, in die Wäscherei gekommen war und Erna zur Seite genommen hatte. Als Dirne hatte sie sie beschimpft und sie mit sofortiger Wirkung entlassen. Sogar Geld hatte sie ihr geboten, damit sie das »Malheur« beseitigen lassen konnte. Sie war eiskalt zu Erna gewesen und hatte ihr unterstellt, sich durch die Schwangerschaft in die wohlhabende Familie einschleichen zu wollen. Doch Erna hatte sich nicht einschüchtern lassen. Mutter und Sohn hatten auf ihre Weise wieder zueinander gefunden. Erna und leider auch Frieda und Lotte blieben jedoch Beiwerk, ein notwendiges Übel, das ertragen werden musste.

»Das ist also der Eissalon der Familie Pankofer«, sagte sie und musterte die Theke eingängig. »Ich wollte mal schauen, in was ich mein Geld investiert hab. Immerhin ist ja vieles durch meine Großzügigkeit erst umsetzbar gewesen. Das Bild in der Zeitung von neulich war ganz nett. Nur wirkt das alles doch etwas zurückhaltend. Findet ihr nicht? Hier passen ja keine zehn Leute rein, und es riecht muffig.« Sie sah zu Josef, dessen Miene sich verfinsterte. Dahin war die gute Stimmung von eben. »Mit den großen Kaffeehäusern könnt ihr nicht mithalten.«

Erna sah, wie Josef mit sich rang. Sie ahnte, dass ihm eine bissige Antwort auf der Zunge lag, doch er sprach sie nicht aus, sondern bemühte sich um ein Lächeln und stand auf. Wie gewohnt begrüßte er seine Mutter mit einer kurzen Umarmung und einem Küsschen auf die Wange.

»Wie nett, dass du die Zeit gefunden hast, um uns in unserem kleinen, aber feinen Eissalon zu besuchen. Können wir dir etwas anbieten? Ich hätte ein hervorragendes Vanilleeis im Angebot, dazu vielleicht noch eine Kugel Schokolade?«

»Eiscreme?«, entgegnete Anneliese mit despektierlichem Blick. »Bei dieser Kälte? Weiß Gott nicht.«

»Dann vielleicht ein Tässchen Kaffee und Kekse?«, bot Erna an und stand ebenfalls auf.

»Also die Kekse kann ich empfehlen«, meldete sich Ludwig zu Wort. »Die backt immer das Fräulein Frieda. Sie macht das ganz hervorragend.« Demonstrativ schob er sich einen der mit Hagelzucker verzierten Kekse in den Mund.

Anneliese Pankofers Blick blieb an ihrer Enkeltochter hängen, und Erna ahnte, was ihr beim Anblick des Mädchens durch den Kopf ging. Frieda ähnelte in ihrer mehrfach geflickten Bluse und dem braunen Rock mit der Küchenschürze voller Flecken einer einfachen Dienstmagd. Die Enkeltochter des Großwäschereibesitzers Alois Pankofer backte Kekse für einen in ihren Augen zu kleinen Eissalon und trieb sich nicht hübsch zurechtgemacht auf den üblichen Veranstaltungen wie Damenkränzchen und Tanzabende für Mitglieder der besseren Gesellschaft herum, wie es andere junge Mädchen aus anständigen Häusern taten. In den gehobenen Kreisen galt es, eine möglichst gute Partie zu machen, versorgt zu sein und möglichst viele Kinder in die Welt zu setzen. Wie sehr Erna diese in ihren Augen veralteten Ansichten ihrer Schwiegermutter doch verabscheute! Frauen konnten mehr sein als das Heimchen am Herd. Ihre geliebte Großmutter hatte das schon zu ihr gesagt, als sie noch ein kleines Mädchen gewesen war. »Wenn du willst, mei Schatzerl, kannst alles sein, was du willst. A Schauspielerin auf der Bühne, a Ärztin oder Tänzerin, vielleicht wirst eine von de Schreiberlinge für die Zeitung. Hauptsache, du bleibst dir selber treu. Des is as Wichtigste.« Ihre Oma war schon immer ein besonderer Mensch mit ihrer eigenen Sicht auf die Dinge gewesen. Sie hätte diesen Eissalon geliebt, dessen war sich Erna sicher. Wie sehr sie sie doch vermisste …

Anneliese schien nicht so recht zu wissen, wie sie auf Ludwigs Einmischung in das Gespräch reagieren sollte. Einen Moment lang wirkte sie unsicher, doch dann antwortete sie: »Vielleicht ein andermal«, und sie schenkte Ludwig ein unterkühltes Lächeln. »Leider treibt mich nicht nur die Besichtigung des Eissalons hierher, sondern ich möchte eine private Angelegenheit mit meinem Sohn besprechen.« Sie sah zu Josef. »Wo können wir uns denn hier ungestört unterhalten?«, fragte sie.

Josef schlug die Küche vor und die beiden verließen den Gastraum. Keine Sekunde, nachdem sie fort waren, gab Fanny ein brummiges Geräusch von sich und sagte: »Also wenn ihr mich fragts, stimmt hier was ganz gewaltig nicht. Des riecht nach Ärger.« Sie verschränkte die Arme vor der Brust.

Erna befürchtete ebenfalls, dass die »private Angelegenheit« keine guten Neuigkeiten mit sich brachte. Sie überlegte, an der Tür zu lauschen, verwarf den Gedanken jedoch wieder – es war schließlich keine besonders rühmliche Art, mit der Situation umzugehen. Sie würde sich also in Geduld üben müssen und schob sich einen Keks in den Mund, den sie mit einem kalten Schluck Kaffee hinunterspülte.

Die nächsten Minuten herrschte eine angespannte Stimmung im Raum. Draußen kam die Sonne erneut hervor und fiel nun direkt in den Laden. Erna blinzelte und sah zu Frieda, die sich damit beschäftigte, eine Papierserviette zu zerpflücken.

Die Küchentür öffnete sich wieder, und Josefs Stimme war zu hören. Das, was er sagte, und sein Tonfall verhießen nichts Gutes. Anneliese lief voraus, Josef folgte ihr und rang die Hände.

»Rede noch mal mit ihm«, sagte er in einem fast schon flehend klingenden Tonfall. »Du weißt, dass wir das Geld nicht haben. Ich habe jeden Pfennig in den Laden gesteckt. Wenn ich die komplette Summe zurückbezahlen muss, kann ich gleich wieder zusperren.«

»Ich weiß«, antwortete Anneliese. »Aber du weißt, wie er ist. Und mir sind die Hände gebunden. Bis zum nächsten Ersten muss das Geld wieder bei uns sein. Sonst jagt er dir den Gerichtsvollzieher auf den Hals. Es tut mir leid.« Sie sah kurz zu Erna und hielt ihren Blick fest. Dann verließ sie, ohne noch etwas zu sagen, den Laden. Nachdem sich die Tür hinter ihr geschlossen hatte, ließ Josef die Schultern sinken, und einen Moment herrschte betretenes Schweigen.

»Von welchem Geld hat sie gesprochen?«, fragte Frieda irgendwann.

»Von dem Geld, das sie uns jahrelang hinter dem Rücken deines Großvaters zugesteckt hat«, beantwortete Erna ihre Frage.

»Ich hätte es wissen müssen«, sagte Josef und ballte die Fäuste. »Er wird niemals seinen Frieden mit mir machen, niemals über seinen Schatten springen können, und sie ist und bleibt seine Marionette.«

Erna trat neben Josef und legte tröstend den Arm um ihn. »Es wird schon irgendwie werden«, sagte sie, schenkte in diesem Moment ihren eigenen Worten jedoch keinen Glauben. Ihr Erspartes war beinahe aufgebraucht. Sie konnten die Summe für die Rückzahlung unmöglich aufbringen. Der Traum vom eigenen Eissalon schien ausgeträumt zu sein, bevor er richtig begonnen hatte.

4. Kapitel

München, 28. Mai 1929

Erna und Frieda hatten alle Hände voll zu tun, denn die Schlange der Eishungrigen in ihrem Salon reichte bis zur Straße hinaus. Es war die Fronleichnamsprozession, die eben ihr Ende auf dem Marienplatz gefunden hatte und ihnen den unverhofften Kundenandrang brachte. Sie hatten mit einem regen Zulauf gerechnet, aber dass es so heftig werden würde, hatten sie nicht gedacht. Das Wetter spielte ihnen zusätzlich in die Karten: Die Sonne schien von einem perfekten weißblauen Himmel, und es war angenehm warm.

»Ich hätte gerne zwei Kugeln Schokolade«, bestellte ein kleiner Junge, Erna schätzte ihn auf fünf oder sechs Jahre, und legte zehn Pfennige auf den Verkaufstresen. Sie beförderte die Bällchen in den Becher und reichte dem Buben die süße Köstlichkeit. Es folgten eine Großmutter mit ihren Enkelkindern, zwei entzückende Mädchen mit blonden Locken, drei Klosterschwestern, die jede eine Kugel Vanilleeis bestellten, und eine Horde weiterer Kinder. Der Andrang schien kein Ende nehmen zu wollen, ihre Vorräte jedoch schon. Gerade hatte Erna die letzten Reste Vanilleeis zusammenkratzt, für eine weitere Kugel würde der Inhalt des Kübels nicht mehr ausreichen.

»Wir brauchen mehr Vanille«, sagte Erna zu Frieda. »Ich geh und hol es rasch.« Sie nahm den Kübel aus der Eisvitrine und lief in die Küche, wo Fanny und Lotte mit der Produktion von Nachschub beschäftigt waren. Im Eisschrank fand sich bedauerlicherweise nur noch ein einziger Kübel Vanilleeis.

»Ist das wirklich schon das letzte Vanilleeis?«, sagte Erna. »Also mit einem solchen Ansturm hab ich weiß Gott nicht gerechnet. Wie geht es mit der Produktion voran?« Sie lugte über Fannys Schulter.

»Ich mach grad Vanille«, antwortete Fanny, die kräftig kurbelte. »Aber hexen kann ich auch ned. Es dauert bestimmt noch a halbe Stund. Lotte, Kind, wie siehts mit Schokolade aus? Davon ham wir auch nimma viel.«

»Ich kurble ja schon«, antwortete Lotte, der der Schweiß die Schläfen hinunterlief. »Aber ich bin nicht so schnell wie Fanny.«

»Beeilt euch!«, antwortete Erna. »Ich muss wieder zu Frieda.« In diesem Moment wünschte sie sich, sie hätten das Geld für die elektrische Eismaschine, von der Josef träumte und von der er ihr erst am Vortag beim Frühstück ein Bild in einem Prospekt gezeigt hatte.

Sie lief zurück zu ihrer Tochter, die ihr sogleich den nächsten leeren Kübel in die Hand drückte. Dieses Mal war das Erdbeereis leer. So ging es munter noch eine ganze Weile weiter: Eiskugeln wurden verteilt und kurze Schwätzchen mit der Kundschaft gehalten. Ludwig saß wie gewohnt an seinem Stammplatz am Fenster und erhielt seinen Kaffee mit

Keksen. Ihm leisteten alsbald zwei Mönche Gesellschaft, die einen mitgenommenen Eindruck machten. Der Prozessionsmarsch schien den beiden beleibten Franziskanern etwas zu viel gewesen zu sein. Jeder von ihnen hatte vier Kugeln Eis geordert. Bier gebe es im Kloster genug, hatten sie gesagt, Eis eher selten.

Es kam der Moment, der kommen musste: Ihre Vorräte waren erschöpft, und schweren Herzens musste Erna die Kundschaft fortschicken. Damit sie nicht noch weiteren Zulauf hatten, schrieb Frieda auf die Werbetafel vor dem Haus, dass sie komplett ausverkauft waren. Schnell wurde es ruhiger im Laden, und Erna gesellte sich zu Fanny in die Küche.

»Wo steckt denn Lotte?«, fragte sie und sah sich verwundert nach ihrer Tochter um.

»Ich hab sie weggeschickt«, antwortete Fanny. »Mir ging das ständige Gejammer auf die Nerven, und hinbekommen tut sie nicht wirklich was. Zum Arbeiten ist das Mädchen einfach nicht geschaffen.« Sie schüttelte den Kopf. »Weiß der Kuckuck, was aus ihr mal werden soll. Als Küchenhilfe ist sie nicht zu gebrauchen. Allerdings muss ich zugeben, dass mich die heutige Situation scho auch a bisserl überfordert hat, und des will was heißen. Des is halt nicht so einfach, so viel Eis mit der Hand herzustellen. Um an so an Andrang zu bewältigen, hätten wir heute gut noch mehr Händ gebrauchen können.«

»Ich weiß«, antwortete Erna und seufzte. Sie wusste, welche Hände Fanny meinte. »Ich ahne, wo der Sepp mal wieder abgeblieben ist. Beim Wirt lösen sich unsere Probleme allerdings auch nicht. Seit seine Mutter hier gewesen ist, scheint er wie ausgewechselt. Er spricht kaum noch, verschwindet oft stundenlang, und wenn er da ist, läuft er mit einer unerträglichen Sauertopfmiene rum.«

»Was ich schon verstehen kann«, antwortete Fanny, während sie einen Stapel benutzter Schüsseln in die Spüle verfrachtete. »Wenn er des Geld wirklich an sein Vater zruckzahlen muss, dann gehen hier die Lichter aus, und des wär echt schad, weil ich arbeite gern für euch. Also ich will mich ja ned in eure Privatangelegenheiten einmischen, aber eine Lösung müsst schon her, oder? Abwarten hat noch keinem was gebracht.«

»Vielleicht in diesem Fall schon«, erwiderte Erna. »Es könnte doch sein, dass Anneliese Alois ohne unser Zutun von seinem schändlichen Tun abbringt.«

»Also wenn sie gmeint hätt, sie würd des hinbekommen, meinst dann nicht, dass sie dann erst gar nicht in den Laden gekommen wär? Des is jetzt ja nur meine Meinung, aber ich find, dass der Josef mit seim Vater reden sollt. So ein Unmensch kann der doch gar nicht sein. Immerhin habt ihr Kinder.«

»Du weißt nicht, wie er ist«, antwortete Erna, und die Erinnerung an ihre letzte Begegnung mit Alois Pankofer vor vielen Jahren stieg in ihr auf. Damals hatte er sie höchstpersönlich aus der Wäscherei geworfen und ihr damit gedroht, ihr die Hölle auf Erden zu bereiten, wenn sie nicht die Finger von seinem Sohn lassen würde. Die Hölle auf Erden war es zwar nicht geworden, aber trotzdem hatte er es durch seine hinterlistigen Interventionen jahrelang geschafft, ihnen das Leben schwerzumachen. Vor einigen Jahren hatten sie deshalb sogar darüber nachgedacht, München für immer den Rücken zu kehren. Aber für einen Neuanfang in einer fremden Stadt hatte ihnen der Mut gefehlt. München war ihr Zuhause, und Josef hatte sich geschworen, dass er sich von seinem Vater nicht vertreiben lassen würde.

»Weißt denn, bei welchem Wirt er sein könnt?«, fragte Fanny.

»Bestimmt sitzt er wieder beim alten Spaten«, antwortete Erna.

»Dann geh doch hin und red mit ihm«, sagte Fanny. »Wir kommen hier schon zurecht. Jetzt ist ja auch erst einmal Schluss mit dem Fräulein Leichnam-Ansturm.«

Erna brachte Fannys Rede zum Schmunzeln. Sie hatte noch nie jemanden gekannt, der den katholischen Feiertag so niedlich bezeichnet hatte.

»Ja, gute Idee«, antwortete Erna und band ihre Schürze auf. »Wir haben uns bis jetzt nicht unterkriegen lassen, wir werden es auch zukünftig nicht tun. Wir haben es so weit gebracht, da lasse ich mir mein neues Leben von einem Alois Pankofer nicht kaputtmachen.« In ihrer Stimme lag Entschlossenheit.

»Des wollt ich hörn«, antwortete Fanny freudig. »Und des Geld zum Wirt tragen hat auch noch nie jemandem gholfen, außer dem Wirt.« Sie wandte sich wieder ihren dreckigen Schüsseln zu. Erna verließ den Raum und keine Minute später das Haus.

Wenig später betrat sie das in der Neuhauser Straße gelegene Gasthaus zum alten Spaten, in dem sie ihren Mann vermutete. In dem Bierkeller herrschte die für solche Lokalitäten übliche Atmosphäre. Es waren hauptsächlich Männer, die an den behäbigen Holztischen saßen, Zigarettenrauch trübte den Blick. Es dauerte nicht lange, bis sie Josef an einem der Tische ausmachte. Ihm leistete ein alter Bekannter, der Gustl Staudinger, Gesellschaft, den Erna noch nie hatte leiden können. Als Erna an den Tisch kam, ließ der Trambahnfahrer mit dem ungepflegten Backenbart sogleich wieder einen seiner vertrauten Sprüche los.

»Ach, da schau her«, begrüßte er Erna. »Da is deine Oide ja schon. Ich hab grad gsagt, dass es jetzt nicht mehr lang dauern kann, bisd auftauchst.«

»Gustl«, sagte Erna zur Begrüßung, seine Unhöflichkeit ignorierte sie. »Kannst du uns bitte allein reden lassen?«

Sie sah zu Josef. Er blickte auf sein Bierglas und wirkte wie erstarrt.

»Wennst meinst, dass es dadurch besser wird«, antwortete Gustl, erhob sich und ging mit seinem Maßkrug zu einem der Nachbartische.

Erna setzte sich neben ihren Mann. Eine Weile lang sagte keiner von beiden etwas. Josefs Verhalten machte Erna Sorgen, denn so kannte sie ihn gar nicht. Sonst war er stets derjenige von ihnen gewesen, der für jedes Problem eine Lösung gesucht und meist gefunden hatte. Die Bedienung kam, doch Erna schickte sie ohne etwas zu bestellen fort.

»Wir hätten dich heute im Laden gut gebrauchen können«, begann sie. »Wegen Fronleichnam haben sie uns überrannt. Wir waren am Ende sogar ausverkauft. Ist das nicht großartig?« Sie verlieh ihrer Stimme bewusst einen heiteren Tonfall. »Bestimmt kommen viele der heutigen Kunden wieder.«

»Nur werden sie keinen Laden mehr vorfinden«, antwortete Josef mit Grabesstimme. »Das wissen wir beide.«

»Und wir wissen beide, dass wir die Summe gar nicht mehr haben, die dein Vater zurückfordert. Es ist alles ins Geschäft geflossen. Du wirst mit ihm reden müssen, ob es dir nun gefällt oder nicht. Er kann uns nicht alles kaputtmachen. Das darf er einfach nicht.«

»Mit ihm ist nicht zu reden, und das weißt du«, entgegnete Josef und nahm einen großen Schluck von seinem Bier.

»Aber wir müssen es versuchen«, antwortete Erna. »Etwas anderes bleibt uns nicht übrig, sonst stehen wir mit den Mädchen auf der Straße. Willst du wirklich wieder zurück in die Großmarkthallen?«

Josef sah sie zur Antwort nur an. In seinem Blick lag so viel Hoffnungslosigkeit, dass es schmerzte.

»Du hast Angst vor ihm«, sagte Erna, und plötzlich stieg Wut in ihr auf. »Vor deinem eigenen Vater! Aber ich werde nicht einknicken. Ich werde nicht so schnell klein beigeben. Wenn du nicht mit ihm reden willst, dann werde ich es tun. Ich lasse mir unseren Traum von ihm nicht wegnehmen.«

Eine Weile darauf verließ Erna die Straßenbahn an der Haltestelle des Holzkirchner Bahnhofs, einem der beiden Flügelbahnhöfe des Münchner Hauptbahnhofs. Die Großwäscherei ihres Schwiegervaters lag nicht weit vom Bahnhofsgelände entfernt direkt an den Bahnschienen, was dem Betrieb entgegenkam. Erna fühlte sich unwohl, als sie das vertraute Gelände betrat. Rechter Hand lagen die Waschhäuser, inzwischen waren es sechs Stück an der Zahl, in den letzten Jahren waren noch zwei weitere Neubauten hinzugekommen. Das Verwaltungsgebäude war ein schlichter, weiß gestrichener, zweistöckiger Bau. Einige Lieferwagen standen auf dem Hof, zwei Fahrer rauchend daneben. Sie musterten sie neugierig. Ernas Herz klopfte laut vor Aufregung, während sie auf die Eingangstür zuging. Wie würde er mit ihr umgehen, würde er überhaupt mit ihr reden? Am Ende hatte sie Pech und er war heute gar nicht im Haus, immerhin war Fronleichnam, ein Feiertag. Aber solche Dinge hatten einen Alois Pankofer noch nie sonderlich interessiert. Ein Wäschereibetrieb musste am Laufen gehalten werden, seine Hauptkundschaft, Gasthäuser, Restaurants und Hotels, konnten ja auch nicht einfach dichtmachen, nur weil Ostern oder Christi Himmelfahrt war. In der Wäscherei Pankofer wurde täglich in Zwölfstundenschichten gearbeitet, nur an Weihnachten gönnte er seinen Mitarbeitern eine Pause.

Erna trat in den vertrauten Flur mit dem hellgrauen Linoleumboden und den weiß gestrichenen Wänden, von dem eine Reihe an Türen abgingen. Die erste war geöffnet. Trude Strasser saß in dem Büro wie gewohnt an ihrem Schreibtisch, neben dem eine übergroße Zimmerpalme stand. Die Mitfünfzigerin war die langjährigste Mitarbeiterin der Pankofers, und sie war stets von den Wäschereiangestellten gefürchtet worden. Doch heute war etwas anders als sonst: Die sonst stets selbstsicher wirkende Frau weinte. Erna konnte sich nicht daran erinnern, sie jemals in einem solch aufgelösten Zustand erlebt zu haben. Sie trat näher und machte durch ein Räuspern auf sich aufmerksam. Trude wandte den Kopf. Als sie Erna sah, verengten sich ihre Augen zu Schlitzen.

»Da sieh mal einer an, wer sich die Ehre gibt! Kaum ist der alte Herr vom Boandlkramer geholt worden, kommen schon die Geier. Ich hätte es mir denken können.«

»Wie ... Was soll das heißen, geholt worden?«, hakte Erna verwundert nach. Ihr Herzschlag beschleunigte sich. Konnte es tatsächlich sein, dass ...

»Stell dich nicht dumm«, antwortete Trude. »Alois Pankofer ist heute früh von uns gegangen. Ein Herzinfarkt ist es gewesen.«

5. Kapitel

31. Mai 1929

Lotte saß mit ihrer Freundin Ilse an der Isar in der Nachmittagssonne, und bei den beiden herrschte Katerstimmung. Sie kannten einander schon seit Kindertagen und hatten gemeinsam die Schule besucht. So recht wusste keine von beiden, wie es nun mit ihnen weitergehen sollte. Ilse stammte aus einem Musikerhaushalt. Der Vater war als Organist in der Kirche tätig und leitete auch den Kirchenchor. Ihre Mutter hatte nach der Geburt von Ilse und ihrer drei Geschwister ihre Träume von einer Musikkarriere aufgegeben, nun gab sie Klavierstunden. Bedauerlicherweise war Ilse das einzige Kind in der Familie, das das musikalische Talent nicht geerbt hatte. Ihre Schwestern sangen wie die Engel und waren bereits Mitglieder im Chor, und ihr ältester Bruder Joachim studierte sogar Musik. Wenn er Geige spielte, schien die Zeit stillzustehen. Was aus dem unmusikalischen Töchterchen werden sollte, schien in der Familie niemand so recht zu wissen. Auf Empfehlung einer Nachbarin hatte Ilse die letzten beiden Wochen in einer Hauswirtschafterinnen-Schule verbracht.

»Also zu diesen Haushaltsdrachen bringen mich keine zehn Pferde mehr«, sagte sie und warf einen Stein in die Isar. »Die Weiber dort haben allesamt den bösen Blick. Als mir aus Versehen das Salzfass ins Nudelwasser gefallen ist, hat mir eine von denen sogar einen Klaps gegeben. Wegen einem Salzfass! Das muss man sich mal vorstellen! Und wir mussten stundenlang bügeln, bevorzugt Herrenhemden. Meine waren natürlich nie gut genug, und ich habe mich mehrfach an dem dummen Eisen verbrannt.« Zur Bekräftigung ihrer Aussage hielt sie ihre linke Hand nach oben, auf der sich einige Brandnarben zeigten. »Ich denke jetzt darüber nach, auf eine der Sekretärinnenschulen zu gehen. Irgendwas muss man ja machen, und in Deutsch hatte ich immer ganz gute Noten. An so manchen Tagen wünschte ich, ich hätte doch das Talent meiner Eltern geerbt. Wenn ich Klavierspielen könnte, dann würde ich jetzt auf irgendeinem netten Konservatorium sitzen und mein Leben wäre bedeutend entspannter. Aber ich scheitere ja schon an der vermaledeiten Notenleserei. Für mich werden das zeitlebens schwarze Kugeln bleiben, die auf Linien auf und ab springen. Und wie ist das bei dir? Willst du jetzt wirklich dauerhaft im elterlichen Betrieb mitarbeiten und ständig die Gängelei von Frieda ertragen?« Sie sah Lotte fragend an.

»Erst einmal schon«, antwortete Lotte und stieß einen Seufzer aus. »Das mit dem Hirschvogel hat ja nicht geklappt, und ich glaube nicht, dass eine Sekretärinnenschule etwas für mich ist. Ach, ich wünschte, ich könnte eine echte Künstlerin werden, so eine wie die, die in Schwabing wohnen und ihre Bilder in solch einer Vernissage ausstellen! Du weißt, wie gern ich es hab, zu zeichnen. Frieda ist zwar der Meinung, dass all meine Skizzen hässlich sind und eher etwas mit naiver Bauernmalerei zu tun haben, aber sie hat von solchen Dingen doch gar keine Ahnung. Für mein großes Schwesterchen geht es nur darum, möglichst schnell eine gute Partie zu machen. Männer sind das Einzige, das sie im Moment im Kopf hat.« Lotte rollte die Augen.

»Was allerdings keine dumme Idee ist«, meinte Ilse. »Wenn du den Richtigen heiratest, hast du ausgesorgt und musst nie wieder Eiskugeln an irgendwelche nervigen Rotzbälger verkaufen. Und dann kannst du dich auch deiner eigenen Malerei widmen.«

»Aber dann einen Künstler«, antwortete Lotte. »So einen richtig berühmten natürlich, keinen armen Schlucker. Viele der ganz Großen waren ja zeit ihres Lebens arm. Da muss man schon achtgeben, mit wem man sich einlässt.«

»Also wenn du dir tatsächlich einen gut betuchten Künstler angeln willst«, meinte Ilse, »dann findest du den im Künstlerhaus am Lenbachplatz. Heute findet dort zufälligerweise ein Tanzabend statt, das weiß ich von Joachim, der geht da mit seinem neuen Gspusi hin. Frag nicht, wie sie heißt. Er hat gefühlt alle drei Wochen eine andere. Männer dürfen sich so aufführen, aber wenn wir Frauen einen solch regen Partnerwechsel hätten, wären wir gleich gesellschaftlich geächtet.«

»Also ich glaube nicht, dass meine Mutter mir den Besuch eines Tanzabends im Künstlerhaus erlauben wird«, antwortete Lotte, ohne auf das Gerede von Joachims Liebesleben, Ilses ältestem Bruder, einzugehen. »Du weißt, dass sie in dieser Hinsicht streng ist. Ich hab jeden Abend um sieben zu Hause zu sein. Sie ist der Meinung, dass Backfische in meinem Alter zu später Stunde auf Münchens Straßen nichts verloren haben. Als würde ich mich ständig in irgendwelchen Spelunken in Schwabing rumtreiben wollen.«

»Wie sehr ich den Begriff ›Backfisch‹ für junge Mädchen doch verabscheue«, antwortete Ilse und zog eine Grimasse. »Ich werden nie begreifen, was junge Mädchen mit einer Fischspezialität zu tun haben.«

»Das hat nichts mit dem Backfisch zu tun, den man bei uns in den Wirtshäusern bekommt«, erklärte Lotte. »Mir hat das eine der Ladnerinnen während meiner Arbeit beim Hirschvogel erklärt. Die Bezeichnung wird von der Aussage englischer Angler abgeleitet, die die noch nicht ganz ausgewachsenen Fische wieder zurück ins Wasser werfen, damit sie größer werden konnten. Sie sagen dann immer *back fish*.«

»Du hörst dich schon an wie die Frau Braubacher! Vielleicht würdest du ja eine gute Lehrerin abgeben.«

Lotte zog eine Grimasse, und Ilse kam wieder auf ihr eigentliches Gesprächsthema zurück: »Wegen heute Abend. Wir könnten doch deiner Mutter sagen, dass du bei mir übernachtest. Da mein Bruder bei dem Tanzabend anwesend sein wird, wird meine Mutter bestimmt nichts dagegen haben, dass wir auch hingehen. Das wird bestimmt ein Spaß. Wir können uns Kleider von Gerda ausleihen! Sie ist gerade mit ihrem Chor in Hamburg, also wird sie es sowieso nicht merken. Dazu ordentlich Schminke im Gesicht, damit wir älter aussehen. Welche Schuhgröße hast du gleich noch mal?«

»Achtunddreißig«, antwortete Lotte.

»Perfekt«, erwiderte Ilse freudig. »Dann passen dir auch Gerdas Pumps. Mit flachen Schuhen geht man nämlich als richtige Frau nicht zu so einer Veranstaltung. Ich sage dir: Das wird großartig.« Sie klatschte freudig in die Hände.

Einige Stunden später erreichten Lotte und Ilse das am Lenbachplatz gelegene Künstlerhaus. Das im Jahr 1900 eröffnete Haus am Rande der Münchner Altstadt war im Stil der Neorenaissance gehalten und der wichtigste Treffpunkt von Münchens Künstlern. Das Anwesen bestand aus einem viergiebeligen Festsaalbau sowie drei eingeschossigen Gebäuden, sich an den jeweiligen Ecken befindliche Terrassenbauten gruppierten sich um einen Arkadenhof. Der Bau diente den Künstlern als Begegnungsstätte, und es fanden regelmäßig Konzerte, Schauspiel- und Theateraufführungen, Tanzabende und Maskenbälle statt.

Lotte betrat gemeinsam mit Ilse, Joachim und seinem aktuellen Gspusi den Festsaal des Hauses, und ihre Augen wurden groß. Solch eine Pracht hatte sie noch nie gesehen! Der Raum war ganz ohne störende Säulen luftig hoch, Kronleuchter hingen von der golden schimmernden Decke, der Parkettboden war auf Hochglanz poliert. Die Wände waren in einem warmen Rotton gestrichen, und es gab sogar eine Galerie. Die eine Seite des Saals begrenzten bodentiefe Fenster, die von hellen Samtvorhängen eingerahmt wurden. Mit weißen Tüchern dekorierte Stehtische luden am Rand der Tanzfläche zum Verweilen ein, und auf der Bühne standen bereits die Instrumente der Tanzkapelle bereit. Lottes Herz begann, schneller zu schlagen, während sie sich unter die Gäste mischten. Sie konnte noch gar nicht glauben, dass sie wirklich hier war. Ihre Mutter hatte ihr anstandslos die Übernachtung bei Ilse gestattet. Die einzige Bedingung war, dass Lotte am nächsten Morgen um Punkt neun wieder im Laden wäre, denn sie müsste sich ihrer Meinung nach an geregelte Arbeitszeiten gewöhnen. Auch in einem Familienbetrieb musste es solche geben. Sie hatten eine gefühlte Ewigkeit damit zugebracht, sich für den Abend zurechtzumachen. Lotte hatte fünf Kleider anprobiert und sich am Ende für ein tailliert geschnittenes, schulterfreies Modell aus einem fließenden dunkelblauen Stoff entschieden, in den silberne Fäden eingewirkt waren. Dazu trug sie passende Pumps. Ihr Haar war von Ilse, die sich für ein beigefarbenes Kleid mit einem roten Gürtel entschieden hatte, in die angesagten Wellen gelegt und mit reichlich Brillantine festzementiert worden war. Ihre Augen waren mit Kajal und viel Wimperntusche betont, ihre Lippen zierte ein roter Lippenstift, Rouge sorgte auf ihren Wangen für Farbe. Lotte hatte die viele Schminke in ihrem Gesicht für etwas übertrieben gehalten, doch Ilse meinte, dass es genau richtig wäre. Wenn man zu einer abendlichen Tanzveranstaltung ging, durfte man ruhig ein wenig dicker auftragen. Lotte ließ ihren Blick über die anwesenden Gäste schweifen und fand sogleich, dass Ilse mit ihrer Aussage recht gehabt hatte – einige der Damen waren sogar noch bedeutend heftiger ins Schminkhaferl gefallen. Joachim ließ sie nach nur wenigen Minuten im Stich, und schnell kamen sich Lotte und Ilse am Rand der noch immer leeren Tanzfläche etwas verloren vor. Wie verhielt man sich jetzt? Ilse pflückte zwei Sektgläser von dem Tablett eines an ihnen vorüberhuschenden Obers und reichte eines davon Lotte.

»Dürfen wir das denn einfach so nehmen?«, fragte Lotte sogleich. »Muss man dafür nicht bezahlen?«

Sie blickte sich unsicher um und beobachtete, dass auch andere Gäste die Sektgläser einfach so von den Tabletts der Ober nahmen.

»Mach dir keine Gedanken«, antwortete Ilse. »Der Willkommenssekt ist im Eintrittspreis enthalten. So stand es auf der Karte.« Sie nippte an ihrem Glas. »Zu unserem Glück hat Joachim die über einen Bekannten kostenlos bekommen. Wohl dem, der gute Kontakte hat.«

Lotte nahm ebenfalls einen Schluck und verzog sogleich das Gesicht. Mit dem Geschmack von Sekt konnte sie noch immer nicht viel anfangen. Wieso dieses in ihren Augen wenig wohlschmeckende Getränk bei den Leuten so beliebt war, erschloss sich ihr nicht.

Die Tanzkapelle erschien, und die vier Musiker machten sich bereit, zu spielen. Die Sängerin trug ein eng anliegendes, tief ausgeschnittenes Fransenkleid aus einem silbernen Stoff, das mehr zeigte als verhüllte, und Lotte starrte die blonde Frau mit großen Augen an.

»Von der können sich meine prüden Chorschwestern aber mal eine Scheibe abschneiden«, raunte ihr Ilse zu. »Was für ein Anblick. Es kommt einem Wunder gleich, dass die Männer um sie herum es in ihrer Gegenwart schaffen, noch anständig zu spielen.« Sie lachte über ihren eigenen Witz und trank erneut von ihrem Sekt. Lotte fiel auf, dass ihr Glas schon beinahe leer war.

Die Kapelle begann einen flotten Charleston zu spielen, der die anwesenden Gäste sogleich zum Tanz animierte. Auch Lotte und Ilse konnten dem Rhythmus nicht widerstehen. Sie stellten ihre Sektgläser auf einem der Stehtische ab und stürmten die Tanzfläche. Es folgte ein ebenfalls gerade angesagter Tanz, der Shimmy, dann wieder ein Charleston. Um Ilse herum tanzte rasch ein gut aussehender junger Mann, der ihr ganz unverhohlen in den Ausschnitt starrte. Der nächste

Tanz war ein Foxtrott, und nun ging es bei ihnen Arm in Arm weiter. Lotte jedoch musste humpelnd die Tanzfläche verlassen. Dieser dumme rechte Schuh scheuerte abscheulich an ihrer Ferse und verdarb ihr die Lust aufs Tanzen. Missmutig ließ sie ihren Blick durch den Raum schweifen. So hatte sie sich diesen Abend nicht vorgestellt. Ihr Blick fiel auf ihr noch immer gut gefülltes Sektglas. Den wollte sie jetzt auch nicht mehr trinken. Die Tanzkapelle spielte nun ein langsames Lied, und das Licht wurde ein wenig gedimmt. Ilse und der Mann tanzten eng, Ilse hatte ihre Arme um seinen Hals geschlungen, ihr Kopf lag an seiner Schulter, und sie hatte die Augen geschlossen, seine Hand ruhte auf ihrem Po.

»Ich nehme an, Sie sind eifersüchtig«, drang plötzlich eine Stimme an Lottes Ohr, und sie blickte zur Seite. Neben ihr stand ein dunkelhaariger Mann in einem dunklen Anzug. Sogleich fielen ihr seine hellen blauen Augen auf.

»Es beschleicht mich der Eindruck, dass Sie gerne mit dem jungen Fräulein in seinen Armen tauschen würden«, sagte er und deutete auf Ilse und den unbekannten Tänzer. »Obwohl Sie mir gar nicht wie ein Mädchen erscheinen, das sich auf solch schamlose Weise in aller Öffentlichkeit verführen lassen würde«, fügte er hinzu.

»Ich bin bestimmt nicht eifersüchtig!«, verteidigte sich Lotte sogleich. »Was fällt Ihnen ein, so zu reden? Ich beobachte das Paar nur deshalb, weil die Frau meine Freundin ist. Und ich darf Ihnen versichern, dass sie alles andere als schamlos ist.«

»Dann entschuldige ich mich bei Ihnen, und natürlich nehme ich meine Behauptung über Ihre Freundin sogleich zurück«, antwortete er.

Lottes Blick wanderte erneut zur Tanzfläche. Ilse und der Mann waren jetzt verschwunden. Wie konnte das sein? Eben war sie doch noch da gewesen! Lottes Herz begann sogleich höher zu schlagen. Ilse würde doch nicht irgendwelche Dummheiten machen?

»Entschuldigen Sie mich bitte«, sagte sie zu dem Mann und lief am Rand der Tanzfläche entlang, doch sie entdeckte Ilse nirgendwo mehr. Sie fand sie auch nicht bei ihrem Bruder, der sich mit einer größeren Gruppe auf der Galerie befand und sich prächtig zu unterhalten schien. Als sie ihn nach dem Verbleib von Ilse fragte, zuckte er nur die Schultern, dann wandte er sich wieder seinem Gesprächspartner zu. Seiner Rolle als großer Bruder, der auf seine kleine Schwester aufpassen sollte, wurde er weiß Gott nicht gerecht. Immerhin hatte man von hier oben einen ganz guten Blick auf die Tanzfläche, doch bedauerlicherweise konnte sie Ilse weiterhin nicht entdecken.

Die Tatsache, dass Lotte eigentlich zu jung für diese Veranstaltung war, blieb einer der sich in der Gruppe befindlichen Frauen nicht verborgen.

»Wer hat denn dich Backfisch hier reingelassen?«, fragte sie Lotte und zog eine Augenbraue in die Höhe. »Geh rasch heim, Kleines, wasch dir die Farbe vom Gesicht und spiel lieber mit deinen Puppen. Das hier ist nichts für kleine Mädchen.«

Lotte kam sich ertappt vor. Wie hatte sie auch nur einen Augenblick annehmen können, dass sie in einem Etablissement wie diesem für voll genommen werden könnte? Sie wich von der Gruppe zurück und verließ die Galerie. Unten angekommen, hielt sie weiterhin nach Ilse Ausschau. Inzwischen spielte die Tanzkappelle wieder ein flotteres Lied und die Tänzer tanzten fröhlich einen Shimmy, was die Suche nach ihr nicht gerade einfacher gestaltete. Überall um sich herum sah Lotte fröhliche Gesichter. Ein junger Mann legte den Arm um sie und wirbelte sie kurz im Kreis. Sie schüttelte ihn ab und stolperte von der Tanzfläche. Ihr Fuß schmerzte nun abscheulich, und sie fühlte sich elend. Tränen stiegen in ihre Augen. Keine Minute länger wollte sie bleiben.

Sie verließ humpelnd den Saal, sank im Eingangsfoyer auf eine der Treppen, zog den rechten Schuh aus und betrachtete ihre Ferse. Sie war blutig gelaufen.

»Na prima«, murmelte Lotte. »Das auch noch. In dem Aufzug kann ich unmöglich nach Hause gehen. Wo bist du nur hin, du dumme Ziege?«

Da erschien plötzlich der Mann von eben, und sein Blick fiel auf die ramponierte Ferse.

»Ach herrje«, bekundete er sogleich sein Beileid. »Das sieht gar nicht gut aus. Waren die Schuhe neu?«

»Geliehen«, antwortete Lotte mit finsterer Miene.

»Und was nun?«, fragte der Mann. »Kann ich Sie vielleicht nach Hause bringen? Ich könnte Ihnen auch ein Taxi rufen. Wo müssen Sie denn hin?«

»Ich komme schon zurecht«, antwortete Lotte abweisend. »Bestimmt kommt meine Freundin gleich zurück.«

»Hm«, antwortete er. »Da wäre ich mir nicht so sicher. Ich hab sie eben mit ihrem Tanzpartner in einen Wagen steigen sehen.«

Erschrocken starrte Lotte den Mann an.

»Lassen Sie mich raten«, sagte er. »Sie können nicht nach Hause, weil Sie Ihren Eltern gesagt haben, dass Sie bei Ihrer Freundin nächtigen? Die Angelegenheit ist jetzt bedauerlicherweise aus dem Ruder gelaufen, und nun wissen Sie nicht, wohin.«

Er schenkte ihr ein charmantes Lächeln.

»Woher ...«, setzte Lotte an, doch er ließ sie nicht ausreden.

»Verzeihen Sie mir, Fräulein. Ich habe eine Schwester in einem ähnlichen Alter wie Sie und auch Ihrer Freundin es sind. Wäre ich Ihr Vater, würde ich Ihnen niemals gestatten, sich zu dieser späten Stunde hier aufzuhalten.« Er zwinkerte ihr zu. »Ich habe mich noch gar nicht namentlich vorgestellt. Mein Name ist Constantin Wagner, wohnhaft in einer Dachwohnung in Schwabing, und ich studiere Malerei. Ich weiß, dass ich Ihnen diese Frage nicht stellen dürfte, aber ich tue es trotzdem, denn ich kann gerade nicht anders: Sie sind wunderschön, mein Fräulein. Gerade so, wie Sie jetzt sind. Ihre traurigen Augen mit der verschmierten Schminke haben etwas Bezwingendes und Zerbrechliches an sich. Könnten Sie mir vielleicht noch heute Abend Modell sitzen? Ich verspreche Ihnen hoch und heilig, keine weiteren Absichten zu hegen, die in irgendeiner Form unschicklich sein könnten. Und Verbandszeug zur Versorgung Ihres Fußes hätte ich auch zu Hause.«

Lotte sah ihn überrascht an. Sie konnte kaum glauben, was sie hörte. Anscheinend hatte sie doch noch ihren Künstler gefunden. Doch sollte sie es wagen und einfach so mit einem Fremden mitgehen? Sie kannte ihn doch kaum. Aber was sollte schon passieren? Er war nett und höflich, und er hatte eine Schwester in ihrem Alter. Sie stimmte zu, und nur wenige Minuten später befand sie sich auf dem Rücksitz eines Taxis und beobachtete die Lichter der Stadt, die an ihr vorüberflogen.

6. Kapitel

München, 10. Juni 1929

Erna und Josef saßen bei einem späten Frühstück in ihrem von hellem Sonnenlicht erleuchteten Esszimmer. Es würde erneut ein schöner Sommertag werden. Sie waren bereits seit einigen Stunden auf den Beinen, denn noch vor Sonnenaufgang hatte sie ihr Weg nach Sendling zum Einkauf in die Großmarkthalle geführt.

»Dieser Bachmann vom Großglockner ruiniert uns das ganze Geschäft«, schimpfte Josef und deutete auf eine halbseitige Werbeanzeige im Münchner Abendblatt, in der das *Café Großglockner* mit dem besten italienischen Eis von ganz München warb. »Wenn ich das gewusst hätte, hätten wir uns in einer anderen Ecke der Stadt niedergelassen. Mit dem Bachmann und seinem großen Haus können wir nicht mithalten.«

»Also ich würde da nicht so viel drauf geben«, antwortete Erna. »Eis geht doch immer, und Eiscreme verkaufende Cafés finden sich in der Umgebung viele. Es läuft doch gut, und durch unsere neue elektrische Eismaschine sogar noch besser, als wir am Eröffnungstag gedacht hatten. Endlich hat das Kurbeln ein Ende, und wir können wesentlich flotter unsere

Eissorten herstellen. Es war doch eine große Freude, dass wir diese Neuanschaffung von deinem Erbe tätigen konnten! Du solltest nicht immer alles so schwarzsehen.« Sie streckte die Hand aus und berührte Josefs Fingerspitzen.

»Ja, die Eismaschine ist eine gute Sache«, antwortete Josef. »Doch wir wissen beide, dass mir mehr Erbe zugestanden hätte. Wäre es gerecht zugegangen, hätten wir auch gleich noch die von uns so dringend benötigten neuen Gefriergeräte kaufen können. Damit hätten wir dem *Großglockner* vielleicht die Stirn bieten können. Aber ich dachte mir schon, dass mein Vater dafür sorgt, dass mir nur das Notwendigste ausgezahlt wird.«

Erna antwortete mit einem Seufzer. Josef könnte zufrieden sein, doch er war es nicht. Sie spürte, dass sein Verhalten nicht nur etwas mit dem wenigen Erbe zu tun hatte. Der Tod seines Vaters hatte ihn trotz ihres schlechten Verhältnisses getroffen.

Alois Pankofer war an einem windigen und kühlen Tag beerdigt worden. Josef war an der Seite seiner Mutter hinter dem Sarg hergelaufen, Erna, Frieda und Lotte hatten sich während der Beerdigung und des im Anschluss stattfindenden Leichenschmauses dezent im Hintergrund gehalten. An diesem Tag hatte sie sich erneut wie ein Fremdkörper gefühlt. Vielleicht hätte sie damals doch besser die Wäscherei verlassen und das Kind weggeben sollen ... Aber die Liebe war zu stark gewesen, sie hatten den Krieg überstanden, auch nach all den Jahren hielt das Band ihrer Ehe unerschütterlich. Sie liebte diesen Mann mehr als alles andere auf der Welt. Und sie wusste, dass er sich gerne mit seinem Vater ausgesöhnt hätte.

Die Wäscherei war, wie im Testament von Alois verfügt, von einem anderen Betrieb, mit dem bereits zusammengearbeitet worden war, komplett übernommen worden. Anneliese erhielt eine Rente und die schmucke, in der Nähe des Englischen Gartens gelegene Stadtwohnung. Das von Anneliese abgezweigte Geld hatten sie nicht mehr zurückzahlen müssen.

Erna war froh darüber gewesen, als sie den Leichenschmaus verlassen hatten, denn einige ihrer ehemaligen Kolleginnen waren anwesend gewesen und hatten nur abfällige Blicke für sie übrig gehabt.

Frieda betrat den Raum. Sie trug ihr übliches Arbeitskleid und eine weiße Schürze, auf die sich einige kleine Schokoladenflecken geschlichen hatten.

»Habt ihr eine Ahnung, was mit Fanny los ist?«, fragte sie. »Normalerweise ist sie um diese Zeit längst in der Küche am werkeln. Aber heute fehlt sie.«

»Seltsam«, antwortete Erna. »Wenn sie krank wäre, hätte sie sich bestimmt gemeldet. Einfach so fernzubleiben ist gar nicht ihre Art. Wenn sie nur ein Telefon hätte! Vielleicht sollten wir zu ihr gehen und nach ihr sehen. Würdest du das übernehmen, Frieda? Dann wären wir beruhigt. Sollte sie krank ausfallen, muss ich dir heute leider deinen freien Nachmittag streichen. Bei dem schönen Wetter werden wir bestimmt recht ordentlich Kundschaft bekommen. Wo steckt eigentlich Lotte?«

»Sie wischt den Salon feucht durch, wie ich es ihr angeschafft habe«, antwortete Frieda, deren Miene sich verfinstert hatte, was Erna gut verstehen konnte. Aber in einem Familienbetrieb galt es zusammenzuhalten. Mehr Personal einzustellen konnten sie sich nicht leisten.

»Fein. Vielleicht wird ja doch noch eine anständige Arbeitskraft aus ihr. Manchmal braucht es einfach nur Geduld.«

Eine Stunde später befanden sich Erna und Josef in ihrer Eiswerkstatt, und Josef rieb sich von Tatendrang erfüllt freudig die Hände. Verschwunden schien der eben noch gehegte Groll auf den am Marienplatz gelegenen Konkurrenzbetrieb.

»Dann wollen wir mal loslegen«, sagte er. »Als Erstes machen wir Schokoladeneis, danach kommen Erdbeere und Vanille. Ich dachte, wir könnten heute Nachmittag mal wieder eine neue Sorte ausprobieren. Was hältst du von Kaffee-Eis? Das wäre mal etwas anderes.«

»An die Kinder können wir das aber nicht verkaufen!«, merkte Erna sogleich an.

»Dessen bin ich mir bewusst«, antwortete Josef. »Aber die Damen werden es lieben. Und damit hätten wir etwas Besonderes im Angebot. Wir müssen das Rezept nur gut genug entwickeln. Es muss ordentlich Zucker in die Masse, damit das Eis auf gar keinen Fall bitter schmeckt.«

»Ich nehme an, ich werde wieder die Vorkosterin sein?«, antwortete Erna und lächelte.

»Wer auch sonst!«, erwiderte Josef und legte die Arme um sie. »Eine fachlich perfektere und hübschere Vorkosterin werde ich in ganz München nicht finden.« Er gab ihr einen kurzen Kuss, und in Erna breitete sich dieses herrliche Wohlgefühl aus, das sie jedes Mal in solch innigen Momenten empfand. Sie wünschte sich, sie könnten ihre Zweisamkeit häufiger genießen, wie andere Paare im Englischen Garten flanieren, oder mit einem der Boote auf den Kleinhesseloher See fahren. Doch für solche Vergnügungen ließ ihnen ihr Alltag keine Zeit.

Er löste die Umarmung und begann, die Zutaten zu organisieren. Kakao, Zucker und Sahne landeten auf dem Arbeitstisch. Erna holte die Erdbeeren, die sie am Morgen auf dem Großmarkt erworben hatten.

»Ach, ich wünschte, ich könnte gleich mit dem Kaffee-Eis beginnen«, sagte Josef, während er sich eine Küchenschürze umband. »Diese Sorte hätte unserem Mario gewiss ebenso Freude bereitet. Für Kaffee war er immer zu haben.«

»Bestimmt«, antwortete Erna. »Ich denke aber, dass er den einen oder anderen deiner Versuche nicht gutgeheißen hätte.«

Seit sie die Eismaschine hatten, war Josef äußerst kreativ geworden, was Ideen anging, und er kreierte manchmal bis tief in die Nacht hinein neue Sorten. Allerdings hatte Erna Sorten wie Lakritze oder gar Bier-Eis als nicht verkaufbar deklariert. Besonders an Letzterer hatte Josef mehrere Tage gefeilt, denn sie würde doch so wunderbar zu München passen. Doch es half alles nichts: Bier und Eis wollten einfach nicht zusammenpassen.

Fanny, die sich noch nicht so recht an die neu entdeckte Kreativität ihres Chefs gewöhnt hatte, konnte solchen Kreationen so gar nichts abgewinnen. Auch die Tatsache, dass sie nicht an die Eismaschine durfte, schmeckte ihr so gar nicht. Schließlich war *sie* hier die Küchenmamsell! Die neu erworbene Maschine war Josefs ganzer Stolz – sie war so teuer gewesen, dass sie beinahe den gesamten Erbanteil aufgebraucht hatte. Den war sie aber auch wert. Mit dem Gerät konnte man innerhalb weniger Stunden Eis für drei Verkaufstage herstellen, das war mit den altmodischen Kurbelmaschinen, die nun neben dem Eiswagen in der Ecke des Schuppens standen, niemals möglich gewesen.

Lotte erschien, und ihre Miene war mal wieder verdrießlich. Sie trug ein schlichtes dunkelgrünes Kleid, das sie von

Frieda geerbt hatte und ihr noch ein Stück zu groß war. Das Mädchen machte keinen Hehl daraus, was sie von der täglichen Mitarbeit im elterlichen Betrieb hielt.

»Ich bin mit dem Wischen und Abstauben jetzt fertig«, sagte sie. »Könnte ich heute vielleicht ausnahmsweise mal frei bekommen? Franzi und Lena wollen in den Zoo und haben mich gestern gefragt, ob ich mitkomme.« Sie sah ihren Vater an, weil sie wusste, dass er ihr den freien Tag eher erlauben würde. Josef war schon immer schlecht darin gewesen, seinen Töchtern einen Wunsch abzuschlagen.

Doch anstatt Josef gab Erna Antwort: »Das können wir jetzt noch nicht entscheiden. Sollte Fanny heute ausfallen, wirst du hierbleiben und mithelfen müssen.«

»Oh, wie sehr ich das doch hasse«, entgegnete Lotte und zog eine Schnute. Sie verschränkte die Arme vor der Brust und stampfte sogar ungebührlich mit dem Fuß auf. »Ich wollte nie so einen dummen Eissalon haben. Macht eure blöde Arbeit doch allein!« Sie lief davon.

Erna fühlte erneut Hilflosigkeit in sich aufsteigen. Was war nur mit dem Mädchen los? Noch vor einigen Monaten war Lotte äußerst umgänglich und lieb gewesen, und die Vorstellung, im elterlichen Eissalon mitzuarbeiten, hatte ihr gefallen. Wieso war sie jetzt so verändert? Vermutlich lag es an ihren Freundinnen. Die beiden jungen Fräuleins, mit denen sie den Zoo besuchen wollte, kamen aus gutbürgerlichen Haushalten, in denen eine Mitarbeit der Töchter nicht eingefordert wurde. Allerdings hatten sowohl Franzi als auch Lena andere lobenswerte Ziele vor Augen. Die eine träumte davon, Ärztin zu werden, und die andere war künstlerisch äußerst begabt, wollte unbedingt an einer Kunsthochschule studieren. Von solchen Ambitionen war Lotte weit entfernt. Was das Mädchen wirklich wollte, wusste niemand so recht. Sie hatte keine Hobbys, und auch junge Männer erweckten noch nicht ihr Interesse – das nahm Erna jedenfalls an. Was Lotte bei ihren Streifzügen durch die Stadt genau anstellte, konnte sie natürlich nicht sagen. Sie stieß einen innerlichen Seufzer aus. Die nächsten Jahre mit ihr würden nicht leicht werden. Da lobte sie sich doch Frieda, die niemals so aufmüpfig gewesen war. Vielleicht würde sie ja irgendwann einmal einen patenten Ehemann finden und mit ihm ihren mit Herzblut aufgebauten Betrieb weiterführen, sollte dieser weiter Bestand haben. Aber dafür würden sie selbstverständlich alles nur Erdenkliche tun.

»Sie wird sich schon wieder beruhigen«, sagte Josef den Satz, den er schon oft in solchen Situationen von sich gegeben hatte.

Erna antwortete mit einem »Hm«, denn es fehlte ihr die Lust dazu, mit ihm eine größere Diskussion zu dieser Thematik zu führen, die vermutlich wieder nichts bringen würde. Josef müsste in dieser Angelegenheit endlich einmal ein Machtwort sprechen und als Autoritätsperson auftreten, doch das brachte er nicht fertig. Der Grund für seine Sanftmütigkeit lag mit Sicherheit in seiner Vergangenheit und bei seinen Schwierigkeiten mit dem eigenen Vater. Er wollte auf gar keinen Fall Missstimmungen zwischen sich und seinen Töchtern haben, die familiäre Harmonie stand über allem. Doch hin und wieder musste es doch mal krachen. Ein Gewitter reinigte die Luft.

»Was hältst du denn davon, wenn wir Kirsch-Eis anbieten?«, kam Josef wieder auf die Eisherstellung zurück. »Ich habe heute Morgen in der Großmarkthalle bemerkt, dass die

Preise für Kirschen dieses Jahr günstig sind. Es scheint sie in diesem Sommer im Überfluss zu geben.«

»Wieso nicht?«, antwortete Erna. »Es hört sich besser an als Kaffee-Eis.«

Für ihre Bemerkung erhielt sie einen strafenden Blick. Sie hob abwehrend die Hände und zog sich in den Laden zurück, um dort noch einmal nach dem Rechten zu sehen. In einer halben Stunde würden sie aufsperren, und Erna vermutete, dass Lotte gewiss mal wieder vergessen hatte, die Stühle und Tische auf den Gehweg zu stellen.

***

Frieda liebte den unweit des Marienplatzes gelegenen Viktualienmarkt, den sie überqueren musste, um zu Fannys bescheidener Bleibe zu gelangen. Der Markt, den es an dieser Stelle bereits seit Anfang des neunzehnten Jahrhunderts gab, war für sie mit seinen vielen bunten Verkaufsläden und Ständen stets ein besonderer Ort gewesen. Er war ein ständiger Markt für Lebensmittel und hatte, außer an Sonn- und Feiertagen, täglich geöffnet. Hier schien es alles zu geben, was das Herz begehrte. Fleisch, Fisch, Brot und weitere, frische Backwaren wurden verkauft. Selbstverständlich konnte man an vielen Ständen auch Brotzeiten wie die beliebten Leberkässemmeln oder Weißwürstl erwerben. Hinzu kamen unzählige Obst-, Gemüse- und Blumenhändler, und auch ein Biergarten war vorhanden, der bereits gut gefüllt war. Einen schöneren und traditionelleren Markt konnte es nach Friedas Meinung in ganz Deutschland nicht geben. Zwischen den vielen Marktständen herrschte auch heute wieder die vertraute

Geschäftigkeit. Einheimische mischten sich mit Touristen, und es duftete aus dem einen oder anderen Imbiss verführerisch. An einem der vielen Stehtische standen zwei Herren und zuzelten gerade ihre Weißwürste, dazu gab es, wie sollte es für München auch anders sein, Weißbier und Brezn. Ein Stück weiter handelte eine der Marktfrauen mit Händen und Füßen mit einer englisch sprechenden Dame den Preis für einen Blumenstrauß aus. Mit Anna Griesinger, der Tochter eines Wurstwarenhändlers, die ihr kurz zuwinkte, war sie zur Schule gegangen. Sie lief an dem großen Gemüsestand von Sebastian Leitner, bei dem sie Stammkundschaft waren, vorüber, der mit der Bedienung der zahlreichen Kundschaft alle Hände voll zu tun hatte. Der Duft von gebratenen Würstchen ließ ihren Magen knurren und erinnerte sie daran, dass es bald Mittagszeit war. Sie erreichte die Westenrieder Straße, in der Fanny ihre Bleibe in einem Hinterhaus im dritten Stock hatte. Der Innenhof ähnelte dem vieler in der Stadt. Es gab eine Fahrradwerkstatt in einem Hinterhaus, Wäsche hing vor den Fenstern, zwei Mädchen saßen vor einem der Eingänge mit ihren Puppen und beäugten sie neugierig.

Im Treppenhaus empfing sie eine undefinierbare Mischung von Essensgerüchen, von den Wänden blätterte an einigen Stellen der graue Putz, und die ausgetretenen Stufen der hölzernen Treppe knarrten unter Friedas Füßen. Als sie den dritten Stock erreichte, fand sie Fanny im Nachthemd und barfuß vor ihrer Wohnungstür vor. Verdutzt sah sie sie an.

»Ja, Fanny. Was machst du denn in dem Aufzug hier draußen?«, fragte sie. »Ist etwas geschehen?«

»Nach was schauts denn aus?«, erwiderte Fanny ruppig. »Mir ist die Tür vor der Nas zugfallen. Und des alles nur deshalb, weil der dumme Bua die Zeitung ned anständig auf die Fußmatte hat legen können. Und in dem Aufzug kann ich doch ned auf die Straß laufen und ums Eck zum Hausmeister, damit er mir die Tür aufsperrt. Da muss ich mich ja schama. Normalerweise is in dem Treppenhaus die Hölle los, aber ausgerechnet heut will niemand vorbeikommen, und die Frau Neuhauser, die depperte Pflunzen, macht a ned auf.« Sie deutete auf die Nachbarstür. »Immer dann, wenn ma jemanden brauchen␣tät, is keiner da.«

»Verstehe«, antwortete Frieda, die Mühe hatte, ein Schmunzeln zu unterdrücken. Fannys Lage mutete doch etwas komisch an. Da stand sie lieber eine halbe Ewigkeit in ihrem knöchellangen Nachthemd vor der Tür, anstatt sich Hilfe zu holen, Aufzug hin oder her. So gschamig kannte Frieda sie gar nicht. Aber immerhin war Fanny nicht krank, und es hatte keinen Unfall gegeben. Es galt, die Tür aufzubekommen, mehr nicht. Ihrem freien Nachmittag stand nichts im Wege.

»Jetzt bin ich ja da, und wir bekommen das Problem bestimmt flott gelöst«, antwortete sie. »Ich lauf schnell um die Ecke und hole den Hausmeister.«

»Danke dir«, antwortete Fanny. »Es mag zwar Sommer sein, aber trotzdem san mir die Füß langsam kalt gworden. Der heißt Lechner und wohnt gleich neben dem Hoftor unten links. Aber beeil dich, der geht um die Zeit gern mal zu seinem Frühschoppen ins Hofbräuhaus.«

Frieda tat wie geheißen. Sie hatte Glück und traf den Hausmeister, einen kugelrunden Mann mit einer Halbglatze, gerade noch an. Sogleich eilte er Fanny zu Hilfe, und während er die Tür öffnete, hatte Frieda das Gefühl, dass er kräftig mit ihr tändelte, was sie zum Schmunzeln brachte.

»Des hätten wir gleich, Frau Gärtner. Mei, so ein Missgeschick kann jedem mal passieren. Außerdem sehen Sie selbst in ihrem Nachthemd ansehnlich aus, wenn ich des so sagen darf.«

Doch Fanny war für seine Schmeicheleien nicht zugänglich. Als die Tür geöffnet war, bedankte sie sich mit knappen Worten und wünschte dem Hausmeister in einem abweisenden Tonfall noch einen schönen Tag. Nachdem sich die Tür hinter ihr und Frieda geschlossen hatte, atmete sie tief durch.

»Er ist seit dem Tod von seiner Irmi recht einsam«, glaubte sie ihr kühles Verhalten entschuldigen zu müssen. »So ist er ja ein recht Netter, aber ich häng mir in dem Leben kein Mannsbild mehr ans Bein. Damit hab ich nur Ärger ghabt.« Sie winkte ab.

Frieda hätte gerne nachgefragt, wie der Ärger ausgesehen hatte – doch es war das erste Mal, dass Fanny etwas von ihrem Privatleben erzählte. Dass es in ihrem Leben einmal einen Mann, vielleicht sogar einen Ehemann, gegeben hatte, hatte sie bisher nicht erwähnt. Frieda unterließ es, weiter nachzuhaken. Sie ahnte, dass sie keine Antwort von Fanny erhalten würde. Fanny pflückte ihr Arbeitskleid von einem Bügel. Ihre Wohnung bestand aus einem einzigen Raum, das ordentlich gemachte Bett befand sich in der Ecke neben der Tür, daneben ein hübsch bemalter Bauernschrank, unter dem kleinen Dachfenster standen ein Tisch und zwei Stühle. Auf einem altmodischen Ofen waren Töpfe und Tiegel, das Geschirr lagerte in einem danebenstehenden Küchenbüfett. Klein, aber gemütlich, dachte Frieda. So oder so ähnlich hatte sie sich Fannys Behausung vorgestellt.

»Geh und lauf schon mal voraus«, wies Fanny sie an, während sie ihr Nachthemd über den Kopf zog. Vor Frieda schien sie sich nicht zu genieren. »Erna macht sich sonst noch unnötig Gedanken. Sag ihr bitte, dass es mir schrecklich leidtut.«

Frieda stimmte zu und verabschiedete sich.

Bester Laune ging sie nur wenige Minuten später erneut über den Viktualienmarkt. Ihrem freien Nachmittag, den sie mit Hilde im Englischen Garten verbringen wollte, stand nichts mehr im Wege.

Im nächsten Moment lief sie schnurstracks in einen jungen Mann hinein – sie hatte vor lauter Freude nicht auf den Weg geachtet. Es war ausgerechnet Erich Bachmann, der gerade eben in eine Leberkässemmel gebissen hatte und nun einen großen Senffleck auf seiner Weste hatte. Er stieß einen üblen Fluch aus, verstummte jedoch sogleich, als er sah, wer der Übeltäter war.

7. Kapitel

10. Juni 1929

»Dafür, dass du dich nur mit Hilde triffst, putzt du dich aber arg raus«, sagte Lotte mit einem scheinheilig klingenden Unterton in der Stimme. Sie lag bäuchlings auf ihrem Bett und beobachtete, wie Frieda ihre Schminkaktion beendete. Die beiden befanden sich in der kleinen Kammer, die sie sich teilten. Zwei Betten, eine Nachtkommode, ein zweitüriger Schrank und ein winziger Toilettentisch passten gerade so hinein. Das schmale Fenster ging zum Hinterhof hinaus, weshalb die meiste Zeit dämmriges Licht im Raum lag – aber immerhin war es ein eigenes Zimmer und nicht mehr nur ein durch einen Vorhang abgetrennter Bereich von der restlichen Wohnung, das Lotte und Frieda nun ihr Eigen nennen durften.

Eine gefühlte Ewigkeit hatte Frieda damit zugebracht, den dummen kleinen Fleck aus ihrem hellgelben Sommerkleid mit der Spitze am unteren Saum auszuwaschen, das sie nach längerer Überlegung für den heutigen Abend ausgewählt hatte. Dazu musste sie bedauerlicherweise erneut die wenig ansehnlichen braunen Halbschuhe tragen. Wie gern hätte sie jetzt hellgelbe oder weiße Pumps gehabt, darin hätten ihre Beine bestimmt viel eleganter ausgesehen als in den plumpen Tretern. Aber vielleicht klappte es ja bald, sich ein solches Paar im Schlussverkauf zu kaufen. Wenn das Geschäft weiterhin so gut lief, könnte sie bestimmt um eine Gehaltserhöhung bitten. Die Verbesserung ihrer finanziellen Situation konnte ja nicht nur ihren Eltern zugutekommen. Frieda wusste allerdings durchaus, dass die Einnahmen aus den Eisverkäufen gerade so die laufenden Kosten deckten. Aber immerhin mussten sie nicht zusperren, wie es noch vor einigen Wochen im Raum gestanden hatte. Ihre Mama hatte sich durch die Neuanschaffung der Eismaschine zu Träumereien hinreißen lassen. Sie würde am liebsten schon bald ein solch prachtvolles Haus wie das *Café Großglockner* leiten, das ihrem Vater, zu Friedas Bedauern, rasch ein Dorn im Auge geworden war. Zu Recht, denn das *Großglockner* wurde gefühlt dauerhaft in sämtliche Zeitungen mit großen Anzeigen als das Kaffeehaus mit der besten Eiscreme von ganz München beworben.

»Wieso sollte ich mich nicht herausputzen?«, fragte Frieda, während sie reichlich Rouge auf ihren Wangen verteilte. »Wir wollen ins Residenztheater. Da wird heute Abend das Stück *Die Frau, die jeder sucht* gegeben. Das soll sehr lustig sein. Du bist bloß neidisch, weil du hierbleiben musst und abends noch nicht ausgehen darfst!«

»Was ich darf und was nicht, entscheide immer noch ich«, gab Lotte eine patzige Antwort. »Und ich weiß aus guten Quellen, dass du heute gar nicht mit Hilde verabredet bist, sondern dass du dich mit dem Bachmann triffst. Wenn Papa davon erfährt, kannst du was erleben. Du weißt, wie er auf die vom *Großglockner* zu sprechen ist.«

Frieda blieb die Luft weg. Woher hatte Lotte diese Information denn nun schon wieder?

Bedauerlicherweise kannte Lotte ihre Schwester zu gut, um sofort an Friedas Gesichtsausdruck zu erkennen, dass sie mit ihrer geratenen Aussage richtig lag.

»Also hatte Ulla recht«, sagte sie triumphierend.

Frieda hatte es geahnt. Ulla, Hildes kleine Schwester, war eine Meisterin darin, andere zu belauschen. Besonders die Belange ihrer drei Jahre älteren Schwester befand sie für besonders interessant. Bedauerlicherweise war sie mit Lotte befreundet.

»Ja, gut«, gab Frieda zu. »Sie hatte recht. Ich gehe mit Erich Bachmann ins Theater. Aber du darfst mich auf gar keinen Fall bei Papa verpetzen.«

»Das mach ich nicht«, antwortete Lotte. »Aber nur, wenn du Mama und Papa sagst, dass du mich mitnimmst.«

»Ich soll was?«, fragte Frieda entsetzt.

»Ihnen sagen, dass ich dich begleiten werde«, antwortete Lotte. »Aber keine Sorge, ich werde nicht an deinem Rockzipfel hängen. Franzi und Lena wollen heute ins Kino am Sendlinger Tor gehen. Da gibt es einen Film mit Charlie Chaplin. Mit dir zusammen lassen mich Mama und Papa bestimmt das Haus verlassen.«

Frieda fügte sich ihrem Schicksal und stimmte zu. Sie konnte nicht riskieren, dass Lotte ihren Eltern erzählte, in wessen Gesellschaft sie den heutigen Abend verbringen würde.

»Von mir aus«, antwortete sie. »Aber wie du ungesehen wieder ins Haus kommst, ist deine Sache.«

Lotte umarmte sie freudig und begann nun ihrerseits, ein Kleid für den heutigen Abend auszuwählen.

Eine Weile darauf erreichte Frieda mit klopfendem Herzen das am Max-Josef-Platz gelegene Residenztheater, das sich direkt neben dem größeren Nationaltheater befand. Der prachtvolle im klassizistischen Stil errichtete Bau erinnerte mit seinen Säulen an einen griechischen Tempel. Das Residenztheater war von außen betrachtet nicht ganz so mondän, konnte aber mit einem Auditorium mit goldenem Stuck und rotem Samt aufwarten. Frieda war erst einmal mit ihrer Freundin Hilde in einer Nachmittagsaufführung gewesen. Sie hatte ihr die Karten zum Geburtstag geschenkt. Sie selbst hätte sich diese niemals leisten können.

Erich Bachmann hatte angeboten, sie von zu Hause abzuholen, aber das wäre natürlich unmöglich gewesen. Nicht auszudenken, was geschehen wäre, wenn ihr Vater ihn gesehen hätte! Dann wäre der Theaterbesuch sogleich vorbeigewesen und somit auch all die anderen hübschen Dinge, die sich Frieda seit ihrem erneuten Aufeinandertreffen mit Erich ausmalte. In ihrer Fantasie träumte sie davon, dass er sie küssen würde. Schon allein der Gedanke, einem Mann so nahe zu kommen, sorgte dafür, dass sie schauderte. Allerdings konnte sie nicht sagen, ob das prickelnde und kribbelige Gefühl, vor Glück beinahe zu platzen, Liebe war. Hilde, die ja bereits verliebt war und deshalb in Friedas Augen durchaus als Fachfrau angesehen werden konnte, hatte gemeint, dass das kribbelige Gefühl ein Anfang wäre. Aber zur richtigen Liebe gehörte dann schon noch bisschen mehr.

Bedauerlicherweise war Erich noch nicht zu sehen. Frieda blieb vor dem Eingang stehen und blickte sich unsicher um. Theaterbesucher liefen an ihr vorüber, größtenteils waren es

Pärchen. Die Damen waren durchweg schick gekleidet, viele trugen feine Abendroben. Frieda zweifelte sogleich an ihrer Kleiderwahl und begutachtete noch einmal die Stelle, an der der Fleck in ihrem Kleid gewesen war. War da etwa noch ein Rand zu sehen? Ach herrje … Sie trug ein viel zu einfaches Sommerkleid, und schmutzig war es auch noch. Dazu die ausgetretenen Schuhe, denen man auf hundert Meter ansah, dass sie schon mehrfach vom Schuster repariert worden waren. Wieso nur hatte sie diese dämliche Einladung angenommen? Diese Welt mochte zu einem Erich Bachmann passen, jedoch niemals zu ihr, die sie aus einfachen Verhältnissen stammte. Ihr dummes Herz hatte sie zu diesem Unfug verleitet. Erich Bachmann war eine Nummer zu groß für sie. Er sollte besser ein Mädchen aus einem wohlhabenderen Haushalt zur Frau nehmen, eine, die mit schicken Schuhen und dem richtigen Kleid vor dem Theater auf ihn warten, die er problemlos von zu Hause abholen konnte.

Sie beschloss, zu gehen. Es war eine dumme Idee gewesen, seine Einladung anzunehmen.

Sie hatte den Max-Josef-Platz noch nicht ganz verlassen, da drang plötzlich seine Stimme an ihr Ohr. Sie blieb stehen und drehte sich um. Da stand er vor ihr. Er wirkte etwas abgehetzt und trug keine solch schicke Kleidung wie viele der anderen Herren, die Frieda ins Theater hatte gehen sehen. Sein braunes Haar war etwas verwuschelt. Erneut beeindruckten Frieda seine strahlend blauen Augen.

»Frieda!«, sagte er und rang nach Atem. »Du gehst? Ich war pünktlich, oder?« Er blickte auf seine Armbanduhr. »Gut, eine Minute zu spät. Es tut mir leid. Ich hatte noch etwas Geschäftliches zu erledigen.«

Frieda nahm sich ein Herz. Sie musste ihm die Wahrheit sagen, und das am besten gleich. Dann konnte er sich sicher sein, woran er war. Er hatte es nicht verdient, von ihr angelogen zu werden.

»Ich kann da nicht mit dir reingehen«, sagte sie und deutete auf das Residenztheater. »Ich pass doch gar nicht zu so einer feinen Gesellschaft. Und angeschwindelt hab ich dich auch. Mein Vater ist kein Finanzbeamter, uns gehört der kleine Eissalon in der Kaufingerstraße – wir sind also Konkurrenten. Es ist wahrscheinlich für alle besser, wenn wir uns nicht mehr sehen. Danke noch einmal für die Einladung, ich habe mich gefreut, aber es geht nicht.« Sie wartete seine Antwort nicht ab, sondern wandte sich gleich um. Während sie ging, spürte sie die aufsteigenden Tränen und blinzelte. Ihre Hände zitterten vor Aufregung, gottverdammtes Gefühlsdurcheinander, es sollte verschwinden.

Da hörte sie erneut seine Stimme, und eine Hand berührte plötzlich ihre Schulter.

»Frieda, so warte doch«, sagte er.

Sie blieb stehen und drehte sich um.

»Ich weiß doch längst, dass du damals nicht die Wahrheit gesagt hast.« Er zeigte kurz ein verschmitztes Grinsen. »Es ist doch noch viel besser, dass du die Tochter eines Eissaloninhabers bist. Ich sehe uns nicht als Konkurrenten. München hat so viele Gaststätten und Cafés, es ist Kundschaft für jeden da. Und wenn du nicht ins Residenztheater gehen möchtest, dann müssen wir das nicht machen. Wir können gerne etwas anderes unternehmen, etwas, das du magst. Aber bitte geh nicht. Ich hab mich den ganzen Tag auf den Abend und auf unser Wiedersehen gefreut.«

Frieda schmolz dahin. Er hatte sich auf sie gefreut, er wies sie nicht ab.

Er erkannte an ihrem veränderten Blick, dass er sie umgestimmt hatte.

So standen sie sich einen Moment lang gegenüber und keiner von beiden schien so recht zu wissen, was sie mit dem angebrochenen Abend machen sollten.

»Wollen wir einfach ein Stück laufen?«, fragte er irgendwann. »Aber nur wenn du möchtest.«

Frieda stimmte mit einem Nicken zu. Laufen war eine großartige Idee. Dabei konnte sie ihre Gedanken ordnen.

So spazierten sie los. Es war ein lauer Sommerabend, und viele Nachtschwärmer waren in der Stadt unterwegs. Sie schlenderten Richtung Hofgarten. Die am nördlichen Rand der Münchner Altstadt gelegene Parkanlage hatte Frieda schon immer gern gemocht. Den Hofgarten gab es bereits seit dem frühen siebzehnten Jahrhundert. Er wurde von Arkadengängen eingefasst, und den Mittelpunkt der Anlage stellte ein hübscher, zwölfeckiger Tempel dar. Sie und Hilde verbrachten hier so manchen Nachmittag damit, auf einer der Bänke zu sitzen und die Leute zu beobachten. Heute hatten sie Glück, und es fand in dem Pavillon ein Sommerkonzert statt. Sämtliche Sitzplätze waren belegt, weshalb sie ein Stück vom Pavillon entfernt auf einer Parkbank Platz nahmen. Neben ihnen blühten in einem Beet Rosen in Hülle und Fülle und hüllten sie mit ihrem betörenden Duft ein. Die Sonne war eben hinter den Dächern verschwunden, und der Himmel schimmerte in hellen Rottönen, dass es eine Freude war.

»Ich wollte früher auch so etwas machen«, sagte Erich irgendwann und deutete auf die aus vier Musikern bestehende

Kapelle. »Ich hätte gerne Geige gelernt, aber mein Vater hat es verboten. Er hält Musiker und andere Künstler für Versager. Richtige Arbeit hat seiner Meinung nach nichts mit Pinsel schwingen, Lieder spielen oder Gedichte schreiben zu tun.«

»Dann darf er nicht nach Schwabing gehen«, antwortete Frieda. »Dort tummelt sich genau das Klientel, das er nicht leiden kann, haufenweise.«

»Deshalb nennt er das Künstlerviertel auch ›Schwabylon‹«, antwortete Erich. »Obwohl sich dort ja weniger Musiker, sondern eher Maler und Dichter rumtreiben, meist Zugereiste. Die meisten sind froh, wenn sie die Miete für ihre überteuerten Zimmer zusammenbekommen. So wird jedenfalls gemunkelt.« Er zwinkerte Frieda zu. »Also hatte mein Vater damals gar nicht so unrecht. So bin ich ausgebildeter Kaufmann geworden und werde wohl irgendwann das Geschäft übernehmen. Er wünscht es sich jedenfalls.« Er sah Frieda an, und seine nun gestellte Frage zeigte, dass er seine Hausaufgaben ihre Person betreffend gründlich gemacht hatte. »Ihr habt nicht zufällig etwas mit der Großwäscherei Pankofer zu tun?«

»München ist ein Dorf«, antwortete Frieda und warf ihm einen kurzen Seitenblick zu. »Alois Pankofer war mein Großvater. Er ist kürzlich verstorben.«

»Das tut mir leid«, antwortete Erich betroffen.

»Muss es nicht«, entgegnete Frieda. »Ich kannte ihn nicht. Das Verhältnis zwischen ihm und meinem Vater war … nicht das beste.«

Sie wusste nicht, weshalb sie solch persönliche Dinge erzählte, und rügte sich innerlich sogleich dafür. Andererseits vermittelte er ihr das Gefühl, offen sprechen und so sein zu dürfen, wie sie war. Sie musste sich nicht verstellen, und das gefiel ihr.

»Familie kann kompliziert sein«, antwortete er und warf ihr einen kurzen Seitenblick zu.

Einen Moment herrschte nun erneut Schweigen zwischen ihnen. Frieda überlegte, ob sie nachfragen sollte, was er mit seiner Bemerkung gemeint hatte. Wenn sie diese richtig verstanden hatte, lag auch bei ihm etwas im Argen. Aber vielleicht sah sie ja nur Gespenster. Sie kannte niemanden, bei dem im privaten Umfeld stets eitel sonnenschein herrschte. Die Kapelle hinter ihnen beendete ihr Konzert und erntete Beifall von den Zuhörern, es wurde eine Zugabe gefordert.

»Wollen wir noch ein Stück gehen?«, fragte er und riss sie aus ihren Gedanken. »Der Abend ist zu schön, um ihn im Inneren einer Restauration zu verbringen. Findest du nicht?«

Frieda stimmte zu. Sie verließen den Hofgarten und schlendderte alsbald durch den im Dämmerlicht des Abends liegenden Englischen Garten. Auch hier herrschte noch sommerlicher Betrieb. Im Biergarten am Chinesischen Turm waren viele Tische belegt, eine Blaskapelle hielt die Kundschaft bei Laune. Auf den Wiesen wurde gepicknickt, Pärchen küssten sich ungeniert.

Am Kleinhesseloher See entschieden sie sich dazu, in dem direkt am Ufer des Sees liegenden Restaurant einzukehren.

Beide waren nicht hungrig, weshalb sie bei der Bedienung, einer korpulenten Frau in bayerischer Tracht mit Oberarmen wie ein Preisboxer, die gewiss auch auf dem Oktoberfest tätig war, nur zwei Gläser Rotwein bestellten. Daraufhin ernteten sie einen unleidigen Blick. »Wenn es denn sein muaß«, sagte die Bedienung. »Ihr habts garned wie Zugereiste ausgschaut. So kann man danem liegen.«

Sie ging. Als sie außer Hörweite waren, prusteten Erich und Frieda gleichzeitig los.

»Herrlich«, sagte Frieda. »Dafür liebe ich diese Stadt. Solche Bedienungen findet man bestimmt an keinem anderen Ort der Welt.«

Erich stimmte ihr zu und plötzlich lag seine Hand auf der ihren. Ihr Lachen verstummte, und sie sah ihm direkt in die Augen. Er hielt ihren Blick fest und sagte: »Ich muss es aussprechen: Du gefällst mir, und das sogar sehr. Du bist wunderschön, besonders deine Augen. Sie sind mir schon bei unserer ersten Begegnung aufgefallen. Ich wünschte, dieser Abend würde niemals enden, und wir könnten für immer hier sitzen bleiben oder redend durch Parkanlagen laufen. Ich weiß, wir kennen uns kaum, aber manches Mal weiß man einfach, dass man einen besonderen Menschen gefunden hat.«

In Frieda schwappten die Glücksgefühle über, und sie wusste nicht, was sie antworten sollte. Sie schluckte. Noch niemals hatte ihr ein Mann solche Komplimente gemacht.

Es war ausgerechnet die Bedienung, die sie fürs Erste von einer Antwort entband und die beiden Weingläser auf den Tisch stellte.

»Händchen halten könnt's«, sagte sie. »Aber mehr ned. Des is a anständiger Biergarten. Für alles andere geht ma hoam.« Sie hob mahnend den Zeigefinger.

Frieda senkte errötend den Blick. Ihr Herz schlug nun wie verrückt. Sie war verliebt, zum ersten Mal im Leben, so richtig. Es gab nur ein Problem, aber diesen Gedanken wollte sie in diesem Augenblick nicht zulassen – sie durfte Erich nicht lieben. Und eine weitere Schwierigkeit lief im nächsten Augenblick an ihr vorüber: Es war ihre kleine Schwester Lotte, und sie war nicht in Begleitung ihrer Freundinnen, sondern eines Mannes.

8. Kapitel

20. Juni 1929

Erna setzte sich neben Ludwig an den Tisch, der mal wieder ihr einziger Kunde war, und ihr Blick wanderte nach draußen. Es war ein durchwachsener und schwülwarmer Junitag. Regenschauer und sonnige Abschnitte wechselten sich ab. Gerade eben hatte es über dem gegenüberliegenden Haus einen wunderschönen Regenbogen gegeben. Der hübsche Anblick hatte jedoch an der gedrückten Stimmung im Salon nichts geändert.

»Das Wetter macht es noch schlimmer«, sagte Erna und stützte das Kinn auf die Hand. »Schon an den heißen Tagen laufen die meisten Kunden an unserem Salon einfach nur vorbei. Aber wenn es dann noch regnet ...« Sie vollendete den Satz nicht und stieß einen tiefen Seufzer aus. Von der Aufbruchstimmung, die nach der Anschaffung der neuen Eismaschine geherrscht hatte, war nicht mehr viel übrig geblieben.

Fanny gesellte sich zu ihnen. »Wir müssen halt bisserl bekannter werden, vielleicht auch noch mal Angebote machen. Ihr könntet auch amal a Anzeige in der Zeitung schalten.«

»Angebote haben wir jetzt schon mehrfach gemacht«, antwortete Erna. »Eine Kugel bezahlen, eine umsonst, drei Kugeln zum Preis von zweien. Natürlich kommen dann mehr Kunden, aber wir machen Verluste, da wir trotzdem nicht mehr verkaufen. Und so eine Anzeige bringt doch nix, wenn man sie in der Zeitung kaum lesen kann, weil sie zu klein ist. Große Werbeanzeigen können wir uns nicht leisten. Es ist wie verhext. Es kann doch nicht nur an unserer Größe liegen. Wir dachten, es würde viel mehr Laufpublikum stehen bleiben, immerhin hat unser Geschäft eine großartige Lage.«

»Mei, ihr seids halt neu«, antwortete Ludwig und nahm seine Pfeife aus dem Mund. »Was der Münchner ned kennt, des schaut er erst amal kaum an. Aber dass die ganzen Zugereisten auch immer vorbeilaufen, hätt ich ned denkt. Aber die wollen es ja oft schicker ham, und bevorzugen, so ungern ichs sag, des *Großglockner*. Bei dem verkehrn halt auch die Großkopferten. Da bin ich vorhin dran vorbeikommen, und der ganze Sommergarten war trotz dem wechselhaften Wetter gerammelt voll, und auch vorm Straßenverkauf hat a lange Schlange gstanden.«

»Sag das lieber nicht zu laut«, antwortete Erna und blickte Richtung Verkaufstheke. »Wenn der Sepp das hört, könnte es sein, dass er dich rauswirft. Das Wort ›Großglockner‹ sollte man in seiner Gegenwart besser nicht erwähnen.«

»Mei, wenns halt so is«, antwortete Ludwig und zuckte die Schultern. »Der Bachmann is a guter Gschäftsmann. Aber der hat halt auch andere Voraussetzungen ghabt als ihr, Geld gab es in der Familie scho immer, und dann hat er mit dem Haus am Marienplatz auch noch Glück ghabt. Obwohl mir der Stiegelmeyer neulich erzählt hat, dass er scho auch an Kredit bei der Bank aufgnommen hat, damit des alles so schick wird. Vielleicht könnts ihr des ja auch mal überlegen.«

»Das würde Josef niemals tun«, antwortete Erna. »In diesem einen Punkt ist er ausnahmsweise einmal derselben Meinung wie sein Vater: Auf Schulden sollte man niemals ein Geschäft aufbauen. Diese Devise galt im Haus Pankofer schon immer. Und was sollten wir mit dem Geld auch finanzieren? Den Laden können wir dadurch nicht größer zaubern, und mehr Eissorten können wir auch nicht anbieten. Da hilft uns auch die neue Eismaschine nur wenig.«

»Apropos Eissorten«, sagte Fanny. »Ich glaub, er kreiert grad schon wieder was Komisches. Also ich probier des fei nimma. Beim letzten Mal ist mir richtig schlecht gworden. Ich halt von der Rumprobiererei gar nix, des kost nur extra Geld und sonst nix. Des meiste Eis, des mir verkaufen, is Schokolad. Da kann ned amal Vanille mithalten.«

Eine Kundin trat ein, und Erna erhob sich sogleich, um sie zu bedienen. Die Frau war ein bekanntes Gesicht. Sie kam öfter, und Erna hatte sich gemerkt, dass Waldmeister ihre Lieblingssorte war. Es landeten zwei Bällchen der süßen Köstlichkeit in einem Pappbecher, den Erna noch mit einer kleinen Waffel dekorierte.

»Also ich muss jetzt mal was loswerden«, sagte die Kundin, sie war mittleren Alters und leicht rundlich. »Ihr Waldmeistereis ist das beste, das ich je gegessen habe. Da können sämtliche andere Eisverkäufer in ganz München einpacken.«

Erna freute sich über das Lob und bedankte sich. Sie bat die Kundin auch gleich darum, ihr Geschäft weiterzuempfehlen. Mund-zu-Mund-Propaganda war etwas, das ein guter Geschäftsmann niemals unterschätzen sollte. Sie brachte manchmal mehr als so manche Werbeanzeige. Solche Rückmeldungen befeuerten wieder die Hoffnung, dass es mit ihrem kleinen Eissalontraum doch noch etwas werden könnte. Am Ende war es Qualität, die sich durchsetzt. Erna beschloss, das Kompliment sogleich an Josef weiterzugeben. Solch eine kleine Freude würde seine Stimmung bestimmt aufhellen.

Als sie die Eiswerkstatt betrat, wurde sie von ihm mit einer Begeisterung in Empfang genommen, die sie Übles ahnen ließ. »Du kommst genau zur rechten Zeit, um meine neueste Kreation zu probieren«, sagte er freudig. »Ich finde, es ist großartig geworden. Damit werden wir bestimmt mehr Kundschaft in den Laden locken. Ganz München wird darüber sprechen.«

Ernas Miene blieb skeptisch. Trotzdem schleckte sie den Löffel ab, den er ihr hinhielt. Tapfer schluckte sie die Neuerfindung, Weißwursteis, hinunter und bemühte sich, den aufkommenden Würgereiz in ihrem Hals zu unterdrücken. Das war ja noch schlimmer als die Sorten Leberkäs oder Brezn, die er zuvor ausprobiert hatte.

»Das können wir auf gar keinen Fall verkaufen«, gab sie ihr für Josef niederschmetterndes Urteil ab. »Da läuft uns die Kundschaft ja davon. Ich glaube, das Experiment herzhaftes Eis funktioniert nicht. Wir sollten lieber mit dem Preis der Eiskugeln runtergehen und bei den traditionellen Eissorten bleiben.«

»Mit dem Preis runtergehen?«, antwortete Josef mit finsterer Miene und nahm ihr den Löffel ab. »Das können wir uns nicht leisten, und das weißt du. Die traditionellen Eissorten hat der *Großglockner* auch alle. Damit können wir nicht punkten. Wir brauchen etwas Originelles, etwas Neues und anderes. Etwas, das ganz München, ja die Welt, noch nicht gesehen hat.«

»Und was soll das bitte sein?«, fragte Erna.

»Wenn ich das wüsste«, antwortete Josef und warf den Löffel in die Spüle. »So können wir jedenfalls nicht mehr lange weitermachen. Es ist Sommer, und wir machen nicht genug Umsatz. Ich hätte niemals gedacht, dass das Geschäft so hart werden würde. Inzwischen habe ich sogar den Eindruck, dass wir mit unserem alten Eiswagen mehr verdient haben.«

»Damit waren wir auch beweglich«, antwortete Erna. »Wir sind durch die Stadtteile gezogen und waren in Ecken, wo es keine Konkurrenz gab. Hier mitten in der Innenstadt müssen wir uns ja nicht nur gegen einen Großbetrieb wie den *Großglockner* behaupten. Es gibt noch genügend andere Cafés, die ebenfalls Eis verkaufen und bekannter sind als unseres. Wenn es weiter so schlecht läuft, werden wir harte Entscheidungen treffen müssen. Mir graut schon jetzt vor dem Gespräch mit Fanny.« Erna stieß einen Seufzer aus. »Ich glaube jedoch, dass sie bereits ahnt, dass wir sie nicht mehr lange behalten werden können.«

»Und deshalb brauchen wir ein besseres und ausgefalleneres Angebot«, kam Josef wieder auf sein neuestes Lieblingsthema zurück.

»Bei Eiscreme könnte das schwer werden«, antwortete Erna. »Was soll es da schon für Neuerungen geben?«

»Ich weiß«, antwortete Josef und ließ die Schultern hängen. »Wir sind wohl zu blauäugig gewesen. Ich wünschte, Mario wäre noch hier. Er war großartig darin, die Kundschaft anzulocken. Mit ihm wäre es ein Leichtes gewesen, mehr Umsatz zu generieren.«

Erna wollte etwas Tröstendes sagen, doch sie kam nicht mehr dazu, denn auf dem Hinterhof war plötzlich lautes Gezanke zu hören. Sogleich erkannte sie, dass die Stimmen zu ihren Töchtern gehörten.

»Jetzt streiten die beiden schon wieder«, sagte sie und rollte die Augen. »Was ist nur in der letzten Zeit in sie gefahren? Sonst haben sie sich doch auch immer gut verstanden. Ich gehe und versuche, zu schlichten.«

»Tu das«, antwortete Josef. »Und ich werde derweil das Weißwurstdebakel entsorgen und mich daran machen, Himbeereis zuzubereiten, denn das ist fast leer.«

Erna trat auf den Hinterhof, wo sich ihre beiden Töchter wie die Waschweiber ankeiften. Sie waren so in ihren Streit vertieft, dass sie das Erscheinen ihrer Mutter gar nicht bemerkten.

»Ich sag es ihm!«, plärrte Lotte. »Ich warne dich. Ich sag ihm alles. Und dann wirst du dumm gucken.«

»Dann sag ich ihnen, was du anstellst!«, schrie Frieda zurück. »Die ganze Stadt wird dich für eine Schlampe halten.«

Die Worte waren harter Tobak, dachte Erna. Sie ahnte sogleich, dass von Kontakten zum männlichen Geschlecht die Rede war.

»Jetzt bin ich neugierig«, meldete sich Erna zu Wort, ehe Lotte etwas erwidern konnte, und sie trat zwischen ihre Töchter. »Ich will sofort die Wahrheit wissen, von euch beiden! Sonst setzt es was.« Sie sah erst mit ernster Miene zu Lotte, dann zu Frieda.

Bei beiden funkelten die Augen wütend, sie hatten ihre Arme vor der Brust verschränkt. Doch reden wollte keine.

»Frieda«, wandte sich Erna an ihre Ältere. »Wieso beschimpfst du deine Schwester denn so grässlich?«

Frieda wand sich, doch dann gab sie Antwort. »Weil sie sich heimlich mit einem Mann trifft, der bedeutend älter ist als sie. Ich hab sie neulich vertraut im Englischen Garten gesehen.«

Erna sah von Frieda zu Lotte und fragte: »Stimmt das?«

Lottes Miene war so finster, wenn Blicke töten könnten, Frieda würde schlagartig tot umfallen.

»Ja, das stimmt. Sein Name ist Constantin, und ich hab ihn gern.«

»Ja bist du denn verrückt geworden?«, entgegnete Erna. »Du bist ein Kind!«

»Das glaubt ihr«, blaffte Lotte zurück. »Aber ich bin schon bald sechzehn, und er liebt mich. Das hat er mir gesagt. Ihr habt doch alle keine Ahnung.«

Sie wandte sich um und rannte aus dem Hinterhof.

Im nächsten Moment hörten sie das laute Bimmeln der Straßenbahn, dann rief Rosi laut: »Lotte, um Gottes willen!« Sogleich rannten Erna und Frieda auf die Straße, und da sahen sie Lotte. Sie lag bewusstlos auf den Straßenbahnschienen, ihr Gesicht blutüberströmt.

9. Kapitel

21. Juni 1929

Frieda lief in Hildes Zimmer nervös auf und ab. Ihr Innerstes bebte und zitterte. Sie wusste, dass sie jetzt eigentlich bei ihrer Schwester im Krankenhaus sein und ihr beistehen müsste. Doch sie brachte es nicht fertig und schämte sich dafür. Dieses fürchterliche Bild von Lotte, wie sie auf den Gleisen gelegen hatte, wollte einfach nicht aus ihrem Kopf verschwinden. Sie allein trug die Schuld an dem Unglück! Sie hatte mit Lotte diesen unseligen Streit begonnen, der sie dazu gebracht hatte, auf die Straße zu laufen.

»Ich hätte sie nicht so hart angehen sollen«, sagte Frieda zu Hilde, die auf ihrem Bett saß und betroffen dreinblickte. Beide trugen noch ihre Morgenmäntel, obwohl es bereits später Vormittag war.

»Aber du kannst doch nichts dafür«, versuchte Hilde Frieda zu beruhigen. »Du wolltest doch nur wissen, wer dieser Mann gewesen ist, mit dem sich deine Schwester herumgetrieben hat. Ich hätte meine kleine Schwester ebenso zur Rede gestellt wie du es getan hast. Ich finde, du hast als die Ältere durchaus Verantwortung für sie. Am Ende hätte sie durch ihr schamloses Tun noch den Ruf deiner Familie in den Dreck gezogen. Du weißt doch, wie die Münchner in gewissen Kreisen sind. Schneller als es einem lieb ist, kann der gute Ruf ruiniert sein.«

»Wenn wir doch nur nicht im Hof, sondern in der Wohnung gestritten hätten. Dann wäre sie einfach in unsere Kammer gelaufen und hätte die Tür hinter sich zugeschlagen und sich eingeschlossen, wie sie es sonst häufig tut.«

»Aber es konnte doch niemand ahnen, dass sie wutentbrannt vor die Tram laufen wird«, gab Hilde zu bedenken. »Auch wenn man wütend ist, hat man doch Augen im Kopf.«

»Ja, das sollte man meinen. Aber ich kenne Lotte. Ich weiß, wie impulsiv sie sein kann.« Frieda setzte sich in einen dem Bett gegenüberstehenden weinroten Ohrensessel. Ihre Unruhe verflog, und nun fühlte sie sich nur noch elend. Sie sackte ein Stück in sich zusammen, und Tränen stiegen in ihre Augen.

»Sie sah so schlimm aus. Was ist, wenn sie stirbt? Ich würde mir das mein Leben lang nicht verzeihen. Vielleicht ist sie ja schon tot, und ich weiß es nur noch nicht.«

»Wo wir bei dem nächsten Problem wären«, merkte Hilde an. »Du verkriechst dich hier bei mir, anstatt nach Hause zu gehen und dich nach ihr zu erkundigen.«

»Ich weiß, das sollte ich tun. Aber ich kann einfach nicht. Ich bringe es gerade nicht fertig, meinen Eltern unter die Augen zu treten.«

»Dann geh ins Krankenhaus und frag dort nach ihr«, schlug Hilde vor. »Du bist ihre Schwester, also wird man dir Auskunft geben. Das Schlimmste ist doch die Ungewissheit. Vielleicht geht es ihr besser, als du denkst. Weißt du noch, wie schlimm im letzten Jahr unsere ehemalige Klassenkameradin die Luise ausgesehen hatte, nachdem sie über den Lenker ihres Rads geflogen ist? Gerade solche Platzwunden am Kopf bluten immer besonders heftig. Davon kann auch ich ein Lied singen.« Sie schob ihren Pony ein Stück nach oben, und es war eine schmale Narbe zu erkennen. »Da bin ich als Kind hingefallen, und meine Mama hat gesagt, ich hätte ganz fürchterlich geblutet. Die Wunde hatte dann aber nur mit drei Stichen genäht werden müssen.«

Frieda antwortete nichts auf Hildes Ausführungen. Vor ihrem inneren Auge erschien erneut das Bild ihrer Schwester, wie sie auf den Straßenbahngleisen gelegen hatte. Ihr Gesicht war voller Blut, ihre Haltung seltsam krumm gewesen. Sie hörte die Schreie der Menschen, sah das Entsetzen in deren Gesichtern. Es war wie eine Filmszene, die sie nicht aus dem Kopf bekommen konnte. Der Straßenbahnfahrer war ausgestiegen, Erna zu Lotte geeilt. Rufe nach einem Krankenwagen waren zu hören gewesen. Ludwig und Fanny waren nach draußen gekommen, auch die Moosgruberin war unter den Schaulustigen gewesen. Frieda war nicht zu Lotte gelaufen. Sie war wie erstarrt auf dem Gehweg stehen geblieben. Irgendwann war der Krankenwagen gekommen. Da hatte sie bereits die ersten Schritte rückwärts getan, den Kopf schüttelnd, das Wort »Nein« murmelnd. Sie war gegen einen der Schaulustigen, einen alten Herrn mit Spazierstock, gestoßen, der sie sogleich rügte. Sie hatte sich umgedreht und war fortgelaufen. Sie wollte einfach nur noch fort von hier, weg von diesem schrecklichen Anblick. Ziellos war sie über den Marienplatz und den Viktualienmarkt gelaufen, war wie betäubt durch Straßen gestromert, hatte vor einem kurzen, gewittrigen

Schauer unter einem Vordach Schutz gesucht. Es war später Nachmittag, als sie bei Hilde eintraf. Vor ihrer Tür hatte sie zu schluchzen begonnen, hatte unzusammenhängende Sätze gestammelt. Hilde hatte das getan, was eine Freundin tat: Sie hatte den Arm um Frieda gelegt, hatte sie ins Haus geholt und sie getröstet. Ihre Hausmamsell hatte warmen Tee und Kekse gebracht. Sie hatten in der gemütlichen Stube gesessen, Gott sei Dank allein, Hildes Eltern weilten in ihrem Sommerhaus am Ammersee. Ganz langsam hatte sich der Sturm in Friedas Innerem gelegt, und sie berichtete stockend, was geschehen war.

»Ich denke, ins Krankenhaus zu gehen und sich dort zu erkundigen, wird fürs Erste die beste Idee sein«, meinte Frieda, ohne auf das Gerede von Hildes Narbe oder dem Sturz der Klassenkameradin einzugehen. »Dann habe ich wenigstens Gewissheit.«

»Soll ich dich begleiten?«, fragte Hilde.

»Nein, lieber nicht«, antwortete Frieda. »Ich muss das allein bewältigen.«

Als Frieda eine Stunde später die Eingangshalle des Krankenhauses betrat, war sie sich ihrer Aussage von zuvor jedoch nicht mehr so sicher. Vielleicht wäre es doch besser gewesen, Hilde als Verstärkung an ihrer Seite zu wissen. In der von hellem Sonnenlicht erfüllten Eingangshalle der Klinik herrschte der für eine solche Einrichtung übliche Trubel. Nicht bettlägerige Patienten tummelten sich hier entweder mit Leidensgenossen oder mit Besuch, das für solche Zwecke ansässige Krankenhauscafé konnte über Kundschaft nicht klagen. Ärzte und Schwestern eilten durch den Raum. Eine ältere Frau in einem Rollstuhl starrte Frieda an, als wäre sie das siebte Weltwunder. Frieda blieb unweit des Empfangstresens stehen. Vor ihr war eine Frau mit einem kleinen Kind an der Hand, die sich nach jemandem erkundigte. In Frieda regte sich ein Fluchtinstinkt. Was wäre, wenn sie bereits jetzt die niederschmetternde Nachricht erhalten würde, vor der sie sich so sehr fürchtete? Was, wenn sie es nun doch nicht über sich brachte, sich nach Lotte zu erkundigen? Sie könnte nach Hause gehen. Doch würde sie dort mit offenen Armen empfangen werden? Sie war schuld, sie hatte mit Lotte gestritten, ihretwegen war sie auf die Straße gelaufen. Ihretwegen könnte sie jetzt tot sein.

Die Frau mit dem Kind trat von dem Empfangstresen zurück, und die dahinterstehende ältere Frau mit lockigem, ergrautem Haar sah Frieda an und sagte in einem strengen Tonfall: »Die Nächste bitte.«

Frieda zögerte kurz, dann trat sie mit klopfendem Herzen näher, und sie brachte es tatsächlich fertig, sich nach Lotte zu erkundigen.

»Pankofer«, sagte die Frau und begann, in einem großen Buch zu blättern.

»Hier hab ich es. Eine Lotte Pankofer ist gestern eingeliefert worden. Sie liegt auf der Unfallstation. Das wäre dann im Nebengebäude linker Hand, zweiter Stock. Gehören Sie zur Familie? Ich habe Anweisung, dass nur nähere Angehörige vorgelassen werden dürfen.«

»Ich bin ihre Schwester«, antwortete Frieda. Die Worte der Frau hatten dafür gesorgt, dass Frieda die schlimmste Last von den Schultern fiel. Lotte war noch am Leben.

Auf Station kam jedoch rasch die Ernüchterung. Frieda betrat den Krankensaal, in dem Lotte in einem der Betten lag.

Neben ihr saß ihre Mutter und las ihr aus einem Buch vor. Frieda blieb stehen. Sie wusste nicht so recht, ob sie nähertreten, was sie sagen sollte. Bestimmt würde ihre Mutter sie fortjagen. Lotte lag in den Kissen. Sie sah schrecklich blass aus, ihr rechtes Bein lag in Gips, und sie hatte ein Pflaster an der Stirn. Es schien tatsächlich eine Platzwunde gewesen zu sein, die die starke Blutung ausgelöst hatte. Frieda haderte mit sich, ob sie nähertreten sollte.

Eine Krankenschwester blieb neben ihr stehen und erkundigte sich, zu wem sie wollte.

»Zu Lotte Pankofer. Sie ist meine Schwester«, antwortete Frieda und fragte im selben Atemzug: »Können Sie mir sagen, was sie hat?«

Der Blick der Schwester wanderte zu Lottes Bett und wurde mitleidig.

»Ach, das ist unser bedauernswerter Straßenbahnunfall. Ja, das ist eine Tragödie. Sie hat einen komplizierten Bruch des rechten Beines und ein schweres Schädelhirntrauma erlitten. Die Ärzte können nicht sagen, ob sie jemals wieder zu sich kommt. Ihre Mama weicht nicht von ihrer Seite. Wir lassen Sie gewähren.« Die Schwester seufzte tief und ging weiter. Frieda trafen ihre Worte bis ins Mark. Ein Schädelirgendwas, Lotte könnte niemals wieder aufwachen, und sie war schuld. In Friedas Ohren begann es zu rauschen, und sie ging rückwärts. Sie verließ den Krankensaal und eilte den Flur hinunter. Sie hatte Lotte das angetan! Hätte sie doch bloß den Mund gehalten und sich nicht eingemischt. Was war sie nur für eine schlechte große Schwester! Sie verließ das Klinikgelände, und weil sie nicht so recht wusste, wo sie hinsollte, ging sie zur nahen Isar und setzte sich dort ans Ufer. Um sie herum tobte das Leben. Familien picknickten, eine Frauengruppe machte unweit von ihr auf dem Rasen Gymnastik. Kinder liefen fröhlich auf und ab, viele von ihnen hatten nackte Füße und planschten in dem hier seichten Wasser. Mitten im Flussbett saß ein alter Angler mit einem Strohhut auf dem Kopf auf einem Klappstuhl. Dass er ausgerechnet an dieser Stelle etwas fangen würde, erschien unwahrscheinlich. München umgarnte sie mit einem wunderschönen Sommertag, doch trotzdem kamen Frieda die Tränen. Wie sollte es jetzt nur weitergehen? Was war, wenn Lotte wirklich nicht mehr zu sich kommen würde? Ach, an allem war nur dieser dumme Mann schuld, den Frieda mit ihr zusammen gesehen hatte. Wie konnte er es nur wagen und sich mit einem solch jungen Mädchen einlassen? Frieda wünschte, sie könnte ihn ausfindig machen, ihn für das Geschehene zur Rechenschaft ziehen, ihn zum Sündenbock machen. Sie würde ihn anschreien, auf ihn einprügeln, ihn ... Der Gedankengang riss ab. Wie unsinnig diese Überlegungen doch waren! Was hatte sie damals im Park schon gesehen? Einen jungen Mann an der Seite ihrer Schwester im Park. Sie hatte ihn um einiges älter als Lotte geschätzt, aber sicher war sie sich jetzt nicht mehr. Auch ein Achtzehnjähriger konnte älter erscheinen, als er in Wirklichkeit war. Was war, wenn dieser Mann gar keine schlechten Absichten gehabt hatte, wenn er sie gar nicht verführen hatte wollen? Was war, wenn sie vollkommen überreagiert hatte?

Hinzu kam, dass sie sich ja selbst mit einem Mann traf, von dem sie eigentlich die Finger lassen sollte. Erich Bachmann sollte für sie eigentlich tabu sein. Lotte hatte mit ihrer Meinung in dieser Hinsicht recht gehabt. Aber Gefühle schalteten eben gerne mal die Vernunft aus. Bis zu dem schändlichen

Unfall hatten Friedas Gedanken nur um ihn gekreist. Sie sollte sich Erich aus dem Kopf schlagen. Ach, hätte sie sich doch niemals auf ein weiteres Treffen mit ihm eingelassen! Sie hatte doch bereits bei ihrer ersten Begegnung gewusst, dass das nur Ärger bringen würde.

Sie blieb noch so lange an der Isar sitzen, bis die Schatten der Bäume länger wurden, dann stand sie auf und lief Richtung Marienplatz. Als sie diesen erreichte, blieb sie vor dem gut besuchten *Großglockner* stehen. In dem sich in einem Innenhof befindlichen Sommergarten herrschte Hochbetrieb, und unzählige Bedienungen in adretten Kleidern huschten zwischen den Tischen hin und her, um die Wünsche der Gäste zu erfüllen.

Und plötzlich war er da. Er stand wie aus dem Nichts neben ihr, so nah, dass sie den Duft seines Rasierwassers riechen konnte.

»Frieda, Liebes!«, sagte er überrascht. »Ich habe die ganze Zeit an dich und an deine Schwester gedacht. Wie geht es ihr?«, fragte er und sah sie mitleidig an.

Frieda spürte, wie ihre Augen brannten. »Es ist, ich meine ...« Sie brach ab. Erste Tränen begannen, über ihre Wangen zu laufen. »Sie ist im Krankenhaus«, brachte sie heraus. »Sie wissen nicht, ob sie jemals wieder aufwachen wird.«

Seine Miene trübte sich, und Sorgenfalten legten sich auf seine Stirn.

»Was ist, wenn sie stirbt?«, fragte Frieda. »Ich bin schuld.«

Da nahm er ihre Hand und führte sie rasch aus dem Sommergarten fort.

»Komm. Du musst jetzt fort von hier. Raus aus dieser Stadt, weg von all dem Kummer und zur Ruhe kommen.«

Er brachte sie zu einem Wagen und platzierte sie auf dem Beifahrersitz. Sie ließ es wortlos geschehen. Sie fühlte sich kraftlos.

Geschickt fädelte Erich in den Verkehr ein. Schon bald hatten sie München mit all seiner Hektik und Lebendigkeit hinter sich gelassen. Weizen- und Maisfelder flogen am Autofenster vorüber, es duftete nach frisch gemähtem Gras, Kühe und Pferde standen auf ihren Weiden. Es war die perfekte, ländliche Idylle, die Frieda ruhiger werden ließ. Sie verbrachten die Fahrt schweigend, Frieda fragte nicht, wohin sie fuhren.

Es dauerte nicht lange, bis sie ihr Ziel erreichten. Es war der kleine Ort Herrsching am Ammersee. Erich parkte den Wagen vor einem direkt am See liegenden, hübsch anzusehenden Landhaus und öffnete Frieda, ganz Gentleman, die Autotür.

Das Haus war gemütlich eingerichtet. Es gab eine rustikale Eckbank, einen weinrot gefliesten Kachelofen und eine Küche mit einem Holzofen, über dem Kochgeschirr hing. Eine Katze begrüßte sie auf der sich hinter dem Haus befindlichen Terrasse.

»Komm«, sagte Erich. »Lass uns zum See runtergehen. Um diese Uhrzeit ist es auf dem Steg wunderschön.« Er nahm ihre Hand und zog sie mit sich – und tatsächlich hatte er nicht zu viel versprochen. Die Sonne stand tief am Horizont und verzauberte die Wasseroberfläche in eine funkelnde Glitzerwelt. Einige Boote waren auf dem See unterwegs, in der Ferne sah man die Berge. Ein sanfter Wind, in dem der Geruch des Seeschlicks hing, streifte Friedas Beine.

»Du hast recht«, sagte sie. »Es ist ganz bezaubernd. Danke, dass du es mir zeigst. Aber es ist, ich meine …«

»Ich weiß«, antwortete er und legte die Arme um sie. »Das mit deiner Schwester ist ein schreckliches Unglück. Aber du darfst dir nicht die Schuld daran geben.« Er hob die Hand, strich ihr eine Haarsträhne aus dem Gesicht und sah sie mit diesem besonderen Blick an. In Frieda kribbelte nun alles, und sie glaubte, innerlich zu zerspringen. Sein Gesicht näherte sich dem ihren, ihre Lippen berührten sich. Seine Umarmung wurde fester und inniger, und sie klammerte sich an ihn. In diesem Moment war der Kummer wie fortgeblasen. Sie wusste, er würde wiederkommen. Doch das war jetzt gleichgültig. Nun gab es nur noch ihn.

10. Kapitel

28. Juni 1929

Erna erwachte, als sich eine Hand auf ihre Schulter legte.

»Frau Pankofer?«, drang die Stimme einer der Krankenschwestern an ihr Ohr. »Der Arzt wird gleich noch einmal kommen, um mit Ihnen zu sprechen. Sie haben Glück, dass er zu solch früher Stunde bereits im Haus ist.«

Erna sah die junge Krankenschwester mit den braunen Haaren verdutzt an.

»Wie viel Uhr haben wir denn?«, fragte sie, und steckte sich gähnend.

Sonnenlicht fiel durch die Fenster des Krankensaals herein.

»Es ist gleich acht«, antwortete die Krankenschwester kurz angebunden und folgte dann dem Ruf eines weiteren Patienten in ein anderes Zimmer.

Ernas Blick fiel auf Lotte. Sie lag, unverändert, wie es schien, in dem weißen Krankenbett, ihre Augen geschlossen, ihr Gesicht blass. Ihr linkes Bein lag bis zur Hüfte in Gips. Erna spürte erneut diese abscheuliche Form der Hilflosigkeit in sich aufsteigen. Sie saß hier und konnte nur abwarten, war zur Untätigkeit verbannt. Sie konnte ihrem kleinen Mädchen nicht helfen. Dies alles schien wie ein nicht enden wollender Albtraum zu sein. Seit Lotte vor die Straßenbahn gelaufen war, hatte eine andere Zeitrechnung begonnen. Sie war lange operiert worden, ob sie jemals wieder würde laufen können, stand ebenso in den Sternen wie das Unaussprechliche. Es könnte sein, dass sie niemals wieder zu sich kam, dass sie sterben würde. Doch diesen Gedanken konnte und wollte Erna nicht zulassen. Ihre Tochter würde wieder aufwachen, sie würde es überstehen. Lotte war eine Kämpferin, schon immer gewesen.

Erna berührte zärtlich Lottes Hand und sagte: »Guten Morgen, mein Liebling. Mama ist noch da. Ich gehe nicht weg. Fest versprochen.« Sie wünschte sich, Lotte würde eine Reaktion zeigen. Eine Bewegung ihrer Finger vielleicht. Doch es geschah nichts.

Seit der Unfall passiert war, hatte sie nur selten das Krankenhaus verlassen. Die Schwestern ließen sie meist gewähren und bei ihrer Tochter bleiben. Sie sahen sie immer mit diesen mitleidigen Blicken an, die Erna kaum ertragen konnte. So hatten Krankenschwestern sie schon einmal in ihrem Leben angesehen – damals, als sie ihre kleine Schwester Inge verloren hatte. Eine Lungenentzündung war es gewesen, die ihr den Sonnenschein in ihrem Leben genommen hatte. In den langen Krankenhausnächten hatten sich Erinnerungen an die damalige Zeit wieder in ihre Gedanken geschlichen. Ihre Mutter war früh gestorben, ihr Vater war dem Alkohol verfallen gewesen, sie hatte für sich und ihre drei Geschwister sorgen müssen. Drei Geschwister, von denen heute nur noch sie als Einzige geblieben war. Inge wurde ihr von einer Krankheit geraubt, ihre Brüder waren später im Krieg gefallen. »Ehrenhaft fürs Vaterland gestorben«, wie es damals so polemisch geheißen hatte. Der Vater war schon einige Jahre vorher von ihnen gegangen, aber seinen Tod hatte niemand betrauert. Als sie die Liaison mit Josef eingegangen war, hatte sie niemals zu hoffen gewagt, dass er sie zur Frau nehmen würde, doch er hatte es getan. Sie hatte damals so sehr mit sich gehadert, geglaubt, ihm sein Glück genommen zu haben, ein Leben im Wohlstand. Doch Josef hatte ihr all ihre Zweifel genommen. »Du bist mein Glück«, hatte er zu ihr gesagt. Gott hatte ihnen ihre Töchter geschenkt, er hatte ihn den Krieg überstehen und heimkehren lassen, doch er legte ihnen stets neue Prüfungen auf. Wieso nur tat er das? Erna fühlte, wie sie die Kräfte verließen. Sie hatte es satt, zu kämpfen. Noch vor wenigen Wochen waren sie voller Zuversicht gewesen, hatten geglaubt, dass mit der Eröffnung des Salons alles gut werden könnte. Auch für Lotte und Frieda, ihre beiden Mädchen, die es mal besser im Leben haben sollten als sie selbst. Doch der Traum hatte schnell Risse bekommen, durch Lottes Unfall schien er nun endgültig zerbrochen zu sein. Josef kam jeden Tag meist am frühen Abend, saß stets eine Weile schweigend neben ihr, dann ging er wieder. Er war blass, dunkle Ringe lagen unter seinen Augen. Erna fragte sich, ob er überhaupt jemals schlief. Fanny brachte ihr meist um die Mittagszeit etwas zu essen, manchmal auch frische Wäsche, wenn sie mal wieder über Nacht nicht nach Hause gekommen war. Wo Frieda steckte, wusste Erna nicht. Sie ahnte, dass es das schlechte Gewissen war, das ihre ältere Tochter dazu brachte, der Familie fernzubleiben. *Hätte es den Streit im Hinterhof nicht gegeben. Ach, hätte …* dachte Erna. Dieses dumme Wort hatte noch nie irgendetwas besser gemacht.

Der Arzt trat näher. Er war ein älterer Herr mit einem rundlichen Gesicht, einem Schnauzbart und einer Nickelbrille auf seiner dicklichen Nase.

»Guten Morgen, Frau Pankofer«, grüßte er und schenkte ihr ein kurzes Lächeln. »Mir wurde zugetragen, dass Sie die letzte Nacht erneut auf diesem unbequemen Stuhl neben dem Bett Ihrer Tochter verbracht haben. Das ist nicht gut für Sie – Sie sollten sich Ruhepausen gönnen.« Er wartete Ernas Antwort nicht ab, sondern nahm die Krankenakte von Lotte zur Hand, die sich am unteren Ende ihres Bettes befunden hatte. »Dann wollen wir mal sehen, wie es der Patientin heute geht.« Er las kurz die letzten Einträge, dann trat er ans Bett und leuchtete Lotte mit einer kleinen Lampe in die Augen. »Das sieht so weit ganz gut aus«, sagte er.

Erna, die mit klopfendem Herzen sein Tun verfolgt hatte, fragte sogleich: »Was meinen Sie?«

»Der Befund deutet daraufhin, dass sich Ihre Tochter auf dem Wege der Besserung befindet. Aber ich möchte keine großen Versprechungen machen, es sind nur leichte Anzeichen. Die nächsten Tage werden zeigen, ob sie wieder zu sich kommt. Erst dann werden wir sehen, ob sie bleibende Schäden davongetragen hat.«

»Bleibende Schäden«, wiederholte Erna. Die Aussage des Arztes hatte ihr Hoffnung gemacht, doch seine letzten Worte dämpften diese sogleich wieder.

»Ihre Tochter hat ein schwerwiegendes Trauma erlitten«, erklärte der Arzt. »Es könnte sein, dass eine geistige Einschränkung zurückbleibt. Ermessen können wir das Ausmaß der Schäden allerdings erst, wenn sie wieder bei sich ist. Auch die Heilung des Beinbruchs wird eine Menge Zeit in

Anspruch nehmen. Sie ist ein junger Mensch, da verheilen Brüche ganz gut, aber diese Verletzung war äußerst kompliziert. Ich will nichts beschönigen: Sie werden Geduld benötigen.«

Erna sackte auf ihrem Stuhl in sich zusammen und nickte. Der Arzt tätschelte ihr kurz die Schulter, dann ging er weiter. Erna kämpfte nun mit den Tränen.

Eine der Schwestern erschien und brachte ihr einen Kaffee mit Milch und eine Marmeladensemmel.

»Das Frühstück ist eigentlich für die Patienten«, sagte sie. »Aber Lotte kann es ja eh nicht essen. Dann kann ich es auch Ihnen geben. Sie müssen etwas zu sich nehmen, damit Sie bei Kräften bleiben.«

Erna bedankte sich bei der Krankenschwester. Den Kaffee trank sie, zu essen bekam sie jedoch nichts hinunter. In ihrem Kopf wirbelten die Gedanken im Kreis. *Bleibende Schäden, eine geistige Einschränkung, komplizierter Bruch*. Am Ende würde Lotte durch diesen Unfall ihr Leben lang ein Krüppel bleiben und am Rande der Gesellschaft leben. All ihre Jungmädchenträume, die sie eben noch geträumt hatte, schienen dahin zu sein. Welcher junge Mann würde sich schon in einen Krüppel verlieben?

»Es ist also wahr«, sagte plötzlich eine bekannt klingende Stimme hinter Erna, und sie wandte sich erschrocken um. Anneliese Pankofer stand vor ihr. »Ich hab erst gestern zu später Stunde von einer Bekannten beim Kartenspiel erfahren, dass meine Enkeltochter bei einem Straßenbahnunfall schwer verletzt worden ist«, sagte sie. »Wie geht es ihr?«

Sie trat näher und musterte Lotte mit ihren kleinen grauen Augen. »Ihr Bein ist gebrochen?«

Erna nannte den Befund. Den letzten Satz sprach sie stockend aus. »Es könnte sein, dass sie niemals wieder aufwacht.« In ihrem Hals bildete sich ein Kloß, und sie schluckte. Doch es ließ sich nicht verhindern, dass erste Tränen über ihre Wangen liefen.

Anneliese nickte mit betretener Miene.

»Was kann ich tun?«, fragte sie. »Benötigt ihr Geld für die Behandlung?«

Erna wusste nicht, was sie erwidern sollte. Schon die Tatsache, dass ihre Schwiegermutter anwesend war und so etwas wissen wollte, war mehr, als Erna erwartet hatte. In all den Jahren hatte Anneliese kein Wort mit ihr gesprochen, stets hatte es sich so angefühlt, als würde sie durch sie hindurchblicken. Auch ihren beiden Enkelinnen hatte sie kaum Aufmerksamkeit geschenkt. Musste erst ein solch großes Unglück geschehen, um den Starrsinn dieser in ihrem Weltbild gefangenen Frau zu brechen?

»Du kannst beten«, antwortete Erna. »Dafür, dass sie endlich zu sich kommt. Dafür, dass alles wieder gut wird.«

Anneliese sah Erna nun zum ersten Mal richtig ins Gesicht. Stumm blickten sie einander in die Augen.

»Ich habe bis gerade jetzt nie verstanden, was er an dir findet«, sagte Anneliese irgendwann. »Aber nun weiß ich es. Du bist eine starke Frau. So jemanden braucht mein Sepp. Er war schon immer ein Träumer, einer, der alles auf einmal haben und anders sein wollte als sein Vater. Für ihn und seine verrückten Ideen und Gedanken schienen unser Haus und unsere Wäscherei stets zu klein zu sein. Wie ist es mit dem Eissalon? Ist er ihm auch schon zu klein geworden? Träumt er weiter?«

Sie kennt ihren Sohn gut, kam es Erna in den Sinn.

»Ja, er träumt weiter«, antwortete Erna ehrlich. »Aber es scheint, dass unser Traum ausgeträumt ist, ehe er richtig begonnen hatte. Ich will ehrlich zu dir sein: Wir werden wohl bald schließen müssen. Das Geschäft läuft nicht gut. Wir dachten, die gute Lage in der Kaufingerstraße wäre perfekt, aber wir lagen falsch. Und jetzt auch noch der Unfall von Lotte ... Ich weiß nicht, wie es weitergehen soll.«

Erna verwunderten ihre offenen Worte zu ihrer Schwiegermutter. Doch es schien, als hätte die alte Dame tatsächlich ihr Herz ein wenig geöffnet, ihr Blick war milder geworden.

»Irgendwie geht es immer weiter«, sagte Anneliese. »Der Spruch ist nicht von mir, sondern von Anton, Gott hab ihn selig. Er mag ein schwieriger Mensch gewesen sein, der mich nicht nur einmal in die Verzweiflung getrieben hat, aber damit hatte er recht. Das Glas darf nie halb leer sein, hat er immer zu mir gesagt. Darauf muss man achten.« Sie nickte Erna zu.

Im nächsten Moment trat die Oberschwester näher und sah Anneliese finster an. Die rundliche Frau war Anfang sechzig und eine äußerst resolute Person.

»Mia ham keine Besuchszeiten«, sagte sie mit ihrer tiefen Stimme. »Des soll hier nicht zu einem Volksauflauf werden. Es glangt schon, dass die Mutter ständig da ist. Gleich fangt die offizielle Visite an und da kann ich keine fremden Leut im Krankensaal gebrauchen! Das gilt ab jetzt auch für Sie, Frau Pankofer.« Sie sah Erna an. »Ich weiß, die Situation ist nach wie vor kritisch, aber ich versichere Ihnen, dass Ihr Fräulein Tochter bei uns in die besten Händ is. Sie sollten heimfahren und sich auch amal ausruhen. Sie schaun scho arg mitgnommen aus, wenn ich des so sagen darf.«

Erna und Anneliese fügten sich ihrem Schicksal. Beide ahnten, dass Widerworte nichts bringen würden. Erna beugte sich zum Abschied über Lotte, gab ihr einen Kuss auf die Wange und versicherte ihr, bald wiederzukommen.

Vor dem Krankenhaus verabschiedete sich Anneliese. Sie versprach, wiederzukommen. Erna sah ihr so lange nach, bis sie in die Straßenbahn gestiegen war. Als diese abfuhr, sah sie eine bekannte Gestalt an der Haltestelle stehen. Es war Frieda. Erna beobachtete, wie sie auf sie zukam. Sie trug ein hellrosa Sommerkleid, ihre Miene schien wie versteinert.

»Grüß dich, Mama«, grüßte sie, nachdem sie Erna erreicht hatte. »Ich weiß, ich hab Schuld an dem schrecklichen Unfall. Ich dachte, ich hab hier nichts zu suchen. Aber jetzt hab ich es nicht mehr ausgehalten, und Erich hat mich darin bestärkt, endlich herzukommen.«

»Erich«, wiederholte Erna und zog eine Augenbraue in die Höhe.

»Er ist mit einer der Gründe für den Streit gewesen«, antwortete Frieda. »Sein voller Name ist Erich Bachmann, und ich liebe ihn.«

»Bachmann?«, wiederholte Erna. »Doch nicht ... *der* Bachmann, oder?«

»Doch, genau der. Sein Vater ist der Inhaber des *Großglockners*.«

»Warst du die letzten Tage etwa bei ihm?«, fragte Erna.

»Nein, natürlich nicht«, antwortete Frieda. »Ich hab ihn nur ab und an zum Reden getroffen. Gewohnt hab ich bei Hilde. Auch sie hat gesagt, dass ich endlich mit dir reden soll. Lotte wollte Papa von Erich erzählen.«

»Verstehe«, antwortete Erna. Sie fühlte sich durch das Geständnis ihrer Tochter plötzlich noch hilfloser als zuvor. Was sollte sie jetzt tun? Sollte sie Frieda sagen, dass sie den jungen Mann nicht mehr würde sehen dürfen? Sie wusste, dass sich Frieda nicht an diese Anweisung halten würde. Wer liebte, war unvernünftig, sie selbst war es ja ebenfalls gewesen.

»Wir sagen Papa erst einmal nichts davon«, traf Erna eine rasche Entscheidung. »Davon zu erfahren, wäre in der jetzigen Situation zu viel für ihn, und er könnte ungerecht werden. Es ist, ich meine ...« Nun war es die Erschöpfung, die von Erna Besitz ergriff. »Es ist alles so aussichtslos«, sagte sie. »Und ich bin so unendlich müde.« Jeder Knochen im Leib schien ihr plötzlich wehzutun. »Es ist schön, dass du endlich gekommen bist.« Sie nahm Friedas Hand und drückte sie.

Im nächsten Moment erschien eine junge Hilfsschwester. Sie blieb nach Luft japsend neben ihnen stehen.

»Die Oberschwester schickt mich«, brachte sie heraus, als sie wieder zu Atem gekommen war. »Sie hat Sie beide eben vom Fenster aus gesehen. Ihr Fräulein Tochter ist aufgewacht.«

11. Kapitel

21. Juli 1929

Frieda lag neben Erich auf einer Picknickdecke im Englischen Garten und betrachtete die Sonnensprenkel auf dem Rasen, die durch das dichte Laub der Linde fielen, unter der sie es sich gemütlich gemacht hatten. Der betörende Duft ihrer Blüten hüllte sie ein, Frieda hatte ihn schon immer geliebt, denn er bedeutete für sie Sommer. Bis gerade eben hatte Erich ihr noch aus dem Jane-Austen-Roman »Stolz und Vorurteil« vorgelesen, doch nun war er eingeschlafen. Das Buch lag aufgeschlagen auf seiner Brust, und er sah so wunderbar friedlich aus. Erich war ein großer Anhänger von englischer Literatur. Seiner Meinung nach waren die Bücher oftmals viel feinsinniger erzählt als deutsche Romane. Frieda, die mit Büchern bisher nur wenig hatte anfangen können, hörte ihm gerne beim Lesen zu, und ihr gefiel die altmodische Geschichte aus einer anderen Zeit, die sie von ihrem eigenen Kummer ablenkte. Die letzten Wochen waren für sie nicht einfach gewesen. Sie hatte Lotte mehrfach im Krankenhaus besucht, doch die hatte nie ein Wort mit ihr geredet. Stumm hatte sie in ihrem Bett gelegen und sie nicht einmal angesehen. Frieda war meistens in den frühen Vormittagsstunden gekommen, denn dann wusste sie, dass sie mit Lotte allein sein würde. Sie hatte ihr ihre Lieblingsschokolade mitgebracht, Zeitschriften, die sie gernhatte. Sie hatte ihr von Alltäglichkeiten berichtet, sich Hunderte Male bei ihr entschuldigt. Doch alles hatte nichts geholfen. Lotte blieb stumm. Allerdings redete sie auch mit den anderen Mitgliedern der Familie kein Wort. Alle waren deshalb verzweifelt. Kurz nachdem sie aus ihrer tiefen Bewusstlosigkeit erwacht war, hatte sie gesprochen. Wenige Sätze nur, aber es war so viel gewesen, dass der Arzt erkennen hatte können, dass sie keine geistigen Einschränkungen durch den Unfall davongetragen hatte. Dass sie nun nicht mehr redete, wurde von den Ärzten auf das Trauma durch den Unfall geschoben. Vielen, besonders jüngeren Patienten, fiel es schwer, sich in ihrem neuen Lebensumfeld zurechtzufinden. Wie genau Lottes Einschränkungen in Zukunft aussehen würden, konnten sie noch immer nicht mit Sicherheit sagen, allerdings war sich der Oberarzt inzwischen sicher, dass Lotte niemals wieder wie früher würde laufen können. Ihr rechtes Bein war zu stark in Mitleidenschaft gezogen worden.

Frieda gab sich noch immer die Schuld an dem Unfall. Wenn sie Lotte nur eine Sekunde länger aufgehalten hätte, wenn sie doch niemals mit ihr den vermaledeiten und vollkommen unsinnigen Streit begonnen hätte, dann wäre alles noch gut! Sie hatte nach dem Gespräch mit Erna vor der Klinik sogar ernsthaft darüber nachgedacht, die Beziehung zu Erich zu beenden. Dieses Unglück hätte es ohne ihn nicht gegeben. Es war Hilde gewesen, die sie davon abgehalten hatte. Es war jetzt, wie es war, hatte sie zu ihr gesagt. Eine Trennung von Erich würde Lotte auch nicht wieder gesund werden lassen. Damit hatte sie recht. Das Unglück ließ sich nicht mehr ungeschehen machen, so sehr sie es sich auch wünschte. Außerdem gab ihr Erich Kraft. Jedes Mal, wenn sie mit ihm zusammen war, fühlte sich das Leben leichter an. Sie wollte ihn und dieses unbändige Gefühl des Glücks nicht verlieren. Allerdings gab es da ja nicht nur die Sache mit Lotte, dem Unfall und dem Streit. Würde Papa Erich akzeptieren?

Sie ließ ihren Blick über den Rasen schweifen. Hier im Park schien das Leben unbeschwert zu sein. Die sommerliche Stadt umgarnte sie mit dem leichten Leben. Kinder liefen lachend über die Wiese, ein Junge schlug übermütig Purzelbäume. Unweit von ihnen spielten zwei Mädchen in entzückenden hellen Sommerkleidern Federball. Auf einem der nahen Spazierwege lief ein altes Pärchen, Hand in Hand. Ihr Anblick war rührend und regte Friedas Fantasie an. Wer die beiden wohl waren? Vielleicht waren sie in einem anderen Leben auch mal ein Liebespaar wie sie und Erich gewesen, vielleicht waren ihnen vom Schicksal ebenfalls Steine in den Weg gelegt worden. Den beiden folgten zwei Mütter mit Kinderwägen. Eines der Kleinen schien mit der Gesamtsituation unzufrieden zu sein, denn es plärrte lautstark. Friedas Blick wanderte zurück zu Erich. Wie friedlich er aussah, wie er da auf der karieren Picknickdecke lag. Ein Arm lag hinter seinem Kopf. Sein Haar war leicht verwuschelt, sein Gesicht von der Sonne gebräunt, er war glatt rasiert. Er trug ein kurzärmeliges blaues Hemd, dazu eine beige Sommerhose. Seine Schuhe und Strümpfe hatte er ausgezogen. Wenn sie ihn so betrachtete, konnte sie noch immer nicht so recht glauben, dass er sie tatsächlich liebte. Einer wie er konnte doch jede

Frau haben, auch eine, die hübscher war als sie, die aus reichem Haus stammte, die nicht so viele Probleme mitbrachte.

Da öffnete er die Augen und lächelte sie an.

»Ach du je«, sagte er. »Ich bin eingeschlafen. Entschuldige, Liebes.« Er streckte die Hand nach ihr aus, und sein Blick veränderte sich. Er erkannte, dass es mit ihrer Gemütslage nicht zum Besten stand.

»Was ist los?«, fragte er. »Denkst du wieder an deine Schwester?«

Frieda nickte, sagte jedoch nichts, denn ihr fehlten die Worte, um ihre Gefühle auszudrücken. Sie hatte in seinem Arm geweint, war stundenlang mit ihm durch die Straßen Münchens gelaufen, einfach nur, weil es gutgetan hatte, ihn an ihrer Seite zu wissen. Er hatte versucht, sie abzulenken, war mit ihr ins Kino und ins Theater gegangen, und er hatte es an so manchem Tag geschafft, dass sich das Leben beinahe wieder wie vor dem Unfall angefühlt hatte.

»Ich wünschte, ich könnte dir irgendwie helfen, mehr tun, als ein wenig Trost spenden«, sagte er mitfühlend. »Aber das geht wohl nicht. Wie ist denn der letzte Stand der Dinge?«

»Wenn alles gut läuft, darf sie Ende der Woche das Krankenhaus verlassen«, antwortete Frieda. »Allerdings wissen wir dann nicht, wie es zu Hause weitergehen soll. Unsere Wohnung liegt im zweiten Stock. Allein kann sie die vielen Stufen niemals bewältigen. Sie spricht noch immer nicht und sieht so unendlich traurig aus. Mama hat gestern wieder in der Stube gesessen und geweint, Papa betäubt seinen Kummer mit Arbeit, oder er ertränkt ihn im Alkohol. So viel habe ich ihn noch niemals zuvor trinken sehen. Jeden Abend geht er zum Wirt. Er sieht mich immer so vorwurfsvoll an.

Ich glaube, er gibt mir ebenfalls die Schuld an dem Unfall. Manchmal wünschte ich, ich wäre bei Hilde wohnen geblieben. Aber ich kann Mama nicht alleinlassen. Obwohl ich es trotzdem tue: Ich bin hier mit dir im Park, anstatt im Salon zu helfen. Ich ertrage die Blicke einfach nicht. Lottes Fehlen. Wie soll ich es erst ertragen, sie wie eine Gefangene in der Wohnung zu erleben? Sie wird auch dort ans Bett gefesselt sein.« Frieda sah Erich an. Er wirkte hilflos. »Entschuldige bitte«, sagte sie. »Jetzt belaste ich dich schon wieder mit diesem Kummer. Derweil wollten wir uns heute einfach nur einen schönen Sommernachmittag machen.«

»Ist schon gut«, beschwichtigte er. »Wäre es meine Schwester, würde es mir ähnlich gehen. Du musst dir meinetwegen keine Gedanken machen.«

Frieda wollte Antwort geben, doch dann entdeckte sie plötzlich ihre Freundin Hilde. Sie kam heftig winkend angelaufen und blieb vollkommen außer Atem vor ihnen stehen.

»Hier seid ihr«, brachte sie heraus, nachdem sie wieder zu Atem gekommen war. »Liebe Zeit, der Englische Garten kann echt riesig sein, wenn man jemanden sucht! Deine Mutter war vorhin bei mir und hat nach dir gefragt. Sie war ganz aufgeregt, denn es gibt gute Neuigkeiten. Stell dir vor: Deine Großmutter bezahlt für Lotte einen Aufenthalt in einem privaten Sanatorium in den Bergen. Deine Mutter hat gemeint, dass sie dort vielleicht wieder ganz gesund werden könnte. Lotte soll gleich morgen Vormittag dorthin verbracht werden. Ist das nicht großartig?«

Am nächsten Tag um die Mittagszeit schien es, als würden sie sich in einer anderen Welt befinden. Das von Anneliese ausgewählte Sanatorium befand sich auf einer Anhöhe etwas außerhalb des Ortes Partenkirchen. Es sah gar nicht wie eine Klinik aus, sondern eher wie ein uriger Bergbauernhof. Es gab hier auch Unmengen an Tieren. Hühner liefen gackernd über den Hof, Pferde und Ziegen standen auf einer Weide unter Obstbäumen. An den Balkonen des Hauses blühten verschwenderisch Geranien. Dieser Ort schien einen bereits durch sein Erscheinungsbild in eine wohlige Decke einzuhüllen. Hinter dem bäuerlichen Haupthaus befanden sich weitere Nebengebäude, die ebenfalls im ländlichen Stil gehalten waren. Es gab sogar einen Ententeich und einen Gemüsegarten, in dem auch die Patienten der Klinik, wenn sie es wünschten, mitarbeiten durften. Lotte war in einem hübschen, im Erdgeschoss liegenden, mit hellen Holzmöbeln eingerichteten Zimmer in einem der Nebengebäude untergebracht worden. Von hier aus hatte sie einen wunderbaren Blick auf die umliegenden Berge. Einer von ihnen war Deutschlands höchster Berg, die Zugspitze, wie eine der Pflegerinnen, die allesamt hübsche blaue Kleider mit weißen Schürzen trugen, erklärt hatte. Sogar eine kleine Terrasse gab es in Lottes Zimmer, das sie sich mit einer weiteren Patientin würde teilen müssen. Im Moment war das zweite Bett jedoch leer. Wann eine Mitbewohnerin einziehen würde, stand noch nicht fest.

Lotte saß in einem Rollstuhl und betrachtete ihre Umgebung mit teilnahmsloser Miene. Selbst die aufmunternden Stimmen der durchweg netten Schwestern konnten sie nicht dazu bewegen, etwas zu sagen oder ihre Gesichtsmimik zu verändern. Das Sanatorium selbst hatte einen guten Ruf. Es gab Bewegungstherapie, sogar ein Schwimmbecken stand bereit.

Lotte wurde gerade von einer der Schwestern zu dem Ziegengehege gefahren, als der Oberarzt, ein Doktor Wiesner, nähertrat. Frieda schätzte ihn auf Ende vierzig. Er war groß und schlank, hatte braunes Haar und markante Gesichtszüge.

»Ich habe gehört, unsere neue Patientin aus München ist eingetroffen. Sie sind die Angehörigen, wie ich annehme?« Er stellte sich namentlich vor und schüttelte reihum die Hände. Selbstverständlich hatte auch Anneliese sie begleitet. Sie wollte mit eigenen Augen sehen, wofür sie bezahlte. Der Blick des Arztes wanderte zu Lotte, und er seufzte tief.

»Ich habe mir ihre Akte angesehen. Sie können von Glück reden, dass Ihre Tochter noch bei Ihnen ist. Ihre Lotte muss am Tag ihres Unfalls gleich mehrere Schutzengel an ihrer Seite gehabt haben. Hier ist sie in guten Händen, das verspreche ich Ihnen. Gleich morgen werden wir einen passenden Therapieplan erstellen. Sie ist jung, da ist noch vieles möglich. Wir werden bestimmt bald erste Erfolge sehen.«

»Denken Sie denn, dass sie wieder normal wird laufen können?«, fragte Josef, der sich für diesen Termin extra in Schale geworfen hatte. Sogar eine Krawatte trug er – Erna hatte ihm am Morgen den Knoten binden müssen, weil er es selbst mal wieder nicht hinbekommen hatte.

»Das können wir heute noch nicht sagen. Die Verletzungen des Beins sind schwerwiegend. Wir werden aber natürlich unser Bestes geben. In einigen Wochen wissen wir mehr. Wenn Sie möchten, zeige ich Ihnen gerne noch den Rest unserer Einrichtung, auch das neu errichtete Therapiezentrum.« Er deutete zu einem der Nebengebäude. Erna, Josef und Anneliese folgten ihm, Frieda nicht. Sie ging stattdessen zu Lotte an den Zaun der Pferdeweide. Als sie nähertrat, verabschiedete sich die Krankenschwester mit einem Lächeln. Eine Weile blieb Frieda schweigend neben Lotte stehen, und sie betrachteten beide die Pferde. Es waren fünf an der Zahl, eines von ihnen war noch ein Fohlen, das gerade freudig über die Wiese galoppierte und sogar mit den Hinterbeinen ausschlug.

»Schön ist es hier«, sagte Frieda irgendwann. »So wunderbar friedlich. Ich hab gar nicht gewusst, wie herrlich es auf dem Land sein kann. Ich wünschte, ich könnte dir noch einige Tage länger Gesellschaft leisten.« Sie sah zu Lotte. Deren Blick war ebenfalls auf das Fohlen gerichtet und erschien nun nicht mehr so teilnahmslos wie eben zu sein. Just in diesem Moment tapste ein kleines Kätzchen näher. Es war schneeweiß mit wenigen schwarzen Stellen auf dem Fell. Es maunzte herzzerreißend und strich um Friedas Beine. Freudig nahm sie es auf den Arm.

»Sieh nur«, sagte sie. »Ein Katzenbaby. Ach, ist das niedlich!« Ohne groß nachzudenken, legte sie die Katze Lotte in den Schoß, und da geschah plötzlich das Wunder: Lotte reagierte. Sie lächelte und begann, das Kätzchen zu streicheln. Frieda überwältigte der Anblick. Endlich schien Lotte aus ihrer Erstarrung zu erwachen. Frieda ging neben ihr in die Hocke und legte ihre Hand auf Lottes Oberschenkel.

»Hier wird bestimmt alles wieder gut werden«, sagte sie mit Tränen der Freude in den Augen. »Ich wünschte, es hätte diesen dummen Streit niemals gegeben. Ich weiß, ich hab Schuld an dem allen und …«

Da sah Lotte sie plötzlich direkt an, und sie antwortete: »Aber nein, das hast du nicht. Ich bin doch dumm gewesen und vor die Straßenbahn gelaufen. Ich hätte besser aufpassen müssen. Dich trifft keine Schuld.«

12. Kapitel

22. Juli 1929

Es war einer dieser Tage, an denen die Hitze wie eine Glocke über der Stadt hing. Keine Wolke war am Himmel zu sehen, der sich jedoch nicht tief blau, sondern etwas diesig zeigte. Der ganze Staub der Stadt schien in der heißen Luft zu liegen und das Auge zu trüben. Auf der Kaufingerstraße herrschte erstaunlich wenig Betrieb, selbst Touristen schienen kaum welche unterwegs zu sein. Erna stand in der Tür ihres Eissalons und beobachtete beklommen, wie der Sarg von Herbert Kraglinger aus dem Hinterhof gebracht und in einen Leichenwagen verfrachtet wurde. Herbert hatte erst vor wenigen Wochen eine Schusterwerkstatt im Hinterhaus eröffnet. Nun war er tot, an einem Herzinfarkt verstorben. Die Witwe Moosgruber war es gewesen, die ihn am frühen Morgen durchs Werkstattfenster am Boden liegen hatte sehen, und umgehend Hilfe geholt hatte. Doch der rasch herbeigerufene Arzt hatte leider nur noch seinen Tod feststellen können. Erna machte sein Tod betroffen, doch sie fühlte keine Trauer, denn sie hatte den Mann kaum gekannt. Herbert war als Eigenbrötler zu bezeichnen gewesen. Über die Qualität seiner Arbeit konnte Erna nichts sagen, denn in der kurzen Zeit seiner Anwesenheit hatte sie keine Schuhe zu reparieren gehabt.

Rosi kam mit betretener Miene näher.

»Wieder einer, den der Boandlkramer gholt hat«, sagte sie und schüttelte den Kopf. »Der war noch garned so alt. Grad mal Anfang fünfzig. Aber es sucht sich halt keiner aus, wanns Zeit zum Gehen is.«

Der Leichenwagen fuhr fort, und einen Moment herrschte betretenes Schweigen. Rosi war diejenige, die es brach: »Ich hab noch gar nicht gfragt, wie es gestern gewesen ist. Gfällt es der Lotte in dem Sanatorium? Wo war des no glei?«

»Es ist alles wie geplant gelaufen«, antwortete Erna. »Die Klinik liegt in Partenkirchen. Es ist sehr hübsch dort und sieht gar nicht aus wie ein Krankenhaus. Sie ist von den Schwestern und Ärzten herzlich in Empfang genommen worden, selbst wir haben eine Hausführung erhalten, und das Gespräch mit dem zuständigen Oberarzt war ermutigend. Ich hoffe sehr, sie können ihr helfen und sie kann danach wieder normal laufen.«

»Dafür bete ich auch jeden Tag«, antwortete Rosi. »Und des is scho schee, dass ihre Großmutter sich jetzt doch noch für ihr Enkerl engagiert.«

»Ja, das ist es«, antwortete Erna. In Gedanken fügte sie jedoch hinzu, dass erst ein Unglück hatte passieren müssen, bis Anneliese sich ihnen gegenüber ein kleines bisschen öffnete. Sie bemühte sich um Lottes Genesung, anderweitig trat Anneliese jedoch nicht in Erscheinung. Sie kam nicht im Eissalon vorbei und suchte nicht den Kontakt zu Frieda, ihrer zweiten Enkeltochter. Auch erkundigte sie sich nicht nach den Geschäften, die seit der vorherrschenden Hitzewelle etwas besser geworden waren, was sie alle erleichterte. Bei jedem ihrer kurzen Aufeinandertreffen in der Klinik war Anneliese reserviert geblieben. Erna und Josef akzeptierten ihr Verhalten. Lottes Unfall hatte sie demütig werden lassen, und sie waren froh über Annelieses Unterstützung. Wer der Mann gewesen war, mit dem Frieda Lotte damals im Englischen Garten gesehen hatte, war nicht herauszufinden gewesen. Lotte hatte den Namen nicht nennen wollen, in Erscheinung war niemand getreten. Es war auch nicht mehr wichtig, denn diese Episode war durch ihren Unfall sowieso beendet.

Fanny trat näher. Sie war auf dem Viktualienmarkt gewesen und hatte frische Zitronen geholt. Neben dem Eis war ihre hausgemachte Limonade im Moment eines der am besten gehenden Produkte, und ihre Vorräte neigten sich dem Ende zu. Fanny sah arg mitgenommen aus. Ihre Wangen waren gerötet, Schweißperlen rannen ihre Schläfen hinunter und dunkle Flecken zeichneten sich auf ihrer hellblauen Bluse ab.

»Mei, was is des auch für eine Hitz!«, rief sie und stöhnte. »Also ich hab nix gegen den Sommer, aber so heiß muss es weiß Gott ned sein. Findets ihr ned auch, dass es heut besonders schlimm ist? Ich hab des Gefühl, die Luft steht.«

»Ja, es ist arg schwül heute«, bestätigte Erna. »Vielleicht haben wir Glück, und es gibt bald ein Gewitter, dann frischt es bestimmt etwas ab.« Sie blickte hoffnungsvoll zum Himmel, doch bedauerlicherweise zeigte sich weit und breit keine einzige Wolke.

»Und dann san die Verkäuferinnen heid auch noch besonders knausrig gwesen«, fügte Fanny hinzu. »Bei drei Obstständen bin ich gwesen, um einen halbwegs vernünftigen

Preis zum kriegen. Als ob Zitronen neuerdings a so a Luxusartikel wärn.« Sie schüttelte den Kopf.

»Ist hier jemand?«, rief eine Kundin am Blumenstand, die einen von Rosi hübsch gebundenen Sommerstrauß in der Hand hielt. Sie blickte in ihre Richtung.

»Kundschaft!«, rief Rosi und eilte zu ihrem Laden.

Fanny und Erna betraten den Eissalon. Im Inneren empfing sie stickige Luft. Sie hatten gehofft, durch das Öffnen sämtlicher Türen etwas für Durchzug zu sorgen, doch selbst dieses Manöver schien heute fehlzuschlagen. Ludwig saß wie gewohnt, an seinem Fensterplatz, vor ihm lag die aufgeschlagene Zeitung.

»Die lang anhaltende Hitze ist schon Thema für die Titelseite«, sagte er und hielt das Blatt in die Höhe. »Der Schreiberling schildert die Wetterlage dramatisch, als wärs das erste Mal, dass mir es im Sommer heiß ham.« Er schüttelte den Kopf und tupfte sich mit einem rot-weiß karierten Taschentuch den Schweiß von der Stirn. »Und gleich nebendran macht a so a Reisebüro Reklame fürs Mittelmeer. Als ob sich des einfach so a jeder leisten könnt. Rimini brauch ich ned, bei uns dahoam is a schee. Und viel wärmer können die es da drunten auch ned ham. Gibt's noch a Limo?« Er hielt sein leeres Glas in die Höhe.

»In einer halben Stund«, antwortete Erna. »Ich hab doch gsagt, dass sie leer ist. Deshalb hab ich doch die Zitronen gholt. Dir brennt die Sonn anscheinend des Hirn weg.«

»Welche Sonn?«, fragte Ludwig und blickte zur Zimmerdecke.

Erna brachte der kurze Wortwechsel der beiden zum Schmunzeln. Wenn sie es nicht besser wüsste, könnte man meinen, sie wären ein altes Ehepaar.

Zwei Kundinnen, Erna schätzte die Damen auf Mitte vierzig, betraten den Laden und setzten sich an einen der Tische. Sie erweckten einen mitgenommenen Eindruck. Beide waren verschwitzt, und ihre Gesichter waren gerötet. Eine von ihnen wedelte sich sogleich mit der auf dem Tisch liegenden Eiskarte Luft zu.

»Das ist aber auch eine Hitze heute. Wir waren eben im Glaspalast, und die Wärme darin war unerträglich. Da hat man an der ganzen Kunst keine Freude. Zwischenzeitlich dachte ich, ich würde umkippen.«

Sie sprach in breitem sächsischem Dialekt.

»Ja, im Glaspalast ist es bei solch warmem Wetter nicht so gut auszuhalten«, antwortete Erna. »Dann hat das Klima darin etwas von einem Gewächshaus. Sie besichtigen also die Stadt?«

»Ja, das tun wir«, antwortete eine der Damen. »München soll sehenswert sein, haben wir gehört. Aber bei dieser Hitze kommt man nicht weit.«

»Sie sollten es langsam angehen lassen«, meinte Erna. »Mein Tipp für den Nachmittag wäre der Besuch eines Museums. Im Inneren ist es meist etwas kühler, da lässt es sich besser aushalten. Das Deutsche Museum ist äußerst sehenswert, allerdings sollten Sie für einen Besuch dieses Hauses etwas mehr Zeit einplanen, denn es ist recht weitläufig. Auch eine Besichtigung unserer Frauenkirche ist lohnenswert. In Kirchen ist es ja allgemein etwas kühler. Den lauen Abend könnten sie dann in einer der Restaurationen des Englischen Gartens genießen. Am Chinesischen Turm gibt es häufig Blasmusik.«

»Danke für die Tipps«, sagte die eine. »Ein Museum hört sich ausgezeichnet an. Hauptsache es ist nicht so stickig wie in diesem Glasbau. Aber jetzt hätten wir erst einmal etwas Kühles zur Stärkung. Ich hätte gerne einen Eisbecher mit vier Kugeln und Sahne. Haben Sie Waldmeister?«

Erna bejahte, und die andere Dame bestellte eine ähnlich große Portion. Erna eilte rasch hinter die Theke, verfrachtete die Bällchen sogleich in hübsche Glasbecher und garnierte sie mit frischen Minzblättern und Eiswaffeln. Weitere Kundschaft erschien, und Erna hatte eine ganze Weile lang alle Hände voll zu tun. Sie beförderte Eiskugeln in Becher, gab weitere Ausflugstipps, sogar ein Engländer erschien im Laden, der auf Englisch bestellte, was sie vor eine kleine Herausforderung stellte. Fanny brachte frische Limonade, die Hälfte davon trank Ludwig.

Während einer kurzen Verschnaufpause erkundigte sich Fanny nach Frieda.

»Wär ja scho nett, wenn des Dirndl mal wieder mithelfen würd«, sagte sie. »Von allein macht sich die ganze Arbeit ja ned.«

»Sie ist bei Hilde«, antwortete Erna knapp.

»Hängt der Haussegen also immer noch wegen dem Bachmann schief?«, deutete Fanny Ernas kurz angebundene Antwort richtig. Ernas Blick wanderte zu der geöffneten Tür hinter dem Tresen.

»Nicht so laut!«, rügte sie Fanny.

»Mei, irgendwann muss er doch erfahren, wer da seiner Tochter scheene Augen macht«, sagte Fanny und zuckte die Schultern. »Wundert mich eh, dass er es no ned weiß. Die Spatzen pfeifen des doch längst von den Dächern. Und a schlechte Partie wär der ned. Des muss man scho sagen.«

»Du weißt, wie der Sepp darüber denkt«, antwortete Erna.

Sie hatte so sehr darauf gehofft, dass ihre Tochter nach ihrer Aussprache vor der Klinik wieder vernünftig werden und begreifen würde, dass eine Verbindung zu einem Bachmann unmöglich war. Doch dem war nicht so gewesen. Es hatte in der Zwischenzeit mehrfach Meinungsverschiedenheiten zwischen ihnen gegeben, und Frieda hielt sich nun die meiste Zeit bei Hilde auf. Der Kontakt zu Erich war anscheinend noch inniger geworden. So war es Erna jedenfalls zugetragen worden. Eine Bekannte von ihr hatte die beiden neulich händchenhaltend durch den Englischen Garten laufen sehen und neugierig nachgefragt, wann die Verlobung verkündet werden würde. Josef gegenüber hatte sie Friedas ständiges Fehlen mit den Schuldgefühlen entschuldigt, die sie noch immer plagten. Er sollte Frieda die Zeit geben, die sie zur Verarbeitung der Angelegenheit benötigte. Josef hatte nach dem Grund für die Zwietracht gefragt, doch Erna hatte Unwissen vorgetäuscht und sich dadurch aus der Affäre gezogen. »Sie streiten doch immer wegen irgendetwas«, hatte sie gesagt, mit den Schultern gezuckt und darauf gehofft, dass er ihren Schwindel nicht erkennen würde. Wenn man die ganze Angelegenheit mit klarem Menschenverstand betrachtete, wären sie verrückt, einer Verbindung zwischen Frieda und Erich nicht zuzustimmen. Einen perfekteren Heiratskandidaten würden sie so schnell nicht finden. Aber Josef hatte sich inzwischen so sehr in seine Ablehnung gegen die Bachmanns hineingesteigert, er würde diese Eheschließung niemals dulden. Erna wusste, dass sie mit ihm würde reden müssen. Sie musste ihm klar sagen, dass sie niemals gegen das *Großglockner* bestehen und mit diesem Konkurrenzbetrieb würden leben müssen. Sie sollten mit dem zufrieden sein, was sie geschaffen hatten. Sie hatten den ersten Gegenwind überstanden, und langsam, aber sicher wurde auch die Kundschaft mehr. Sie lebten ihren Traum, das war es doch, was zählte.

»Was macht der Chef eigentlich die ganze Zeit in der Eiswerkstatt?«, fragte Fanny und lenkte damit das Gesprächsthema in eine andere Richtung. »Hoffentlich experimentiert er nicht wieder an irgendeinem komischen Eis rum. Mit der depperten Rumprobiererei muss jetzad doch endlich mal Schluss sein!«

»Also mir hat er versprochen, dass er keine deftigen Eissorten mehr ausprobieren wird«, erwiderte Erna. »Aber ich wollte eh mal nach ihm sehen.« Sie verschwieg Fanny, dass Josef heute Morgen beim Frühstück recht geheimniskrämerisch getan hatte. Er hatte etwas von einer Idee gesagt, war jedoch vage geblieben. Immerhin hatte er ihr fest versprochen, dass es sich nicht um seltsame Eissorten handeln würde. Seine letzte Kreation war Lavendeleis gewesen, es hatte wie Seife geschmeckt und ähnlich gerochen.

Als Erna die Eiswerkstatt betrat, staunte sie nicht schlecht, womit sich ihr Ehemann beschäftigte: Er hatte eine schmale längliche Metallform vor sich stehen, auf der Oberseite ragte ein Holzstiel heraus.

»Was machst du denn da?«, fragte sie verwundert.

»Eis am Stiel«, antwortete Josef. »Es ist bereits fertig. Jetzt muss ich es nur noch hinbekommen, es aus der Form zu lösen.«

»Du machst was?«

»Eis am Stiel! Ich hab neulich in einer Fachzeitschrift davon gelesen. In Amerika gibt es diese Köstlichkeit bereits seit einigen Jahren. Es ist eine großartige Idee, denn man kann das

Eis ganz ohne zusätzliche Utensilien wie Becher, Teller oder Löffel genießen. Man schleckt es einfach vom Stiel. Das wäre doch großartig, wenn wir unser Eis in dieser Form verkaufen würden. So etwas hat München noch nicht gesehen, damit stechen wir den *Großglockner* aus. Ich dachte, wir könnten für den Anfang die Standardsorten anbieten, vielleicht könnten wir das Eis auch mit Schokolade überziehen. Was meinst du?«

Erna wusste nicht, was sie antworten sollte, aber die Idee gefiel ihr. Neugierig beäugte sie die Eisform.

»Das klingt tatsächlich gut«, antwortete sie. »Jedenfalls viel besser als Weißwurst- oder Leberkäseis. Aber wie willst du das Eis aus der Form bekommen? Und wie stellt man so etwas in größerer Stückzahl her?«

»Das werden wir herausfinden«, antwortete Josef. Ihm war die Erleichterung darüber, dass Erna seine Idee gefiel, anzumerken.

»Dann wollen wir mal«, sagte er und startete den Versuch, seine Eiskreation aus der Form zu bekommen. Es gelang ihm bedauerlicherweise nicht sonderlich gut. Nach mehreren Anläufen verblieb das obere Stück des Gefrorenen in der Form. Doch der Rest war tatsächlich ein Eis am Stiel.

»Gut, es ist ausbaufähig«, kommentierte er das Ergebnis.
»Also ich finde, das könnte etwas werden«, konstatierte Erna und lächelte.

Im nächsten Moment betrat Fanny die Küche und staunte nicht schlecht darüber, was Josef da in Händen hielt. Sie trat näher, beäugte die eisige Kreation neugierig und rief freudig: »Ja aber, des is ja a Steckerl-Eis!«

13. Kapitel

03. August 1929

Es krachte so laut, dass die Wände wackelten. Ein Blitz erhellte die Dunkelheit, das Licht der Lampen, die sie aufgrund des Unwetters am Nachmittag hatten einschalten müssen, flackerte. Der nächste Donnerschlag sorgte dafür, dass Frieda zusammenzuckte. Der Gewittersturm fegte Regen und Hagelkörner gegen das Fenster des Ankleidezimmers, in dem sich Frieda und Hilde befanden. Endlich hatte sich der lang ersehnte Wetterwechsel eingestellt, den sie in den letzten, schwülheißen Tagen herbeigesehnt hatten. Allerdings hätte er nicht ausgerechnet heute und in dieser Heftigkeit passieren müssen, wo sie doch mit Erich verabredet war. Er hatte sie gestern angerufen und von einer Überraschung gesprochen, sie sollte sich hübsch zurechtmachen. Seitdem rätselte Frieda, wie diese Überraschung aussehen würde. Vielleicht würde er mit ihr in die Oper gehen oder in eines der nobleren Häuser Münchens essen?

»Und du denkst wirklich, ich kann das Kleid noch tragen?«, fragte Frieda skeptisch und musterte ihr Spiegelbild von allen Seiten. »Ist es jetzt nicht zu kühl?«

Sie trug ein ärmelloses, tailliert geschnittenes türkisfarbenes Taftkleid mit einem weiten Glockenrock, der bis über ihre Knie reichte. Dazu hatte ihr Hilde passende Pumps geliehen. Über einem Stuhl hing eine leichte wollweiße Bolerojacke, die sie sich über die Schultern legen konnte. Sogar an eine passende, kleine Handtasche hatte Hilde gedacht und sie aus der untersten Schublade einer ihrer Kommoden hervorgekramt. Friedas Haar hatten sie am gestrigen Tag wieder etwas gekürzt, und nun reichte es ihr, in sanfte Wellen gelegt, nicht mehr bis zum Kinn – dann hatten sie ein dezentes Make-up aufgelegt.

»Natürlich kannst du das Kleid noch tragen«, antwortete Hilde entrüstet. »Es steht dir sogar besser als mir. Wenn du magst, schenke ich es dir. Das Türkis passt hervorragend zu deinen dunklen Haaren.«

»Das kann ich nicht annehmen«, antwortete Frieda sogleich. »Du tust schon zu viel für mich. Du musst mir nicht auch noch deine Kleider schenken.«

»Aber wenn ich es doch möchte«, entgegnete Hilde, die auf einer weinroten Chaiselongue saß und ein kaffeebraunes Jungmädchenkleid mit reicher Faltenverzierung trug. »Mir ist das Kleid sowieso zu eng geworden. Das muss an meiner Leidenschaft für Torten liegen. Ich schaffe es einfach nicht, die Finger davon zu lassen.« Sie winkte ab. »Es steht dir wirklich großartig. Wenn er dir heute keinen Antrag macht, dann weiß ich auch nicht mehr weiter.«

»Du denkst tatsächlich, dass er mir einen Antrag machen könnte?«, hakte Frieda mit zweifelndem Blick nach.

»Wieso nicht?«, fragte Hilde. »Ihr geht jetzt schon eine Weile miteinander aus, und er sieht dich immer mit so verliebten Kalbsaugen an. Glaub mir, ich hab da einen Blick für, wenn einer es ernst meint. Und wir wissen beide, dass Erich kein Schürzenjäger ist. Ich hab extra noch einmal in gewissen Kreisen Erkundigungen eingeholt: Er besitzt einen tadellosen Ruf, und viele Bekannte von mir würden gerne an deiner Stelle sein. Das kann ich dir sagen.«

Ein weiterer Blitz erhellte den Raum, das Licht flackerte erneut, und es folgte ein Donnerschlag, der sich allerdings nicht mehr ganz so heftig wie seine Vorgänger anhörte.

»Das ist es nicht«, antwortete Frieda. »Du weißt, wie mein Vater zur Familie Bachmann steht. Er würde ihn niemals akzeptieren.«

»Darüber hatten wir doch neulich bereits gesprochen. Dein Papa sieht in Erich nur den Sohn seines Konkurrenten. Nur deshalb nimmst du an, dass er gegen eure Verbindung sein wird. Aber vielleicht ändert er seine Meinung, wenn er Erich kennenlernt. Du hast mir doch erzählt, dass Erich kein Interesse an der Übernahme des Cafés hat.«

»Ja, das stimmt«, antwortete Frieda. »Erich ist durch und durch Kaufmann und möchte lieber bei einem großen Handelsunternehmen arbeiten. Aber du weißt ja, wie das mit Familienbetrieben ist. Da heißt es oft mitgehangen, mitgefangen.«

»Kann schon sein«, erwiderte Hilde. »Aber ich möchte dich daran erinnern, dass dein Vater auch nicht die Familienwäscherei übernommen hat. Er geht ebenso eigene Wege.«

»Die Gründe dafür kennst du«, antwortete Frieda.

»Ja, aber dieser Grund ist doch romantisch!«, erwiderte Hilde, und ihr Blick wurde schmachtend. »Er hat aus Liebe zu deiner Mutter auf alles verzichtet. Ach, wenn so etwas mal ein Mann für mich tun würde, ich wäre die glücklichste Frau auf der ganzen Welt.«

Frieda rollte mit den Augen. Hilde war und blieb eine unverbesserliche Romantikerin. Sie liebte kitschige Liebesfilme und konnte nicht genug von Groschenromanen kriegen. Und natürlich träumte auch sie von ihrem ganz persönlichen Prinzen, mit dem sie bis ans Ende ihrer Tage glücklich werden könnte. Dass es bei der Angst um die Existenz rasch vorbei mit der Romantik und der Liebe sein konnte, zählte für Hilde nicht. Sie wusste jedoch auch nicht, was es bedeutete, arm zu sein. Ihr Vater stammte aus wohlsituierten Verhältnissen, hinzu kam seine Stellung als hoher Beamter. Schon oft hatte Frieda sich ausgemalt, wie schön es doch wäre, mit Hilde tauschen zu können. Sie lebte dieses herrlich sorglose Leben in gediegenem Luxus und bewohnte gleich drei Zimmer in der palastartig erscheinenden Wohnung der Gassers, die die gesamte dritte Etage eines hübschen Gründerzeitbaus im Stadtteil Giesing einnahm.

»Vielleicht würde sich die Situation mit deinem Vater bessern, wenn er Erich kennenlernt«, schlug Hilde vor.

»Das könnte sein«, antwortete Frieda. »Allerdings spielt Lottes Unfall zusätzlich eine Rolle. Ich erinnere dich daran, dass es damals um Erich ging, als sie davongelaufen ist.«

»*Auch* um Erich«, wandte Hilde ein. »Aber der unbekannte Mann, mit dem du sie durch den Englischen Garten hast flanieren sehen, hat doch ebenfalls eine Rolle gespielt. Wie sie nur auf die Idee kommen konnte, so etwas zu tun! Wenn das größere Kreise gezogen hätte, hätte es einen ernsthaften Skandal gegeben.«

»Hat es aber nicht«, antwortete Frieda. »Und Papa weiß weder von dem unbekannten Mann, noch von Erich. Bei beidem soll es vorerst auch so bleiben. Mal sehen, wie die Lage in einigen Wochen sein wird, wenn Lotte aus dem Sanatorium zurückkommt. Mama hat gestern mit dem Arzt telefoniert, und es wurde ihr versichert, dass sie gute Fortschritte macht. Ach, es wäre so wunderbar, wenn sie wieder vollständig gesund werden würde!«

Hilde nickte mit betretener Miene. Der abscheuliche Unfall hatte auch sie schockiert, und sie hatte mehrfach für Lotte gebetet und auch eine Opferkerze in der Kirche angezündet.

Im nächsten Moment schien ein kleines Wunder zu geschehen: Sonnenstrahlen fielen ins Zimmer. Verwundert sahen die beiden zum Fenster. Die dunklen Wolken des Gewitters hatten sich verzogen, und der blaue Himmel war zu sehen.

»Wenn das kein gutes Omen für deine Verabredung ist, dann weiß ich auch nicht«, kommentierte Hilde sogleich und klopfte ihrer Freundin auf die Schulter. »Das wird bestimmt ein großartiger Abend werden, und du musst mir nachher alles bis ins kleinste Detail erzählen!«

Eine Weile darauf erfuhr Frieda, was für eine Überraschung Erich geplant hatte: Er führte sie heute Abend in das luxuriöse, direkt neben der Feldherrnhalle gelegene Restaurant Preysing-Palais aus. Frieda kannte den prachtvollen, im Rokokostil gehaltenen Bau selbstverständlich, der im achtzehnten Jahrhundert von dem damaligen Oberstjägermeister Graf von Preysing errichtet worden war. Allerdings hatte sie ihn noch nie betreten. Das Restaurant war gediegen eingerichtet, und Erich hatte einen Tisch im weißen Salon für sie reserviert. Das noble Haus schüchterte Frieda etwas ein. Sie nahm am Tisch Platz und ließ ihren Blick durch den weitläufigen Raum mit seinen Säulen und den mit Stuck verzierten Wänden schweifen. Auf den zahlreichen Tischen lagen weiße Tischtücher, auf vielen von ihnen befanden sich Reservierungsschilder. Es verwunderte Frieda etwas, dass an ihrem Tisch für vier Personen gedeckt war. Kam etwa noch jemand?

Erich bestellte beim Ober zwei Gläser Champagner als Aperitif. Frieda wusste nicht so recht, wie ihr geschah. Es erweckte den Eindruck, als wäre er heute besser gelaunt als sonst. Irgendetwas musste geschehen sein.

»Ich hoffe, du fühlst dich jetzt nicht überrumpelt, aber meine Eltern werden uns heute Abend Gesellschaft leisten. Mama möchte dich unbedingt kennenlernen. Sie verspäten sich allerdings ein wenig, Papa hatte noch einen wichtigen Termin mit einem unserer Lieferanten.«

Friedas Augen wurden groß. Wie sollte sie sich jetzt nicht überrumpelt fühlen?

»Du musst dir keine Sorgen machen. Es soll ein ganz ungezwungenes Treffen sein«, beschwichtigte er sogleich und legte seine Hand beruhigend auf ihre. »Dein Name ist jetzt öfter bei uns im Haus gefallen, und da sind sie eben neugierig geworden. Ich hoffe, du bist mir nicht böse, aber ich habe ihnen bereits ein wenig von dir erzählt. Auch, dass dein Vater einen kleinen Eissalon auf der Kaufingerstraße betreibt. Mein Vater wusste natürlich sofort, von welchem Salon die Rede ist, und er kannte auch den Namen deines Vaters. Unser italienischer Koch in der Küche, Luigi, kannte auch seinen ehemaligen Partner. Marco war sein Name, nicht wahr? Er hat erzählt, dass er bedauerlicherweise im letzten Winter verstorben ist. Luigi war auch bei Marcos Beerdigung, und er konnte sich sogar an dich erinnern. Er meinte, da hätte ich mir eine hübsche Signorina ausgesucht.« Er zwinkerte Frieda zu.

Frieda wusste nicht, wie ihr geschah. Sie sollte seine Eltern kennenlernen, jede Minute konnten die beiden durch die Tür kommen! Hinzu kam, dass diese für sie vollkommen fremden Menschen bereits viel über sie zu wissen schienen. Dieser Luigi hatte Marco gekannt! Also hatte er vermutlich auch erzählt, aus welch ärmlichen Verhältnissen sie stammte. Sie war bei Weitem keine perfekte Partie, sondern das Mädchen, das in einer schäbigen Wohnung ohne Strom und fließend Wasser aufgewachsen war, das wusste, was es bedeutete, hungrig einschlafen zu müssen, das im Sommer barfuß zur Schule ging, weil ihm die Schuhe fehlten. Was sollten solch wohlhabende Menschen wie die Bachmanns nur von ihr denken? Würde es ähnlich werden wie bei ihren Großeltern und sie ebenfalls als Schmarotzerin sehen, die es nur auf das Vermögen abgesehen hatte, auf ein gutes Leben an der Seite eines gut situierten Mannes? Sie hätte auf ihre Mama hören müssen, dachte Frieda. Diese Verbindung war nicht richtig. Sie gehörte nicht in solch ein luxuriöses Restaurant wie dieses hier. Plötzlich hatte sie das Gefühl, keine Luft mehr zu bekommen, und sie hörte Erichs folgende Worte wie durch eine Wand. Der Ober hatte den Champagner serviert. Er stand vor ihr, und sie betrachtete die prickelnde Kohlensäure. Und da entdeckte sie ihn: den Ring im Glas. Sogleich begann ihr Herz wie verrückt zu schlagen. Sollte es wirklich sein … Sie brachte es nicht fertig, den Gedanken zu Ende zu denken.

»Da ist ein Ring«, brachte sie heraus.

Er nickte lächelnd.

»Ja, stimmt. Ich hatte gehofft, du würdest ihn erst bemerken, wenn du von dem Champagner trinkst.«

Plötzlich kniete Erich neben ihrem Stuhl. Er sah sie mit seinen leuchtendblauen Augen an, sein Blick ging tief bis in ihr Innerstes, und er nahm ihre Hand.

Ihr Herz klopfte in diesem Augenblick so heftig, dass sie glaubte, es wollte zerspringen.

»Ich weiß, wir kennen uns noch nicht so lange, aber du hast mich bezaubert. Du bist etwas ganz Besonderes, und ich habe mich vom ersten Augenblick an in dich verliebt. Deshalb frage ich dich, meine liebste Frieda: Willst du meine Frau werden?«

Er sah sie hoffnungsvoll an.

Frieda fiel es schwer, ein Wort herauszubringen. Ihr Mund fühlte sich plötzlich wie ausgetrocknet an. Ihr Herz war es, das antwortete, und all die eben noch gedachten Zweifel in ihrem Kopf schienen nun wie betäubt. Sie nickte, erst zaghaft, dann immer kräftiger. »Ja«, brachte sie nun doch heraus. »Aber ja doch!«

Da umschlossen sie seine Arme. Er zog sie auf die Beine und küsste sie überschwänglich. Um sie herum wurde Beifall geklatscht, jemand rief, dass das junge Glück hochleben solle. Als sich Frieda aus der Umarmung löste, bemerkte sie die beiden Personen, die am Eingang des Saals stehen geblieben waren. Hedwig und Max Bachmann starrten sie mit großen Augen an. Die Sache mit dem Heiratsantrag schien Erich nicht nur Frieda verschwiegen zu haben.

14. Kapitel

12. August 1929

Helles Sonnenlicht fiel durch die bodentiefen Fenster in die Schwimmhalle des Sanatoriums. Diese wies nur wenig Ähnlichkeit mit einer normalen Schwimmhalle auf, wie Lotte sie aus München kannte: Überall standen Palmen und Oleanderpflanzen, und es gab gepolsterte Liegen, auf denen sich die Patienten von ihren Anwendungen erholen konnten. Die beiden zum Garten führenden Flügeltüren waren weit geöffnet, denn sonst wäre es an diesem heißen Sommernachmittag in der Halle arg stickig geworden. Lotte hatte es bis zum Rand des Schwimmbeckens geschafft und erhielt für ihre Leistung sogleich Beifall von der jungen Ärztin namens Sibylle Kiesling, die sich um die Krankengymnastik der Patienten kümmerte. Sibylle Kiesling war Anfang dreißig, wie Lotte wusste, doch sie sah wesentlich jünger aus, denn sie war klein, und ihre Figur war eher zierlich. Ihr kastanienbraunes Haar trug sie der Mode entsprechend halb lang und in sanfte Wellen gelegt.

»Das hast du ausgezeichnet gemacht, meine Liebe«, lobte sie Lotte, und ihr Blick fiel auf ein Klemmbrett in ihren Händen. »Das waren zwei Bahnen mehr als bei unserem letzten Training. Wie fühlt sich das Bein an? Geht noch eine Bahn?« Sie sah Lotte ermutigend an, doch Lotte schüttelte den Kopf. Die letzten Meter im Becken hatte sie bereits arg kämpfen müssen, denn das dumme Bein, wie Lotte es meist bezeichnete, hatte erneut zu schmerzen begonnen. Mit der Hilfe von Sibylle kletterte sie aus dem Becken und sank erschöpft auf eine der Liegen. Die Ärztin legte ein Handtuch über ihre Schultern. Lotte fühlte, wie in diesem Moment erneut das Gefühl von Hilflosigkeit in ihr aufstieg, und sie blinzelte die Tränen fort, die sich in ihre Augen stahlen. Sie hatte so sehr darauf gehofft, dass der Heilungsprozess schneller vorangehen würde, doch er zog sich, trotz der täglichen Anwendungen, hin. Ohne Gehhilfe fiel ihr das Laufen noch immer schwer, die Nachmittage verbrachte sie meist auf einer der Liegen im Garten, manchmal saß sie auch neben der Pferdeweide in einem Rollstuhl und beobachtete die Tiere wehmütig. Die Pferde konnten ausgelassen über die Wiese laufen, ihr selbst würde ein solches Tun vermutlich für den Rest ihres Lebens verwehrt bleiben.

»Es wird niemals wieder wie früher werden«, sagte Lotte missmutig und ließ die Schultern hängen.

Da ging Sibylle vor ihr in die Hocke und legte ihre Hände um die von Lotte.

»So solltest du nicht reden«, sagte sie in dem sanften Tonfall, den Lotte bereits allzu gut kannte und von Beginn an gerngehabt hatte. In ihrem Leben war ihr noch nie ein so positiv denkender Mensch wie Sibylle begegnet. Bei ihr war das Glas stets halb voll – diese Eigenschaft benötigte man in ihrem Beruf aber auch. »Du hast seit deiner Ankunft bei uns bereits große Fortschritte gemacht. Du bist jung, gewiss wird es bald gar nicht mehr auffallen, dass dein Bein verletzt gewesen ist. Es braucht nur noch etwas Geduld und Fleiß.« Sie drückte Lottes Hände und nickte ihr lächelnd zu. »Und fleißig bist du. So viel steht fest. Da gibt es hier im Haus ganz andere Kandidaten.« Ihr Blick wanderte kurz nach draußen, wo ein dunkelhaariger Junge in Lottes Alter in einem Rollstuhl saß und vor sich auf den Fußboden starrte. Er hieß Martin und hielt sich bereits seit zwei Monaten im Sanatorium auf. Er hatte einen ähnlich komplizierten Beinbruch wie Lotte erlitten, tat jedoch bei den Anwendungen nur das Notwendigste, und durch sein unfreundliches Verhalten war er beim Personal des Sanatoriums nicht sonderlich beliebt. »Manche Patienten reagieren so«, hatte Sibylle einmal zu Lotte gesagt, nachdem Martin mal wieder eine Szene im Gymnastikraum gemacht und sogar nach seinem Trainer geschlagen hatte. »Es ist die Wut im Inneren, das Nicht-akzeptieren-Wollen des Geschehenen. Es gilt zu hoffen, dass er dieses Gefühl irgendwann überwinden kann, denn sonst wird es schwer für ihn werden.« Sie hatte einen tiefen Seufzer ausgestoßen und Martin mitleidig angesehen. Bei ihm geriet selbst Sibylle an ihre Grenzen. Lotte wusste, von welcher Wut Sibylle gesprochen hatte, denn auch sie kannte dieses Gefühl. Doch Wut war etwas, was einen niemals im Leben weiterbrachte – so ähnlich hatte es Josef einmal zu ihr gesagt, als sie noch ein kleines Mädchen gewesen war. Diese Worte hatte sie all die Jahre nicht vergessen. Damals hatte sie vor lauter Wut auf sich selbst, weil das Binden ihrer Schnürsenkel einfach nicht hatte funktionieren wollen, ihre Schuhe in die Zimmerecke geschleudert. Erst nachdem die dumme Wut verflogen war, hatte sie das Wunder vollbracht und die perfekte Schleife gebunden. Zu Lottes Bedauern war Martin der einzige sich in ihrem Alter befindliche Mitpatient im Sanatorium. Alle anderen waren bedeutend älter. Deshalb fühlte sie sich oft einsam. Hinzu kam das Heimweh, das sie mit jedem Tag mehr plagte. Mama und Papa riefen regelmäßig an, doch nur ihre Stimmen zu hören, war nicht dasselbe. Sie sehnte sich nach ihrer Gegenwart und ihren Umarmungen. Ach, wenn sie doch nur nicht so dumm gewesen und einfach drauflosgelaufen wäre …

»Was hältst du davon, wenn wir zu den Tieren in den Stall gehen?«, fragte Sibylle. »Ich habe den restlichen Nachmittag frei und mir wurde zugetragen, dass unsere Meerschweinchendame Ursel Mama geworden ist. Es sollen ganz entzückende Fellknäule sein, die sich da im Käfig befinden.«

Ihr Vorschlag sorgte sogleich dafür, dass sich Lottes Stimmung hob.

»Meerschweinchenbabys, wie süß! Die muss ich unbedingt sehen«, antwortete sie und erhob sich. Sie selbst bemerkte es nicht, doch Sibylle tat es: Lotte humpelte vollkommen frei und mit einer bemerkenswerten Geschwindigkeit Richtung Umkleiden. Sie folgte ihr lächelnd. Es war doch immer wieder erstaunlich, was sich mit Tierbabys erreichen ließ.

Bald darauf saß Lotte auf einer Bank neben dem Stalleingang, und auf ihrem Schoß befand sich eines der Meerschweinchenbabys, das erst am Vortag das Licht der Welt erblickt hatte. Im Gegensatz zu den Kaninchenbabys, die vor einigen Tagen geboren worden waren, hatte das Kleine bereits ein richtiges Fell, war agil und hatte die Augen geöffnet. Das kleine Wesen erschien Lotte wie ein Wunder. Es war dunkelbraun gefärbt, doch an seinen vorderen Füßchen weiß, als ob ihm jemand Socken angezogen hätte. Lotte hatte nicht mehr Sibylles Gesellschaft, sondern zu ihrem Staunen hatte sich ein Mädchen in ihrem Alter neben sie gesetzt. Ihr Name war Marie, und sie trug ein blau-grün kariertes Sommerkleid, ihr blondes Haar war zu Zöpfen geflochten.

»Gell, die Viecherl sind allerliebst«, sagte Marie und streichelte das kleine Meerschweinchen. »Des da is a Bua«, sagte sie. »Des hat vorhin der Xaver rausgfunden. Der hat da einen Blick für.« Sie nickte zu dem alten Stallburschen hinüber. »Er hat gsagt, dass mir noch an Namen brauchen. Also ich fänd Wuschel ganz nett, weil sei Fell is a bisserl länger. Was meinst du?«

»Hm«, antwortete Lotte und betrachte das Meerschweinchen näher. »Also ich fände Söckchen passender, wegen der Zeichnung des Fells.«

»Des stimmt«, antwortete Marie. »Des schaut echt so aus, als hätt er Sockerl an. Also ham wir schon an Namen gfunden! Des is jetzad schnell gangen. Woher kimmst du denn?«, fragte sie und wechselte damit das Thema. Lotte erzählte, woher sie kam und weshalb sie in dem Sanatorium gelandet war.

»Also ich hab mei Lebtag noch keine Tram gsehn«, antwortete Marie. »Bei uns auf'm Dorf gibt's auch fast keine Autos. Ich mag des so. Die stinken mir zu sehr. Meine Mama hat eine Stellung in der Küch hier gekriegt, und ich hab sie heut mal begleitet, um zum schaun, ob sie auch eine Arbeit für mich hätten. Vielleicht in der Küch oder im Stall. Des Geld könnt ma gut brauchen. Seitdem da Papa tot ist, ist es ned leicht.«

Maries Worte lösten Betroffenheit in Lotte aus, und sie wusste nicht so recht, was sie erwidern sollte.

»Was machen deine Eltern?«, fragte Marie. »Bestimmt seids ihr reich. Die Mama hat gsagt, nur die Geldigen können sich des hier leisten.« Sie deutete auf das Hauptgebäude.

»Wir sind nicht reich«, antwortete Lotte sogleich. Sie hatte das Gefühl, dass Reichtum in diesem Moment etwas Negatives darstellte, obwohl sie sich ihr ganzes Leben lang gewünscht hatte, Teil der besseren Gesellschaft Münchens zu sein. »Meine Eltern haben eine kleine Eisdiele, für das Sanatorium hätte das Geld aber nie gereicht. Meine Oma zahlt es, was seltsam ist, denn sie mag uns eigentlich gar nicht.«

»Mei Oma war auch a Hex«, antwortete Marie. »Die hat mich immer so bös angschaut. Ich weiß, es klingt gemein, aber ich war froh, als sie in Himmel gangen is. Aber wenn dir deine des hier zahlt, dann is sie vielleicht gar ned so bös.«

»Möglich«, antwortete Lotte und zuckte die Schultern. »Ich kenn sie eigentlich kaum.« Sie dachte über ihre Worte nach. Vielleicht lohnte es sich ja, sie besser kennenzulernen. Wenn sie ihr das Sanatorium bezahlt hatte, lag ihr vielleicht wirklich etwas an ihr. Sie nahm sich vor, ihr nach ihrer Rückkehr nach München einen Besuch abzustatten. Der Gedanke gefiel Lotte, und Maries Gesellschaft tat ihr gut.

»Was machst du jetzt?«, fragte Lotte.

»Ich wollt den Stall ausmisten helfen«, antwortete Marie. »Wennst magst, kannst ja mitmachen.«

»Das könnte mit dem wehen Bein schwer werden«, antwortete Lotte. »Mit dem Laufen hab ich es noch nicht so.«

»Ach, des wird scho irgendwie gehn«, antwortete Marie und winkte ab. »Ich hab dich vorhin über den Hof humpeln sehen. So deppert hast dich doch gar ned angstellt. Jetzad bring ma erst amal den Söckchen zruck zu seiner Familie und dann such ma uns zwei Mistgabeln. Und wennst a Pause brauchst, dann setz ma uns halt ins Heu, und du erzählst mir von München. Mei, da würd ich ja so gern mal hin. Mei Schulfreund, der Lucky, war da mal. Er hat gsagt, so viel Häuser hätt er noch nie auf einem Haufn gsehn.«

Die beiden erhoben sich von der Bank und nur wenig später beschäftigten sie sich lachend mit dem Ausmisten des Stalls, und weil es so schön war, saßen die beiden Mädchen irgendwann im weichen Heu, und Lotte begann, von München zu erzählen, Marie von ihrem Leben in dem winzigen Zuahäusl auf dem Kreuzerhof. Es waren zwei komplett verschiedene Lebenswelten, die aufeinandertrafen, und vielleicht war es gerade deshalb perfekt. Marie verströmte, trotz der Tatsache, dass sie es nicht leicht im Leben hatte, eine Lebensfreude, die auf Lotte abfärbte. Sämtliche düstere Gedanken, die sie eben noch im Schwimmbecken gehabt hatte, waren verschwunden. Für Marie war sie keine Patientin, sondern einfach nur Lotte. Das fühlte sich großartig an. Marie begleitete Lotte sogar zu ihrem Zimmer und versprach, am nächsten Tag wiederzukommen.

»Und dann misten wir wieder den Stall miteinander aus«, sagte sie. »Und wir geben Söckchens Geschwistern auch noch Namen.«

»Ja, das machen wir«, antwortete Lotte freudig und umarmte Marie zum Abschied sogar.

Mit einem leichten Gefühl ums Herz sank Lotte, nachdem Marie fort war, auf ihr Bett, und plötzlich wurde sie sich klar darüber, dass sie die ganze Zeit ohne Gehhilfe gelaufen war. Vielleicht konnte das Wunder ja doch noch geschehen, und sie würde irgendwann wieder normal laufen können. Wie hatte Sibylle gesagt: Es brauchte nur Geduld. Und eine Marie, dann würde es schon werden.

Im nächsten Moment betrat eine der Krankenschwestern den Raum und rümpfte kurz die Nase.

»Kann es sein, dass Sie nach Stall riechen, junges Fräulein?«, sagte sie lachend.

»Ja, das ist möglich«, antwortete Lotte und grinste schelmisch. »Es gibt Meerschweinchenbabys.«

»Davon habe ich schon gehört«, antwortete die Schwester. »Sie sollen allerliebst sein. Wenn Sie möchten, können Sie gleich Ihrer Frau Mama davon erzählen. Sie befindet sich am Telefon und wird sich bestimmt über Ihren Bericht freuen.«

Freudig erhob sich Lotte sogleich, und auch den Weg zum Schwesternzimmer, in dem sich das Telefon befand, legte sie nun zwar stark humpelnd, aber ohne Gehhilfe und ohne Unterstützung der Schwester zurück. Mama würde staunen, was sie zu erzählen hatte.

15. Kapitel

16. August 1929

Erna saß am Fenster des Zugabteils und blickte neugierig nach draußen. Häuserreihen, Straßen und Plätze flogen im hellen Licht der Nachmittagssonne an ihr vorüber. In wenigen Minuten würden sie den Anhalter Bahnhof erreichen. Sie konnte noch immer nicht glauben, dass sie tatsächlich in die Hauptstadt reiste! Mit ihr im Abteil saßen Anneliese und Josef. Letzterer konnte ihrer spontanen Reise nach Berlin nur wenig abgewinnen. Aus heiterem Himmel hatte vor einigen Tagen Anneliese im Salon gestanden und verkündet, dass ihr Schwager Poldi erneut heiraten wollte, und sie und Josef nebst Gattin zu der Feierlichkeit eingeladen wären. Josef hatte diese Einladung verwundert, denn er hatte jahrzehntelang keinen Kontakt zu seinem Onkel gehabt.

Leopold Xaver Pankofer, wie Poldi mit vollem Namen hieß, hatte seiner Familie in München früh den Rücken gekehrt, und er und Anton hatten nie gut miteinander gekonnt. Josefs Vater hatte stets schlecht über seinen Bruder gesprochen. Einer, der den Schoß der Familie verließ, um zu den Preißen nach Berlin zu gehen, war in seiner Wahrnehmung nicht ganz richtig im Kopf. Poldi war seine Verwandtschaft in Bayern gleichgültig geworden. Zu Antons Beerdigung war er jedoch erschienen, was sie alle verwundert hatte. Er hatte sogar recht freundlich getan, erzählt, dass er verwitwet sei und zwei Töchter habe. Er war als Gerichtsschreiber tätig. Anneliese hatte vermutet, dass er sich vielleicht etwas von dem Erbe erhofft hatte. Von Anton war er jedoch nicht bedacht worden, was nicht verwunderlich war. Nach der Beerdigung war er rasch wieder verschwunden.

Josef hatte die Einladung zu seiner Hochzeit erst nicht annehmen wollen. Für so etwas hätte er aktuell so gar keine Zeit, denn er tüftelte noch immer jeden Tag bis spät in die Nacht hinein an seinem Steckerl-Eis. Da kam ihm eine Reise nach Berlin äußerst ungelegen. Auch Erna war nicht begeistert gewesen, denn eigentlich hatte sie geplant, Lotte im Sanatorium einen Überraschungsbesuch abzustatten. Fanny war es gewesen, die sie schließlich dazu gebracht hatte, die Einladung nach Berlin anzunehmen. Ihrer Meinung nach könnte sich das Verhältnis zwischen Josef und seiner Mutter durch die gemeinsame Reise nach Berlin verbessern. Außerdem würde ihnen nach der stressigen Zeit eine Luftveränderung guttun. So hatte er sich doch überreden lassen und Erna hatte ihre Besuchspläne im Sanatorium schweren Herzens verschoben.

Leopold hatte ihnen eine kleine, unweit seiner Wohnung gelegene Pension im Stadtteil Friedenau empfohlen, die sich direkt gegenüber einer Parkanlage befand. Erna war so aufgeregt gewesen, dass sie in den letzten Tagen wie eine aufgescheuchte Hummel durch den Eissalon gelaufen war. Zum ersten Mal in ihrem Leben würde sie Bayern verlassen, und dann ging es auch noch gleich bis in das ferne Berlin! Fanny hatte zugesichert, die Stellung zu halten, und auch auf Frieda zu achten, denn die Töchter waren nicht eingeladen worden. Erna vermutete den Grund darin, dass die Hochzeit nur im kleinen Kreis stattfinden sollte. Frieda unterstützte sie seit einer Weile wieder im Geschäft und zeigte sich von ihrer besten Seite. Gestern Abend hatte sie das Durchwischen der Gaststube übernommen und sämtliche Eiskübel gespült. Auch hatte sie Erna bei der Kleiderwahl unterstützt und war sogar mit zum Bahnhof gekommen, um sie zu verabschieden. Das rechnete Erna ihr hoch an, immerhin war ihr Zug zu nachtschlafender Zeit abgefahren.

Erna traute dem Frieden mit Frieda jedoch nicht, sondern nahm an, dass etwas im Busch war, doch sie getraute sich nicht nachzufragen. Insgeheim hoffte sie darauf, dass Friedas Heimkehr in den Schoß der Familie die Trennung von Erich Bachmann zugrunde lag. Natürlich war es für ihre Tochter bedauerlich, wenn ihr Liebesglück nicht gehalten hatte, aber für den Familienfrieden war diese Variante eindeutig besser.

Sie fuhren in die Bahnhofshalle des Anhalter Bahnhofs ein, und der Zug kam zum Stehen.

Gemeinsam mit unzähligen Mitreisenden strömten sie nur wenige Minuten später den Bahnsteig hinunter.

»Dann wollen wir mal sehen, wo sich hier diese Ringbahn befindet, von der Poldi gesprochen hat«, sagte Josef, der einen abgewetzten Koffer mit defektem Verschluss in Händen hielt, der mit einem zusätzlichen Band gesichert hatte werden müssen. In der Bahnhofshalle empfing sie vertrauter städtischer Trubel. Es gab Imbissbuden, Zeitungskioske, und Blumen wurden an Verkaufsständen feilgeboten. Der Weg zu der sogenannten Ringbahn war gut ausgeschildert. Der überfüllte

Bahnhof, von dem es nun weiterging, nannte sich Potsdamer Ringbahnhof – wieso auch immer, denn er befand sich doch mitten in Berlin. Josef erwarb an einem Fahrkartenschalter drei Karten bis zur Haltestelle Wilmersdorf-Friedenau.

Eine Stadtbahn dieser Sorte waren Anneliese, Erna und Josef nicht gewohnt, ebenso wenig wie eine U-Bahn, wie es sie in Berlin bereits seit vielen Jahren gab. Nun zeigte sich doch, dass Berlin um einiges fortschrittlicher war als München, wo als einziges öffentliches Verkehrsmittel innerhalb der Stadt die Trambahn zur Verfügung stand. Ludwig hatte neulich erzählt, dass es wohl wieder Baupläne für eine U-Bahn in München gebe, aber die Planungen stießen erneut auf Widerstände, besonders aus dem Bereich Tourismus. Schließlich könnte man aus den Fenstern der Trambahnen viel besser die Schönheit Münchens bewundern, in einer im dunklen Untergrund fahrenden Bahn funktionierte das nicht. Dass ein Großteil der Bewohner die Schönheiten der Stadt schon kannte, schien diesen Gegnern anscheinend nicht bewusst zu sein.

Die Fahrt mit der Ringbahn gestaltete sich für die drei äußerst unbequem, denn sie ergatterten keinen Sitzplatz und mussten im Mittelgang stehen. Erna hielt sich an einer Stange fest, ihre Reisetasche zwischen ihre Beine gestellt, damit sie ihr nicht abhandenkam. Anneliese stand mit verdrießlicher Miene neben ihr. Josef, der sich hinter den beiden befand, hielt sich an einem Haltering fest. Die Luft in der Bahn war stickig, obwohl einige der Fenster gekippt waren. Es roch nach Körperausdünstungen und Zigaretten. Erna erleichterte es, dass die Fahrt nicht allzu lange dauerte und sie der Enge alsbald entfliehen konnten. Als sie auf dem Bahnsteig standen, atmeten sie allesamt erleichtert auf.

»Also wenn ich gewusst hätte, wie abscheulich sich diese Fahrt gestaltet, hätte ich eine Droschke gemietet. Keine zehn Pferde werden mich erneut in dieses grässliche Fortbewegungsmittel bringen«, merkte Anneliese an.

Der Stadtteil Friedenau, den sie kurz darauf in Augenschein nahmen, beeindruckte sie auf den ersten Blick nicht sonderlich. Es reihten sich mal mehr, mal weniger hübsch herausgeputzte Stadthäuser aneinander, viele waren im Gründerzeitstil gehalten. Die Kaiserallee war eine breite Straße, auf der reger Verkehr herrschte. Die tief stehende Sonne spiegelte sich in den Fenstern der Stadthäuser, eine Straßenbahn fuhr bimmelnd an ihnen vorüber. Die gab es hier also noch zusätzlich zu den vielen Zügen und U-Bahnen! Sie liefen an kleinen Ladengeschäften vorüber – einem Zeitungskiosk, einem Friseur, einem Geschäft für Musikinstrumente, einem Kolonialwarenladen. Die im Schaufenster hängenden Würste erinnerten Erna daran, dass sie außer zwei Wurstbroten und einem Apfel seit ihrer Abfahrt aus München nichts gegessen hatte. Schlagartig begann ihr Magen zu knurren. Sie erreichten ihre direkt neben dem Hindenburgpark gelegene Pension, die den schlichten Namen »Pension am Park« trug und in einem gepflegten Gründerzeithaus lag. Das Haus war in einem hellen Grau gehalten, doch bunte Geranien blühten in Blumenkästen auf steinernen Balkongeländern. Die Pension lag im ersten Stock des Gebäudes, zu Ernas und Annelieses Erleichterung gab es einen Fahrstuhl. Obwohl sie den ganzen Tag in der Bahn gesessen hatten, fühlten sich die beiden erschöpft.

Sie wurden von einer korpulenten Wirtin mit einem grauen Vogelnest auf dem Kopf in Empfang genommen, die in einem altmodischen dunkelblauen Kleid steckte, das vermutlich noch den Kaiser gesehen hatte. Die Frau sprach breites Berlinerisch, was für Ernas Ohren ungewohnt klang. Nicht, dass ihr in München nicht der eine oder andere Berliner Tourist über den Weg gelaufen wäre, aber solch breiten Dialekt kannte sie nicht. Auch die etwas spröde Art ihrer Gastgeberin war gewöhnungsbedürftig.

»Also det wär dann euer Zimmer, wa«, sagte sie zu Erna und Josef, und öffnete eine der vielen Türen, die von einem schmalen, im Dämmerlicht des späten Nachmittags liegenden Flur abgingen, jede von ihnen sah ein klein wenig anders aus. »Bad is jenau gegenüber. Warmwasser jibt es morgens zwischen sechs und acht, abends nur mittwochs für ne Stunde. Frühstück jibts ab sieben bis neun.«

Josef bedankte sich bei der Wirtin, die sich ihnen als Heike Grabowski vorgestellt hatte, und bemühte sich darum, möglichst reines Hochdeutsch zu sprechen. Die Wirtin bedeutete Anneliese, ihr zu folgen, und öffnete ein Stück den Flur hinunter eine weitere Tür.

Von den vielen Eindrücken erschöpft, sank Erna in einen neben einer Balkontür stehenden Korbsessel.

Das Zimmer erweckte einen freundlicheren Eindruck als ihre Vermieterin. Die Wände waren in einem frischen Gelbton gestrichen, und die Bettwäsche zeigte ein hübsches Muster. Auf dem Beistelltisch neben dem Korbsessel stand ein Blumenstrauß.

»Ach du liebe Güte«, sagte sie. »Das ist dann wohl die berühmte Berliner Schnauze! Und da sag mal einer, die Münchner wären eigenwillig.«

Josef stimmte ihr zu, stellte seine Tasche ab, öffnete die

Balkontür und trat nach draußen. Ihr Zimmer ging zum Park hinaus.

»Du musst zu mir kommen und dir das ansehen!«, rief er begeistert. »Es ist äußerst hübsch hier.«

Erna tat ihm den Gefallen und kam nach draußen. Sie musste Josef recht geben, der Park hatte etwas Idyllisches an sich. Unweit von ihnen war einer der bekiesten Wege zu sehen, auf Bänken verweilten Passanten, Mütter gingen mit Kinderwägen spazieren. Ein kleines Mädchen, Erna schätzte es nicht älter als drei, hatte sie auf dem Balkon entdeckt und winkte ihnen freudig zu.

»Wir sollten uns gleich noch einmal in dem schönen Park ein wenig die Beine vertreten«, schlug Josef vor. »Vielleicht haben wir ja Glück und finden irgendwo ein nettes Wirtshaus, das regionale Küche anbietet. Ich möchte unbedingt die berühmte Currywurst probieren!«

»Das ist eine gute Idee«, antwortete Erna. »Wir könnten nach unserem Parkspaziergang vielleicht auch noch die Stadt erkunden. Das Berliner Nachtleben soll legendär sein. Hier durfte, im Gegensatz zu München, ja auch die berühmte Josephine Baker auftreten. Allerdings werden wir nicht umhinkommen und Anneliese fragen müssen, ob sie uns begleiten möchte. Sonst fühlt sie sich ausgeschlossen.«

Josef stieß einen Seufzer aus und antwortete: »Ja, ich weiß. Ich wünschte, wir müssten sie nicht fragen. Ich würde gerne mit dir allein die Stadt in Augenschein nehmen.«

Zu ihrer Überraschung lehnte Anneliese es wenige Minuten später jedoch ab, sie zu begleiten. Sie wollte nur noch auf ihrem Zimmer bleiben und sich ausruhen. Hunger verspürte sie keinen, und auf die berühmte Berliner Currywurst könnte sie gerne verzichten.

So zogen Erna und Josef allein los und schlenderten alsbald bestens gelaunt durch den Hindenburgpark. Sie blieben an einer hübsch angelegten Teichanlage stehen und beobachteten eine Weile die vielen Enten und Schwäne, die sich auf der im Abendlicht funkelnden Wasseroberfläche tummelten. Dann sahen sie beide gleichzeitig den kleinen Jungen, der gemeinsam mit seiner Mutter eben ans Ufer getreten war. Er hielt zu ihrem Erstaunen ein Steckerl-Eis in Händen.

Nur wenig später standen die beiden vor einem kleinen Eisladen, der ein Stück die Hindenburgstraße hinunter ebenfalls direkt am Park lag. Es gab keinen Gastraum, sondern nur einen Straßenverkauf, und auf dem davorliegenden Gehweg befanden sich keine Sitzmöglichkeiten. Josef vermutete, dass der Ladenbesitzer diese aufgrund der Nähe zum Park nicht benötigte. Unweit des Eisladens war im Park ein Spielplatz zu erkennen, und Kindergeschrei war zu hören. Neugierig traten Erna und Josef näher an den Straßenverkauf heran. In der Kühlung befanden sich tatsächlich die Steckerl-Eis, was Josefs Augen sogleich zum Strahlen brachte. Es gab sogar mehrere Sorten: Erdbeere, Vanille und Schokolade wurden angeboten. Ein Eis kostete 10 Pfennige, was dem Preis von zwei normalen Kugeln entsprach. Hinter dem Tresen stand ein blonder Mann mit Schnauzbart, Erna schätzte ihn auf Mitte vierzig, der sie freundlich lächelnd begrüßte und sich erkundigte, was es denn sein dürfte.

Josef und Erna stellten sich vor, und Josef trat sogleich die Flucht nach vorne an und erzählte ihm, dass sie Kollegen waren, die durch Zufall ihre Eisdiele entdeckt hatten. Er sprach den Verkäufer auch ohne Umschweife sofort auf das Eis am Stiel in seiner Auslage an und dass er plane, dieses in München ebenfalls anzubieten.

»Es hapert bedauerlicherweise noch etwas an dem Herstellungsprozess. Wären Sie vielleicht so freundlich und könnten uns erklären, wie Sie die Form so gut hinbekommen? Sämtliche meiner Versuche sind bisher leider fehlgeschlagen.« Er sah den Mann hoffnungsvoll an.

»München also«, antwortete sein Gegenüber. »So weit im Süden war ich mein Lebtag noch nicht! Aber die Stadt soll sehr schön sein, wurde mir jedenfalls zugetragen. Ich kann mir schon vorstellen, dass sich das Eis am Stiel dort ebenfalls gut verkaufen wird. Hier in der Gegend ist es besonders bei den Kindern äußerst beliebt. Ich hab mir die Herstellung von einem Amerikaner abgeguckt, der sein Eis in Mitte verkauft. Wenn Sie möchten, zeige ich Ihnen gern unsere kleine Eiswerkstatt. Aber ich warne Sie vor: Es wird einiges an Material benötigt.«

Josef bedankte sich freudig. Seine Augen strahlten regelrecht. Erna konnte ihr Glück kaum fassen. Was war das nur für ein Zufall! Es schien wie ein Geschenk des Himmels. Der Mann verschwand und öffnete nur wenig später eine seitlich des Straßenverkaufs gelegene Tür.

»Martin Gladewitz, mein Name«, stellte er sich vor und streckte ihnen die Hand entgegen. »Seines Zeichens verrückter Eisproduzent und Eisliebhaber. Es ist mir eine große Freude, Sie beide kennenzulernen. Besucher aus München haben wir bei uns nicht alle Tage.«

Martin und bedeutete ihnen, ihm zu folgen.

»Wir haben unsere Eisproduktion im Hinterhaus. Der Verkauf an der Straße deckt nur einen Teil unserer Einnahmen. Wir liefern im Umkreis inzwischen auch aus, besonders für Kindergeburtstage sind unsere Eis am Stiel beliebt. Neuerdings beliefere ich sogar einige Kioske hier um die Ecke.«

Sie betraten einen typisch städtischen Innenhof. Wäsche hing vor den Fenstern, drei Kinder spielten Gummihüpfen und beäugten sie ebenso neugierig wie ein älterer Herr, der an einer geöffneten Haustür stand und eine Pfeife im Mund hatte. Die Eiswerkstatt lag in einem Nebengebäude im Erdgeschoss. Die blau gestrichene hölzerne Eingangstür knarrte, als Martin sie öffnete. »Hier war früher ein Schreinerbetrieb ansässig. Als er vor einer Weile auszog und einen Nachmieter suchte, hab ich zugeschlagen. Für die Produktion unseres Eises benötigt man dann doch etwas mehr Platz als in unserer kleinen Hexenküche von früher.« Er zwinkerte ihnen zu. Diese Aussage gefiel Erna so gar nicht, denn ihre Küche war ebenfalls nicht sonderlich groß. Daran, dass die Herstellung von Steckerl-Eis vielleicht mehr Platz benötigen würde, hatten sie gar nicht gedacht.

Sie wurden von einer rothaarigen Frau mit vielen Sommersprossen im Gesicht begrüßt. Sie trug ein schlichtes blaues Musselinkleid und hatte eine graue Küchenschürze umgebunden. Martin stellte ihnen die Frau als seine Gattin Berta vor und erklärte ihr in raschen Worten, weshalb er Josef und Erna in die Eiswerkstatt geführt hatte.

»Zwei Münchner in Berlin, dass es so etwas gibt! Ich dachte immer, sie hätten es nicht sonderlich mit uns Preußen«, sagte sie lachend und reichte ihnen die Hände.

»Da Sie beide ja vom Fach zu sein scheinen, können Sie

uns gerne gleich zur Hand gehen«, schlug Martin vor. »Wir wollten heute Abend sowieso noch das Eis für den morgigen Tag herstellen. Man lernt doch am besten, wenn man Dinge gleich ausübt, jedenfalls geht es mir so. Wir haben doch noch zwei Schürzen für unsere Gäste, oder, Berta?«

»Ja, die haben wir«, antwortete Berta. »Allerdings könnten wir doch auch zuerst den Laden schließen und zu Abend essen, bevor wir uns in die Arbeit stürzen. Möchten Sie uns vielleicht Gesellschaft leisten? Es gibt allerdings nur Hausmannskost: Kassler mit Kraut.«

Erna erfreute die Einladung der Frau. Die Aussicht, sich sogleich in stundenlange Eisherstellung zu stürzen, hatte ihr so gar nicht gefallen, denn ihr Magen knurrte ihr inzwischen bis zum Hals.

Es war weit nach Mitternacht, als sich Erna und Josef von Martin und Berta Gladewitz verabschiedeten und fest versprachen, vor ihrer Abreise nach München noch einmal wiederzukommen.

»Und ich dachte, wir müssten das Eis erst in der Eismaschine herstellen, und es dann in die Form streichen«, sagte Josef auf dem Rückweg durch die dunklen Straßen, auf denen es ruhiger geworden war. »Dass die Eismasse flüssig in diese großartigen Formen kommt und dann in ein Kältebad gestellt wird, hätte ich niemals gedacht! Es funktioniert einfacher, als ich annahm.«

»Das mag sein«, antwortete Erna, die sich so erschöpft fühlte, dass sie sich kaum noch auf den Beinen halten konnte. »Aber wie du gehört hast, hat Martin diese speziellen Formen extra von einem Schlosser anfertigen lassen, und eine Kältemaschine dieser Sorte gibt es nur bei einer einzigen Firma in Deutschland. Bestimmt hat ihn das alles eine hübsche Stange Geld gekostet. Dazu benötigen auch wir wesentlich mehr Platz, als wir in unserer kleinen Küche haben. Damit wir uns das ohne einen Bankkredit werden leisten können, wirst du erneut deine Mutter um Geld fragen müssen. Willst du wieder ein Bittsteller bei ihr sein?«

»Wenn es sein muss«, antwortete er in einem trotzig klingenden Tonfall. »Mir hätte viel mehr Erbe zugestanden, und das weiß sie auch. Wenn wir ihr alles genau erklären, kann sie nicht Nein sagen. Davon bin ich fest überzeugt. Mir gefiel auch die Idee mit der Lieferung an Kindergeburtstage und Kioske in der Nachbarschaft. Wir könnten mehr sein als eine kleine Eisdiele – wir könnten ein richtiges Unternehmen werden! Und mach dir wegen dem Platz keine Gedanken. Ich rede nach unserer Rückkehr mit dem alten Lechner, ihm gehört doch die noch immer leer stehende Werkstatt im Innenhof. Wenn wir Glück haben, vermietet er sie uns zu einem passablen Preis. Sie wäre perfekt. Wir schaffen das«, sagte er und legte den Arm um sie. »Wir werden dafür sorgen, dass *JOPA-Eis* in ganz München bald jedes Kind kennt.«

»*JOPA-Eis?*«, wiederholte Erna und blieb stehen.

»Ja, *JOPA* für Josef Pankofer. Diese Abkürzung ist mir neulich kurz vor dem Einschlafen eingefallen. Ich dachte, der Name wäre passend. Oder möchtest du einen anderen haben?«

Erna war so müde, sie gab keine Widerworte. Sollte er das Steckerl-Eis doch nennen wie er wollte. In ihr überwogen die Zweifel. Das Ganze war zu groß für sie, und Josef würde das auch bald begreifen.

16. Kapitel

02. September 1929

»Des hängt schief«, sagte Fanny und deutete nach links. »Da muss es noch bisserl höher sein.«

Josef stand auf einer Leiter und rückte das über dem Eingang ihres Eissalons hängende Willkommensschild für Lotte an der linken Seite noch ein Stück höher.

»Ja, so passts«, sagte Fanny zufrieden. »Grad richtig, denn jetzt müssten sie glei kommen. Mei, ich bin ja scho so aufgregt! Des is so eine Freud, dass unsere Lotte wieder heimkommt. Hoffentlich ist jetzad auch alles wieder gut mit ihrem Bein. Des Dirndl war ja doch lang genug in dem Sanatorium. Da muss des ja was bracht ham!«

Josef erwiderte nichts auf Fannys Worte. Die letzte Information, die er von Erna am gestrigen Abend nach einem Telefonat mit dem Sanatorium erhalten hatte, war, dass Lotte bedauerlicherweise noch immer das in Mitleidenschaft gezogene Bein nachzog. Der Arzt hatte gemeint, dass es keine weitere Verbesserung mehr geben würde. Die Verletzungen waren bedauerlicherweise zu schwer gewesen. Diese Neuigkeiten waren niederschmetternd für alle, denn sie hatten so sehr darauf gehofft, dass Lottes Verletzung vollständig ausheilen könnte. Doch dies war leider nicht gelungen. Es schien wie verhext. Erst vor wenigen Wochen war er in Berlin guter Dinge gewesen, dass sich nun das Blatt wenden und sie voller Zuversicht in eine neue Zukunft würden starten können, doch dem war nicht so. Auch seine Bemühungen die Herstellung seines Steckerl-Eis betreffend schienen in eine Sackgasse zu laufen. Seine Mutter hatte sich seine Pläne angehört, er hatte sogar einen genauen Finanzierungsplan erstellt, sich bei einem Schlosser erkundigt, was die Herstellung der Formen kosten würde. Die teuerste Anschaffung war, wie schon gedacht, das Kühlbecken. Auch die zusätzliche Mietbelastung hatte er eingerechnet. Doch seiner Mutter stand die Idee trotz all seiner Planungen auf zu wackeligen Beinen, sie empfand die Investitionen als zu hoch. Ihr fehlendes Vertrauen hatte zu einem üblen Streit zwischen den beiden geführt, und das mit viel Mühe gekittete Mutter-Sohn-Verhältnis schien erneut zerbrochen zu sein. Jetzt kam auch noch der Kummer um Lotte hinzu. Was sollte aus dem armen Mädchen nur werden? In ihrem Zustand würde sie doch niemals eine gute Partie machen, geschweige denn eine Anstellung finden. Auch eine Mitarbeit im Familienbetrieb gestaltete sich unter diesen Umständen als schwierig. Und ob ihre Pläne für den Herbst und Winter funktionieren würden, wussten sie auch noch nicht so recht. Erna dachte darüber nach, im Laden zusätzlich zu Kaffee und Kuchen auch Lebkuchen und Glühwein zu verkaufen. Aber war es möglich, damit den gesamten Winter zu überbrücken, und wie würde es danach weitergehen? Bereits dieser Sommer hatte ihnen Grenzen aufgezeigt. Gegen große Konkurrenten wie das *Großglockner* würden sie weiterhin chancenlos bleiben. Vielleicht sollte Josef doch die Aufnahme eines Bankkredits in Betracht ziehen, auch wenn sich alles in seinem Inneren dagegen sträubte. Andere Unternehmer machten so etwas schließlich auch. Allerdings musste auch ein Bankberater von ihrer Idee überzeugt werden – in dieser Hinsicht konnte ihnen der Name Pankofer vielleicht doch noch hilfreich sein. Josef sollte bald eine Entscheidung treffen, denn allzu lange würde vermutlich auch die Werkstatt im Innenhof nicht mehr leer stehen. Es kam einem Wunder gleich, dass sie es überhaupt noch tat.

Ludwig traf ein. Für seine Verhältnisse war er heute spät dran. Er ging in den Laden, setzte sich an seinen Stammplatz und legte seine Zeitung auf den Tisch, daneben eine Tafel Schokolade.

»Ich dacht, ich schenk dem Madl eine Kleinigkeit«, sagte er zu Fanny, die sogleich nähergetreten war und die Augenbrauen hob. »Ich wusst nicht so recht, was die Lotte gernhat. Aber so a Schokolad geht ja immer, oder?«

»Bestimmt«, antwortete Fanny. »Da werd sie sich gfrein. Alles wie immer?«

»Freilich«, antwortete Ludwig.

Fanny trat hinter die Theke, schenkte Ludwig seinen Kaffee ein und verfrachtete drei Butterkekse auf einen Teller.

Josef wollte in der Zwischenzeit, bis Lotte ankam, wieder nach hinten in die Eiswerkstatt gehen. Es stand noch die Produktion von Schokoladeneis an, und immerhin spielte ihnen das Wetter noch in die Karten. Der Spätsommer zeigte sich seit Wochen von seiner besten Seite. Die Sonne schien jeden Tag von einem weiß-blauen Himmel, und es war nicht mehr drückend heiß, sondern angenehm warm. Es galt zu hoffen, dass ihnen Petrus noch eine Weile, vielleicht sogar bis zu dem Ende des Monats beginnenden Oktoberfest, gewogen bleiben würde. Das Fest zog in jedem Jahr viele Touristen in die Stadt, und Josef hoffte darauf, dass auch sie davon profitieren würden.

Er hatte gerade die Tür zur Küche geöffnet, da rief Ludwig seinen Namen, und er drehte sich um.

»Was ich noch sagen wollt, bevor ich es vergess«, sagte er. »Ich hab vorhin den Lechner im Hinterhof getroffen. Er hat gfragt, ob ich wüsst, wie es mit euren Ausbauplänen aussieht. Er hat da wohl Interessenten für die Werkstatt. An Schneidermeister.«

Josef hatte geahnt, dass dieser Tag kommen würde. Entweder er würde jetzt reagieren und sämtliche Hebel in Richtung Steckerl-Eis-Produktion endgültig in Bewegung setzen, oder der Traum war ausgeträumt. Er musste zur Bank, auch wenn ihm der Gedanke nicht gefiel. Wenn er den Versuch nicht starten würde, würde er bald wieder in der Großmarkthalle arbeiten, und darüber, dass sie dann auch aus der hübschen Wohnung im Obergeschoss würden ausziehen und zurück in die alten, ärmlichen Verhältnisse müssten, wollte er erst gar nicht nachdenken. Am besten würde er gleich mit dem Lechner reden und dann zur Bank gehen.

»Ich kümmere mich darum«, antwortete Josef. Er eilte aus dem Salon, durchquerte die Küche und nahm im Treppenhaus zwei Stufen auf einmal. Das Gemoser der Witwe Moosgruber darüber, dass er ihre frisch gewichste Treppe hinauflief, überhörte er. In der Wohnung angekommen, sammelte er sämtliche Unterlagen zur Eisherstellung und seine anderen Pläne, die auf dem Tisch in der Stube kreuz und quer gelegen hatten, zusammen, stopfte sie in seine Tasche und verließ, nachdem er noch einmal im Spiegel den Sitz seines Hemdkragens überprüft hatte, die Wohnung. Jetzt galt es. Er musste den Bankmitarbeiter von seiner Idee überzeugen. Sollte dies nicht klappen, sah die Zukunft ihres Eissalons an der Kaufingerstraße düster aus. Doch weit kam er nicht. Im Eissalon angekommen, fragte ihn Fanny mit erstauntem Blick: »Wo willst du denn hin? Jetzad kann doch jeden Moment die Lotte kommen. Da kannst du doch ned wegrennen.«

Auch Erna und Frieda sahen Josef verdutzt an. Sie kamen jedoch nicht mehr dazu, etwas zu sagen, denn im nächsten Moment hielt ein Wagen vor dem Eissalon.

»Sie kommt!«, rief Frieda freudig und eilte zur geöffneten Ladentür. Praktischerweise hatte heute der Oberarzt aus dem Sanatorium einen geschäftlichen Termin in München zu erledigen, weshalb er Lotte hatte mitnehmen können. Sämtliche Mitglieder des Hausstands, inklusive Ludwig, standen nun auf dem Bürgersteig. Auch Rosi war nähergetreten, um Lotte zu begrüßen. Extra für den freudigen Anlass hatte sie ihr einen hübschen Sommerblumenstrauß gebunden, den sie nun in Händen hielt.

Lottes Augen strahlten, als sie aus dem Wagen stieg. Der Anblick des Willkommenskomitees sorgte dafür, dass ihr die Tränen in die Augen stiegen. Sogleich wurde sie von Erna in die Arme gezogen und fest gedrückt. Sie atmete den vertrauten Geruch ihrer Mama ein, spürte nichts anderes als Glückseligkeit und begann, vor Freude zu weinen.

Am frühen Abend desselben Tages saßen sämtliche Mitglieder der Familie Pankofer sowie Fanny und Ludwig fröhlich am Sechsertisch am Fenster beisammen, und es herrschte eine ausgelassene Stimmung. Die Reste eines bescheidenen Festessens lagen noch auf den Tellern. Es hatte das Lieblingsessen von Lotte, Grillhendl mit Kartoffelsalat, gegeben. Das Mädchen hatte kräftig zugelangt und zum Nachtisch die gesamte Schokoladentafel von Ludwig aufgegessen. Sie lief mit einer Gehhilfe, aber meinte tapfer, dass sie weiter fleißig üben würde, damit sie die dumme Krücke bald wegwerfen könnte. Die Neuigkeiten vom Steckerl-Eis gefielen ihr. Es war ihr anzumerken, wie sehr sie sich freute, endlich wieder zu Hause zu sein.

Halb geleerte Sektgläser standen neben Bierseideln auf dem Tisch. Fannys Wangen waren arg gerötet – sie hatte wohl etwas zu tief ins Glas geguckt. Es gab ja nicht nur Lottes Rückkehr in den Schoß der Familie zu feiern, sondern auch die freudige Kunde, dass sie einen Bankkredit erhalten hatten. Da konnte man schon mal bisserl mehr Sekt trinken.

»Also dass a Steckerl-Eis uns so ein Glück bringen würd«, sagte sie und lächelte selig. »Des hätt ich nie glaubt. Und du denkst wirklich, dass die Münchner des genauso annehmen werden wie die Preißen in Berlin? Du weißt, dass mir bisserl eigenwillig sein können. Was der Bayer ned kennt ...« Sie vollendete den Satz nicht.

»Wieso sollten sie es nicht tun?«, antwortete Josef und wischte sich den Bierschaum vom Schnauzbart. Er hatte gerade einen kräftigen Schluck getrunken.

»Der Bankangestellte war von meinen Ideen äußerst angetan und ist meine Pläne ganz genau durchgegangen. Besonders die Idee mit den Kiosken und den Kindergeburtstagen fand er großartig. Er hat gemeint, dass wir mit unserem Eis auch die Kolonialwarenläden beliefern könnten. Daran habe ich noch gar nicht gedacht, das könnte richtig groß werden. Wenn es gut läuft, dann werden wir noch viel größer werden als so ein Wichtigtuer wie der Bachmann. Wenn ich den schon sehe, dann reicht es mir! Ich hab gehört, er plant jetzt sogar noch ein weiteres Kaffeehaus in der Nähe vom Sendlinger Tor. Manche Leute kriegen eben den Hals nicht voll.«

»Wieso hetzt du eigentlich ständig gegen Anton Bachmann?«, fragte plötzlich Frieda.

Erna sah sie irritiert an, und sogleich beschleunigte sich ihr Herzschlag. War es möglich, dass diese unselige Verbindung zu Erich Bachmann noch immer bestand und sie davon nur nichts erfahren hatte? Das konnte nicht sein, München war ein Dorf. Solche Dinge wären ihr über irgendwelche verschlungenen Wege gewiss zugetragen worden.

Josef sah seine Tochter sprachlos an.

»Sag doch, dass du neidisch auf seinen Erfolg bist«, setzte Frieda in einem ruppigen Tonfall ihre Rede fort. »Wieso kannst du es den Bachmanns nicht einfach gönnen? Hast du denn jemals mit dem Anton Bachmann überhaupt ein Wort gewechselt?«

Schlagartig war die gute Stimmung am Tisch verschwunden. Mit großen Augen starrte Josef seine Tochter an.

Niemand im Raum wusste, dass sie einen wunden Punkt tief in seinem Innersten getroffen hatte. Vor vielen Jahren, in einem anderen Leben, war er mit Anton Bachmann befreundet gewesen, im Krieg hatten sie gemeinsam in einem Regiment gedient: Anton, er und zwei weitere Kameraden. Auch in München waren sie wieder eng gewesen – bis sich Anton verändert hatte und sich von diesem Adolf Hitler und seinen Schergen hatte blenden lassen. Er war einer derjenigen gewesen, die diesen unseligen Putsch im November 1923 hatten haben wollen. Der von Hitler geplante Marsch auf die Münchner Feldherrenhalle endete für sie alle tragisch, denn sie verloren an jenem Tag einen ihrer besten Freunde: Gerhard Moser starb im Kugelhagel, weil er seinen Freund Anton zur Vernunft hatte bringen wollen. Anton war danach nicht einmal zu seiner Beerdigung gekommen. Wie er heute zur wiedererstarkenden NSDAP stand, wusste Josef nicht, und er wollte es auch nicht wissen. Er hatte niemals mit jemandem über diesen düsteren Tag gesprochen, die Ereignisse tief in seinem Inneren vergraben, und dort sollten sie auch bleiben. Selbst Erna wusste nichts davon, denn er hatte sie mit seinem Kummer nicht belasten wollen. Die Zeiten des Krieges waren schon hart genug für sie gewesen.

»Wie kannst du nur so respektlos mit mir sprechen?«, antwortete er, nachdem einen Moment lang betretene Stille geherrscht hatte. »Ich kann über einen Konkurrenten wie den Bachmann reden, wie es mir gefällt, und du hast dazu keine Widerworte zu geben oder mir sonst noch was vorzuwerfen!«

»Aber so ist es doch«, erwiderte Frieda trotzig und stand auf. »Du bist neidisch, obwohl es gar keinen Grund für den Konkurrenzkampf gibt. Anton Bachmann kennt deinen Betrieb, sein italienischer Mitarbeiter kannte sogar Mario. Er wünscht uns nichts Böses.«

Verdutzt sah Josef seine Tochter an. »Woher weißt du das?«, fragte er.

Frieda haderte kurz mit sich, dann platzte sie mit der Neuigkeit heraus, die sie die ganze Zeit mit sich herumgetragen hatte, die für sie so schön war, dass sie sie kaum in Worte fassen konnte.

»Weil sein Sohn Erich Bachmann mir einen Antrag gemacht hat, und ich habe Ja gesagt«, sagte sie. »Er wollte längst kommen, um bei euch offiziell um meine Hand anzuhalten, doch ich habe ihn davon abgehalten. Es sollte der passende Moment sein. Aber so wie es aussieht, wird es den niemals geben.«

Josefs Augen weiteten sich kurz, dann verengten sie sich zu schmalen Schlitzen.

»Das willst du annehmen?«, blaffte er sie an. »Du heiratest diesen Mann nur über meine Leiche!«

»Wieso bist du so?«, entgegnete Frieda. Ihre Wangen waren von der Erregung gerötet, und sie ballte die Fäuste. »Woher kommt nur dieser Hass auf Menschen, die mehr haben als du? Dieses elende Konkurrenzdenken! Aber mir ist das egal. Ich gehe und heirate Erich – ob es dir gefällt oder nicht.« Sie wandte sich ab.

»Wenn du jetzt zu diesem Mann gehst, brauchst du nicht mehr wiederzukommen!«, rief Josef ihr wütend hinterher.

»Dann ist das eben so«, gab Frieda zur Antwort. »Dann bin ich für diese Familie gestorben. Vermutlich ist es auch besser so. Ich möchte nicht in einem solchen von Neid und Hass erfüllten Umfeld leben müssen. Erich liebt mich, und er wird mich auf Händen tragen. Er wird auch ohne deinen Segen zu mir stehen.« Tränen rannen nun über ihre Wangen, die Mienen sämtlicher Anwesenden waren betroffen. Frieda suchte noch einmal den Blick ihrer Mutter und hielt ihn kurz fest. Dann lief sie davon. Laut schlug sie die zur Küche führende Tür hinter sich zu.

Betretene Stille herrschte im Raum.

Fanny war diejenige, die sie irgendwann brach.

»Ich glaub, die Party is vorbei.«

Eine Weile darauf, längst waren der Tisch abgeräumt und die Küche sauber gemacht worden, betrat Erna die leer stehende Werkstatt im Hinterhof, in der noch Licht brannte. Josef stand mitten im Raum und starrte mit ernster Miene auf den staubigen Dielenboden. Erna trat neben ihn und stellte die Frage, die ihr seit dem Streit mit Frieda auf der Seele brannte: »Wieso hasst du diesen Mann so sehr? Da ist doch noch mehr als dieser dumme Konkurrenzkampf, oder?«

Josef seufzte. Er wandte den Kopf nach rechts und steckte seine Hände in die Hosentaschen. Erna wusste, was das zu bedeuten hatte, und rang mit sich.

»Rede mit mir«, sagte Erna und legte ihre Hand auf seinen Oberarm. »Es geht um Frieda. Ich will sie nicht verlieren. Der junge Bachmann wäre eine gute Partie für sie. Konkurrenz hin oder her.«

»Anton Bachmann war früher ein Freund von mir«, rückte Josef nun endlich mit der Wahrheit heraus. »Wir haben auch Seite an Seite an der Front gekämpft. Doch dann hat er sich Hitler und seinen Schergen angeschlossen, und er ist sogar bei diesem abscheulichen Putschversuch vor einigen Jahren dabei gewesen. Ich hab dir damals das alles verschwiegen, denn wir hatten schon genug Sorgen. Verstehst du jetzt, weshalb ich nicht möchte, dass sie einen Bachmann heiratet? Die NSDAP erstarkt gerade wieder. Was ist, wenn der junge Bachmann dieselbe Gesinnung wie Anton hat? Es ist zu viel Leid geschehen.« Er machte eine wegwerfende Handbewegung.

Erna ahnte in diesem Augenblick, dass da noch mehr war. Sie überlegte, noch weiter in Josef zu dringen, damit er es ihr erzählte, doch sie verwarf den Gedanken wieder. Wenn Josef es ihr erzählen wollte, würde er es tun.

»Und was nun?«, fragte sie. »Frieda liebt diesen Mann. Was ist, wenn er anders denkt als sein Vater, wenn sogar Anton inzwischen anders ist?«

»Sie wird ihn nicht heiraten«, antwortete er und seine Stimme klang dieses Mal hart. »Das ist mein letztes Wort.« Er ließ Erna stehen und verließ den Raum.

17. Kapitel

25. September 1929

Erna drückte auf die Stopptaste der Eismaschine und begutachtete das Ergebnis. Das Schokoladeneis, das sie hergestellt hatte, sah perfekt aus. Sie naschte kurz von der süßen Köstlichkeit, um sich noch einmal zu vergewissern, dass der Geschmack passte. Er war genauso, wie er sein sollte: Schokoladig süß schmolz das Eis auf ihrer Zunge und zauberte ihr kurz ein Lächeln auf die Lippen. Rasch begann sie damit, die süße Köstlichkeit in die bereitstehenden Eiskübel zu löffeln, damit sie nicht gleich wieder dahinschmolz. Als sämtliche Kübel gefüllt und verschlossen waren, wanderten sie in den Eisschrank. Danach machte sie sich sogleich daran, die Eismaschine zu reinigen, denn die Zubereitung der nächsten Sorte stand an. Es war vier Uhr morgens, und sie werkelte bereits seit einer gefühlten Ewigkeit in der Küche herum. Normalerweise arbeitete sie nicht zu dieser Zeit, doch das dumme Gedankenkarussell in ihrem Kopf hatte sich nicht abstellen lassen, also war sie irgendwann aufgestanden und hatte beschlossen, sich nützlich zu machen. Der Streit zwischen Josef und Frieda ließ sie nicht los. Sie wünschte sich so sehr, dass

Vater und Tochter sich wieder versöhnen würden. Doch all ihr Einwirken auf Josef schien nichts zu bringen. Er hielt, stur wie ein Esel, an seiner Meinung fest. In seinen Augen hatte er keine Tochter mit dem Namen Frieda mehr. Erna wusste, dass ihr Mann ihr noch etwas verschwieg, doch sie wusste, dass es nichts bringen würde, weiter nachzufragen. Wenn Josef darüber reden wollte, würde er es tun. Um des lieben Friedens willen hatte sie versucht, Josef davon zu überzeugen, das Gespräch mit Anton zu suchen. Menschen veränderten sich schließlich. Doch Josef blieb dabei: Mit einem Bachmann wollte er auf keinen Fall zu tun haben. Erna resignierte und besprach sich mit Fanny, die jedoch auch keine Lösung für das Problem sah. Sogar mit Anneliese hatte Erna über die Geschehnisse von damals gesprochen. Es konnte ja sein, dass sie davon mehr mitbekommen hatte. Alois Pankofer war über sämtliche Vorkommnisse in der Stadt stets bestens informiert gewesen. Doch auch Anneliese war ratlos, und von einer Freundschaft zwischen Josef und Anton Bachmann hatte auch sie nie gehört. Sie hatte angeboten, mit Josef zu sprechen, doch Erna glaubte, dass das wenig helfen würde. Am Ende wäre er wütend auf sie, weil sie diese unschöne Angelegenheit hinter seinem Rücken mit Anneliese besprochen hatte. Es war und blieb verzwickt. Auch Lotte nahm die traurige Situation mit. Sie hielt sich meist in ihrer Kammer auf, manchmal saß sie auch im Salon, nicht wissend, was sie mit sich anfangen sollte. Fanny nahm sie neuerdings etwas unter ihre Fittiche, doch da Lotte längeres Stehen rasch ermüden ließ, konnte sie nur wenige Tätigkeiten ausüben. Sie faltete Servietten und stellte den Teig für die Kekse her, das ging auch im Sitzen. An guten Tagen half sie bei der Eisproduktion. Von ihren Freundinnen hatte sich seit ihrer Rückkehr keine gemeldet, was Fanny schäbig fand. Erna entging nicht, dass ihre Jüngste mit jedem Tag nach ihrer Rückkehr ein wenig mehr verstummte, der gute Mut, den sie an ihrem Ankunftstag noch gehabt hatte, schrumpfte in sich zusammen. Ihr fröhliches, kleines Mädchen von früher schien für immer verschwunden zu sein, und Erna wusste nicht, wie sie ihr helfen konnte. Josef kümmerte sich kaum um seine Tochter, er trieb weiter seine Steckerl-Eis-Pläne voran. Tagsüber hielt er sich meist gar nicht mehr im Salon auf, sondern zog durch die Stadt, um Kontakte mit Kiosk- und Ladenbesitzern zu knüpfen. Er verkaufte ein Produkt, das sie noch nicht einmal herstellten. Was war, wenn doch noch etwas schiefgehen würde? Obwohl es im Moment eher gut aussah, das musste sich Erna eingestehen. Die Finanzierung der Bank stand, die Anmietung der Werkstatt hatte funktioniert, sie hatten sogar bereits mit deren Einrichtung begonnen. Arbeitstische und Regale waren aufgestellt, ein Schlosser war mit der Herstellung der Eisformen beauftragt worden, ein Elektriker hatte weitere Steckdosen eingebaut. Josef hatte das Gefrierbecken bei einem Hersteller für Kühlgeräte in Stuttgart bestellt. Der Betrieb verkaufte auch elektrische Kühlschränke, auch von diesen recht neuartigen Wunderwerken der Technik hatte Josef zwei geordert. Die Lieferung der Artikel sollte so bald wie möglich erfolgen, dann könnten sie endlich loslegen. Aktuell bemühte sich Josef darum, seine Vermarktungspläne umzusetzen. Das Eis benötigte eine Verpackung, auf dieser sollte natürlich *JOPA-Eis* stehen. Mehrere Entwürfe hatte er von einem Werbezeichner anfertigen lassen, und einen Betrieb gesucht, der die Verpackungen herstellen konnte. Das Geld glitt ihnen nur so aus den Händen, und Erna fragte sich, ob das nicht alles zu viel war. Was war, wenn all die Bemühungen nicht ausreichen würden? Was würde werden, wenn ihr *JOPA-Eis* ein Ladenhüter werden würde? Vielleicht sollten sie mit der Produktion noch warten, immerhin begann schon bald die kalte Jahreszeit. Wer sollte dann Eiscreme kaufen? Doch selbst davon ließ sich Josef nicht abhalten: »Dann produzieren wir eben in kleineren Mengen. Der Name muss bekannt werden.«

Er plante sogar, halbseitige Anzeigen in den Zeitungen zu schalten. Damit wären ihre Rücklagen vermutlich vollständig aufgebraucht.

Es war eine vertraute Stimme, die sie aus ihren Gedanken riss und sie aufblicken ließ. Frieda stand vor ihr. Sie hatte sie gar nicht kommen hören.

»Frieda«, sagte Erna und sah ihre Tochter verdutzt an. »Was treibt dich denn so früh am Tag zu uns?« Sie musterte ihre Tochter kurz von oben bis unten. Frieda trug einen schlichten grauen Rock, dazu eine weiße Bluse und ihre hellgrüne Strickjacke darüber, ihr Haar war etwas verwuschelt.

»Ich konnte nicht schlafen«, antwortete sie ehrlich. »Da bin ich einfach so ein bisschen rumgelaufen und stand plötzlich hier. Ich hab Licht gesehen und dich durchs Fenster. Du bist früh auf den Beinen.«

»Ich hab ebenfalls keinen Schlaf gefunden«, antwortete Erna ehrlich. »Da dachte ich, stell ich noch ein bisschen Eis her. Heut beginnt ja das Oktoberfest. Bestimmt ist dann auch bei uns mehr los, wegen dem Festzug und den vielen Touristen.«

»Das ist eine gute Idee«, antwortete Frieda. »Schon in den letzten Tagen war es in der Stadt voller als sonst. Gestern bin ich mit Hilde schon mal über die Festwiese gelaufen. Es ist alles wie gewohnt.«

Erna nickte, antwortete jedoch nichts. Sie wusste natürlich, dass Frieda bei Hilde wohnte. Ein Zusammenziehen mit Erich schickte sich vor der Hochzeit nicht. Erna mochte Hildes Eltern. Dorothea Gasser war eine freundliche Frau, die sich ihren Wohlstand nicht ansehen ließ. Ihren Vater, Wilhelm Gasser, kannte Erna nur vom Sehen.

»Ich habe Dorothea davon erzählt, wie Papa auf meine Verlobung reagiert hat. Sie hat für sein Verhalten kein Verständnis. Sie meinte, dass Erich eine großartige Partie wäre und Papa froh darüber sein konnte, dass wir uns gefunden haben. Sie unterstützt mich, wo sie nur kann. Sogar das Brautkleid wollen sie mir bezahlen. Ist das nicht nett?«

»Ja, das ist es«, antwortete Erna und wischte sich ihre feuchten Hände an einem Geschirrtuch ab. So weit war es nun schon gekommen, dass ihrer Erstgeborenen fremde Menschen ihr Brautkleid kaufen müssen. Nur, weil Josef nicht über seinen Schatten springen konnte, durfte sie sich auch nicht mehr um ihr Kind kümmern? Das durfte doch nicht wahr sein!

»Aber sie sollten das nicht tun«, sagte sie. »Wir sind deine Eltern, also sind wir auch für dein Brautkleid zuständig, ebenso für deine Aussteuer.«

Verwundert schaute Frieda Erna an.

»Aber Papa hat mich rausgeworfen! Er würde mir doch niemals mein Kleid für diese Eheschließung kaufen.«

»Er nicht, aber ich werde es tun. Bedauerlicherweise haben

wir keine Mitgift für dich zurücklegen können, aber du hast ja deine Aussteuertruhe, auch wenn diese reichlicher gefüllt sein könnte. Ach, ich schäme mich so sehr. Was sollen deine zukünftigen Schwiegereltern nur von uns denken? Wenn er nur nicht so stur wäre.« In Ernas Augen traten nun Tränen. »So kenne ich ihn gar nicht.« Die Tränen begannen, über ihre Wangen zu kullern, sie wischte sie hektisch fort.

Da spürte sie plötzlich Friedas Arme. Ihre Tochter drückte sie fest an sich.

»Ach, Mama«, sagte sie, während sie ihr über den Rücken streichelte. »Das wird schon alles irgendwie werden. Vielleicht ändert er seine Meinung ja doch noch und sieht ein, dass er auf dem Holzweg ist. Bis zur Hochzeit ist noch etwas Zeit. Ich wünsche mir so sehr, dass er mich zum Altar führen wird. So wie es ein Brautvater tut.«

Erna löste sich aus der Umarmung ihrer Tochter. Sie zog ein Taschentuch aus ihrer Schürzentasche, putzte sich die Nase und fragte: »Gibt es denn schon ein Hochzeitsdatum?«

»Ja, seit vorgestern steht es endgültig fest. Am fünfzehnten Dezember werden wir in der Frauenkirche getraut. Im Januar soll dann das neue Kaffeehaus am Sendlinger Tor eröffnet werden. Dieses werden dann Erich und ich leiten.«

»Viele Pläne«, antwortete Erna. »Aber gute Pläne. Ach, mein Mädchen.« Sie nahm Friedas Hände in die ihren und drückte sie fest. »Ich wünsche euch beiden alles Glück der Welt. Dürften wir denn zur Hochzeit kommen? Ich meine, Lotte und ich ... Und bestünde die Möglichkeit, dass ich deinen Erich vielleicht mal kennenlerne? Wenn es ihm wichtig ist, kann ich als deine Mutter euch meinen offiziellen Segen geben.«

»Das wäre wunderbar, Mama. Ich rede mit Erich, und dann treffen wir uns vielleicht irgendwo zum Mittagessen. Er ist mein großes Glück, weißt du? Du hast einmal gesagt, dass Papa deines ist.«

»Ja, das ist er auch«, antwortete Erna. »Trotz seines Starrsinns und seiner Träumereien. Mal sehen, was aus alldem werden wird, der Idee mit dem Steckerl-Eis ... Wir sind verrückt, oder?«

»Nein, das seid ihr nicht«, antwortete Frieda. »Ich halte die Idee für großartig. Ich bin mir sicher, die Münchner werden das Steckerl-Eis sogleich in ihre Herzen schließen. Davon habe ich übrigens weder Erich noch Anton erzählt. Nicht, dass Anton noch auf die Idee kommt, ebenfalls ein solches anzubieten. Dann würde mir Papa vermutlich endgültig den Kopf abreißen.« Sie zwinkerte ihrer Mutter zu.

»Davon kannst du ausgehen«, antwortete Erna und grinste. »Soll ich dir mal die Ideen für seine Verpackungen zeigen? Ich finde sie nicht schlecht. Sie liegen in der Werkstatt auf unserem neuen Arbeitstisch. Die kennst du ja auch noch nicht. Hast du Lust auf eine Besichtigung?«

»Gern«, antwortete Frieda.

Die beiden verließen die Küche und liefen über den dunklen Innenhof zur Werkstatt hinüber. Als Erna das Licht einschaltete und der noch unfertige Raum vor ihr lag, empfand sie plötzlich ein seltsam warmes Gefühl in ihrem Inneren, das sie erkannte: Es war Glück. In diesem Augenblick glaubte sie zu wissen, dass alles wieder gut werden würde. Sie hatte ihre Frieda nicht verloren, sie waren noch eine Familie, und Josef, der sture Esel, würde das auch irgendwann einsehen. Darauf galt es zu hoffen.

Einige Stunden später stand Fanny hinter dem Tresen des Salons und verkaufte mit einer Sauertopfmiene, die ihresgleichen suchte, Eis an die heute äußerst zahlreiche Kundschaft. Die Vorahnungen, dass das beginnende Oktoberfest ihnen zusätzliche Kundschaft in den Laden treiben würde, hatten sich bewahrheitet. Der festliche Einzug lag nun bereits eine Weile zurück, und bestimmt war bereits Anstich gewesen. Erna, die neben Fanny stand und das Abkassieren übernommen hatte, konnte sich gut vorstellen, was auf der Theresienwiese los war. Das Gedränge war gewiss so dicht, dass es kaum ein Durchkommen gab. Das Wetter war der Wiesn hold. Die Sonne schien von einem wolkenlosen Himmel auf die Stadt herab, und es war angenehm warm. Allerdings schien es, als ob die Berge heute direkt hinter München beginnen würden, was ein Zeichen für starken Föhn war. Der aus den Bergen stammende Südwind sorgte nicht nur für gutes Wetter, sondern bei so manchem Zeitgenossen auch für starke Kopfschmerzen. Fanny zählte zu diesem bedauernswerten Personenkreis. Obwohl sich Erna inzwischen fragte, ob sie Fanny noch bemitleiden sollte, denn ihr Grant war kaum auszuhalten. Am liebsten würde sie sie nach Hause schicken, aber alleine war der Andrang schwer zu bewältigen. Josef war um die Mittagszeit mal wieder verschwunden, und Lotte saß schmollend auf ihrem Zimmer, weil niemand mit ihr zum Umzug hatte gehen können.

»Jetzt red lauter, Bua«, schnauzte Fanny einen ungefähr dreijährigen Jungen an, der in entzückenden Lederhosen steckend vor dem Tresen stand und schüchtern seine Bestellung aufgegeben hatte. »I versteh ned, was du willst. Schokolad und was no?« Ihr Tonfall war so harsch, dass der Junge schüchtern den Kopf einzog. Erna tat er leid, und sie hakte sogleich etwas freundlicher nach.

»Na, junger Mann«, sagte sie. »Du hast aber eine hübsche Lederhose an. Habt ihr den Umzug angesehen? Wo ist denn deine Mama?«

Ihre Freundlichkeit sorgte dafür, dass der Junge zutraulicher wurde.

»Sie wartet draußen, mit der Liesl. Des is meine kleine Schwester, aber de konn noch kein Eis essen, die hat noch gar keine Zähn und hängt noch an der Brust.«

Diese niedliche und auch etwas private Aussage brachte nicht nur Erna, sondern auch Fanny und die im Raum befindliche Kundschaft zum Schmunzeln. So offenherzig konnte nur ein Kindermund sein.

»Dann muss sie sich tatsächlich noch etwas gedulden«, antwortete Erna lächelnd und erkundigte sich noch einmal danach, welche Eissorten er denn gerne hätte.

»Vanille und Schokolad«, antwortete der Junge freudig. »Von jedem zwei Kugeln. Ich hab auch des Geld.« Er hielt ein Zwanzigpfennigstück in die Höhe. »Ich mag lieber Eis als die depperte Zuckerwatte. Die pappt immer so.«

»Wo du recht hast ...«, antwortete Erna und nahm das Geld entgegen. Fanny beförderte die Kugeln in einen Pappbecher, steckte eine Eiswaffel und den Holzlöffel hinein und gab dem Jungen die süße Köstlichkeit. »Lass da schmecken, Bua. Und es tut mir leid, dass ich so unfreindlich zu dir war. Mir brummt heut so der Schädel. Des is der depperte Föhn.«

»Oh ja, der Föhn«, sagte sogleich eine junge Frau hinter dem Jungen in der Reihe. »Der setzt mir auch zu. Es ist eine

Katastrophe, und des ausgerechnet heute, wo doch die Wiesn anfängt.«

Weitere Gäste stimmten mit ein, und es entspann sich eine kurze Diskussion über Wetterfühligkeit unter den Anwesenden, während Erna und Fanny weiterbedienten. Die Tatsache, dass Fanny nicht allein mit ihren Leiden war, schien dafür zu sorgen, dass sie sich etwas entspannte. Geteiltes Leid schien auch bei Föhnkopfschmerzen halbes Leid zu sein.

Am späten Nachmittag waren sie dann endgültig ausverkauft, und Erna schrieb diesen Umstand auf die Stehtafel vor dem Laden. Schlagartig wurde es ruhiger im Laden. Nur Ludwig war als einziger Gast noch anwesend. Er würde erst morgen auf die Wiesn gehen, hatte er verkündet. Dann wäre der erste Andrang vorbei, und zum Schaun gab es dann immer noch genug.

Erna und Fanny gesellten sich mit frisch aufgebrühtem Kaffee und Keksen zu ihm an den Fenstertisch. Auf der Kaufingerstraße herrschte noch immer Hochbetrieb. Mit Menschen vollgestopfte Straßenbahnen fuhren vorüber, viele Besucher der Wiesn waren zu Fuß unterwegs. So viele Tirolerhüte, Lederhosen und Trachtenkleider sah man nur zu dieser Zeit in der Stadt.

»Vielleicht hat der Sepp heute Abend ja Zeit für einen kurzen Bummel über die Festwiese«, meinte Erna. »Wir könnten Lotte mitnehmen. Sie mag die Lichter und Karussellfahren gern. Außerdem könnten wir zum Schichtl gehen.«

Fanny wollte etwas antworten, wurde jedoch durch das Eintreten von Josef daran gehindert. Seine Miene war finster, er hielt ein Schreiben in Händen und hielt es in die Höhe.

»Das ist ein Brief unseres Lieferanten der Kühlgeräte. Unser Liefertermin hat sich geändert. Sie können wegen einem hohen Auftragsaufkommen und fehlender Teile jetzt erst in sechs Wochen liefern. Das muss man sich mal vorstellen! In sechs Wochen. Bis dahin hätten wir schon mit den ersten Auslieferungen beginnen können – ja, hätten wir längst ausliefern müssen. Ich habe Zusagen getätigt, die ich nun nicht halten kann. Verdammt noch mal! Wenn wir gleich zu Beginn unzuverlässig sind, wird doch keiner mehr mit uns zusammenarbeiten wollen.« Er knüllte das Papier zusammen und schleuderte es in die Ecke.

Erna und Fanny zogen die Köpfe ein, keiner von ihnen getraute sich Widerworte zu geben. Es war Ludwig, der sich dazu bemüßigt sah, Josef zu antworten.

»Wem hast du denn Zusagen gegeben?«, fragte er. »Also ehrlich gsagt kann i mir ned vorstellen, dass glei so viele von den Leuten des Steckerl-Eis ham wollen. Wir ham doch bald scho Oktober. Da verkauft sich des doch gar nimmer so gut. Wennst mich fragst, hättest mit dem neuen Eis sowieso erst im nächsten Frühjahr starten sollen. Im Herbst und Winter bringt des doch alles nix.«

Josef sah Ludwig verdutzt an. Mit einer solchen Antwort von ihm schien er nicht gerechnet zu haben.

»Du hast schon recht«, gab er zu. »Ich hab nicht viele Kiosk- und Ladenbesitzer überzeugen können. Einige Absagen habe ich erhalten, weil die Kühlmöglichkeiten fehlten. Dafür müsste es eine Lösung geben. Aber einige wollten das Eis trotzdem in ihr Sortiment aufnehmen, und die muss ich jetzt vertrösten.«

»Wie viele waren das denn?«, hakte Ludwig nach.

»Vielleicht fünf oder sechs«, gestand Ludwig nun ein. »Der Ladinger am Englischen Garten überlegt noch.«

Josefs Eingeständnis seiner nicht sonderlich guten Vertriebsergebnisse sorgte dafür, dass sich in Erna erneut Hilflosigkeit ausbreitete. Die gesamte Unternehmung war noch mit so vielen Unsicherheiten behaftet. Vielleicht hatte Josef sich doch ein zu großes Luftschloss gebaut. Anneliese kannte ihren Sohn, trotz aller Differenzen, gut. Sie wusste, dass er gut im Träumen war. Zusätzlich bröckelte die Fassade ihrer kleinen Welt noch an anderer Stelle. Lotte schwankte durchs Leben, wie ihre Zukunft aussehen sollte, wusste Erna noch immer nicht, und der Streit zwischen Frieda und Josef nagte zusätzlich an ihrem Nervenkostüm. Erna fühlte sich in diesem Moment unendlich müde, und auch in ihrem Kopf begann es nun zu hämmern. Diese Schmerzen verursachte jedoch nicht der Föhn.

18. Kapitel

08. Oktober 1929

Erna und Lotte befanden sich in der Damenabteilung des Hirschvogels, um für Lotte ein neues Herbstkleid zu erwerben. Lotte hatte den Weg zu dem am Rindermarkt liegenden und bei den Münchnern äußerst beliebten Warenhaus mit einer bewundernswerten Willenskraft ohne Gehhilfe zurückgelegt. Doch nun war sie erschöpft und ruhte sich auf einer gepolsterten Sitzbank aus, während Erna die Kleiderauswahl in Augenschein nahm. Der Hirschvogel hatte in den letzten Tagen mit einem großen Ausverkauf in sämtlichen Münchner Zeitungen geworben, und viele Stücke waren reduziert.

»Was hältst du denn von diesem Modell?«, fragte Erna und hielt ein schlichtes dunkelblaues Backfischkleid in die Höhe, das tailliert geschnitten war und im oberen Bereich eine Knopfleiste aufwies. »Die Farbe würde gut zu deinen Augen passen.«

»Ich weiß nicht recht«, meinte Lotte. Sie hatte das kaputte Bein, wie sie es nannte, ausgestreckt, und ihre eben noch fröhliche Miene hatte sich eingetrübt. »Ich finde es langweilig.«

»Gut«, antwortete Erna und hängte es zurück. »Dann suchen wir ein anderes. Wir finden bestimmt noch etwas.«

Eine der Ladnerinnen trat näher. Sie kannte Lotte von ihrem kurzen Arbeitsausflug in den Hirschvogel.

»Lotte, meine Liebe! Nett, dich wiederzusehen. Wie geht es dir denn?«

»Wie soll es einem als Krüppel schon gehen?«, antwortete Lotte in einem rüden Tonfall.

Erschrocken sah die junge Ladnerin von Lotte zu Erna, die sich bemüßigt sah, eine kurze Erklärung abzugeben.

»Lotte hatte vor einigen Monaten einen Unfall, seitdem hat sie mit dem Laufen Probleme. Aber heute ist einer ihrer guten Tage. Nicht wahr, Liebes?« Sie schenkte Lotte ein aufmunterndes Lächeln. Erna verstand nicht so recht, woher der plötzliche Stimmungswechsel ihrer Tochter kam. Bis gerade eben schien ihr die Idee, ein neues Kleid zu kaufen, zu gefallen. Aber solche Launen waren sie von ihr in den letzten Wochen gewohnt. Lottes Stimmungslage schien an so manchen Tagen zwischen himmelhochjauchzend und zu Tode betrübt im Minutentakt hin und her zu schwenken. Allerdings hatte Erna darauf gehofft, dass heute Letzteres ausbleiben könnte. So konnte man sich irren.

»Was soll daran gut sein, sich das kurze Stück von der Kaufingerstraße bis zum Rindermarkt kämpfen zu müssen?«, antwortete Lotte. »Für was kaufen wir eigentlich dieses dämliche neue Kleid? Irgendein alter Fetzen hätte es doch auch getan. Ich geh eh kaum auf die Straßen.«

Erna hatte geglaubt, dass Lotte die Ladnerin durch ihre schroffe Art verschrecken und sie weggehen würde, doch das tat sie nicht. Stattdessen ging sie vor Lotte in die Hocke, nahm ihre Hände in die ihrigen und sah ihr tief in die Augen.

»Ich habe eine Schwester«, begann sie zu erzählen. »Ihr Name ist Christel, und sie ist ein wenig älter als du. Sie hatte im Alter von fünf Jahren Kinderlähmung. Wir dachten damals, wir würden sie für immer verlieren, doch sie hat den Kampf gegen die Krankheit gewonnen und ist am Leben geblieben. Sie sitzt seitdem im Rollstuhl, aber trotzdem hat sie ihren Lebensmut nicht verloren, sie war und ist unser Sonnenschein. Aktuell macht sie eine Ausbildung zur Schneiderin und träumt davon, sich ein eigenes Modeatelier einzurichten. Sie sagt immer, sie kann alles schaffen, was sie will, auch ohne laufen zu können. Inzwischen ist sie sogar verliebt, und sie erwartet jeden Tag den Heiratsantrag eines jungen Mannes, der sie auf Händen trägt. Lass den Kopf nicht hängen. Du bist kein Krüppel. Du bist etwas Besonderes und wunderschön. Nur Mut! Da draußen wartet das Leben.«

Lotte sah die Ladnerin verwundert an. Mit einer solchen Rede schien auch sie nicht gerechnet zu haben. Die Ladnerin erhob sich wieder. »Ich denke jedoch nicht, dass ihr wegen einer Erzählung über meine Schwester hergekommen seid, oder? Soll es ein neues Herbstkleid sein? Da haben wir an dem Ständer hier hinten auch noch einige hübsche Modelle für junge Fräuleins hängen. Sie sind erst gestern reingekommen. Ich habe da ein weinrotes Kleid, das würde dir ausgezeichnet stehen, meine Liebe.«

Beseelt von der Freundlichkeit der Ladnerin folgten Lotte und Erna der jungen Frau in den hinteren Bereich der Damenabteilung, wo Lotte erneut auf einem Hocker Platz nahm. Die Ladnerin nahm ein Backfischkleid von einem der Ständer und hielt es in die Höhe. Es war raffinierter geschnitten als das andere Modell und wies an der Taille eine Raffung auf. Der untere Saum war mit einem schwarzen Samtband verziert.

»Das ist wirklich ganz hübsch«, sagte Lotte leise.

»Dachte ich mir doch, dass es dir gefällt«, antwortete die Ladnerin. »Möchtest du es anprobieren?« Sie deutete auf eine der Umkleiden.

Lotte stimmte zu, und sie verschwand mit dem Kleid hinter dem Vorhang.

»Danke für ihre aufmunternden Worte«, sagte Erna leise zu der Ladnerin. »Seit dem Unfall ist es nicht leicht.«

»Das kann ich mir vorstellen«, antwortete die Frau. »Auch unsere Christel hat dunkle Tage und Momente. Aber die hellen sind eindeutig in der Überzahl. Es wird sich bessern, bestimmt.«

Lotte trat aus der Umkleide und vor einen Spiegel. Ihre Augen strahlten nun, denn das Kleid stand ihr ausgezeichnet. Der geraffte Schnitt betonte ihre schmale Figur, die Farbe harmonierte ausgezeichnet mit ihren Haaren.

»Findet ihr es nicht auch bezaubernd?«, fragte sie und strich über den bis kurz über die Knie reichenden und glockig geschnittenen Rock. »Es scheint, als hätte das Kleid nur auf mich gewartet.«

»Es sieht wirklich ganz wunderbar aus«, sagte Erna.

Zu ihrem Bedauern war ihr Blick nun an dem am Kragen des Kleides hängenden Preisschild hängen geblieben. Das Kleid gehörte leider nicht zu den reduzierten Modellen im Ausverkauf, und der Preis war schwindelerregend hoch. Die Ladnerin war Ernas Blick gefolgt, und sie beschwichtigte sogleich.

»Es sieht ausgezeichnet aus«, machte sie Lotte ein Kompliment. »Aber ich sehe gerade, dass mit dem Preis etwas schiefgelaufen ist – er ist ja gar nicht reduziert worden. Da werde ich mich natürlich sogleich darum kümmern.« Sie griff in ihre Rocktasche und zauberte einen roten Filzstift hervor. Der auf dem Schild stehende Preis wurde durchgestrichen und durch einen neuen ersetzt, der Ernas Pulsschlag sogleich senkte. »So passt es besser«, sagte sie und nickte Erna lächelnd zu.

Eine weitere Kundin trat näher und stellte der Ladnerin eine Frage. Sie verabschiedete sich von Erna und Lotte und ging mit der Kundin zu den am anderen Ende der Abteilung hängenden Mänteln.

Erna freute sich so sehr über Lottes Begeisterung für das neuen Kleid, dass sie ihr vorschlug, es gleich anzulassen.

»Eigentlich wollte ich allein zu meiner heutigen Verabredung zum Mittagessen gehen«, sagte sie. »Aber ich glaube, du solltest mitkommen. Es wäre doch viel zu schade, das hübsche neue Kleid gleich in einer Einkaufstasche und im Schrank verschwinden zu lassen, oder?«

»Du gehst heute Mitttagessen?«, fragte Lotte verdutzt.

»Ja, das tue ich. Ich bin mit Frieda und Erich im Hofbräuhaus verabredet.«

»Was? Weiß Papa davon?«, fragte Lotte überrascht. Die unschöne Situation innerhalb der Familie belastete sie zusätzlich zu ihrem Bein noch, obwohl sie Frieda ihr Glück durchaus gönnte. Wenn sie von Erich sprach, leuchteten ihre Augen stets so wundervoll, sie war wirklich in ihn verliebt. Wieso nur war ihr Vater so stur?

»Natürlich nicht, und er soll es auch nicht erfahren. Er kann meinetwegen ruhig einen Groll gegen Erich hegen, aber ich tue es nicht. Frieda liebt Erich, und ich möchte, dass sie glücklich wird. Das möchtest du doch auch, oder?«

»Ja, natürlich«, antwortete Lotte. »Obwohl ich ihr schon bisserl bös war, wegen der Sache damals im Englischen Garten. Der Constantin sah nämlich nur älter aus. Aber so alt war der noch gar nicht, und ich hab den schon auch gern gehabt. Aber eher so als Freund, nicht als Gspusi. Er wohnt in Schwabing und ist ein Künstler.«

»Constantin hieß der junge Mann also«, antwortete Erna, verwundert darüber, dass ihre Tochter nach all den Monaten noch über den jungen Mann redete, der mit ein Auslöser für diesen unseligen Streit gewesen war.

»Er will mal ein berühmter Maler werden, und ich hab ihm Modell gesessen. Er hat mir auch ein bisschen das Zeichnen beigebracht, aber ich glaub nicht, dass das was für mich ist. Meine Striche waren alle arg krumm und schief.«

»Warum hast du das nicht einfach Frieda erzählt?«, fragte Erna.

»Hab ich doch! Aber sie hat mir nicht glauben wollen, dass das nur eine Freundschaft war und da nix gewesen ist. Sie hat geglaubt, ich hätte dem nackert Modell gesessen. Aber so etwas würde ich doch niemals machen. Dafür bin ich doch viel zu gschamig.«

Erna nickte und fragte: »Und was ist jetzt mit diesem Constantin? Hat er sich mal wieder bei dir gemeldet?«

»Nein, hat er nicht«, antwortete Lotte, und ihre Miene trübte sich wieder. »Aber ich hab ihn neulich laufen sehen. Mit so einer Blonden, die kannte ich nicht. Sie haben sich sogar auf offener Straße geküsst. Bestimmt sitzt die ihm jetzt Modell. Und ich hab gedacht, er wär ein echter Freund.«

»So kann es gehen«, antwortete Erna. »Es kommen andere Freunde, auch männliche. Davon bin ich überzeugt.«

»Meinst du wirklich? Aber das dumme Bein! Wer will schon mit jemandem befreundet sein, der ständig zu langsam ist, eine Gehhilfe braucht und nicht tanzen kann?«

»Tanzen wird vollkommen überbewertet«, antwortete Erna. Sie trat näher an ihre Tochter heran und drehte sie zum Spiegel.

»Sieh nur, wie hübsch du bist«, sagte sie. »Eine richtige junge Frau bist du schon geworden. Dein Haar schimmert herrlich, deine Wimpern sind so lang, ich beneide dich darum. Du hast eine hübsche Stupsnase, einen zarten, langen Hals und eine schmale Taille. Wen interessiert es da schon, dass du ein Bein ein wenig nachziehst und hin und wieder eine Gehhilfe benötigst! Ich bin mir sicher, es wird sich bald der passende Deckel für dich finden. Und ihm wird es gleichgültig sein, dass du etwas langsamer bist als all die anderen. Für ihn wirst du perfekt sein. Für mich bist du es auch, und du wirst es immer bleiben. Ich kann dir gar nicht sagen, wie froh ich bin, dass du noch bei mir bist, mein Mädchen.« Sie umarmte Lotte mit Tränen in den Augen. Es war ein besonderer Moment zwischen Mutter und Tochter, der längst überfällig gewesen war. Die Sorge um Lotte hatte sich in all die anderen Sorgen rund um das Geschäft und um den Streit eingereiht. Doch Lotte brauchte mehr als hie und da ein liebes Wort. Sie brauchte Menschen, die ihr Mut machten, die sie aufbauten und ihr das Gefühl gaben, nicht am Rand zurückgelassen zu werden. Erna musste gemeinsam mit Lotte stark sein. Dann würde gewiss alles wieder gut werden.

Erna löste sich aus der Umarmung und wischte eine Träne

aus ihrem Augenwinkel. »Nun ist es aber genug mit der Gefühlsduselei«, sagte sie und lächelte. »Sonst kommen wir noch zu spät, und du weißt, wie sehr Frieda Unpünktlichkeit verabscheut.«

»Ja, ich weiß«, antwortete Lotte und rollte die Augen.

Eine Weile darauf betraten die beiden das Hofbräuhaus, in dem der übliche Betrieb herrschte. Die Gerüche von deftigem Essen vermischten sich mit dem Zigarettenrauch, der durch den Raum waberte.

Das bereits seit dem sechzehnten Jahrhundert bestehende Bierrestaurant wurde in vielen Reiseführern als sehenswert angepriesen und bestach durch sein riesiges, mit Freskenmalereien von Ferdinand Wagner geschmücktes Tonnengewölbe. Das Haus erfreut sich trotz des hohen Zulaufs an Touristen jedoch auch weiterhin bei den Einheimischen großer Beliebtheit.

Erna entdeckte Frieda und Erich zu ihrer Erleichterung an einem Tisch im Erdgeschoss, das umgangssprachlich auch als »Schwemme« bezeichnet wurde. Als sie gemeinsam mit Lotte nähertrat, erhoben sich die beiden. Frieda reagierte irritiert darauf, dass Erna Lotte mitgebracht hatte.

»Lotte, du bist auch hier?«, fragte sie verdutzt, ohne zu grüßen.

»Wir waren bis gerade eben beim Ausverkauf im Hirschvogel. Ich hatte dir doch erzählt, dass Lotte dringend ein neues Herbstkleid braucht«, antwortete Erna. »Da dachte ich, wir kommen gemeinsam zu euch zum Essen. Lotte muss ihren zukünftigen Schwager ja auch endlich richtig kennenlernen. Nicht wahr?«

»Das ist eine großartige Idee«, antwortete Erich und reichte Lotte die Hand. »Es freut mich, dich endlich kennenzulernen, meine teuerste und baldige Schwägerin. Frieda hat schon viel über dich erzählt.«

Erna und Lotte setzten sich, und alle orderten bei der Bedienung die Getränke, für Erich ein dunkles Bier, für die Damen Zitronenlimonaden. Nach den Speisen wollten sie noch schauen. Es lag eine Karte auf dem Tisch, die den Mittagstisch auswies. Relativ schnell kam man überein, dass sämtliche Anwesende ein halbes Hendl mit Kartoffelsalat essen würden.

Nachdem die Bedienung die Getränke gebracht und ihre Essensbestellung aufgenommen hatte, herrschte für einen Augenblick eine eigentümliche Stimmung am Tisch. Niemand schien so recht zu wissen, was er jetzt sagen sollte.

Es war Frieda, die die seltsame Stille irgendwann brach.

»Das neue Kleid steht dir hervorragend, Lotte. Damit siehst du schon richtig erwachsen aus. Es ist schön, dass du etwas Passendes gefunden hast. Beim guten alten Hirschvogel findet sich doch immer wieder etwas Nettes.«

»Das stimmt«, antwortete Lotte. »Vielleicht finde ich dort ja auch ein passendes Kleid für deine Hochzeit. Ich habe heute ein hübsches altrosafarbenes gesehen. Es war bezaubernd. Allerdings hing es bei den teureren Modellen, und ich denke nicht, dass wir es uns leisten können. Du weißt doch, wie Papa gerade ist. Jeder Pfennig muss in den Ausbau des Geschäfts gesteckt werden.«

»Ihr wollt das Geschäft ausbauen?«, hakte Erich sogleich nach. »Davon weiß ich ja noch gar nichts. In welche Richtung soll es denn gehen?« Er sah Frieda fragend an.

Frieda warf Lotte sogleich einen strafenden Blick zu. Sie hatte doch mit ihr vorsichtshalber schon vor einer Weile abgesprochen, in der Gegenwart von Erich nicht über das Geschäftliche zu sprechen. Wenn eine Versöhnung zwischen ihr und ihrem Vater gelingen sollte, dann durften weder Erich noch ihr zukünftiger Schwiegervater von den Plänen, das Steckerl-Eis betreffend, erfahren. Jedenfalls vorerst nicht. Wenn das Geschäft damit erst einmal begonnen hatte, war es natürlich nicht mehr aufzuhalten.

»Papa möchte eine weitere Eismaschine erwerben, dann ginge die Produktion schneller voran. Wir waren diesen Sommer bedauerlicherweise an heißen Tagen rasch ausverkauft«, sagte sie rasch und entschuldigte sich beim Herrgott im Himmel für ihre Notlüge. Es war um des Familienfriedens willen, das würde der da oben schon verstehen.

»Wie sieht es denn mit den Hochzeitsvorbereitungen aus?«, erkundigte sich Erna schnell.

»Es geht voran«, antwortete Frieda und schenkte ihrer Mutter einen dankbaren Blick. »Allerdings haben wir unsere Meinung, was die kirchliche Trauung angeht, geändert.«

Verdutzt sah Erna ihre Tochter an.

»Wieso das denn?«, fragte sie. »Ich dachte, ihr hattet geplant, in der Frauenkirche zu heiraten. Wir haben doch bereits einen Termin im Brautmodengeschäft Gasser ausgemacht.«

»Ich habe darüber nachgedacht, und Erich und ich haben lange geredet. Mir gefällt es einfach nicht, ohne meinen Papa ein solch großes Hochzeitsfest zu feiern. Er sollte mich doch eigentlich zum Altar führen und dabei sein. Es fühlt sich nicht richtig an. Also werden wir im Dezember nur im kleinen Kreis auf dem Standesamt heiraten, und ich hoffe darauf, dass Papa meine Entscheidung in naher Zukunft akzeptieren und sich Erich gegenüber öffnen wird. Irgendwann muss er doch zur Vernunft kommen. So kann es nicht weitergehen.«

Friedas Entscheidung, ihre Hochzeit aus diesen Beweggründen zu verschieben, rührte Erna, zeigte diese doch, wie sehr sie ihren Vater liebte. Sie antwortete: »Darauf hoffen wir alle. Du musst ihm nur noch etwas Zeit geben, meine Liebe.« Sie legte ihre Hand auf die von Frieda und drückte sie fest. »Das wird sich schon alles finden. Das glaub ich bestimmt. Und die Verschiebung der kirchlichen Trauung ist vielleicht gar keine so dumme Idee. Für so eine Braut ist es im späten Frühjahr oder im Sommer doch viel netter. Wer friert schon gerne in seinem Hochzeitskleid im kalten Wind, am Ende gibt's noch einen Schneesturm.«

Im nächsten Moment brachte die Bedienung das Essen.

19. Kapitel

12. Oktober 1929

Erna stand vor ihrem geöffneten Kleiderschrank und dachte darüber nach, was sie anziehen sollte. Vielleicht das dunkelgrüne knöchellange Kleid mit der Raffung im Schulterbereich? Aber war das nicht zu altbacken? Sie schob es zur Seite. Das nächste Kleid war ein rosafarbenes Modell, das sie vor einigen Jahren gebraucht von einer Bekannten erworben hatte, da diese nicht mehr hineingepasst hatte. Doch rosa wollte ihr heute so gar nicht zusagen. Sie schob es ebenfalls zur Seite. Das nächste Kleid war schwarz mit Rüschen im Schulterbereich und einer Knopfleiste. Auch dieses hatte sie gebraucht erstanden. Liebe Güte, das ging gar nicht. Heute war schließlich ein freudiger Tag, und sie ging nicht zu einer Beerdigung. Es war zum Haareraufen! Wieso hatten sie neulich eigentlich nur für Lotte nach einem Kleid Ausschau gehalten? Bestimmt hätte sie auch für sie selbst noch ein bezahlbares Modell gefunden. Bedauerlicherweise war die Ausverkaufsaktion beim Hirschvogel bereits wieder beendet. Es galt zu hoffen, dass es in einem der großen Warenhäuser bald zu einer weiteren kommen würde. Das nächste Kleid, das sie in Augenschein nahm, hatte sie beinahe vergessen. Es war ein dunkelgrünes Modell, das zwar auch schon einige Jahre auf dem Buckel hatte und aus dem Fundus einer Freundin stammte, aber es war etwas schicker und nicht so bieder. Der Rock war glockig geschnitten und reichte bis zur Mitte der Wade. Auch war die Taille etwas höher angesetzt, was dem Kleid einen eleganten Schnitt verlieh. Bei den jungen, schlanken Mädchen mochte eine tiefer liegende Taille hübsch aussehen, aber wenn man etwas älter war und gewisse Rundungen hatte, wirkte es abscheulich. Sie nahm das grüne Kleid aus dem Schrank und beschloss, es anzuziehen. Es war kurzärmelig, doch sie besaß ein hübsches, passendes Strickjäckchen. Dazu ihre schwarzen Pumps, das war perfekt.

Als sie ihre graue Alltagsbluse aufknöpfte, begann sie sich zu fragen, was Josef für den heutigen Tag geplant hatte. All die Jahre hatte er sie am Abend ihres Hochzeitstages mit etwas Besonderem überrascht. Mal war es ein Essen in einem Restaurant, mal Kino- oder Konzertkarten gewesen. Sogar ein Picknick an der Isar hatte er einmal organisiert. Es hatte Jahre gegeben, da hatte sie angenommen, er hätte ihren Tag vergessen. Doch es war niemals vorgekommen.

Lotte erschien genau in dem Moment, als Erna das grüne Kleid fertig angelegt hatte. Sie hatte heute einen ihrer guten Tage gehabt und gemeinsam mit Fanny Kekse gebacken. Die allgemeine Abkühlung, die der Herbst mit sich brachte, hatte dazu geführt, dass der Eisverkauf in den letzten beiden Wochen stark eingebrochen war. Das meiste Geld nahmen sie aktuell mit dem Verkauf von Keksen und Getränken ein. Aber vielleicht hatten sie ja Glück, und es würden doch noch einige hübsche und warme goldene Oktobertage kommen. Erna hatte diese besonders gern. Dann leuchteten die Bäume in den schönsten Farben, und das trockene Laub duftete herrlich. Es hatte Jahre gegeben, da war es Mitte Oktober in München wärmer gewesen als im Juli. Vielleicht gehörte dieses auch dazu.

Lotte hatte zu Ernas Erstaunen eine Freundin im Schlepptau, die Erna länger nicht gesehen hatte. Angelika Firl war mit Lotte zur Schule gegangen, und sie hatten damals häufig Zeit miteinander verbracht. Doch nach dem Schulende waren Angelikas Besuche seltener geworden, und schon vor Lottes Unfall ward sie länger nicht gesehen worden. Angelika hatte sich in dieser Zeit stark verändert. Aus dem schmalen blonden Mädchen mit dem schüchternen Blick war eine hübsche junge Frau geworden.

»Hier steckst du, Mama«, sagte Lotte und gab Erna zur Begrüßung ein Küsschen auf die Wange. Erna ahnte, dass Lotte etwas von ihr wollte, sogleich war sie auf der Hut.

»Die Geli und ich wollten heute Abend ins Kino am Sendlinger Tor gehen. Gell, du hast doch nix dagegen? Da läuft ein neuer Film mit Charly Chaplin, den wollen wir unbedingt sehen!«

»Ich weiß nicht recht«, antwortete Erna. »So ganz allein. Findet ihr nicht, dass es dafür schon zu spät ist? Vielleicht solltet ihr lieber morgen in die Nachmittagsvorstellung gehen.« Sie wusste, dass ihre Reaktion vollkommen überzogen war. Aber es fiel ihr noch immer schwer, Lotte Freiheiten zu gewähren. Angelika schien ihre Gedanken zu erraten.

»Ich werde gut auf Lotte aufpassen, das versprech ich Ihnen, Frau Pankofer. Keine Sekunde werd ich sie aus den Augen lassen. Es wäre so toll, wenn Lotte mitgehen könnte. Der Film soll nicht mehr lange laufen, und es wäre doch schade, wenn sie ihn verpassen würde.«

Die beiden Mädchen sahen Erna flehend an.

»Meinetwegen«, gab Erna nach. »Aber nur ins Kino, und dann kommst du gleich wieder nach Hause.« Sie hob mahnend den Zeigefinger. »Es soll niemand glauben, dass sich die Tochter der Pankofers herumtreibt.«

»Versprochen, Mama. Du bist die Beste!« Lotte umarmte Erna und drückte ihr einen Kuss auf die Wange. Fröhlich verließ sie mit Geli den Raum.

Erna sah den beiden lächelnd nach. Es war schön, Lotte lachen zu sehen. Vielleicht ging es jetzt ja doch wieder richtig bergauf mit ihr. Erna trat vor den Spiegel, drehte sich zur Seite und legte die Hand auf ihre Taille. Mit den Jahren war sie fülliger geworden und hatte etwas Bauch angesetzt. Auch hatten sich in ihr Gesicht die Zeichen der Zeit in der Form von Falten auf der Stirn, um die Augen und Mundwinkel gestohlen. Ihr Blick blieb an ihrem Hochzeitsbild hängen, und sie lächelte wehmütig. Sie hatte in ihrem Sonntagskleid geheiratet, günstig in einem Geschäft einen weißen Schleier erworben. In ihren Händen lag ein Strauß aus weißen Rosen. Es war ein verregneter Tag gewesen. Wenn die Braut nass wird, bringt das Glück, so sagte man. Der Hochzeitstag sollte der glücklichste Tag im Leben einer Frau sein, doch bei ihr war es damals nicht so gewesen. Noch am Abend zuvor hatte sie in ihrer winzigen heruntergekommenen Dachkammer auf dem rostigen Metallbett gesessen und war von Zweifeln erfüllt gewesen. War es richtig, Josef seine Zukunft als Sohn einer wohlhabenden Familie zu zerstören? Sie hatte damals Frieda unter ihrem Herzen getragen, doch die Schwangerschaft war noch nicht sichtbar gewesen. Sie hatte darüber nachgedacht, das Kind von einer Engelmacherin wegmachen zu lassen, München und all das Geschehene für immer hinter sich zu lassen. Doch sie hatte es nicht fertiggebracht. Sie hatte Josef auf den ersten Blick geliebt, konnte sich noch an jede Einzelheit ihrer ersten Begegnung erinnern: An jenem Morgen war sie zu spät zu ihrer Schicht erschienen und direkt in ihn hineingelaufen. Seine blauen Augen hatten ihr Herz sogleich höherschlagen lassen. Danach war er es gewesen, der immer wieder ihre Nähe gesucht hatte. Einmal hatten sie spät abends hinter der Wäscherei auf einer Treppe gesessen und einfach nur geredet. Da hatte er sie dann auch zum ersten Mal geküsst. Manchmal kam es ihr so vor, als stammten diese Geschehnisse aus einem anderen Leben. Sie atmete tief durch und strich sich eine Haarsträhne hinters Ohr, die sich aus ihrem Dutt gelöst hatte. Frisieren musste sie sich auch noch. Bestimmt würde er bald kommen.

Einige Stunden später saß Erna in der von der Stehlampe am Fenster erhellten Wohnstube am Esstisch und starrte auf die karierte Tischdecke. Hinter ihr schlug die Uhr, einmal, zweimal. Lotte war irgendwann nach Hause gekommen, sie schlief längst. Anfangs war Erna immer wieder ans Fenster getreten und hatte hoffnungsvoll nach draußen geblickt. Sogar ins Treppenhaus war sie einmal gelaufen, weil sie ein Geräusch gehört hatte. Doch es war nur die Witwe Moosgruber gewesen, die ihren Wohnungsschlüssel hatte fallen lassen. Sogar im Laden war sie gewesen, hatte in der Küche lange die von Fanny auf Hochglanz polierte Eismaschine angestarrt. Unsinnigerweise hatte sie erneut den Arbeitstisch abgewischt, die Eisvorräte im Schrank kontrolliert. Im Salon hatte sie eine Weile stumm am Fenstertisch gesessen. Das Licht der vor dem Haus stehenden Laterne erleuchtete den Raum, längst war die Zeit der Nachtschwärmer. Viele von ihnen würde es nach Schwabing ziehen.

Noch immer trug sie das grüne Kleid und die schwarzen Pumps. Sie fühlte sich wie erstarrt. Er hatte den Tag tatsächlich vergessen, denn er war vorüber, zwei Stunden schon. Der Tag, an dem sie kichernd durch den Regen zu ihrem Hochzeitsessen gelaufen waren, das sie zu zweit eingenommen hatten, weil selbst die besten Freunde sie im Stich gelassen hatten. »Wir zwei gegen den Rest der Welt«, hatte Josef damals gesagt. »Wir werden es ihnen schon zeigen.« Bald waren sie zu dritt gewesen, dann zu viert, und die Welt versank im Chaos des Krieges.

Erna kämpfte mit den Tränen. Liebten sie einander noch? Wo war dieses Gefühl hingekommen, das sie damals auf der Treppe empfunden hatte, das herrliche Kribbeln? Jede seiner Berührungen hatte sie schaudern lassen. Sie hätte für immer dort sitzen bleiben und seiner warmen Stimme lauschen können. Hätten sie es doch nur tun können, diesen bezaubernden Moment festhalten und bis in alle Ewigkeit leben. Da hörte sie plötzlich, wie der Schlüssel ins Schloss gesteckt wurde. Vertraute Schritte im Flur. Josef betrat den Raum und sah sie überrascht an.

»Erna, du bist ja noch wach. Entschuldige bitte, es hat etwas länger gedauert. Ich hatte doch heute den Termin mit den beiden Ladenbesitzern aus Schwabing. Du weißt ja wie das ist, wenn man mal in Schwabing gelandet ist! Die lassen einen so schnell nicht mehr gehen. Aber ich bringe großartige

Neuigkeiten mit: Die beiden könnten sich vorstellen, unser Eis in ihren Läden anzubieten. Ist das nicht großartig?« Er trat näher. Erna fiel auf, dass er leicht schwankte, er brachte Kneipengeruch mit.

»Ja, das ist es«, antwortete sie mit matter Stimme. Nun war sie endgültig den Tränen nahe.

»Wieso schläfst du nicht längst?«, fragte er arglos. »Warst du aus?«

»Ich wollte eigentlich ausgehen«, antwortete sie stockend und schluckte, denn in ihrem Hals hatte sich ein dicker Kloß gebildet. Er kam immer noch nicht darauf. Er hatte ihren Tag tatsächlich komplett vergessen. »Gestern. Aber es hat nicht sollen sein.«

»Gestern«, wiederholte er und sah sie verdutzt an. »Aber wieso bist du dann heute noch zurechtgemacht?« Er hatte den Satz noch nicht richtig zu Ende gesprochen, da traf ihn die Erkenntnis. Er sank auf einen der Stühle und seufzte.

»Ich habe es vergessen«, sagte er. »Ich gottverdammter Dummkopf! Bitte verzeih mir. Wir holen das nach, das verspreche ich dir.« Er streckte die Hand nach ihrer aus und wollte sie greifen. Doch sie zog sie weg.

»Das brauchen wir jetzt auch nicht mehr«, entgegnete sie in einem abweisenden Tonfall. Nun weinte sie endgültig. »Vorbei ist vorbei. Es sind eben gerade hektische Zeiten. Du hast viel zu tun.«

»Ja, das hab ich«, antwortete er. »Aber das hatte ich immer. Diesen Tag habe ich noch niemals vergessen. Nicht einmal im Krieg. Selbst dann hab ich dir an diesem Abend stets einen Brief geschrieben. Ich weiß, er ist erst viele Wochen später bei dir eingetroffen, aber es war mir wichtig.«

»Ich hab sie alle noch«, antwortete Erna. »Ich hab sie so oft gelesen, dass ich jeden Satz auswendig kann.« Sie schwieg einen Moment, dann fragte sie: »Wer sind wir heute? Was ist von all der Liebe geblieben? Haben wir sie etwa unterwegs verloren, hat sie uns der Alltag geraubt?« Nun streckte sie doch wieder die Hand aus. Er nahm sie und begann, mit dem Daumen über ihren Handrücken zu streichen.

»Ich weiß es nicht«, antwortete er ehrlich. »Ich will es nicht. Es ist so viel und anders. Wir sind nicht mehr die, die damals auf dieser Treppe saßen.«

»Nein, die sind wir nicht mehr«, antwortete Erna. Wenigstens an ihre Treppe erinnerte er sich noch. »So ist vermutlich das Leben. Aus Verliebtheit wird Gewohnheit.«

»Nein«, sagte er plötzlich. »So soll es nicht sein. Das ist nicht richtig. Wir müssen dagegen ankämpfen, und gleich jetzt werden wir damit beginnen. Ich hab eine Idee. Ich mach es wieder gut, das verspreche ich dir. Komm.«

Er stand auf und hielt ihr die Hand hin. Sie nahm sie und ließ sich von ihm mitziehen.

In dem Moment, als sie das Haus verließen und zur nahen Straßenbahn liefen, verspürte sie wieder das alte Kribbeln von früher in ihrem Inneren. Sie ahnte, wo es hinging: An den Ort, an den sie sich eben noch zurückgewünscht hatte.

Sie verließen die Tram am Holzkirchner Bahnhof und betraten wenig später das Wäschereigelände, schlichen um eines der Waschhäuser herum und erreichten die Metalltreppe am Hinterausgang. Dort setzten sie sich auf genau dieselben Stufen wie damals. Es war keine milde Sommernacht, sondern eher kühl, doch Erna fror nicht. Josef hatte am Bahnhofskiosk einen Piccolo erworben, den sie sich nun teilten. So saßen sie nebeneinander, Erna spürte das Prickeln des Sekts in ihrem Magen. Sie ließ ihren Blick über die Bahngleise hinweg bis zu den gegenüberliegenden Häusern schweifen und lehnte sich an ihn. Er legte den Arm um sie, und sie spürte seine vertraute Wärme und Nähe. Wie hatte sie nur einen Augenblick daran zweifeln können, dass sie die Liebe zueinander verloren hätten? Sie hatte sich verändert, das erste Prickeln war tiefer Vertrautheit gewichen. Plötzlich dachte sie darüber nach, Josef noch einmal auf Frieda und Erich anzusprechen. Doch sie verwarf den Gedanken wieder. Dies war ihre Treppe aus der Vergangenheit, aus einer Zeit, in der sie nicht erahnen konnten, welche Sorgen und Nöte auf sie zukommen würden. Die Zukunft konnte nun warten.

20. Kapitel

25. Oktober 1929

»Also ich find, wir sollten an normalen Kaffeehausbetrieb machen«, sagte Fanny. »Eis verkauft sich bei dem Sauwetter ja nimma. Von am netten goldenen Oktober san mir dieses Jahr weit entfernt. So früh hab ich die letzten Jahre meine Wolltücher nicht rausgräumt.« Um ihre Aussage zu unterstreichen zupfte Fanny an dem dunkelgrauen Tuch, das über ihren Schultern lag.

»Ja, leider«, antwortete Erna. »Wie ein solch schöner Altweibersommer nur so kalt und garstig enden kann! Es ist bedauerlich. In den Bergen liegt sogar schon Schnee. Wenn das so weitergeht, haben wir den auch bald.«

Die beiden hatten es sich an dem Sechsertisch im Salon mit warmem Tee und Keksen gemütlich gemacht, um Kriegsrat zu halten. Vor ihnen brannte eine Kerze, die den im Dämmerlicht des grauen Tages liegenden Gastraum mit ein wenig warmem Licht erhellte.

»So ein Eissalon ist halt ein Saisongeschäft«, sagte Fanny. »Da kann man nix machen.« Sie zuckte die Schultern.

»Wir bieten jetzad halt erst einmal Kaffee und hausgmachten Kuchen an und schaun zu, dass wir die Gaststube heimelig dekorieren. Kerzen auf den Tischen ham ma ja scho, herbstliche Blumen und so a bisserl anderer Plunder wär nett. Mit der Deko kann uns gwies die Rosi weiterhelfen. Die kennt sich damit aus. Und ab Mitte November könnt ma Glühwein verkaufen. Der kimmt immer gut an. In der Weihnachtszeit back ich dann Lebkuchen. Ich hab da noch a so a altes Rezept von meiner Großmutter selig. Die könnten wir auch nett verpacken und als eine Art Mitbringsel verkaufen. Dann dekorieren wir des Schaufenster noch a bisserl weihnachtlich. Was meinst? Damit komm ma bestimmt ganz gut bis zum nächsten Frühjahr durch.«

»Das hört sich nett an«, antwortete Erna. »Wir sollten allerdings unsere Pläne mit Sepp besprechen.«

»Wie geht's ihm denn?«, fragte Fanny. »Plagt ihn noch immer dieser greisliche Katarrh?«

»Ja, leider. Er hat einen fürchterlichen Schnupfen und heute Morgen ziemliches Fieber. Lotte übernimmt aktuell die Krankenpflege, aber leicht hat sie es mit unserem Patienten nicht. Das kann ich dir sagen!«

»Des kann ich mir vorstellen«, antwortete Fanny. »Männer können arg ekelhaft werden, wenn sie krank sind. Führn sich immer auf wie des Leiden Christi. Wenn ihr wollts, kann ich nachher a kräftige Hühnerbrühe kochen. Die wird ihn wieder aufrichten.«

»Das ist eine ausgezeichnete Idee«, antwortete Erna.

Die Tür öffnete sich, und Ludwig trat, auf die Minute pünktlich, ein.

»Grüß Gott beinand«, grüßte er in die Runde. Er trug, wie gewohnt, einen Lodenjanker und ein kariertes Hemd. In Händen hielt er die aktuelle Tageszeitung.

»Da draußen is grad so ein großer Lieferwagen vorgfahren«, sagte er und deutete hinter sich. »Der Fahrer hat mich gfragt, ober sie hier richtig bei Pankofer wärn.«

Erna sah Ludwig verdutzt an und dann sogleich aus dem Fenster. Tatsächlich, vor dem Hoftor stand ein großer Lieferwagen mit dem Aufdruck *Kühltechnik Strasser*. Sollte es tatsächlich sein, dass die Firma früher lieferte als zuvor angekündigt?

Erna und Fanny erhoben sich gleichzeitig und liefen nach draußen, wo ihnen ein kalter Wind Nieselregen in die Gesichter wehte.

Der Fahrer, ein junger Bursche mit Schiebermütze, wollte gerade in den Hof laufen.

»Grüß Gott«, rief Erna. »Pankofer mein Name. Sie wollten zu uns?«

Der junge Mann sah sie irritiert an, dann wanderte sein Blick auf ein Klemmbrett in seinen Händen.

»Gehören Sie zu einem Josef Pankofer?«, fragte er.

»Das ist mein Mann«, antwortete Erna. »Ihn zwingt heute bedauerlicherweise eine Erkältung zu Bett. Also müssen Sie mit mir vorliebnehmen.«

»Na dann«, antwortete der Bursche. »Wir hätten da die Anlieferung eines Kühlbeckens und dreier Gefrierschränke. Wo soll das alles hin?«

»Nun konnte also tatsächlich früher geliefert werden?«, rutschte es Erna heraus.

»Von einem späteren Liefertermin weiß ich nichts«, antwortete der junge Bursche. »Wohin jetzt? Wir müssen fertigwerden, heute ist der Zeitplan eng.«

»Im Hinterhof ist eine Werkstatt«, antwortete Erna. »Da

müssten die Waren hin.« Sie betrachtete kurz den Lieferwagen. »Mit viel Glück passt der durchs Tor.«

»Das bekommen wir schon hin«, antwortete der Bursche und ging zum Wagen. Auf dem Beifahrersitz saß ein Mann in ähnlichem Alter, der es nicht für nötig gehalten hatte, auszusteigen und Grüß Gott zu sagen. Rosi trat näher, während der Lieferwagen im Schneckentempo durch das Hoftor fuhr.

»Ist des des, was ich vermute?«, fragte sie neugierig. »Die san aber früher dran wie geplant, oder? Sollte des Zeig ned erst in vier Wochen angliefert werden?«

»Sollte es«, antwortete Erna. »Betrachten wir es als Lichtblick. Sepp wird vollkommen aus dem Häuschen sein.«

»Wenn ma vom Deife spricht«, sagte Ludwig, der von den Damen unbemerkt nähergetreten war. Josef lief just in diesem Moment über den Hof und auf den Lieferwagen zu. Hektisch zog er einen Hosenträger über seine Schulter, eine Jacke trug er nicht. Lotte folgte ihm humpelnd. Ihre Gehhilfe hatte sie nicht dabei, dafür hielt sie Josefs Jacke in Händen.

»Jetzt Papa, wart doch mal!«, rief sie. Erna seufzte.

Eine halbe Stunde später befanden sich sämtliche neue Gerätschaften in ihrer Werkstatt. Die beiden jungen Burschen hatten das Kühlbecken an den dafür vorgesehenen Platz gestellt, ebenso die Eisschränke, alles war fertig angeschlossen. Sie hatten sogar noch äußerst freundlich einige Fragen von Josef zur Inbetriebnahme beantwortet. Einfache Fahrer waren die beiden keine gewesen, so viel stand fest. Abschließend hatte ihnen Josef die Entgegennahme der Lieferung quittiert.

»Und was jetzad?«, fragte Fanny und beäugte neugierig das noch nicht mit der Kühlflüssigkeit gefüllte Metallbecken.

Josef antwortete mit einem kräftigen Niesanfall.

»Mei, da hat aber einer an schenen Katarrh. Mit so was is fei nicht zum Spaßen«, sagte Ludwig. »Wennst den verschleppst, hast am End noch a Lungenentzündung.«

Josef gab keine Antwort, denn er war gerade damit beschäftigt, seine Nase zu putzen.

»Wer hätte denn ahnen können, dass die Firma nun doch pünktlicher liefert als gedacht? Jetzt haben wir Kühlgeräte, aber noch keine Eisformen vom Schlosser. Das ist doch zum Verrücktwerden. Und der Weinzierl hat mir noch gesagt, dass er die Formen schneller herstellen könnte. So ein Mist aber auch.« Er begann erneut zu niesen.

»Ich denke, wir sollten uns lieber darüber freuen, dass die Gerätschaften bereits früher geliefert worden sind. Das ist doch etwas Gutes. Heute wäre eine Herstellung des Eises sowieso nicht möglich gewesen. Es fehlen ja nicht nur die Formen, sondern auch die Zutaten dafür.«

»Und bei dem greisligen Wetter will eh keiner a Steckerl-Eis«, fügte Fanny hinzu.

Lotte hatte unterdessen die Bedienungsanleitung für die Gefriergeräte näher in Augenschein genommen.

»Also hier steht, dass die Geräte mindestens zwei Tage ruhig stehen sollen, damit sich die Kühlflüssigkeit anständig verteilt. Also wärs sowieso nix geworden.«

»Kühlflüssigkeit«, wiederholte Fanny und beäugte die Gefrierschränke mit skeptischem Blick. »Was des wohl für ein giftiges Zeig is? Bei dem Eis in unsere anderen Schränke hat ma wenigstens gwusst, woran ma is. I bin mir da ja nicht so sicher, ob des moderne Zeigs immer so viel besser ist.«

»Also unsere Eismaschine ist es auf jeden Fall«, antwortete Erna. »Seitdem ist die Eisherstellung doch wesentlich angenehmer geworden.«

»Was kommt denn in das Becken?«, fragte Lotte. »Wird das Eis da drin gewaschen?«

»Nicht ganz«, antwortete Josef. »In dieses Becken wird ebenfalls eine Kühlflüssigkeit kommen, die größtenteils aus Salz und Wasser besteht. Durch die moderne Technik kann die Flüssigkeit stets kalt gehalten werden. Da kommen die Formen für das Eis hinein, und es wird schnell gefroren. Dann können wir es flott verpacken und in den Verkauf bringen.« Er nieste erneut und deutete zu den auf dem Tisch liegenden Verpackungen. Diese bestanden aus einem beschichteten Papier und waren in hellblau gehalten. Eine Schneeflocke war darauf gedruckt und der Schriftzug *JOPA*.

»Das klingt spannend«, antwortete Lotte. »Ich freue mich schon darauf, es auszuprobieren. Ich darf doch dabei sein, wenn wir zum ersten Mal Eis machen, oder?«

»Aber sicher doch«, antwortete Josef. Er sah nun müde aus, seine Augen glänzten fiebrig, und seine Wangen waren gerötet. Die erste Aufregung rund um die unverhoffte Anlieferung der Gerätschaften hatte sich gelegt.

»Dann können wir hier jetzt sowieso nicht mehr viel ausrichten«, stellte Erna fest. »Du solltest dich jetzt wieder hinlegen, Josef. So krank wie du bist, hast du außerhalb des Bettes nichts zu suchen. Ich lauf dann mal rasch zum Viktualienmarkt hinüber und organisiere uns ein feines Suppenhuhn, und wenn ich schon unterwegs bin, kann ich bei der Rosenapotheke auch noch Aspirin holen. Davon hast du vorhin die letzte genommen.«

»Also wennst in die Apotheke gehst, kannst mir vielleicht mei Rheumasalbe mitbringen?«, fragte Ludwig. »Des wär lieb von dir. Heut zwickts mich wieder arg im Kreuz. Mei, ma wird halt auch ned jünger.«

Gemeinsam verließ die Gruppe die Werkstatt, und Erna schloss pflichtbewusst die Tür ab. Als sie über den Innenhof lief, mischten sich erste Schneeflocken unter den Regen.

»Hab ich es ned gsagt«, kommentierte Fanny sogleich die Wetterveränderung. »So früh hats scho lang nimma gschneit. Wenn ma Pech ham, wird des wieder so saukalt wie im letzten Winter. Wenn ma gfrorene Wasserleitungen hat, braucht ma a kein Steckerl-Eis mehr.«

»Jetzt mal den Teufel nicht gleich an die Wand«, beschwichtigte Erna sogleich. Bereits die Erwähnung des letzten Winters sorgte sogleich dafür, dass sie fröstelte. Im Februar dieses Jahres hatte ganz Europa eine lange andauernde Kältewelle heimgesucht, wie es sie zuvor Jahrzehnte nicht gegeben hatte. Heizkohle war rationiert worden, die großen Flüsse waren zugefroren, auf der Isar hatten sie Schlittschuh laufen können. Erna mochte den Winter zwar, aber so eiskalt brauchte sie es nicht mehr. Sie hatten froh sein können, dass sie zu dieser Zeit bereits in ihrer neuen Wohnung gewesen waren. In dem schäbigen Loch von früher wären sie vermutlich erfroren.

Am nächsten Morgen betrat Erna in ihren flauschigen Morgenmantel gehüllt, ihre Füße steckten in dicken Wollstrümpfen und Schlappen, die Werkstatt. Sie hatte bereits am Vorabend geahnt, dass Josef sich nicht lange würde ruhig halten können. Sie fand zu ihrem Erstaunen in der Werkstatt jedoch auch Lotte vor, die vollkommen angezogen an am Arbeitstisch stand und fröhlich mit einem Schneebesen in einer Schüssel rührte. Vor ihr lagen allerlei Zutaten verteilt neben den aus Metall hergestellten Eisformen.

»Guten Morgen, Mami«, grüßte sie freudig. »Da bist du ja endlich! Papa und ich sind schon seit einer halben Ewigkeit auf den Beinen. Wir waren schon auf dem Großmarkt, um all die Zutaten zu holen, und beim Weinzierl. Sein Lehrbub hat uns mit den Formen geholfen. Es sind noch nicht alle fertig, der Rest wird nachgeliefert.«

Ungläubig sah Erna ihre Tochter an. Normalerweise war Lotte ein Morgenmuffel. So fröhlich kannte sie sie zu dieser frühen Stunde gar nicht.

»In der Großmarkthalle?«, wiederholte Erna und sah Josef vorwurfsvoll an. »In deinem Zustand? Du legst es wirklich darauf an, noch schlimmer krank zu werden. Mit so einer fiebrigen Erkältung ist nicht zu spaßen! Das Ganze hätte jetzt doch auch noch ein paar Tage länger Zeit gehabt. Bei der Kälte kauft doch sowieso keiner Steckerl-Eis.« Sie deutete aus dem Fenster. Auf dem Innenhof lag eine dünne Schneeschicht, und einige wenige Schneeflocken fielen sacht vom Himmel.

»Aber mir geht es heute bereits viel besser«, antwortete Josef. »Das muss an Fannys ausgezeichneter Hühnersuppe liegen. Eine magische Zaubersuppe war das!«

»Also des wär des allerneueste, dass mei Suppn zaubern tät«, hörte man nun Fanny, die hinter Erna die Werkstatt betreten hatte und noch ihren Mantel trug sowie einen bunt geringelten Schal einige Mal um ihren Hals gewickelt hatte.

»Ich glaub eher, des is de Ungeduld, die für die rasche Besserung gsorgt hat.« Sie deutete auf das Wirrwarr auf der Arbeitsplatte. »Aber bei mir wär des vermutlich auch ned anders. Des mit dem Steckerl-Eis is ja scho aufregend. Brauchts ihr Hilfe?«

»Gern«, antwortete Josef. »Wenn wir alle mit anpacken, könnten wir heute Nachmittag sogar schon einen ersten Verkaufsversuch starten. Was meint ihr?«

»Ich weiß ned recht, ob uns des heid einer abkauft. Des ist recht zapfig draußen. Aber gwies bleibt der Spuk ned lang. Im Oktober spinnt da Winter ja öfter scho a bisserl umanand. Wenn wir Glück ham, gibt's noch an netten Martini-Sommer. Dann könnte ma an ersten Verkauf probiern. Heid tät ich des lieber bleiben lassen.«

»Ich stimme Fanny zu«, meinte Erna.

»Von mir aus«, lenkte Josef ein. »Dann lagern wir das Eis erst einmal ein und hoffen auf das Beste.«

Einige Stunden später lief die Produktion des ersten Steckerl-Eis in der kleinen Werkstatt auf Hochtouren. Die angerührte Eismasse wurde in die Formen gefüllt und mit Steckerln versehen. Dann kam ein passender Deckel darauf, und sie landeten in der Kühlflüssigkeit im Becken, die so kalt war, dass einem innerhalb kürzester Zeit der Finger abfrieren tät, wie Fanny bemerkt hatte, nachdem sie der Flüssigkeit einmal ohne Schutzhandschuhe zu nah gekommen war.

Sie hatten beschlossen, den Salon für heute zu schließen, weshalb ihnen Ludwig in der Werkstatt Gesellschaft leistete. Er arbeitete selbstverständlich nicht mit, sondern saß mit seinem Kaffee und seinen geliebten Keksen an einer Ecke des Arbeitstischs. Aktuell las er ihnen von einem großen Börsen-Crash an der New Yorker Börse vor, wie es laut dem Artikel in diesem Ausmaß noch nie einen gegeben hatte. Doch so recht hörte ihm niemand zu, denn die ersten Eis waren nun so weit gefroren, dass sie aus der Form geholt werden konnten. Josef selbst tätigte voller Stolz diesen Vorgang.

Er holte die Eisform mit dreißig Steckerl-Eis der Sorte Vanille aus dem Kältebad, tauchte sie kurz in warmes Wasser und löste dann die Steckerl-Eis heraus. Sie landeten alle in einem Keramikbecken und sahen großartig aus.

»Es hat funktioniert!«, rief Josef freudig. »Wir haben es geschafft, meine Lieben. Wir haben unsere ersten richtigen Steckerl-Eis hergestellt! Sehen sie nicht prachtvoll aus? Genauso wie sie sein sollten.« Übermütig vor Freude umarmte er die neben ihm stehende Fanny und drückte ihr sogar einen Kuss auf die Wange.

»Häh!«, rief sie erschrocken aus. »Da hat einer wohl grad das Weiberl verwechselt.«

Erna und Lotte grinsten. Es war ein so wunderbarer und einzigartiger Moment der Freude, den selbst der starke Schneefall vor den Fenstern der kleinen Eiswerksatt nicht trüben konnte. Übereinstimmend wurde beschlossen, das erste Eis selbst zu verkösten. Sogar Ludwig ließ sich dazu überreden, eines zu probieren, obwohl ihn Eiscreme doch immer in den Zähnen frieren tät, wie er es immer so nett ausdrückte.

»Also des is was Feines«, konstatierte er mit strahlenden Augen, nachdem er an seinem Eis geleckt hatte. »Mei, des hätt mir als kleinem Bua eine Mordsfreid gmacht. Des wird sich bestimmt super verkaufen!« Er schleckte fröhlich weiter und fragte danach mit einem Augenzwinkern, ob er noch eines haben könnte. Auf einem Bein stand es sich schließlich schlecht.

21. Kapitel

01. November 1929

Frieda stand auf dem Südfriedhof neben Erich vor dem Grab seiner Großeltern im kalten Nebel und wünschte sich, der Pfarrer würde endlich zu einem Ende finden. Sie hatte dem Feiertag Allerheiligen noch nie sonderlich viel abgewinnen können. Allgemein war sie keine Freundin des Monats November. Meist war er kühl, und die Nebel der Nacht blieben ihnen häufig den ganzen Tag über erhalten. Hinzu kamen noch weitere dieser unseligen Feiertage zur Huldigung der Toten: Allerseelen, Totensonntag, und wie sie alle hießen. Als ob der Monat durch sein Wetter nicht schon trostlos genug war, da musste man doch nicht auch noch ständig irgendwelchen toten Angehörigen hinterhertrauern. Als Kind war sie an diesem Tag immer mit ihren Eltern auf dem Friedhof am Grab ihrer Großeltern mütterlicherseits gewesen, die beide vor ihrer Geburt gestorben waren. In der Stube stand eine Fotografie der beiden auf der Anrichte. Es war ihr Hochzeitsfoto, auf dem sie beide grantig dreinschauten. Sie hatte ihre Mutter einmal gefragt, weshalb sie so ernst guckten, schließlich wäre ein Hochzeitstag doch ein freudiges Ereignis. Ihre

Mutter hatte ihr erklärt, dass ein Besuch beim Fotografen damals etwas ganz Besonders und eine ernste Angelegenheit war. Lachen war unerwünscht gewesen.

Viel hatte ihre Mutter über die beiden nicht erzählt. Ihr Großvater hatte eine kleine Schreinerei in einem Hinterhof betrieben, das Geld hatte gerade so zum Leben gereicht. Frieda hatte auch eine Tante gehabt. Ihr Name war Annegret gewesen. Sie lag im selben Grab wie die Großeltern und war nur sechs Jahre alt geworden. Sie war bereits bei ihrer Geburt schwach gewesen, hatte Erna Frieda erklärt. Von Beginn an hatte es Probleme mit der Lunge gegeben. Eine Lungenentzündung war es dann auch gewesen, an der sie gestorben war. Erna hatte kaum Erinnerungen an sie, denn sie war damals erst drei Jahre alt gewesen.

An der Gefühlslage auf dem Friedhof hatte sich für Frieda nicht viel verändert. Sie kam sich heute wie damals fehl am Platz vor, denn nun stand sie ebenfalls vor dem Grab von Menschen, die sie nie kennengelernt hatte – und von Erichs Großeltern kannte sie nicht einmal eine Fotografie. Doch es war in Bayern nun mal Tradition, dass man zu Allerheiligen auf den Friedhof ging, sich vor das Grab eines Angehörigen bei jedem Wetter stellte und darauf wartete, dass der Gottesdienst endlich ein Ende fand. Danach gingen viele noch ins Wirtshaus. Ihr Weg würde sie ins Hofbräuhaus führen, wo Erichs Eltern einen Tisch in dem etwas ruhigeren Restaurantbereich im ersten Stock reserviert hatten. Friedas Blick wanderte über die Grabsteine hinweg den bekiesten Weg hinunter, denn hinter den von Nebel eingehüllten Bäumen standen jetzt vielleicht ihre Eltern und Lotte vor dem Grab ihrer Großeltern. Oder waren sie in diesem Jahr vielleicht eher zu dem Grab ihres Großvaters väterlicherseits gegangen? Immerhin war er erst kürzlich verstorben. Doch das konnte sich Frieda nur schwer vorstellen, immerhin hatten Vater und Sohn jahrelang kein Wort miteinander gewechselt. Andererseits könnte es ein, dass sie heute ihrer Großmutter Anneliese beistehen wollte, für die der Weg auf den Friedhof gewiss ein schwerer Gang sein würde.

Frieda hatte neulich länger auf der gegenüberliegenden Seite der Kaufingerstraße gestanden und den Eissalon ihrer Eltern beobachtet. Ludwig war zur gewohnten Zeit hineingegangen, Rosi und Fanny hatten einen Schwatz auf der Straße gehalten. Es war ein sonniger Tag gewesen, weshalb sich tatsächlich auch etwas Kundschaft eingefunden hatte, die Eis gekauft hatte. Sie hatte sich seltsam verloren gefühlt. Früher war sie ein Teil dieser kleinen Gemeinschaft gewesen. Doch nun stand sie am Rand und wusste noch immer nicht, wie sie daran etwas ändern sollte. Erich hatte sie bereits mehrfach dazu bringen wollen, sich mit ihrem Vater auszusprechen. Doch Frieda hatte nie so recht gewusst, wie sie es hätte anfangen sollen. Sie hatte sich neulich mit Lotte im Hofgarten getroffen, um die neuesten Neuigkeiten zu erfahren. Die Steckerl-Eis-Produktion funktionierte zur Freude aller hervorragend. Sie schmiedeten nun Pläne, wie sich die süße Köstlichkeit am besten an die Kundschaft bringen ließe. Allerdings war man wohl übereingekommen, den Verkaufsstart in das nächste Frühjahr zu verlegen. Eis kaufte jetzt ja kaum noch einer, da half auch ein Steckerl nicht. Über den Winter sollte es einen normalen Kaffeehausbetrieb geben. Lotte hatte begeistert davon erzählt, dass sie das Backen mit Fanny mochte. Sie stellten aktuell Unmengen von Lebkuchen her, die in kleinen Tütchen verpackt auch als Mitbringsel verkauft werden sollten. Frieda hatte sich an Lottes wiedergefundenem Lächeln erfreut. Sie hatte den Weg zum Hofgarten zu ihrem Erstaunen sogar ohne eine Gehhilfe zurückgelegt. Nur das rechte Bein zog sie immer noch etwas nach, ansonsten war sie wieder weitestgehend mobil. Sogar tanzen konnte sie noch. Papa hatte neulich mit ihr an ihrem Geburtstag in der Stube einige Schritte gewagt. Für einen flotten Walzer würde es allerdings nicht reichen. Frieda hatten Lottes Erzählungen wehmütig werden lassen. Auch mit ihr war Papa schon mal durchs Wohnzimmer getanzt. In der letzten Silvesternacht war das gewesen, als sie alle voller Frohsinn auf das neue Jahr und die Zukunft angestoßen hatten und etwas übermütig geworden waren. Frieda sah ihren Vater vor Augen: Er hatte sie im Arm gehalten, fröhlich herumgewirbelt und vor Glück regelrecht geleuchtet. Als das Lied endete, hatte er ihr einen Kuss auf die Wange gegeben. Dieser innige Vater-Tochter-Moment war doch erst einige Monate her. Würde es jemals wieder einen solchen geben? Vielleicht, wenn sie einen Schritt auf ihn zu machte. Doch sie hatte solche Angst davor, erneut Ablehnung zu erfahren.

Erich nahm ihre Hand und drückte sie fest. Sie sah zu ihm, und er nickte ihr aufmunternd zu. Es schien, als hätte er ihre schwermütigen Gedanken erraten. Er war ein solch aufmerksamer Freund, und er würde ein wunderbarer Ehemann und Vater werden, das wusste Frieda. Erich war ihre Zukunft, er war der Mann, den sie liebte. Doch sie liebte auch ihre Familie, ihren Vater. Es schmerzte, sich zwischen ihnen entscheiden zu müssen. Es musste eine Lösung geben, irgendeinen Ausweg. So konnte und durfte es nicht bleiben. Sie wusste nur noch immer nicht, wie der Ausweg aussehen sollte.

Der unweit von ihnen entfernt stehende Pfarrer beendete nun den Gottesdienst mit den üblichen Worten: »Gehet hin in Frieden.«

»Des wird aber auch Zeit«, sagte eine ältere Frau am Nachbargrab. »Ich hab scho glaubt, der wird heut gar nimma fertig. Mir ist scho ganz kalt. Komm, Sepp. Schauma, dass ma weidakommen. Die Gundel wartet bestimmt scho mit de Würstl auf uns.« Sie hängte sich bei einem älteren Herrn, offensichtlich ihr Ehemann, ein, und die beiden gingen von dannen. Nach andächtigem Gedenken der Angehörigen hörte sich diese Aussage nicht an, dachte Frieda schmunzelnd.

Ihre zukünftige Schwiegermutter, Petronella Bachmann, bückte sich und rückte noch rasch die Schleife des Grabgestecks zurecht, das sie am gestrigen Tag auf dem Viktualienmarkt erworben hatten. Wenigstens die Blumenverkäuferinnen und Gärtnereien hatten etwas von dem großen Feiertag. Über mangelndes Geschäft hatten sie sich in den letzten Tagen nicht beklagen können.

»Jetzt lass gut sein«, sagte Anton Bachmann ungeduldig. »Das Gesteck ist hübsch genug. Dieser Nebel ist abscheulich, ich hab das Gefühl, der zieht einem in sämtliche Knochen. Wir sollten los, sonst kommen wir zu spät ins Hofbräuhaus, und dann geben sie unseren Tisch noch jemand anderem.«

Sie traten vom Grab zurück und machten sich gemeinsam mit den vielen anderen Friedhofsbesuchern auf den Weg zum Ausgang. Als er in Sichtweite kam, blieb Frieda plötzlich abrupt stehen. Sie konnte jetzt nicht mit all den anderen den Friedhof verlassen. All die Jahre war sie vor dem Grab ihrer Großeltern gestanden. Auch wenn es Fremde waren, kam es ihr plötzlich wie Verrat ihnen gegenüber vor, dass sie es nicht getan hatte.

Erich, der ebenfalls stehen geblieben war, sah sie fragend an. Seine Eltern waren weitergegangen.

»Was ist, Liebes?«, fragte er.

»Ich kann so nicht gehen«, antwortete Frieda. »Ich muss doch auch zu ihnen, auch wenn ich sie nicht kannte. Ich war immer dort.«

Erich verstand, was Frieda meinte.

»Soll ich mit dir gehen?«, fragte er.

Frieda zögerte kurz, dann schüttelte sie den Kopf.

»Es ist besser, wenn ich das allein mache. Wir könnten meiner Familie begegnen, und ein Friedhof ist kein richtiger Ort für eine Aussprache. Außerdem haben deine Eltern nicht bemerkt, dass wir stehen geblieben sind. Es wird das Beste sein, wenn du ihnen folgst. Ich komme dann ins Hofbräuhaus nach.«

Er nickte still. Frieda hoffte, dass sie ihn jetzt nicht vor den Kopf gestoßen hatte. Immerhin hatten seine Eltern sie an dem familiären Moment ihres Gedenkens teilhaben lassen. Sie blickte ihm kurz nach, wie er fortging, rasch verlor sie ihn zwischen den vielen anderen Menschen aus dem Blickfeld. Dann wandte sie sich um und lief gegen den Strom durch die Gräberreihen. Sie wusste nicht, warum sie plötzlich so reagierte. Aber sie verspürte das dringende Bedürfnis, vor dem vertrauten Grab zu stehen und die bekannten Namen zu lesen.

Kurz bevor sie das Familiengrab erreichte, stieß sie auf ihre Eltern, die sie verdutzt ansahen. Sie blieben voreinander stehen, und Friedas Herz schlug ihr plötzlich bis zum Hals.

»Hallo«, grüßte sie mit zittriger Stimme. »Ich dachte, ich meinte …« Sie brach ab. Was sollte sie sagen? »Ich war am Grab der Bachmanns und wollte nun auch hierher gehen«? »Ich hatte gedacht, euch nicht mehr zu begegnen«? Der Blick ihres Vaters war abweisend, seine Mundwinkel verkniffen. Wieso war er nur so verdammt stur?

Erna grüßte ihre Tochter, bemüht darum, ihrer Stimme einen heiteren Anstrich zu verleihen.

»Frieda, Liebes! Schön, dich zu sehen. Mit dir haben wir hier weiß Gott nicht gerechnet. Wie geht es dir? Was macht Hilde? War sie auch auf dem Friedhof? Wie geht es ihren Eltern? Ich muss ihre Mutter unbedingt mal wieder zum Tee einladen.«

Es waren so belanglose Worte. Ihre Mutter klang, als würde sie mit einer Bekannten sprechen.

Frieda antwortete nichts. Stattdessen suchte sie plötzlich den Blick ihres Vaters und begann zu sprechen.

»Lotte hat mir von dem Steckerl-Eis erzählt und wie großartig die Herstellung funktioniert. Sie hat gesagt, dass ihr es im nächsten Sommer in der ganzen Stadt verkaufen wollt, auch in den Kiosken und Geschäften. Das klingt großartig. Vielleicht könnt ihr mir ja auch bald mal zeigen, wie das funktioniert.«

Die Miene ihres Vaters schien sich durch ihre Worte noch mehr zu verfinstern. »Wo steckt Lotte eigentlich?«, fragte Frieda und sah wieder zu ihrer Mutter. »Sonst kommt sie doch immer mit auf den Friedhof.«

»Sie hat sich letzte Nacht mehrfach übergeben«, antwortete Erna. »Heute früh hat sich die Übelkeit eingestellt, aber sie war noch etwas wackelig auf den Beinen. Fanny kümmert sich um sie.«

»Und?«, ergriff plötzlich Josef das Wort. »Hast du deinem Verlobten schon von unserem Steckerl-Eis erzählt? Damit sein verdammter Vater uns diesen Erfolg wegnehmen kann? Bestimmt hast du das getan, weil dir deine Familie nicht mehr heilig ist. Nur noch die Bachmanns hast du im Kopf. Die sind eben etwas Besseres als wir. Geldiger, nicht wahr? Gehören zu den Großkopferten in München.« Er spie die Worte regelrecht aus.

Frieda wollte Antwort geben, doch sie kam nicht dazu, denn Erna kam ihr zuvor.

»Nun ist aber mal gut!«, polterte sie los. »Das muss auf der Stelle aufhören, dieser dumme Hass auf Anton Bachmann und der Neid auf sein Kaffeehaus gleich mit dazu. Du solltest dich schämen, einen Keil zwischen uns und Frieda zu treiben! Wir können doch froh darüber sein, dass unsere Tochter einen solch patenten, jungen Mann kennengelernt hat, den ich übrigens für äußerst zuvorkommend halte. Und ob es dir gefällt oder nicht: Auch ich werde diese Ehe unterstützen, und ich habe den beiden bereits meinen Segen gegeben.«

Josef sah Erna verdutzt an. Mit einem solchen Ausbruch schien er nicht gerechnet zu haben.

Frieda nutzte den Moment und fügte hinzu: »Ich habe Erich selbstverständlich nichts von dem Steckerl-Eis erzählt. Genau aus dem Grund, den du gerade gesagt hast: Das ist deine Idee, und ich möchte nicht, dass sie von Anton gestohlen wird. Ich bin fest davon überzeugt, dass er es tun würde, denn das Steckerl-Eis ist ein großartiger Einfall. Ich würde dir niemals in den Rücken fallen, Papa.«

In ihren Augen schwammen jetzt Tränen. »Bitte, lass uns wieder gut sein.« Sie streckte die Hand nach ihm aus.

Josef haderte mit sich, das konnte Frieda an seiner Mimik erkennen. Sein Blick wanderte an ihr vorüber, dann auf den Boden. Sie anzusehen, schien er nicht fertigzubringen. Ihre Hand ergriff er nicht, stattdessen steckte er seine Hände in seine Manteltaschen.

»Also gut«, lenkte er ein. »Wir werden wieder gut sein. Aber meinen Segen für diese Hochzeit gebe ich noch immer nicht. Zuerst muss ich wissen, was dieser Erich Bachmann für ein Mensch ist. Erst dann sehen wir weiter. Und jetzt wird es für uns Zeit zu gehen. Fanny hat gekocht. Sie wartet gewiss schon auf uns. Es wird doch alles kalt.«

Er hakte Erna unter und zog sie mit sich.

Erna nickte Frieda im Gehen noch kurz aufmunternd zu. »Siehst du«, hörte sie sie sagen. »Es wird alles gut werden.«

»Bis bald«, murmelte Frieda, da waren sie längst außer Hörweite. Ihre Anspannung wich, und sie ließ die Schultern sinken. Ein erster Schritt zu einem Friedensschluss war getan. Hier auf dem Friedhof, an diesem unseligen Allerheiligentag, unweit von dem Grab der Menschen, die wie Fremde für sie waren.

Doch heute schien es, als hätten sie ihre schützende Hand über sie gehalten. Sie drehte sich um und ging durch den kalten Nebel davon.

22. Kapitel

9. November 1929

Josef stand vor dem Haus in der Aventinstraße, in dem sein Freund Gerhard damals gewohnt hatte – in der Wohnung im dritten Stock links. Sein Zimmer hatte er sich mit seinem älteren Bruder Simon geteilt, der von einer Karriere als Musiker geträumt hatte und ein begnadeter Klavierspieler gewesen war. Simon war aus dem Krieg nicht heimgekehrt. Gerhard hatte seinen Lebensunterhalt als Malergeselle verdient, doch sein Herz hatte er an die Lyrik verloren. Er hielt sich gerne in Schwabing in einschlägigen Künstlerkneipen auf, hatte es jedoch nie geschafft, so richtig dazuzugehören. Seine Gedichte hatten sich stets etwas hölzern angehört. In den Schützengräben und Unterständen während des Krieges hatte sich Josef viele von ihnen anhören müssen. Doch seine Emma hatte er mit seinen Versen betört. Seine Emma, die Josef kurz vor ihrem Tod vor zwei Jahren zufällig im Englischen Garten getroffen hatte. Damals war sie bereits stark vom Krebs gezeichnet gewesen. Erst einige Wochen später hatte er erfahren, dass sie ebenfalls gestorben war. Es war wohl auch der Kummer gewesen, der ihr den Lebenswillen geraubt hatte. Emma hatte zu viele Verluste in ihrem Leben ertragen müssen. Ihre beiden Kinder hatte sie an die Spanische Grippe verloren, ebenso ihre Schwester, den Mann an diesem schicksalhaften Tag, weil er daran festgehalten hatte, einen verblendeten Freund zu retten. Josef sah zu den Fenstern hinauf. Er wusste, dass es dort heute keine Familie Moser mehr gab. Fremde blickten vielleicht gerade jetzt hinter dem Vorhang stehend auf ihn herab und wunderten sich darüber, wer der seltsame Mann auf der gegenüberliegenden Straßenseite war. Die Vergangenheit mit all ihrer Düsternis wog schwer und schien ihre dunklen Schatten erneut in die Gegenwart ausbreiten zu wollen. Die NSDAP gewann wieder an Zuspruch, Hitler war längst wieder aus dem Gefängnis entlassen worden. Es galt zu hoffen, dass er und seine Schergen weiterhin kleingehalten werden konnten.

»Wie hättest du reagiert?«, sagte Josef laut. Er stellte einem toten Freund eine Frage, in der all seine Zweifel lagen. »Wie der Vater, so der Sohn? Oder irre ich mich? Ich weiß es nicht. Ich will doch nur meine Tochter beschützen.«

Das hatte er auch mit Erna getan. Er hatte ihr all die Jahre Gerhards grausamen Tod verschwiegen und ihr nicht gesagt, dass auch er sich damals in Lebensgefahr begeben hatte. Auch er hätte damals im Kugelhagel sterben können. Erna kannte den wahren Grund für seinen Hass auf Anton nicht. Es reichte, wenn einer von ihnen mit solch einer Last leben musste. Doch sein Verschweigen holte ihn nun ein. Er hätte es besser wissen sollen – selten blieben Dinge für immer verborgen.

Eine ältere Frau mit einem Einkaufskorb am Arm lief an ihm vorüber und beäugte ihn misstrauisch. Er nahm es ihr nicht krumm. In ihren Augen musste er ein rechter Trottel sein, führte er doch auf der Straße stehend Selbstgespräche. Dieser Tag war jedes Jahr für ihn ein schwieriger. Er erwachte stets mit der Erinnerung an Georg, an den Wahnsinn, den Aufruhr in der Stadt. Er fühlte die alte Panik, sah die vielen Menschen vor Augen, dann den Sarg von Georg, wie er Tage später über den Friedhof getragen worden war. Er war so dumm gewesen und hatte geglaubt, dass er diesen Teil seiner Vergangenheit irgendwann endgültig würde hinter sich lassen können. Doch er schlich sich immer wieder an, war arglistig und perfide. Und nun griff die Vergangenheit nach seiner Familie. Wie sollte er ertragen, dass Anton Bachmann der Schwiegervater seiner Tochter werden sollte? Seines kleinen Mädchens, das er zeit seines Lebens beschützen wollte. Sie hatte seinen Sturkopf geerbt. Schon allein der Gedanke daran, dass ein Bachmann Hand an sie legte, war für ihn unerträglich. Damals, als er im Schützengraben gelegen hatte, war es die Hoffnung gewesen, seine Mädchen wiederzusehen, die ihn am Leben gehalten hatte. Was sollte er nur tun? Für immer mit ihr brechen? Das schaffte er nicht.

Es begann zu schneien. Sacht fielen weiße Wattebausche vom Himmel und sanken auf den Asphalt, wo sie sogleich schmolzen. Das Wetter schien heute ebenfalls der Gräueltaten von damals gedenken zu wollen. Es war ein grauer und kalter Tag.

Da wurde Josef plötzlich von hinten angesprochen, und er drehte sich um.

Es war sein alter Freund und früherer Weggefährte Leopold Huber, der vor ihm stand. Sie hatten einander seit Georgs Beerdigung nicht mehr gesehen. Leopold war in die

Jahre gekommen, sein Haar ergraut, und tiefe Falten hatten sich in sein Gesicht gegraben. Der Krieg hatte ihn zum Krüppel werden lassen. Sein linkes Knie war steif geblieben, und ihm fehlten vier Finger an der rechten Hand. Wo er heute lebte, wusste Josef nicht.

»Dass du mal an dem Tag hier stehst, hätt ich nicht gedacht. Sann wohl die Umstände. Habs scho ghört. Als Eltern hat mans a ned leicht, ha?«

Josef wunderte sich nicht darüber, dass Leo von Friedas Verlobung wusste. München war und blieb ein Dorf.

»Schön, dich zu sehen, Leo«, sagte Josef. »Wie geht's dir?«

»Mei, wie es einem als Krüppel halt so geht. Ich wohn in am Verhau in der Landsberger Straß und häng an der Titte der Nation. Kriegsfürsorge nennen sie des. An Spengler mit einer kaputten rechten Hand, der noch immer ab und an des Zittern anfangt, kann halt niemand gebrauchen. Aber Schnaps und Tabletten helfen manchmal beim Vergessen.« Er zog kurz eine Grimasse.

Josef nickte mit betroffener Miene. Er kannte Leo noch aus Schulzeiten, auch auf dessen Hochzeit mit seiner Anni hatte Josef gemeinsam mit Erna getanzt. Damals, zu Kaisers Zeiten, als sie alle sich nicht vorstellen hatten können, dass einmal ein solch fürchterlicher Krieg ihre Leben erschüttern und für immer verändern würde. Anni hatte ihn kurz nach dem Krieg verlassen. Wo sie heute war, wusste Josef nicht.

»Ich hab mir dein Eissalon neulich mal angschaut«, sagte Leo. »Schaut scho ganz nett aus. Aber glaubst, du hast damit a Chance gegen den großkopferten Hund? Der blast sich auf dem Marienplatz ja recht auf. Das hat der Anton scho immer gut gekonnt. Deswegen ham de Nazis den vermutlich auch eingfangen. De san ja auch gut darin, sich aufzumblasen. Fangen ja scho wieder an.«

»Das Geschäft läuft, könnt aber besser sein«, antwortete Josef ohne auf das Gerede von Anton und den Nazis einzugehen. »Aber so ist es eben.«

»Ja, so is hoid«, antwortete Leo, und sein Blick wanderte noch einmal zu den Fenstern im dritten Stock hinauf.

»Der Gerhard war einer von de Guaden. Da weiß der Herrgott schon, warum er sie so früh zu sich nimmt.« Er seufzte tief und fragte dann: »Hast deim Dirndl gsagt, was ihr zukünftiger Schwiegervater für einer is?«

Josef schüttelte den Kopf. »Ich hab gedacht, sie käme ohne die alten Geschichten zur Vernunft. Aber ich lag wohl falsch.«

»Und jetzad denkst drüber nach, es ihr doch zu sagen. Glaubst, sie wird dem feinen Sohnenmann dann doch den Laufpass gem?«

»Ich weiß es nicht«, antwortete Josef und zuckte die Schultern.

»Probiern solltest es. Bevor sie in ihr Unglück rennt. Wie der Vater so der Sohn. Ist oft so. Außer bei dir! Du bist a Ausnahme, obwohlst scho a den Sturschädel von deim Vater geerbt hast. Hast des mit deiner Erna scho richtig gmacht, damals. Sie is a heut noch a fesches Dirndl. Da gibt's nix. Hast Glück ghabt mit ihr.«

In seinem letzten Satz schwang ein Hauch von Wehmut mit. Josef wusste, dass er jetzt an seine Anni dachte. Daran, was hätte sein können, wenn es den Krieg nicht gegeben hätte, wenn er heil nach Hause gekommen wäre. Einen Moment lang schien niemand so recht zu wissen, was er noch sagen sollte. Leo war es, der irgendwann fragte: »Meinst, du könntst mich auf a Bier einladn? Um der alten Zeiten willen?« Er deutete nach vorne. An der Ecke befand sich eine kleine Kneipe.

Josef stimmte zu, und die beiden liefen die Straße hinunter. Das Gespräch mit Leo hatte ihm gutgetan, und er wusste nun tatsächlich, was er tun würde: Er würde das Gespräch mit Frieda suchen.

Der passende Moment fand sich schneller als gedacht, denn auf dem Rückweg begegnete Josef Frieda auf dem Marienplatz. Sie hatte Gemüse in ihrem Einkaufskorb, was darauf hindeutete, dass sie auf dem Viktualienmarkt gewesen war. Die beiden blieben voreinander stehen und begrüßten sich ungelenk. Keiner von beiden schien so recht zu wissen, was er sagen oder tun sollte. Josef war derjenige, der als Erster das Wort ergriff.

»Warst einkaufen?«, fragte er und deutete auf den Korb. »Was gibt's denn Feines?«

»Eintopf mit Würstchen«, antwortete Frieda. »Fanny und Lotte backen mal wieder Lebkuchen, da bin ich los. Mama geht es nicht so gut, und sie hat sich wieder hingelegt. Sie plagen Kopfschmerzen.« Seitdem sie auf dem Friedhof gesprochen hatten, war Frieda wieder häufiger zu Hause. Allerdings herrschte zwischen ihr und Josef noch immer eine angespannte Stimmung.

»Die hat sie in der letzten Zeit häufiger«, antwortete Josef. Das Reden über alltägliche Dinge lockerte die Stimmung zwischen ihnen etwas auf, und Josef nahm sich nun ein Herz.

»Denkst du, wir haben noch einige Minuten Zeit? Ich würd dir gerne etwas zeigen und mit dir reden.«

Frieda sah ihn verwundert an, dann nickte sie.

»Gern. Aber nur, wenn du den Korb trägst«, antwortete sie und lächelte sogar ein wenig. »Der ist nämlich schwer.«

»Abgemacht«, antwortete er und nahm ihr den Einkaufskorb ab.

Josef führte sie zu dem Ort, an dem damals alles geschah. Zu dem Platz, an dem sein alter Freund sterbend auf dem Boden gelegen, an dem er ihn angefleht hatte, nicht aufzugeben. Als sein Kopf zur Seite gekippt war, war ein fürchterlicher und unbeschreiblicher Schmerz über ihn hereingebrochen, der ihm den Atem geraubt hatte. Er hatte im Krieg so viele Männer sterben sehen, junge Männer hatten verblutend gebeten, wieder nach Hause zu dürfen. Er hatte gedacht, er wäre dem Tod gegenüber abgestumpft geworden. Doch dieser Augenblick hatte ihn eines Besseren belehrt.

Als er mit Frieda an diesem nichtssagenden Ort unweit der Feldherrnhalle eintraf, blieb er stehen und blickte eine Weile schweigend auf den grauen Asphalt.

»Wieso bist du stehen geblieben?«, fragte Frieda. »Was wollen wir hier?«

»Hier ist es geschehen«, antwortete Josef. »Hier ist mein alter Freund Gerhard Moser durch die Kugel eines Nazis gestorben. Heute auf den Tag ist es fünf Jahre her.«

»Der Hitlerputsch«, zog Frieda die richtigen Schlüsse. »Ich wusste gar nicht, dass du eines der Opfer gekannt hast.« Ihre Stimme klang arglos. Wie sollte es auch anders sein, sie war zu jenen Zeiten ein Kind gewesen und hatte von den Unruhen nichts mitbekommen. Sie war beschützt und behütet gewesen von Erna, die all das Böse nicht an ihre Töchter hatte herankommen lassen wollen. Doch nun war Frieda erwachsen, nun war es an der Zeit, zu reden und Erlebtes zu teilen.

Nun war es an der Zeit, die Wahrheit zu sagen, auch wenn sie wehtat.

»Der Tod von Gerhard ist der wahre Grund dafür, weshalb ich Anton Bachmann so sehr verabscheue«, sagte Josef. »Früher war ich mit Anton befreundet – bis er sich von den Nazis hat einwickeln lassen und immer häufiger zu deren Versammlungen gegangen ist. Er ist uns entglitten, und seine Ansichten sind immer radikaler geworden. Er ist damals gemeinsam mit Hitler und den anderen zur Feldherrnhalle gezogen, er hat den Putsch gewollt. Georg hat Anton davon abhalten, ihn zur Vernunft bringen wollen. Ich hab ihm gesagt, dass das nichts bringen wird, aber er hat nicht auf mich gehört, und dann hat ihn eine der Kugeln erwischt. Genau an dieser Stelle ist er in meinen Armen gestorben. Anton war nicht einmal auf seiner Beerdigung. Deshalb verabscheue ich ihn: Weil er meinen besten Freund auf dem Gewissen hat, weil er sich von diesen abscheulichen Ideologien hat blenden lassen. Nicht, weil er ein großes Kaffeehaus hat oder Eis verkauft. Ich weiß nicht, wie er heute denkt, ich weiß nicht, wie sein Sohn die Sache sieht oder ob er überhaupt davon weiß. Aber allein die Vorstellung, dass er dein Schwiegervater wird, raubt mir den Schlaf.«

Friedas Miene war nun wie versteinert. Sie starrte auf den Boden und sagte eine ganze Weile lang nichts. Als sie den Kopf hob, sah Josef Tränen in ihren Augen schimmern. Er hatte sie zum Weinen gebracht und schämte sich dafür. Er war ihr Vater, er wollte ihr nicht wehtun. Doch heute hatte er es um seiner selbst willen getan. Eine erste Träne rann ihre Wange hinab, sie wischte sie fort.

»Aber ich liebe doch nicht Anton, sondern Erich«, antwortete sie. »Und ich weiß, dass er die Nazis verurteilt und sich niemals mit dieser Partei gemeinmachen würde. Nur weil sein Vater es getan hat, muss er es doch nicht auch tun, oder?« Ihr Tonfall klang flehend. »Bitte, Papa. Du musst mit ihm reden. Du musst ihm zuhören, ihn kennenlernen. Du wirst ihn mögen.«

»Vielleicht würde ich ihn mögen«, erwiderte Josef. »Aber ich würde ihn nie ganz akzeptieren können, denn ich weiß, wessen Sohn er ist. Es tut mir leid.«

Frieda rannte fort, und er folgte ihr nicht. Er blieb an dem Ort stehen, an dem er vor fünf Jahren mit seinem sterbenden Freund auf dem Boden gesessen hatte. Am Tag seiner Beerdigung hatten sie geglaubt, dass Hitler besiegt wäre. Ihm und seinen Schergen war der Prozess gemacht, seine Partei verboten worden. Sie hatten gedacht, dass Gerhard nicht umsonst hatte sterben müssen. Doch im Moment sah es so aus, als hätten sie sich geirrt. Hitler und seine Anhänger schmiedeten längst wieder Pläne und schlichen sich erneut an, drangen in das Bewusstsein der Menschen und hatten erneut Macht über sie. Es galt zu hoffen, dass sie niemals die Oberhand gewinnen würden. Fünf Jahre – es war zu wenig Zeit vergangen, der Schmerz saß zu tief. Ein bitterer Schmerz, den er seinen Kindern gerne erspart hätte. Doch es hatte nicht funktioniert.

23. Kapitel

21. November 1929

»Jetzad mach ma auf alle Lebkuchen noch a Schokolad drauf, pappen die Mandeln in die Mitte, und wenn sie schön getrocknet sind, dann kannst heut Nachmittag glei die nächsten Packerl zur Resi in ihren Laden bringen«, sagte Fanny. »Des is a so a feine Sach von ihr, dass sie unsere Lebkuchen auch mitverkauft. Aber von der Resi hätt ich nix anders erwartet. Die war scho immer a ganz a Hilfsbereite.«

»Ja, sie ist wirklich lieb«, antwortete Lotte, die kräftig in der Schüssel mit der geschmolzenen Kuvertüre rührte. Sie trug eine rot-weiß karierte Küchenschürze und hatte ihr Haar zurückgebunden. Ihre Wangen waren gerötet, und ihre Augen strahlten regelrecht. Erna, die gerade einen Apfelstreuselkuchen für den Laden aus dem Ofen holte, erfreute sich an der Energie, die Lotte in den letzten Tagen und Wochen ausstrahlte. Es schien, als hätte das Mädchen endgültig seinen Platz im Leben gefunden. Sie war wieder gut zu Kräften gekommen und verzichtete vollkommen auf ihre Gehhilfe. Erst letzte Woche waren sie mal wieder bei einem der Nachuntersuchungstermine in der Klinik, und der Arzt war erstaunt darüber gewesen, welch große Fortschritte Lotte gemacht hatte. Allerdings hatte er sie dahingehend enttäuschen müssen, dass es noch besser werden würde. Das rechte Bein würde sie auch weiterhin stets etwas nachziehen.

Im Salon war herbstliche Gemütlichkeit eingezogen, und ihr Kuchen- und Kaffeeangebot wurde von den Passanten gut angenommen. Erna und Lotte hatten mit Rosis Unterstützung die Tische hübsch mit bunten Blättern und Astern dekoriert, Kerzen auf den Tischen sorgten zusätzlich für Gemütlichkeit. Besonders der Apfelstreuselkuchen, den Erna mit Zimt verfeinerte, war bei den Gästen beliebt, aber auch die Lebkuchen fanden immer mehr freudige Abnehmer. Die Idee von Fanny, sie in dem unweit des Salons gelegenen Kolonialwarenladen von Resi Hintermayr anzubieten, sorgte für eine zusätzliche Einnahmequelle. Josef hatte auch bei einigen Kiosken und Geschäften angefragt, die ab nächstem Frühjahr das Steckerl-Eis verkaufen wollten, doch die hatten allesamt abgewunken. Lebkuchen und anderes weihnachtliches Gebäck wurde in der Vorweihnachtszeit an jeder Straßenecke feilgeboten, dazu öffneten ja auch bald die Christkindlmärkte ihre Pforten.

Josef arbeitete im Moment nicht im Tagesgeschäft mit. Die Herstellung der Backwaren überließ er den Frauen, auch an dem täglichen Betrieb im Café beteiligte er sich nicht. Ab und an saß er bei Ludwig am Tisch, und die beiden unterhielten sich über Politik. Der Börsencrash in Amerika wirkte sich so langsam auch auf Deutschland aus, und die ersten Banken waren in Zahlungsschwierigkeiten geraten. Diese neue Unsicherheit sorgte dafür, dass Josef wieder rastloser geworden war und an seiner Kreditaufnahme zweifelte. Bereits mehrfach hatte er bei der Bank nachgefragt, doch jedes Mal war er beruhigt worden. Alles wäre in bester Ordnung, war ihm versichert worden. Er müsste sich keine Sorgen machen. Doch in Josefs Ohren klangen die Worte des Mitarbeiters nur wie beschwichtigende Phrasen. Auch Ludwig blieb in dieser Angelegenheit skeptisch. Seiner Meinung nach war es in den letzten Jahren in Deutschland nur deshalb bergauf gegangen, weil die Amerikaner den Deutschen mit günstigen Krediten entgegengekommen waren. Sollten sie jetzt durch diese Krise immer weiter den Geldhahn zudrehen, wäre es bald vorbei mit dem bisschen Wohlstand, von dem außerdem nicht jeder ein Stück abbekommen hatte. Auch in München musste man nicht weit laufen, um Not und Elend zu finden. Besonders die Kriegsversehrten hatte es hart getroffen: Noch heute bettelten viele von ihnen auf den Straßen. Hinzu kam, dass sich das Vater-Tochter-Verhältnis zwischen Josef und Frieda nicht besonders gebessert hatte. Frieda hatte Erna erzählt, was ihr ihr Vater berichtet hatte, und Erna war aus allen Wolken gefallen. Sie hatte Josef zur Rede gestellt, wieso er ihr davon nie etwas erzählt hatte. Er hatte sie nicht beunruhigen wollen, hatte er geantwortet. Damals waren sie doch alle nervös gewesen, sie habe sich um die Sicherheit der Mädchen gesorgt. Erna hatte seine Erklärung akzeptiert, doch trotzdem blieb ein schales Gefühl in ihrem Inneren zurück. Was hatte er ihr noch verschwiegen? Sie waren Eheleute! Sollte man da nicht ehrlich zueinander sein?

Frieda hatte sich von der Familie endgültig zurückgezogen, selbst den Kontakt zu ihrer Mutter suchte sie nur noch selten. Sie hatte eine Anstellung im Kaufhaus Tiez in der Schuhabteilung angenommen und wohnte weiterhin bei Hilde. Erna wusste, dass sie mit Erich nicht über die Gesinnung seines Vaters gesprochen hatte. »Ich hab das einfach nicht fertiggebracht«, hatte sie Erna bei einem kurzen Treffen in einem Café vor einigen Tagen gestanden. Erna konnte ihre Tochter verstehen. Das Erlebte von damals war für ihren Vater schrecklich, es war eine Tragödie, die sich nicht ungeschehen machen ließ. Doch die Kinder sollten nicht mit hineingezogen werden. Noch immer wünschte sich Erna, dass Josef endlich das Gespräch mit seinem zukünftigen Schwiegersohn suchen würde. Denn dass Frieda Erich heiraten würde, stand auch weiterhin außer Frage.

»Ich hätte da noch an Vorschlag«, sagte Fanny plötzlich. »Mir is des heut früh eingefallen, als ich am Bäcker Hofbauer vorbeigelaufen bin. Der hat doch den Straßenverkauf, und des läuft bei dem ganz gut. Ich hab mir denkt, ob mir jetzad in der Weihnachtszeit ned a so was machen wolln. Auf der Kaufingerstraß sind immer viele Leut unterwegs, Weihnachtseinkäufe, Besuche auf dem Christkindlmarkt. Wenn mir vorm Gschäft verkaufen täten, könnt ma bestimmt noch mehr Umsatz machen. Was meinst?«

»Das ist keine schlechte Idee«, antwortete Erna. »Aber es könnte mit der Umsetzung schwierig werden. Wir kommen doch jetzt schon kaum mit dem Backen hinterher, dazu das Bedienen im Laden. Wer soll dann noch einen Verkaufstisch auf der Straße betreuen? Zusätzliches Personal können wir uns nicht leisten. Gerade so bekommen wir es hin, dir deinen Lohn auszuzahlen.«

»Daran hab ich auch schon denkt«, antwortete Fanny. »Es könnt doch auch amal wieder der feine Hausherr im Betrieb anständig mitarbeiten, oder? Was macht der denn den ganzen Tag da droben in der Stubn? Die ganzen Planungen für des nächste Frühjahr können doch ned so viel Zeit kosten. Ich weiß scho, dass Lebkuchen und Kuchen ned so seine Sach sind, aber mei. Dann muss er sich halt amal arrangieren.«

Erna antwortete mit einem Schulterzucken. Fanny hatte schon recht mit dem, was sie sagte, aber sie wollte Josef nicht drängen, denn er war wegen der wirtschaftlichen Situation im Land sowieso schon mehr als angespannt. Sie mochte gar nicht daran denken, was geschehen würde, sollte die Bank auch ihnen den Bankkredit kündigen. Dann wäre Josefs Traum endgültig ausgeträumt. Andererseits täte es not, den Verkauf auszubauen, denn schon jetzt mussten sie auf ihre bescheidenen Rücklagen zurückgreifen, um sämtliche Ausgaben tragen zu können. Sich in der Wohnstube zu verkriechen und zu grübeln, brachte sie nicht weiter.

»Weißt du was«, sagte Erna plötzlich. »Du hast recht. Der Sepp hat nur noch seine Pläne für den nächsten Sommer vor Augen und verliert dabei vollkommen das gegenwärtige Geschäft aus dem Blick. Er muss ja nicht unbedingt unter die Bäckermeister gehen, aber Lebkuchen und vielleicht auch heiße Getränke an Passanten verkaufen, das kann auch er.«

Sie verließ entschlossen die Küche. Im Treppenhaus blieb sie dann jedoch verdutzt stehen. Auf der Treppe saß die Witwe Moosgruber, heulend. Sie schien aus gewesen zu sein, denn sie trug noch ihren Mantel und einen Hut. Erna ahnte sogleich, dass hier irgendetwas ganz und gar nicht stimmte. Sie trat näher.

»Grüß Gott, Frau Moosgruber. Wieso weinen Sie denn? Ist etwas passiert?«

Die Moosgruberin antwortete mit einem Schluchzer. Erna seufzte innerlich. Es blieb ihr nichts anderes übrig, als die ungeliebte Nachbarin zu trösten. Sie setzte sich neben sie, legte den Arm um sie, tätschelte ihr die Schulter und sagte: »Na, so schlimm wird es doch nicht sein. Da muss man doch nicht so arg weinen.«

»Doch, das muss man«, antwortete die Moosgruberin. »Das täten Sie an meiner Stelle auch. Ich hätt da gar ned erst hingehen sollen. Mein Gustl hat immer gsagt, wenn man erst amal in die Fäng von dene Weißkittel is, dann is alles aus. Die machen einen kränker als ma is.«

»Sie waren also beim Arzt«, schlussfolgerte Erna.

»Wo denn sonst?«, entgegnete die Moosgruberin ruppig. »Und der Gscheidmeier hat mir gsagt, dass ich nur noch wenige Wochen hab. Ich hätt auf die depperte Trudi ned hörn und wegen dem Knubbel im Busen ned so a Aufhebens machen sollen. Des hab ich jetzad davon. Wie soll ich des denn meinem Erwin beibringen? Der arme Bua hat ja dann niemanden mehr.« Erneut begann die Moosgruberin zu schluchzen, und sie schniefte in ein kariertes Stofftaschentuch. Ernas Miene wurde betroffen. Ihre Nachbarin hatte Krebs? Eine ihrer besten Freundinnen war vor zwei Jahren ebenfalls an dieser scheußlichen Krankheit gestorben. Sie war wegen einer Schwellung unter der Achsel zum Arzt gegangen, ein halbes Jahr später hatten sie sie beerdigt. Wie tröstete man eine Frau, die nur noch wenige Wochen zu leben hatte, und die man noch dazu eigentlich bisher nicht leiden konnte? Die Erwähnung der »depperten Trudi« kam ihr in den Sinn. Das war bestimmt eine gute Freundin der Moosgruberin. Immerhin hatte sie sie dazu gebracht, den Arzt aufzusuchen.

»Sie sollten jetzt nicht allein sein«, schlug sie vor. »Was halten Sie denn davon, wenn Sie die Trudi anrufen? Mit ihrem Zuspruch wird es bestimmt leichter.«

»Na, die ruf ich ned an«, antwortete die Moosgruberin. »Wegen ihrer hab ich doch den ganzen Kummer. Sie ist schuld dran.«

Erna sandte ein Stoßgebet zum Himmel. Möge der Herrgott ihr Geduld senden.

»Aber die Trudi ist doch nicht schuld daran, dass Sie krank sind«, antwortete sie. »Nun hat der Arzt leider etwas gefunden, aber so haben Sie und auch Ihr Sohn wenigstens Gewissheit. Sie sollten Trudi nicht böse sein. Sie ist doch Ihre Freundin, gewiss wird auch sie betroffen sein. Rufen Sie sie an. Und sollten Sie sonst noch irgendwelche Unterstützung benötigen, dann wissen Sie ja, wo Sie mich finden.«

»Sie ham ja recht«, lenkte die Moosgruberin ein. »Mei, dass Sie mal so nett zu mir sein werden, hätt ich ned gedacht. Ich war scho immer arg bös zu Ihnen und Ihrer Familie. Des tut mir jetzad schon leid. Danke fürs Zuhörn.« Sie tätschelte Erna die Hand, dann erhob sie sich und ging die Treppe nach oben. Erna blieb noch so lange auf der Stufe sitzen, bis ihre Wohnungstür ins Schloss gefallen war. Sie atmete tief durch. Im nächsten Moment hörte sie, wie sich erneut eine Tür öffnete. Josef kam die Treppe nach unten gerannt. Die Tatsache, dass seine Frau seltsamerweise im Treppenhaus saß, schien ihn nicht zu interessieren. Er war vollkommen außer sich.

»Stell dir vor«, rief er. »Das *Großglockner* brennt!«

24. Kapitel

04. Dezember 1929

Frieda hatte nicht damit gerechnet, sich so schnell wieder auf einem Friedhof vorzufinden. Doch heute tat sie es, denn es fand die Beerdigung von Anton und Petronella Bachmann statt. Beide hatten in den Flammen den Tod gefunden, denn sie waren im oberen Stockwerk in den Büroräumen gewesen. Das Feuer hatte sich von der Küche rasch ins Treppenhaus ausgebreitet und ihnen den Weg ins rettende Freie versperrt. Gemeinsam mit den beiden war ihr langjähriger Sekretär verstorben, sämtliche andere Mitarbeiter hatten sich retten können. Es war eine schreckliche Tragödie, die ganz München erschüttert hatte. Der Friedhof war so voll wie lange nicht. Erich stand am Grab seiner Eltern und wirkte wie ein gebrochener Mann. Frieda stand neben ihm, doch sie kam sich nur wie eine Statistin in einer grausamen Inszenierung des Schicksals vor. Der Himmel über der Stadt war verhangen, es schneite, und die Gräber waren leicht überzuckert. Der Pfarrer sprach vertraute Worte, Frieda hörte sie nicht. Sie hing ihren eigenen Gedanken nach, und diese hatten etwas mit dem Gespräch ihres Vaters zu tun, das sie vor weniger als einem

Monat mit ihm geführt hatte. *Der liebe Gott sieht alles*, kam ihr die Bemerkung einer ihrer ehemaligen Nachbarinnen aus Haidhausen in den Sinn. Vielleicht war dieses grausame Unglück nun die späte Rache für Antons Tun? Oder sollte man so überhaupt denken? Gab es einen Gott, der Buch über gute und schlechte Taten führte, der so rachsüchtig war? Frieda wollte nicht daran glauben. Doch trotzdem glaubte sie zu wissen, dass ihr Vater nun so etwas wie Genugtuung empfand. Sie hatte mit ihm seit dem Brand nicht gesprochen, nur mit ihrer Mutter hatte sie geredet und sie davon in Kenntnis gesetzt, dass die für Mitte Dezember geplante standesamtliche Trauung nicht stattfinden würde. Heute wären es nur noch elf Tage gewesen, bis sie die Frau des Mannes an ihrer Seite geworden wäre. Des Mannes, der sich seit dem Tod seiner Eltern komplett zurückgezogen hatte und nicht einmal sie hatte sehen wollen. Er stand mit hängenden Schultern neben ihr und erschien wie ein Geist, leichenblass, seine Augen umschattet. Hilde, die nicht weit von ihnen entfernt im Pulk der Trauergäste stand, hatte Frieda dazu gedrängt, sich neben ihn in der Trauerhalle zu setzen, neben ihm zum Grab zu gehen – schließlich war sie seine Verlobte, und es wurde erwartet, dass sie an seiner Seite stand. Doch nun kam sie sich seltsam fehl am Platz vor. Sie hatte, während sie hinter dem Sarg hergelaufen waren, nur einmal kurz versucht, seine Hand zu nehmen, doch er hatte es nicht zugelassen. Nicht eines Blickes hatte er sie gewürdigt. Frieda wusste nicht, was sie tun sollte. Vielleicht spürte er, dass sie nicht richtig trauerte. Für sie waren seine Eltern noch nicht sonderlich vertraut gewesen, die persönliche Bindung hätte erst wachsen müssen. Eine Bindung, die seit der Erzählung ihres Vaters von düsteren Schatten begleitet worden war. Vermutlich wäre immer etwas zwischen ihnen gestanden. Frieda warf Erich einen kurzen Seitenblick zu. Stand diese Vergangenheit nicht auch zwischen ihnen? Sie hatte mit Erich nicht darüber geredet, weil sie ihn nicht hatte verlieren wollen. Nach langer Überlegung und vielen Gesprächen mit Hilde war sie zu dem Entschluss gekommen, dass es besser wäre, die Geschehnisse von damals ruhen zu lassen. Aber würde das funktionieren? Würde sie sich nicht immer fragen, was Erich wusste? Waren die Geschehnisse von damals durch den Tod der Bachmanns nun gleichgültig geworden? Frieda kannte keine Antwort auf diese Fragen.

Aus den vereinzelt vom Himmel fallenden Schneeflocken wurden nun mehr, und es dauerte nicht lange, bis dichtes Schneetreiben herrschte. Der auffrischende Wind trieb Frieda die Flocken in die Augen. Sie blinzelte und zog ihren Filzhut tiefer ins Gesicht. Hoffentlich kam der Pfarrer mit seiner Rede bald zum Ende. Der Geistliche sprach bedauerlicherweise äußerst sonor und langsam. Auf seinem Birett hatte sich bereits ein weißes Häubchen gebildet. Doch irgendwann kam er auf Erich zu, schüttelte ihm die Hand und drückte sein Beileid aus. Auch Frieda reichte er kurz die Hand, dann ging er von dannen. Erich trat nun vors Grab. Er schüttete die übliche Schaufel Erde in das Grab und blickte eine Weile lang auf den Sarg hinab. Dann trat er zur Seite. Frieda trat nun vor, auch sie beförderte Erde in Grab und warf ihre drei Rosen hinterher. Dann trat auch sie zur Seite. Es dauerte eine gefühlte Ewigkeit, bis sich die vielen anwesenden Trauergäste verabschiedet hatten. Manche sprachen Erich persönlich sein Beileid aus. Die meisten von ihnen kannte Frieda nicht, viele übersahen sie gänzlich und vermittelten ihr dadurch das Gefühl, noch nicht richtig dazuzugehören. Der Schneefall ließ zum Ende hin endlich etwas nach, der Friedhof war nun von einer weißen Schicht überzogen. Unter den letzten nähertretenden Trauergästen befand sich zu Friedas Erstaunen ihre Mutter. Frieda hätte niemals im Leben damit gerechnet, dass sie zur Beerdigung kommen würde. Sie trat vors Grab und warf eine Rose hinein. Auch kam sie zu ihnen und sprach Erich ihr Beileid aus. Ihrer Tochter schenkte sie einen mitleidigen Blick und legte kurz ihre behandschuhte Hand auf ihre Hände. In diesem Augenblick übermannten Frieda ihre Emotionen, und Tränen traten in ihre Augen. Die letzten Tage waren schwer für sie gewesen, und sie hatte eine solch furchtbare Anspannung empfunden. Sie hatte im Angesicht des Todes Stärke zeigen und ihrem Verlobten Trost spenden müssen, der diesen jedoch nicht annehmen wollte. Frieda fühlte sich alles andere als stark. Sie kam sich verlorener vor als jemals zuvor in ihrem Leben und wünschte sich plötzlich, ihre Mutter würde sie wie früher in den Arm nehmen, ihr tröstend über das Haar streichen und sagen, dass alles wieder gut werden würde.

An der Seite von Erich verließ sie wenig später den Friedhof. Es galt, irgendwie den anstehenden Leichenschmaus zu überstehen, der nur für den engsten Kreis im Preysing-Palais im Roten Saal stattfinden sollte.

Zwei Stunden später hatte Frieda das Restaurant verlassen, und sie stand im dichten Schneetreiben vor der Brandruine des Cafés *Großglockner* am Marienplatz. Weshalb sie ihr Weg ausgerechnet hierhergeführt hatte, konnte sie nicht sagen.

Der Leichenschmaus war für sie unerträglich geworden. Sie war von Erichs weiteren Familienmitgliedern, seinem aus Hamburg angereisten Onkel und seiner Tante mütterlicherseits, wie Luft behandelt worden und hatte nicht einmal am Familientisch Platz nehmen dürfen. Erich hatte weiterhin wie betäubt gewirkt. Er hatte Beileidsbekundungen entgegengenommen, gesprochen hatte er kaum etwas. Auch seinen Braten mit Knödel und Soße hatte er nicht angerührt. Frieda hatte ebenfalls keinen Bissen hinuntergebracht, und irgendwann hatte sie es in dem Saal nicht mehr ausgehalten. Nun stand sie hier und blickte auf die verkohlten Trümmer ihrer Zukunft. Würde Erich sie jetzt überhaupt noch zur Frau nehmen? Was sollte nun werden? Würde Erich das Kaffeehaus wieder aufbauen? Was würde aus dem neuen Café am Sendlinger Tor werden, das sie gemeinsam hatten eröffnen wollen? Erich war der einzige Sohn, er würde vermutlich alles erben. Eine Ruine, einen Zukunftsplan?

»Du bist also auch hier. Ich hatte mich schon darüber gewundert, wohin du verschwunden bist«, drang plötzlich eine vertraute Stimme an ihr Ohr, und Frieda wandte sich erschrocken um. Es war Erich, der vor ihr stand.

»Entschuldige bitte, dass ich schon gegangen bin. Es ist, ich meine ...« Frieda kam ins Stocken.

»Du musst dich nicht entschuldigen«, sagte er. »Ich kann es verstehen. Ich konnte solchen Veranstaltungen auch noch nie etwas abgewinnen. Aber sie gehören in unserer Gesellschaft wohl dazu.«

Er trat neben sie, und beide betrachteten eine Weile lang stumm die vom Feuer vernichtete Familienexistenz. Der Brand hatte auf das gesamte Gebäude übergegriffen, auch das

Dach war zerstört. Die Feuerwehr hatte nicht mehr viel tun können, um das Haus zu retten. Vorrang hatte irgendwann nur noch die Rettung der Nebengebäude gehabt. Die vom Ruß geschwärzten Fenster und Mauern sahen trostlos aus. Der Wind wirbelte den Schnee in den Eingangsbereich auf den rot gefliesten Boden. Die Tür fehlte, sie war ein Opfer der Flammen geworden.

»Was soll nun werden?«, fragte Frieda.

»Ich weiß es nicht«, antwortete Erich und zuckte die Schultern. »Ich habe herausgefunden, dass mein Vater gut darin gewesen war, mir geschäftliche Dinge zu verheimlichen. Er stand mit einer hohen Summe bei seinem Bruder in der Kreide. Auf dem Haus hat eine Hypothek gelegen. Wie er auf die Idee hatte kommen können, ein weiteres Geschäft am Sendlinger Tor zu eröffnen, ist mir schleierhaft. Ich werde mein Erbe wohl ausschlagen. Ich wäre wahnsinnig, wenn ich es annehmen würde.« Er warf ihr einen kurzen Seitenblick zu, seufzte tief und fügte hinzu: »Und ich werde, so leid es mir auch tut, unsere Verlobung lösen. Ich kann von dir nicht erwarten, dass du einen armen Schlucker heiratest.«

Verwundert sah Frieda ihn an. Sogleich beschleunigte sich ihr Herzschlag. Seine Worte fühlten sich wie ein Schlag ins Gesicht an.

»Du willst was? Aber, das ist, ich meine ...« Sie suchte nach Worten. »Aber ich liebe dich doch, und das tue ich nicht wegen deiner Herkunft aus gutem Haus. Wir werden auch anders glücklich werden. Dann suchen wir uns eben unseren eigenen Weg.«

»Es ist nicht nur das«, antwortete Erich. »Mich treibt noch etwas anderes um. Ich hatte kurz vor dem Brand ein

Gespräch unter vier Augen mit deinem Vater, und er hat mir von der damaligen Geschichte erzählt. Davon, dass mein Vater ein Nazi gewesen ist, und wegen ihm ein guter Freund zu Tode gekommen ist. Ich habe deinem Vater versichert, dass ich anders denke als mein Vater, der sich bedauerlicherweise noch immer nicht von diesem abscheulichen Gedankengut hat befreien können. Zuletzt ist er sogar wieder Mitglied der NSDAP geworden und zu ihren Versammlungen gegangen. Ich hab den Zweifel, aber auch den Schmerz in den Augen deines Vaters gesehen, und ich kann ihn verstehen. Ich an seiner Stelle würde diese Ehe vermutlich ebenfalls ablehnen.«

Friedas Herz schlug nun wie verrückt, und ihre Hände zitterten. Was redete er da nur? Er durfte sie nicht verlassen! Sie liebte ihn doch. Tränen stiegen in ihre Augen.

»Aber jetzt ist doch alles anders«, entgegnete sie. »Dein Vater ist tot. Er kann nun nicht mehr zwischen uns stehen. Das wird mein Vater bestimmt einsehen. Die Vergangenheit kann doch nicht unsere gemeinsame Zukunft zerstören. Das dürfen wir nicht zulassen!« Ihr Ton klang nun flehend. Sie wollte nach seiner Hand greifen, doch er zog sie weg.

»Verstehst du das nicht?«, sagte er. »Ich liebe dich. Aber ich will auch ein echter Teil deiner Familie sein. In den Augen deines Vaters werde ich für immer der Sohn von Anton Bachmann sein, der den Tod seines Freundes zu verantworten hat.« Er atmete tief ein und sammelte sich. »Deswegen habe ich mich dazu entschlossen, München den Rücken zu kehren und nach Hamburg zu gehen. Mein Onkel hat mir eine Anstellung in seinem Handelskontor angeboten. Du gehörst nicht in die Hansestadt an der Elbe, München ist dein

Zuhause. Hier lebt deine Familie, und ich weiß, wie wichtig sie dir ist. An meiner Entscheidung gibt es nichts mehr zu rütteln. Ich hätte es mir auch anders gewünscht, aber nun ist es eben, wie es ist. Es tut mir leid. Aber ich kann nicht anders.« Er schloss sie kurz zum Abschied in seine Arme. »Du bist jung, Frieda. Bestimmt wirst du mich bald vergessen haben.« Seine Lippen berührten kurz ihre Wange, dann ließ er sie allein.

Frieda fühlte sich wie betäubt, und sie schlug die Arme um den Oberkörper. Sie folgte ihm nicht und sah ihm auch nicht nach. Tränen liefen über ihre Wangen und vermischten sich mit den geschmolzenen Schneeflocken. Irgendwann machte sie sich durch das Schneetreiben auf den Weg nach Hause in die nahe Kaufingerstraße. Vor ihrem kleinen Eis-Salon blieb sie stehen. Am Fenster saß, wie gewohnt, Ludwig mit seiner Zeitung. Auf den Tischen brannten Kerzen. Die Tür öffnete sich, und Erna trat, in ein wollenes Tuch gehüllt, nach draußen. Sie kam zu ihr, und sogleich brach aus Frieda heraus, was eben geschehen war. Liebevoll legte Erna den Arm um ihre Tochter und führte sie zum Haus.

»Komm. Wir gehen ins Warme«, sagte sie.

Die beiden betraten den Salon, wo der heimelige Duft von Zimt und Kaffee Frieda sogleich umhüllte und ihr Trost spendete. Lotte stellte gerade einen frisch gebackenen Kuchen in die Auslage. Fanny schenkte Frieda nur einen kurzen Blick. Sie erkannte sogleich, dass etwas im Argen lag, und erklärte, eine heiße Schokolade mit ordentlich Sahne machen zu wollen.

»Süßes is guad für die Seele«, sagte sie und tätschelte Frieda die Schulter.

Frieda landete auf einem Stuhl neben Ludwig, der ihr aufmunternd zunickte und sagte: »Gibt halt solche Tag. Morgen schaut die Welt gwies wieder anders aus.«

Eine Weile darauf saßen Frieda, Lotte, Erna, Fanny und Ludwig gemeinsam am Tisch bei Apfelkuchen, Lebkuchen und heißen Getränken. Frieda entspannte sich mit jeder Minute mehr, und irgendwann wurde sie sich klar darüber, dass Erich in einem Punkt recht gehabt hatte. Sie konnte nicht ohne ihre Familie sein. Sie war und blieb eine Pankofer und eine Münchnerin, die sich in Hamburg verloren vorkommen würde.

Josef erschien, und sein Blick blieb an Frieda hängen. Eine Weile sahen sie einander schweigend in die Augen, dann nickte er, und Frieda brach, ohne dass sie es verhindern hätte können, in Tränen aus.

25. Kapitel

24. Dezember 1929

»Und ich hatte mich so sehr darüber gefreut, dass wir in diesem Jahr endlich mal wieder weiße Weihnachten haben«, sagte Lotte enttäuscht und seufzte. Sie stand am Fenster ihrer Wohnstube und blickte missmutig nach draußen, wo über Nacht aufgekommenes Tauwetter die dünne Schneedecke hinweggeschmolzen hatte.

»Ist ja oft so«, antwortete Erna, die noch ihren Morgenmantel trug und gemeinsam mit Josef am Frühstückstisch saß. Heute war das Geschäft geschlossen, schließlich war Weihnachten, und da hatten die Leute etwas anderes zu tun, als in einem kleinen Café zu sitzen, Kaffee zu trinken und warmen Apfelkuchen zu essen, auch wenn er so köstlich schmeckte wie ihrer. »Pünktlich zu Weihnachten bläst plötzlich ein milder Wind, jedes Mal wieder bekomme ich Kopfschmerzen davon. Wenn die noch schlimmer werden, brauch ich eine Aspirin. Ich hoffe, wir haben noch welche in der Hausapotheke.«

Josef nippte an seinem Kaffee, er hatte seinen Blick auf die vor sich liegende Tageszeitung gerichtet.

»Gestern Abend hat die Ehrung von Thomas Mann im Rathaus wegen der Verleihung des Nobelpreises stattgefunden«, verkündete er eine der aktuellen Nachrichten. »Das ist schon großartig, dass einer von uns diese internationale Auszeichnung erhalten hat. Obwohl ich persönlich mit seiner Literatur nur wenig anfangen kann.«

Das war charmant ausgedrückt, dachte Erna. Sie hatte Josef während ihrer gesamten Ehe noch nie ein Buch lesen sehen. Er konnte grundsätzlich Literatur und dem Lesen nicht viel abgewinnen, welcher Autorenname auch immer auf dem Umschlag stand. Allerdings musste sie sich eingestehen, dass auch sie nur selten ein Buch las – aber sie hatte die Fortsetzungsromane in den Zeitschriften ganz gerne, besonders die, in denen es um verzwickte Liebesgeschichten ging.

»Wo steckt eigentlich Frieda?«, fragte Josef und wechselte das Thema. Nach der Auflösung ihrer Verlobung war Frieda endgültig von Hilde zurück nach Hause gezogen.

»Sie muss doch heute arbeiten«, antwortete Lotte. »Sie ist schon früh weg. Bei Tietz ist noch bis Mittag geöffnet. Da werden die letzten Geschenkebesorger noch rasch verarztet. Auf der Straße herrscht recht ordentlicher Betrieb. Soll einer sagen, Weihnachten ist die stade Zeit.« Sie deutete nach draußen.

»Das erinnert mich immer an die Formulierung dieses Komikers, wie hieß er noch gleich?« Josef sah Erna fragend an.

»Karl Valentin«, half sie ihm auf die Sprünge.

»Richtig, der war es. *Wenn die stade Zeit vorbei is, werds a wieda ruiga.* Er hat ja so recht damit.«

»Das hat er«, antwortete Erna lächelnd. »Aber noch ist es nicht so weit, und auch die Familie Pankofer hat noch einige

Dinge für das Fest zu erledigen. Unser Baum muss aufgestellt und geschmückt werden, die beim Metzger bestellten Würstel und die Gans müssen abgeholt werden, und ich wollte am Viktualienmarkt noch Erdäpfel für den Salat kaufen. Ludwig und Fanny kommen zu uns zum Kaffee und zum Abendessen, und später wollen wir alle gemeinsam in die Christmette gehen.«

»Sag ich ja«, antwortete Josef mit säuerlicher Miene. »Ein voller Terminkalender. Stad is an diesen Tagen gar nix.« Er tupfte sich den Mund mit einer Serviette ab. Just in dem Moment, als er aufstand, klopfte es an die Tür.

»Wer ist das denn nun schon wieder?«, fragte Erna verdutzt.

Erna öffnete die Tür. Die Witwe Moosgruber stand davor.

»Grüß Gott«, grüßte sie. »Ich weiß, es ist Heiligabend und bestimmt ham Sie viel zu tun. Aber ich wollt fragen, ob des im Hof euer Christbaum gwesen is? Den hat grad a junger Bua weggeschleppt. Ich hab dem noch nachplärrt, aber da is a scho aus dem Hof draußen gwesen.«

Josef, der hinter Erna getreten war, sah die Moosgruberin erschrocken an.

»Ja, ist das denn die Möglichkeit«, polterte er sogleich los. »Wer klaut denn bitteschön einen Christbaum? Den Sauhund wenn ich erwisch!« Sogleich eilte er ins Treppenhaus.

»Also ich hab in diesem Jahr gar keinen Baum«, sagte die Moosgruberin. »Der Simon wohnt ja jetzad bei den Gärtners, wo er auch in die Lehre geht, und er will morgen nur kurz zum Mittagessen vorbeischaun. Mei, so sind sie halt, die jungen Leut.« Sie zuckte die Schultern. »Ich geh nachher zur Trudi. Bei der kommen die Enkel. Des werd bestimmt nett. Ich hab für die Mäderl sogar Geschenke bsorgt. So Puppen mit Schlafaung. Die gabs beim Oberpollinger im Angebot.«

»Da werden sich die Mädchen bestimmt freuen«, antwortete Erna höflich, während sie ins Treppenhaus hinunterschielte. Lotte trat näher und erkundigte sich, was los war. Im nächsten Moment kam Josef zurück.

»Es stimmt, der Baum ist weg. Man will es kaum glauben. Wenn ich diese Gratler erwische, dann können sie was erleben!«

»Ich glaub nicht, dass Sie die noch dawischen werden«, antwortete die Moosgruberin. »Die san mit der schicken Edeltanne bestimmt scho über alle Berge. Sie hätten den teuren Baum halt besser nicht einfach so im Hof stehen lassen sollen. So was weckt halt Begehrlichkeiten. A billige Fichte mit a paar unschöne Stellen hätt Ihnen gwies keiner klaut.«

Josef kommentierte ihre Rede nicht.

»Und was nun?«, fragte Lotte. »Weihnachten ohne Baum geht doch nicht.«

Josef seufzte hörbar. »Wir müssen los und einen neuen kaufen.«

»Des kann a rechte Gaudi werden«, meinte die Moosgruberin. »Um die Zeit am Vierundzwanzigsten san meist nur noch die Greisligen übrig. Entschuldigts mich jetzt, ich muss noch die Packerl für die Dirndln fertig machen. Viel Glück und frohe Weihnachten.« Sie ging, und Erna sah ihr kopfschüttelnd nach. Dafür, dass die Moosgruberin todkrank und dieses Weihnachten vermutlich ihr letztes sein würde, verhielt sie sich erstaunlich gelassen.

Eine Weile darauf befanden sich Lotte, Josef und Erna an einem Christbaumverkauf auf dem Viktualienmarkt, und die Auswahl war, wie bereits vermutet, überschaubar. Drei weitere Verkaufsstände hatten ihre Tore bereits geschlossen. Erna ließ ihren Blick über das bescheidene Angebot an Bäumen, die meisten von ihnen Fichten, schweifen. Die Moosgruberin hatte mit ihrer Aussage ins Schwarze getroffen, das musste sie ihr lassen. Sämtliche noch vorhandenen Bäumchen sahen mickrig aus, krumm und hässlich. Einer hatte auf der einen Seite ein Loch, bei dem nächsten war die Spitze abgebrochen, ein weiteres Modell hatte gleich drei davon. Vier Bäume waren nicht einmal einen Meter groß, einer von ihnen sah aus, als wäre er unter die Tram gekommen. Es gab nur noch eine einzige Edeltanne, die jedoch durch ihre Größe und Breite beeindruckte. Der Baum maß mindestens drei Meter. Er würde niemals in ihre Stube passen. Lotte begutachtete eine der Fichten missmutig von allen Seiten. Der Baum hatte keine schlechte Größe, jedoch war er arg krumm gewachsen. Wie man auf die Idee kommen konnte, das gute Stück als Christbaum verkaufen zu können, war Erna schleierhaft.

»Und das ist die gesamte Auswahl, die sie noch haben?«, fragte Josef den Verkäufer, einen rundlichen Mann um die sechzig in einem karierten Hemd, das an seinem Bauch gefährlich spannte.

»Ja. Des is da Rest«, antwortete er. »Ist halt wie jedes Jahr. Um die Zeit am Vierundzwanzigsten gibt's bloß noch die Ladenhüter. Aber vielleicht wollt's ihr ja die Edeltanne haben.« Er deutete auf den Dreimeterbaum. »Der is scho a Prachtstück. Ich mach euch an Sonderpreis und geh um zwei Mark runter. Also bloß noch vierzehn Mark.«

»Der ist bedauerlicherweise zu groß für unsere Stube«, antwortete Josef. »Wir benötigen etwas in dieser Größe.« Er deutete auf den Baum ohne Spitze.

»Mei, dann nehmts halt den«, antwortete der Händler. »Der hat zwar keine Spitze mehr, aber sonst ist er doch ned zu verachten. Gleichmäßig rundrum, gerade gwachsen. Des is halt a Naturprodukt. Perfekt ist selten einer. Des is a Fichtn. Die könnts dann auch für drei Mark ham.«

Josef sah kurz zu Erna. Sie betrachtete den spitzenlosen Baum und stimmte dem Kauf zu. Einen besseren Baum gab es nicht, und sie mussten zusehen, dass sie fertig wurden. Der Metzger schloss schon bald seine Tore, außerdem galt es, den Baum noch zu schmücken, den Kaffeetisch zu decken und den Kartoffelsalat vorzubereiten. Bedauerlicherweise hämmerte es noch immer in ihrem Kopf. Sie hatte wegen des Baumdiebstahls die Einnahme einer Kopfschmerztablette vergessen.

Josef bezahlte den Baum, und sie teilten sich auf. Er und Lotte gingen zurück nach Hause, während Erna die Einkäufe erledigte. Bei dieser Gelegenheit könnte sie auch noch mal zum Hirschvogel gehen und nachsehen, ob die hübsche hellblaue Strickjacke noch da war, die ihr die ganze Zeit über nicht aus dem Kopf gehen wollte. Sie wäre ein perfektes Geschenk für Lotte. Ihre braune Jacke, die sie heute Morgen über ihrem Kleid getragen hatte, sah mittlerweile arg schäbig aus und die Ärmel waren ihr zu kurz geworden.

Zu ihrem Glück war die Jacke noch da, eine der Ladnerinnen packte sie ihr sogleich hübsch ein und gab ihr, weil es so kurz vor Ladenschluss war, sogar einen Weihnachtsrabatt. Beseelt von ihrem Kauf tingelte Erna weiter zu ihrer nächsten Station: der Metzgerei Garhammer, wo sie die Würste und die

Festtagsgans bestellt hatte. Als sie dort eintraf, stellte sie zu ihrem Entsetzen fest, dass der Laden geschlossen hatte. Neben ihr standen weitere Kunden, die fassungslos auf das Schild blickten, das am Laden hing, und auf dem eine Erklärung für die Schließung in einer unsauberen Handschrift stand:

Sehr geehrte Kunden,
bedauerlicherweise müssen wir unser Geschäft für die nächsten Tage aufgrund einer Störung unserer Kühlanlagen geschlossen halten. Sämtliche bestellte Lebensmittel können nicht verkauft werden.
Wir wünschen Ihnen trotz der Unannehmlichkeiten ein frohes Fest.

»Und was jetzt?«, sagte die Frau neben Erna. »Wo soll ich denn bitte um diese Zeit am Vierundzwanzigsten woanders noch eine Weihnachtsgans herbekommen? Ja sind die denn verrückt geworden?«

Erna war ebenfalls fassungslos. Seit vielen Jahren kaufte sie hier ein, und es hatte noch nie Probleme gegeben. Dieses Weihnachtsfest schien verhext zu sein! Ihnen fehlte nun nicht nur die Weihnachtsgans, sondern sie hatten auch keine Würste.

»Vielleicht hat ja der Verkauf auf dem Viktualienmarkt noch geöffnet«, sagte eine der anderen Kundinnen hoffnungsvoll und wandte sich ab.

So machte sich Erna mit einer Gruppe anderer Frauen auf den Rückweg zum Viktualienmarkt. Dort hatten viele der Stände bereits geschlossen. Erna sandte ein Stoßgebet zum Himmel, dass wenigstens eine der Metzgereien noch geöffnet war. Es fand sich noch ein einziger Laden, der sogleich von den energischen Hausfrauen gestürmt wurde. Der hinter der Theke stehende Metzgermeister schien von dem Überfall recht überfordert zu sein. Weihnachtsgänse hatte er bedauerlicherweise keine mehr im Angebot, und um die letzten Würste in seiner Auslage begann sogleich ein heftiger Streit der Damen. Erna, die ganz hinten in der Menge stand, gab es rasch auf. Hier würde sie nichts mehr ergattern können. Mit hängenden Schultern verließ sie den Laden. Was sollte nun werden? Zum Fest konnte es doch nicht nur Kartoffelsalat und Brot geben. Missmutig blickte sie sich auf dem Markt um. Da entdeckte sie plötzlich Fanny – sie war vermutlich bereits auf dem Weg zu ihnen. Erna lief ihr sogleich kräftig winkend und ihren Namen rufend hinterher. Fanny blieb stehen und drehte sich um. Nach Luft japsend blieb Erna vor ihr stehen.

»Grüß Gott, Fanny«, grüßte sie. »Das ist gut, dass ich dich hier schon treffe. Du musst mir helfen! Dieses Weihnachten ist irgendwie der Wurm drin.« Mit knappen Worten berichtete Erna von den Vorkommnissen.

»Des is koa Wurm«, kommentierte Fanny. »Des is, wenn du mich fragst, a ausgewachsene Schlange. Des is a scheena Schlamassel. Und des bei den Garhammers! Des is eine der besten und zuverlässigsten Metzgereien von ganz München.« Sie schüttelte den Kopf. »Aber vielleicht kann ich noch helfen. Komm«, sie bedeutete Erna ihr zu folgen. »Ein alter Freund von mir, der Pauli, arbeitet bei einer Großschlachterei in der Nähe vom Starnberger Bahnhof. Wenn mia Glück ham, hat er noch was für uns.«

Als sie in dem Schlachtbetrieb eintrafen, trafen sie noch auf Pauli. Er war ein rundlicher Mann mit Schnauzbart in

Fannys Alter und schloss gerade die Tür eines Schlachthauses ab. Fanny schilderte ihm sogleich ihr Problem.

»Mei ja, der Ausfall von der Kühlung beim Garhammer. Davon haben wir auch ghört. Des is ein Jammer. Aber nach so einem Vorfall kannst ja nix mehr verkaufen. Wenn da einem schlecht wird, hast schneller die Behörden am Hals als da lieb is. Die ham heut Morgen angrufen und die für heut geplanten Lieferungen abgsagt. Wenn ihr Glück habts, ist noch was im Lager.« Er erkundigte sich, was genau gebraucht wurde, bat sie, kurz zu warten, und verschwand wieder in dem Lagerhaus. Als er zurückkam, atmete Erna erleichtert auf. In Händen hielt er eine Kiste, die tatsächlich eine Gans und ausreichend Würste enthielt. Sie konnte ihr Glück kaum fassen. Nachdem sie abgerechnet hatten, machten sich die beiden auf den Heimweg, und vor lauter Freude darüber, doch noch das Weihnachtsessen gerettet zu haben, waren nun auch Ernas Kopfschmerzen wie weggeblasen.

In der guten Stube in der Kaufingerstraße wurden sie bereits sehnsüchtig erwartet. Auch Frieda war inzwischen eingetroffen, und sie und Lotte beschäftigten sich gerade damit, den Weihnachtsbaum mit Lametta, silbernen Tannenzapfen und Kugeln zu schmücken. An die Enden der Zweige kamen die Kerzen. Jetzt, wo er so hübsch dekoriert in der Zimmerecke stand, sah er hübscher aus als gedacht.

Erna und Fanny berichteten von ihrer Essens-Odyssee, und Fanny erhielt Lob für ihren großartigen Einfall.

»Wohl dem, der zur rechten Zeit die richtigen Freunde hat«, meinte Ludwig, der viel zu früh gekommen war, was Erna jedoch nicht verwunderte.

Bald saß die ganze Truppe beim Adventskaffee zusammen. Auf dem Tisch stand der brennende Adventskranz, der schon arg trocken war. Besonders auf die erste Kerze musste achtgegeben werden, denn von ihr war nur noch ein kleiner Rest übrig. Nicht, dass diese einen Zimmerbrand verursachte. Bedauerlicherweise gab es solche Unglücke in München während der Weihnachtstage in jedem Jahr.

Eine Weile wurde über die üblichen Weihnachtsthemen gesprochen. Lotte und Frieda erzählten Anekdoten von früher, auch Ludwig hatte einige nette weihnachtliche Vorkommnisse beizusteuern – aus den Zeiten, als seine Vroni noch gelebt hatte. Da war dem Pfarrer Großlechner nach dem Gottesdienst mal von einem Kleinkind das Toupet vom Kopf gerissen worden. Der hatte vielleicht deppert dreingschaut.

Nach dem Kaffeeklatsch räumten die Damen das Geschirr ab. Ludwig und Josef trollten sich in die Eiswerkstatt, weil Josef Ludwig eine seiner neuesten Ideen zeigen wollte, die der Rest der Familie bereits kannte. Er hatte den Einfall gehabt, ihr Eis zusätzlich mit einem freundlichen Gesicht vermarkten zu wollen. Nach einiger Überlegung waren sie zu dem Entschluss gekommen, dass es ein Clown sein könnte. Denn Clowns waren sowohl bei Kindern als auch bei Erwachsenen beliebt. In der Werkstatt befand sich seit dem Vortag ein erster Entwurf eines Werbeplakats, den alle für recht gelungen hielten.

In der Küche sorgte unterdessen eine Aussage von Frieda dafür, dass die fröhliche Stimmung von eben einen Dämpfer erhielt. »Ich hab gestern zufällig Erich getroffen«, sagte sie, während sie einen der Teller abtrocknete. »Er war auf dem Weg zum Hauptbahnhof. Er ist jetzt endgültig nach Hamburg umgezogen. Das Fest will er dort mit seinem Onkel und seiner Tante in deren Haus am Alsterufer feiern.«

Erna wusste nicht, was sie antworten sollte, um Frieda zu trösten. Sie fühlte sich, was die Auflösung der Verlobung anging, hin- und hergerissen. Einerseits hatte sie Mitleid mit Frieda. Das Herz gebrochen zu bekommen war nie schön. Andererseits erleichterte es sie, denn durch die Auflösung der Verlobung hatten sich Josef und Frieda wieder einander angenähert. Ach, das Schicksal konnte grausam sein. Es galt zu hoffen, dass sich Frieda bald wieder neu verlieben würde. Sie war noch jung, gewiss würde sie ihr Herz erneut vergeben können. Erna hoffte jedenfalls darauf.

»Apropos weggehen«, war es plötzlich Fanny, die sich zu Wort meldete. »Ich wollte es euch eigentlich erst nach Weihnachten sagn, aber weil es gerade eh scho Thema is, kann ich es ja gleich verkünden: Auch ich werd München verlassen. Allerdings fahr ich ned zu den Preißen. Da würdn mich keine zehn Pferde hinbringen. Mei Schwester, die Hanni, hat mir einen langen Brief gschriebn. Sie wohnt in Straubing und hat an schweren Unfall ghabt. Sie kann nimmer laufen, aber hat ja den Hof zum Bewirtschaften. Ihre Schwiegertochter ist a recht a Faule, und ihr Heinz ist ja halb blind, dem tanzen die Mägde und Knechte arg auf der Nasn rum. Ich wollt nach dem Fest zu ihr ziehen. Den gesamten Monat müssts mir nimma zahlen. Ich mein, ihr habts ja eh zum Schaun mit dem Geld. Ich wär gern länger bliebn. Aber die Hanni braucht mich.« In ihren Augen schimmerten plötzlich Tränen.

Erna sah Fanny mit großen Augen an, und ihr rutschte die Tasse, nach der sie eben gegriffen hatte, aus den Händen. Sie ging auf dem Fliesenboden zu Bruch.

26. Kapitel

10. Januar 1930

Lotte liebte es, zu früher Stunde allein in der Küche zu sein, denn dann lag eine ganz eigene und friedliche Stimmung im Raum. Und sie liebte es, Kuchen und Kekse zu backen. Die Herstellung der Lebkuchen hatte sie zwar noch viel mehr gemocht, doch da die Weihnachtszeit vorbei war, ließen sich diese nicht mehr verkaufen. Für den Laden hatten sie sich nun eine neue Geschäftsidee überlegt: Es gab heiße Schokolade mit Sahnehäubchen und einem Stück Apfelkuchen im Angebotspreis. Die Idee war von Lotte gekommen, und sie funktionierte ausgezeichnet. Die Kundschaft erschien zahlreich, und oftmals wurden auch die von Lotte neu kreierten Haferkekse erworben, die sie in Papiertütchen hübsch verpackt anstatt der Lebkuchen nun zum Verkauf anboten. Diese Kekse nahmen sogar einige der von Josef angeworbenen Kioske mit in ihr Verkaufsangebot auf, und auch Resi hatte sie in ihrem Kolonialwarenladen verkaufsgünstig neben der Kasse platziert.

Lotte rührte noch mehr Haferflocken in die Schüssel, denn der Teig war noch zu flüssig. Das Rezept hatte sie in einem alten Backbuch ihrer Großmutter entdeckt, die sie inzwischen regelmäßig besuchte. Anneliese und Lotte hatten sich in den letzten Wochen immer mehr einander angenähert, und wenn Lotte zu ihr in ihre hübsche Altbauwohnung kam, dann wurde sie bereits freudig mit Kakao, Bienenstich und einem Kartenspiel erwartet. Anneliese mochte Rommé und freute sich riesig darüber, in Lotte eine Mitspielerin gefunden zu haben.

Lotte probierte etwas vom Keksteig und rührte noch etwas mehr braunen Zucker hinein. Sie mussten ihrer Meinung nach ordentlich süß sein, denn das war gut für die Seele. So hatte es Fanny immer gesagt. Die gute Fanny vermisste sie schmerzlich. An so manchen Tag glaubte Lotte sogar noch, Fanny würde jetzt gleich die Küche betreten. Doch sie würde es vermutlich niemals wieder tun. Obwohl Fanny Sehnsucht nach ihnen zu haben schien – sie hatte ihnen inzwischen schon zwei Briefe geschrieben, die beide Lotte beantwortet hatte. Genauestens hatte sie Fanny von ihrer aktuellen Lage berichtet, von der geschäftlichen, aber auch von der privaten. Ihr Vater arbeitete weiter an seinem Steckerl-Eis-Projekt. Das Gesicht des Eis-Clowns für die Werbeplakate hatte er inzwischen bereits mehrfach verändert, nie war er ihm gut genug gewesen. Inzwischen dachte er sogar wieder darüber nach, die Idee mit dem Clown gänzlich zu verwerfen. Auch tüftelte er jeden Tag viele Stunden an den Eisrezepten und probierte alles Mögliche aus. Am gestrigen Tag hatte er erste Versuche gestartet, das fertige Steckerl-Eis mit Schokolade zu überziehen, doch so recht hatte ihm das nicht gelingen wollen. Ihre Mutter plagte aktuell eine üble Erkältung, weshalb Lotte im Moment zusätzlich zu ihrer Backerei auch noch die Kundschaft im Laden bediente, was ihr jedoch große Freude bereitete. Ihr verletztes Bein zog sie inzwischen nur noch ein ganz klein wenig nach, und es zitterte auch gar nicht mehr, wenn sie länger stand oder lief. An manchen Tagen hatte sie so viel zu tun, da vergaß sie beinahe komplett, dass sie körperlich eingeschränkt war. Frieda arbeitete weiterhin bei Tietz. Ohne das Gehalt, dass sie dort verdiente, würde es im Moment gar nicht gehen, denn die Einnahmen durch den Verkauf deckten nicht sämtliche Unkosten ab. Dieser Umstand war auch der Grund dafür, weshalb bisher für Fanny kein Ersatz gesucht worden war. Wenn das Geschäft im Frühjahr mit dem Steckerl-Eis richtig in Gang gekommen war, konnte man sich immer noch nach einer Ersatzkraft für sie umsehen. Frieda litt noch immer unter der Trennung von Erich, aber sie hatte inzwischen endlich damit aufgehört, abends im Bett zu weinen. *So ein ausgewachsener Liebeskummer, der kann einem die ganze Freude am Leben nehmen*, das hatte Anneliese neulich bei einer ihrer Kartenspielrunden gesagt. Aber Liebeskummer hatte die Angewohnheit, dass er auch wieder vorbeiging. Andere Mütter haben auch schöne Söhne, und gewiss würde sich Frieda bald wieder neu verlieben.

Lotte entschied, dass der Teig für die Haferkekse nun perfekt war, verteilte ihn in kleinen Häufchen auf den bereits eingefetteten Backblechen und verfrachtete die dann in den bereits vorgeheizten Ofen. Sobald die Kekse fertig waren, konnte sie sie zum Abkühlen stehen lassen und ihre tägliche Auslieferungsrunde mit den bereits verpackten Keksen starten. Diese begann sie jeden Tag pünktlich um neun Uhr, dann war sie rechtzeitig wieder zurück im Salon, der um elf öffnete. Ihr Blick wanderte zum Fenster. Es schneite leicht, und am Nachbardach hingen einige Eiszapfen. In der Silvesternacht war es noch mild und regnerisch gewesen, doch am Neujahrstag war der Wetterwechsel gekommen, seitdem herrschte strenger Frost, und es schneite immer wieder. Noch im letzten Jahr hatte sie ihre Nachmittage an solch kalten Tagen gemeinsam mit ihrer Freundin Ilse Schlittschuh laufend auf dem Kleinhesseloher See zugebracht. Doch mit ihrem kaputten Bein war an solch eine sportliche Betätigung wie Eislaufen gar nicht zu denken. Am Ende würde sie noch stürzen, und es könnte wieder schlimmer werden. Außerdem war Ilse nicht mehr ihre Freundin. Nach ihrem Unfall hatte sie sich zwar einige Male bei Erna nach ihrem Befinden erkundigt, aber nur ein einziges Mal war sie zu Besuch gekommen. Das war kurz nach ihrer Entlassung aus dem Krankenhaus gewesen. Aus dem Sanatorium hatte Lotte ihr noch einen Brief geschrieben, der jedoch unbeantwortet geblieben war. Lotte hatte nach ihrer Rückkehr nach München lange darüber nachgedacht, ihr einen Besuch abzustatten, um sich zu erkundigen, wie es ihr ging. Doch dann war sie Ilse im Englischen Garten durch Zufall über den Weg gelaufen. Sie war in Begleitung von einigen anderen jungen Frauen gewesen, die Lotte nicht kannte. Sie hatten nur wenige Worte gewechselt, Ilses Blicke waren kühl geblieben. Sie besucht nun die Sekretärinnenschule, hatte sie gesagt, und dabei immer wieder Lottes Beine beäugt. Lotte hatte nach der Begegnung eine Weile niedergeschlagen auf einer Bank gesessen, und die Wut auf sich selbst hatte erneut die Oberhand gewonnen. Am Ende hatte sie zu weinen begonnen. Wäre sie doch damals nur nicht so dumm gewesen und so achtlos auf die Straße gelaufen! Es war eine alte Frau, die sich neben sie gesetzt und sie mit tröstenden Worten beruhigt hatte. Lotte erzählte der vollkommen fremden Frau von ihrer Situation und von dem, was eben geschehen war. »Auf eine solche Freundin kannst du getrost verzichten«, erklärte die Alte. »Die richtigen Freunde, die ein Leben lang bleiben, denen ist es egal, wie du ausschaust oder ob du humpelst. Es gibt nicht viele von denen. Wenn du so einen gefunden hast, dann halt ihn fest.«

Bisher war Lotte bedauerlicherweise kein solcher Freund über den Weg gelaufen. Aber was nicht war, konnte ja noch werden. Von ihren ehemaligen sogenannten Freundinnen und ihren mitleidigen Blicken hatte sie jedenfalls gehörig die Schnauze voll.

Erna erschien und umarmte ihre Tochter mit einem müden Lächeln.

»Guten Morgen, mein Schatz«, sagte sie. »Wie das hier wieder duftet! Du bist ein Goldschatz.«

»Du bist heute aber früh wach«, konstatierte Lotte mit Blick auf die Uhr.

»Ich konnte aus irgendeinem unerfindlichen Grund nicht mehr schlafen«, antwortete Erna. »Da dachte ich, geh ich mal nach dir sehen. Vielleicht kann ich dir ja irgendwie zur Hand gehen. Sind denn schon alle Kuchen gebacken?«

»Ja, sie sind alle fertig und stehen auch bereits im Laden in der Vitrine. Auch die Kekse hab ich aufgefüllt, und die zur heutigen Auslieferung liegen bereits im Korb. Ein weiterer Schub ist im Ofen. Ich wollte gleich nachher zur Auslieferung losziehen.«

»Wenn du möchtest, kümmere ich mich um die Kekse im Ofen, dann kannst du gleich los. Wenn später noch Zeit bleibt, könnten wir bis zur Ladenöffnung noch ein wenig am Fenstertisch sitzen und plaudern. Früher hab ich das öfter mit Fanny gemacht, aber seit sie fort ist ...« In Ernas Stimme schwang plötzlich Traurigkeit mit.

»Ich vermisse sie auch«, meinte Lotte, und ihre Miene trübte sich ein. »Ohne sie fehlt etwas im Laden. Für mich war sie schon fast wie ein Teil der Familie, obwohl sie gar nicht so lange bei uns gewesen ist.«

»Für mich auch«, antwortete Erna. »Auch unser Ludwig erkundigt sich jeden Tag danach, ob ein Brief von ihr eingetroffen ist. Ich glaube ja, dass er ein wenig in sie verliebt gewesen ist.«

»So etwas Ähnliches habe ich mir auch gedacht. Die beiden wären ein hübsches Paar geworden ...«

Kurz herrschte für einen Moment Stille im Raum. Erna war diejenige, die sie brach. Sie fragte: »Wie lange müssen die Kekse denn im Ofen bleiben?«

»Noch fünf Minuten«, antwortete Lotte. »Wenn du magst, kannst du sie nach dem Abkühlen gleich verpacken. Sie sind alle für die Läden und Kioske gedacht.«

»Das mache ich gern«, antwortete Erna.

Lotte öffnete ihr Schürzenband und fragte: »Was ist mit Papa? Schläft er noch?«

»Bedauerlicherweise nicht«, antwortete Erna und stieß einen Seufzer aus. »Er hat sich schon die aktuelle Morgenzeitung organisiert und liest sie mit dicken Sorgenfalten auf der Stirn. Es ist wohl eine weitere Privatbank pleitegegangen, allerdings nicht bei uns in München, sondern irgendwo im Norden. Ihn treibt immer öfter die Sorge um, dass auch unsere Bank von dieser sich immer weiter ausweitenden Krise betroffen sein könnte. Aber bisher scheint alles in bester Ordnung zu sein.«

»Wollen wir hoffen, dass es so bleibt«, antwortete Lotte. »Und vielleicht ist das alles ja auch nur halb so tragisch, und es renkt sich rasch wieder ein. Die Schreiberlinge übertreiben gerne mal ein bisschen. So hat es Anneliese neulich gesagt. Bestimmt wird alles gut bleiben.« Sie verabschiedete sich von ihrer Mutter mit einer kurzen Umarmung und verließ, den Korb mit den Keksen in der Hand, den Raum.

Zwanzig Minuten später erreichte Lotte ihren ersten Anlaufpunkt des Tages: den sich am Rand des Englischen Gartens befindlichen Kiosk von Anderl Ladinger. Der Kioskbetreiber hatte die Sechzig bereits überschritten, stets eine blaue Schiebermütze auf, und Lotte kannte in ganz München niemand anderen, der solch buschige Augenbrauen hatte.

»Mei, Dirndl, da kommst heut genau richtig«, begrüßte er Lotte. Seine Stimme klang stets etwas rau, als hätte er ständig eine Halsentzündung. »Vorhin grad hab ich das letzte Packerl von deine Keks verkauft. Die kommen bei der Kundschaft gut an. Wennst magst, kannst die auch im Sommer mitsamt dem Steckerl-Eis zu mir bringen. Kekse sind ja nicht an Jahreszeiten gebunden. Ich bin ja schon gspannt, wie des Gschäft mit eurem Steckerl-Eis laufen wird. Aber ich glaub schon, dass des ganz gut gehen könnt.«

Lotte freute sich über den regen Abverkauf und einigte sich mit dem Kioskbesitzer darauf, beim nächsten Mal fünf Packungen mehr zu bringen. Nachdem er mit ihr abgerechnet hatte, zog sie freudig weiter zu ihrem nächsten Anlaufpunkt, einem kleinen Gemischtwarenladen, der nicht weit entfernt in einer Seitenstraße lag. Auch dort hatten sich ihre Kekse gut verkauft, und der Inhaber hatte ebenfalls gefragt, ob es möglich wäre, mehr Packungen zu liefern.

Bestens gelaunt machte Lotte einen Laden und drei Kioske später auf einer Bank im Hofgarten Pause und Kassensturz. Sie hatte in sämtlichen Geschäften ordentlich verkauft, alle Kiosk- und Ladenbesitzer wollten mehr Kekse bei ihr ordern. Sie konnte es kaum glauben! Sie schien ihre Bestimmung im Leben endgültig gefunden zu haben: Aus ihr würde eine Bäckerin werden. Allerdings hatte die Sache nur einen winzigen Haken – ihr Vater plante nicht die größere Auslieferung von Haferkeksen, sondern er wollte mit seinem Steckerl-Eis Erfolg haben. Der Haferkeksverkauf war bisher nur als Nebengeschäft eingeplant gewesen, damit sie besser über die kalte Jahreszeit kamen. Spätestens ab April sollte sie als vollständige Kraft bei der Eisherstellung mitarbeiten, was ihr auch Freude bereitete. Wenn sie jedoch das Keksgeschäft aufrechterhalten wollte, würden ihre Arbeitstage noch länger werden, als sie es sowieso bereits waren. Aber vielleicht klappten ja ihre Pläne, und sie konnten bald wieder eine Hilfskraft für den Laden einstellen, die beim Bedienen der Kundschaft half. Und Mama unterstützte sie bestimmt gern beim Keksebacken – obwohl man sie bei dieser Tätigkeit im Auge behalten musste, denn ihre Mutter naschte gerne ...

Lotte erhob sich. Es galt, noch die letzten beiden Stationen ihrer Runde abzulaufen: einen unweit des Hofgartens in der Theatinerstraße gelegenen Kiosk und den Laden von der Resi, der jedes Mal ganz am Ende drankam.

Sie war nur wenige Schritte gelaufen, da entriss ihr plötzlich ein junger Bursche ihren Korb.

Verdutzt sah sie dem Dieb nach, der wie der Teufel zum Ausgang des Hofgartens rannte. Sie erholte sich rasch von ihrem ersten Schreck und begann, im nachzulaufen und laut zu rufen: »Ein Überfall! Haltet den Dieb! Zur Hilfe! Ein Überfall …«

Normales Gehen fiel ihr inzwischen recht leicht, doch einen schnelleren Lauf hielt sie nur leidig durch. Humpelnd und fluchend erreichte sie den Odeonsplatz. Zu ihrem Erstaunen sah sie hier, dass ein junger Mann den Dieb doch tatsächlich gestellt hatte. Er war blond, trug eine Schiebermütze und hielt den Dieb am Oberarm fest.

»Mein Fräulein«, sagte er zu Lotte. »Ich konnte den Übeltäter stellen. Der Korb gehört Ihnen, nehme ich an.«

Lotte konnte es kaum glauben. Fassungslos sah sie den Dieb an, der sich als schmaler Junge mit einem blassen Gesicht und eingefallenen Wangen entpuppte. Gefährlich sah er nicht aus, eher halb verhungert. Doch trotzdem hielt sich ihr Mitleid in Grenzen. Sie stammte ebenfalls aus armen Verhältnissen, doch sie wäre niemals darauf gekommen, andere Leute zu bestehlen.

»Ja, der Korb gehört mir«, antwortete Lotte. Ihr Held lächelte. Er schien gar nicht so viel älter als sie selbst zu sein. Lotte fielen sogleich seine hübschen braunen Augen auf, die von langen Wimpern umrandet wurden.

»Und was machen wir jetzt mit dem Übeltäter?«, fragte der Mann. »Wir können einen solch dreisten Dieb doch nicht einfach laufen lassen. Vermutlich wäre es das Beste, ihn bei der Polizei abzugeben.«

Im nächsten Moment riss sich der Junge los und rannte davon. Verdutzt sahen ihm Lotte und ihr Retter nach, der zu ihrem Glück noch immer ihren Korb in Händen hielt. Der schmächtige Junge hatte mehr Kraft als gedacht.

»Der ist weg«, sagte ihr Retter. »Da kann man nichts machen.« Er zuckte die Schultern, trat näher an Lotte heran und reichte ihr ihren Korb.

»Vielen Dank«, sagte sie und schlug die Augen nieder. In ihrem Inneren hatte sich ein kribbeliges Gefühl ausgebreitet, das sie in dieser Form noch nie zuvor gespürt hatte.

»Gern geschehen«, antwortete er. »Darf ich erfahren, welchem Fräulein ich zur Hilfe geeilt bin? Mein Name ist Walter Kraus, wohnhaft in Sendling, Beruf Sohn, achtzehn Jahre alt. Meine Eltern haben ein Sanitärgeschäft.« Er zwinkerte ihr zu.

»Lotte«, antwortete sie. »Lotte Pankofer. Wir haben eine Eisdiele in der Kaufingerstraße. Aber im Moment verkaufen wir nur Kekse und Kuchen.«

»Verständlich«, antwortete er. »Für Eis ist es zu dieser Jahreszeit etwas zu frisch.«

Lotte nickte, und es entstand ein seltsamer Moment der Stille zwischen ihnen. Keiner von beiden schien so recht zu wissen, was er nun tun oder sagen sollte.

Es war Walter, der als Erster das Wort ergriff.

»Ich weiß, wir kennen uns nicht«, sagte er. »Aber ich würde mich freuen, wenn ich dich wiedersehen könnte. Vielleicht ja schon heute Nachmittag. Wir könnten auf dem Kleinhesseloher See Schlittschuh laufen. Was meinst du?«

Begeistert von seiner Einladung sagte Lotte zu, obwohl sie doch eigentlich mit dem dummen Bein gar nicht Schlittschuh laufen sollte.

27. Kapitel

15. Januar 1930

»Finden Sie nicht, dass mich dieser Rock dick macht?«, fragte die Kundin, eine etwas kräftigere Frau mittleren Alters. Sie stand vor einem Spiegel neben den Damenumkleiden, drehte sich nach links und betrachtete ihre Rückseite im Spiegel.

»Aber durchaus nicht«, antwortete Frieda mit dem Verkäuferinnenlächeln auf den Lippen, das sie in den letzten Wochen perfektioniert hatte. »Die schmale Silhouette des Rocks lässt sie sogar noch etwas schlanker erscheinen, obwohl sie mit ihrer guten Figur eine solche Betonung gar nicht nötig haben. Und der lila Farbton steht Ihnen ausgezeichnet.«

»Ich weiß nicht recht«, blieb die Kundin weiterhin skeptisch und drehte sich auf die andere Seite. »Er sitzt am Hintern nicht zu eng? Da wirft der Stoff doch Falten, oder?«

»Also ich kann keine Falten entdecken«, antwortete Frieda, die langsam ungeduldig wurde. In fünf Minuten hatte sie Mittagspause und die wollte sie gemeinsam mit Hilde verbringen, die gestern Abend am Telefon etwas von großartigen Neuigkeiten erzählt hatte, die sie ihr persönlich sagen wollte. Sie wollte jedoch unbedingt ein Erfolgserlebnis vorweisen können. Kurz nach dem Jahreswechsel war sie zu ihrer Freude von der Schuhabteilung zur Damenoberbekleidung versetzt worden, denn eine Kollegin hatte gekündigt. Damenoberbekleidung zu verkaufen empfand Frieda als bedeutend angenehmer als Schuhe. So mancher Kunde hatte arge Käsefüße gehabt, und Frieda konnte sich beileibe Schöneres vorstellen, als solche unschönen Gerüche beim Anprobieren in der Nase zu haben. Bevor sie dort gearbeitet hatte, war ihr gar nicht bewusst geworden, wie viele Stinkefüße durch Münchens Straßen liefen.

In der Damenoberbekleidung wehte zu Friedas Bedauern jedoch ein ganz anderer Wind als in der Schuhabteilung. Ihre Vorgesetzte, Wilhelmine Käsbauer, sie war Mitte fünfzig und als Matrone zu bezeichnen, führte ein hartes Regiment. Ihre »Fräuleins«, wie sie sie stets bezeichnete, waren dem Druck ausgesetzt, einen gewissen Umsatz in der Woche zu produzieren. Schafften sie es nicht, gab es Striche in ihrem gefürchteten roten Notizbuch. Wer zu viele davon hatte, wurde entlassen. Arbeitswillige Nachfolgerinnen liefen schließlich genügend durch Münchens Straßen.

»Ich hätte zu dem Rock noch eine eben erst reingekommene Bluse in einem hübschen Fliederton. Die würde ausgezeichnet zu ihrem dunklen Haar und dem Rock passen. Ich hole Sie Ihnen rasch.«

Frieda eilte von dannen und pflückte die angepriesene Bluse von einem der Kleiderständer. Als sie sie der Kundin brachte, begannen deren Augen zu strahlen.

»Also, die ist ja wirklich ganz bezaubernd! Ich probiere sie gleich an.«

Sie verschwand in der Umkleide, und Friedas Blick wanderte auf ihre Armbanduhr. Pünktlich würde sie es nicht mehr in die Mittagspause schaffen. Aber Hilde kannte das bereits. Sie würde bestimmt geduldig auf sie warten.

Die Kundin kam aus der Kabine und strahlte noch immer.

»Sie haben recht«, sagte sie. »Die Bluse passt, als wäre sie für mich genäht worden. Mir gefällt auch, dass sie etwas länger geschnitten ist, so verdeckt sie meine unschönen Rundungen.«

»Also ich konnte auch vorher keine unschönen Rundungen entdecken«, antwortete Frieda, während die Kundin sich erneut vor dem Spiegel von links nach rechts drehte. »Sie steht Ihnen wirklich ausgezeichnet. Für diese Kombination werden Sie viele Komplimente erhalten, da bin ich mir sicher. Und Flieder soll die angesagte Farbe für dieses Frühjahr werden. Damit können Sie nichts falsch machen.«

»Dann nehme ich beides«, antwortete die Kundin freudig. »Da wird mein Eduard Augen machen! Mit solch farbiger Kleidung kennt er mich gar nicht. Wissen Sie, ich trage sonst eher gedeckte Töne.«

»Na, dann wird es Zeit, sich mal etwas zu trauen«, antwortete Frieda.

Die Dame verschwand wieder in der Umkleide. Rasch kassierte Frieda nur wenige Minuten später Rock und Bluse unter dem wohlwollenden Blick von Wilhelmine Käsbauer ab, und die Kundin zog freudig von dannen.

Zehn Minuten später betrat Frieda das gegenüber dem Hauptbahnhof gelegene Café *Stadt Wien*, ein sogenanntes Automatenrestaurant. Hier konnte man sich ohne auf die Bedienung warten zu müssen seine Getränke aus bereitstehenden Automaten zapfen, sowohl kalte als auch warme Speisen konnte man sich aus Fächern nehmen. Frieda hatte dieses Restaurant bewusst für ihr Treffen ausgewählt, denn durch die Automaten sparten sie sich die Wartezeiten auf die Bedienung. Zur Mittagszeit herrschte hier Hochbetrieb. Sie waren nicht die einzigen Stadtbewohner, die die Vorteile der Automaten erkannt hatten. Das Café mochte moderne Automaten nutzen, eingerichtet war es jedoch eher altehrwürdig, mit stuckverzierten Wänden und Decken und hübschen Kaffeehausmöbeln. Ganz ohne Personal funktionierte es jedoch auch hier nicht. Hin und wieder klemmte einer der Automaten, dann erhielt man sogleich Hilfestellung und zwei Angestellte räumten die Tische ab.

Hilde war bereits anwesend und hatte einen am Fenster gelegenen Tisch ergattert. Vor ihr standen eine halb volle Kaffeetasse und ein Teller mit einer Käsesemmel darauf. Sie trug einen schlichten, eng geschnittenen wollweißen Wollpullover, und ihr halb langes Haar war wie gewohnt in Wellen gelegt.

Frieda trat näher, wickelte sich ihren Schal vom Hals und knöpfte ihren Mantel auf. Auf ihrem Hut schmolzen die eben daraufgefallenen Schneeflocken.

»Grüß dich, Hilde«, sagte sie und hängte den Mantel an einen praktischerweise direkt neben ihrem Tisch stehenden Garderobenständer. »Was das jetzt aber auch wieder schneien muss – und dazu der Wind! Es tut mir leid, dass ich so spät dran bin, ich hatte noch eine Kundin. Ich geh mir nur rasch etwas holen, dann bin ich gleich bei dir.«

Kurz darauf kehrte Frieda mit einer Portion Kräutertee und einem Stück Käsekuchen an den Tisch zurück und setzte sich. Gierig begann sie zu essen. Erst jetzt wurde ihr bewusst, wie hungrig sie war.

»Und, was gibt es so Wichtiges, das du mir nicht am Telefon hast sagen wollen?«

»Es geht um Erich«, antwortete Hilde. »Er scheint wieder in der Stadt zu sein. Margot und Johannes haben ihn gestern Abend in Begleitung einer hübschen Blondine im Kino gesehen. Margot ist sich ganz sicher, dass er es gewesen ist.«

Frieda verschluckte sich. Sie griff zu ihrem Tee, um den aufgekommenen Hustenanfall zu beruhigen. Hildes Worte trafen sie bis ins Mark. Erich war wieder in der Stadt. Aber wie konnte das sein? Sein Weggang nach Hamburg lag doch noch gar nicht lange zurück. Dazu war er in Begleitung einer Blondine gesehen worden … Sie mussten ihn verwechselt haben.

»Margot muss sich irren«, antwortete Frieda. »Erich wollte doch bei seinem Onkel in Hamburg eine neue Karriere starten. Wieso sollte er so schnell wieder nach München zurückkehren?«

»Margot war sich aber ganz sicher, dass er es gewesen ist. Vielleicht war das Heimweh doch zu groß.« Hilde biss von ihrer Käsesemmel ab.

In Frieda bebte nun alles. Erich war zurück in München. Ausgerechnet jetzt, wo sie sich von dem ersten Schock durch sein Auflösen ihrer Verlobung erholt hatte, kehrte er wieder. Was wollte er in der Stadt?

»Ich hab mich natürlich gleich ein wenig umgehört«, plapperte Hilde weiter. »Luises Bruder war mit ihm auf der Handelsschule, und sie sind früher öfter gemeinsam um die Häuser gezogen. Der Anlass für seine schnelle Rückkehr könnte die Hochzeit seiner Großcousine Alma sein. Sie heiratet morgen Heinz Breitner, den Sohn des Juweliers. Eine gute Partie, das muss man ihr lassen.«

»Das ist natürlich möglich«, antwortete Frieda. Ihr Pulsschlag beruhigte sich langsam wieder. Die Vernunft begann, die Überhand gegen ihre durcheinandergewirbelte Gefühlswelt zu gewinnen. »Er hat ja schließlich noch Verwandtschaft in München. Da kann es schon sein, dass er immer mal wieder in der Stadt ist.«

»Also ich finde, er hätte sich bei dir melden können«, sagte Hilde in dem Tonfall, den sie stets hatte, wenn sie zum Lästern aufgelegt war. Sie klang dann immer etwas besserwisserisch und hatte diesen besonderen Gesichtsausdruck, den Frieda nur zu gut kannte.

»Wieso hätte er das tun sollen?«, fragte Frieda. »Unsere Verlobung ist gelöst, uns verbindet nichts mehr. Er wird der Hochzeit seiner Großcousine beiwohnen und dann vermutlich wieder nach Hamburg zurückkehren.« Frieda nippte an ihrem Tee.

»Mit dir darüber zu tratschen macht gar keinen Spaß!«, konstatierte Hilde und zog eine Schnute. »Ich dachte, dich würde wenigstens interessieren, wer die Blondine war, die mit ihm im Kino gesehen worden ist.«

»Wieso sollte es das tun?«, entgegnete Frieda. »Für mich ist das Thema Erich beendet.« Sie wusste, noch während sie es aussprach, dass sie sich selbst belog. Erich spukte jeden Tag durch ihre Gedanken, und sie träumte jede Nacht von ihm. Meist befanden sie sich dann in dem wunderschönen Haus am See, einmal waren sie miteinander schwimmen gegangen. Seine Umarmungen und Küsse waren so real gewesen, sie hatte geglaubt, es wäre wirklich passiert. Als sie in ihrer dunklen Kammer erwachte, hatte sie die Realität hart getroffen, und sie hatte die Tränen nicht zurückhalten können. Sie liebte Erich Bachmann noch immer mit jeder Faser ihres Körpers.

»Hm«, antwortete Hilde.

Frieda wusste, was dieses Geräusch zu bedeuten hatte: Ihre beste Freundin glaubte ihr kein Wort. Sie kannte sie zu gut.

»Ich weiß, wo seine Großcousine wohnt – in einer hübschen Villa in Nymphenburg draußen. Bestimmt ist er dort privat untergebracht worden.«

»Möglich«, antwortete Frieda und schob sich das restliche Stück ihres Kuchens in den Mund. »Aber was sollte ich dort? Neugierig ums Haus schleichen, um zu sehen, ob ich ihn irgendwo entdecke? Was soll er denn von mir denken? Man läuft keinen Männern hinterher! Das war noch nie eine gute Idee. Das weißt du doch nur zu gut. Oder soll ich dich wieder einmal an diese unschöne Angelegenheit mit deinem Max erinnern?« Sie sah auf ihre Armbanduhr.

»Erinnere mich bloß nicht daran«, antwortete Hilde und zog eine Grimasse. Über ein Jahr war sie Max Gruber, dem Sohn eines Zeitungsverlagsinhabers, regelrecht hinterhergelaufen, weil sie glaubte, sich auf den ersten Blick unsterblich in ihn verliebt zu haben. Doch all ihre Bemühungen hatten nichts geholfen. Bis auf wenige kurze Gespräche hatte er sie kaum wahrgenommen. Im Herbst hatte er dann die Tochter eines Theaterintendanten geheiratet, und Hilde hatte leise geweint, als sie es erfahren hatte. Seitdem hatte sie keinen Mann mehr angesehen.

Hilde rollte zur Antwort die Augen.

»Ich muss dann auch los«, sagte Frieda und erhob sich. »Was die Käsbauer überhaupt nicht leiden kann, ist Unpünktlichkeit.«

Hilde stand ebenfalls auf, und es folgte nur wenige Minuten später die übliche kurze Umarmung zum Abschied vor dem Café im noch immer vorherrschenden dichten Schneetreiben.

Im Kaufhaus angekommen, eilte Frieda durch den weitläufigen Lichthof und die Treppe zur Damenabteilung nach oben. Lange würde man im mondänen Kaufhaus Tietz nicht mehr Treppenlaufen müssen, denn schon bald sollten hier moderne Rolltreppen Einzug halten. Soweit Frieda wusste, sollte der Umbau im Frühjahr beginnen. Es wäre schön, wenn es die Neuerung jetzt bereits gäbe, dachte sie, als sie vollkommen außer Atem im dritten Obergeschoss ankam. Sie hätte auch den Fahrstuhl nehmen können, aber um auf das behäbige Ding zu warten, das ständig von Müttern mit Kinderwägen blockiert wurde, fehlte ihr die Zeit.

Als sie in der Damenabteilung eintraf, herrschte reger Betrieb. An der Kasse befand sich eine lange Schlange kaufwilliger Kundschaft, und ihre beiden Kolleginnen hatten alle Hände voll damit zu tun, die Kundinnen zu beraten. Frieda legte rasch Mantel, Hut und Schal in einem der Mitarbeiterräume ab, dann warf sie sich ins Getümmel.

Als pünktlich um achtzehn Uhr der Gong zum Ladenschluss ertönte, fühlte sich Frieda erschöpft, aber glücklich. Sie hatte an diesem Nachmittag äußerst erfolgreich verkauft, sogar einen Pelzmantel hatte sie einer älteren Dame aufschwatzen können, die eigentlich nur einen Wollmantel hatte erstehen wollen. Sie erhielt als Verkäuferin pro verkauftem Kleidungsstück eine zusätzliche Provision, die natürlich auch vom Wert des jeweiligen Teils abhing. Der Mantel würde ihr Gehalt ordentlich aufstocken, darüber würde sich ihre Familie freuen. Ohne Friedas Verdienst bei Tietz hätte ihr Vater vermutlich erneut bei seiner Mutter um Unterstützung mit dem Laden betteln müssen. Und das wollte er auf gar keinen Fall mehr tun.

Sogar Wilhelmine Käsbauer hatte ihr zum Abschied ein Lächeln geschenkt und ihr einen schönen Abend gewünscht. Das waren die ersten freundlichen Worte, die Frieda je von ihr gehört hatte.

Als sie bald darauf das Kaufhaus durch den Haupteingang in Begleitung einer Kollegin verließ, fühlte sie sich so gut wie lange nicht. Sie hätte nicht gedacht, dass beruflicher Erfolg einen so erfüllen konnte. Doch dann blieb sie abrupt stehen. Vor ihr stand Erich.

»Grüß dich, Frieda«, sagte er, und der kurze Blick, den er Frieda zuwarf, ging ihr durch und durch. Friedas Hände begannen zu zittern. Nicht so recht wissend, was sie mit ihnen tun sollte, schob sie sie in ihre Manteltaschen. Sie nickte knapp.

Die Kollegin verabschiedete sich. Frieda nahm ihre Worte kaum war. Wie hypnotisiert hatte sie ihren Blick auf Erich gerichtet. Er war hier. Er war zu ihr gekommen.

»Vielleicht hast du ja schon gehört, dass ich wieder in der Stadt bin«, sagte er. »In unserem München bleibt ja nichts lange verborgen. Meine Großcousine Alma heiratet morgen.«

»Es wurde mir zugetragen«, antwortete Frieda. Ihre Stimme klang kühl. Was wollte er hier? Wollte er sie etwa quälen? Was erwartete er von ihr? Etwa … Freundschaft?

»Wie geht es deiner Familie?«, fragte er. »Es ist für euch gerade bestimmt nicht leicht. Der Winter war schon immer eine schwierige Zeit für Eisverkäufer.«

Frieda suchte sich innerlich zu beruhigen, doch sie brachte es nicht fertig. In ihr überwog nicht die Freude darüber, dass er zu ihr gekommen war, denn die Verletzungen waren zu tief, der Schmerz zu groß gewesen. Sie war die Verlassene, diejenige, über die hinter vorgehaltener Hand getuschelt worden war, diejenige, die mitleidige Blicke erhalten hatte und sie kaum hatte ertragen können. Heute war endlich einmal wieder ein guter Tag gewesen.

»Wieso bist du gekommen?«, fragte Frieda und sah ihm direkt in die Augen. Ihr Ton klang abweisend, sie hatte die Arme vor der Brust verschränkt. In ihr wallte der Schmerz auf, doch sie spürte keine aufsteigenden Tränen. Es war eher eine Form von Wut, die sich nun in ihr ausbreitete.

»Das weiß ich ehrlich gesagt selbst nicht so recht«, antwortete er und sah sie direkt an. »Aber ich muss ständig an dich denken. Ich dachte, Hamburg würde mich ablenken und ich könnte München mit all den Geschehnissen und dem Schmerz hinter mir lassen. Ein Stück weit hat es funktioniert. Aber in deinem Fall tut es das nicht. Du fehlst mir, und ich dachte, vielleicht wäre ein Wiedersehen schön. Aber ich habe mich wohl getäuscht. Es tut mir leid, ich wollte dich nicht belästigen. Ich kann verstehen, dass du für mich nicht mehr viel übrig hast. Ich habe mich zu schäbig benommen. Das weiß ich jetzt.« Er wandte sich ab.

Frieda beobachtete, wie er den Gehweg hinunterlief. Gleich würde er hinter der Hausecke verschwunden sein. Sollte sie das zulassen? Wenn sie jetzt nicht reagierte, würde sie es bestimmt bald bereuen. Nun stiegen doch Tränen in ihre Augen.

»Erich, warte!«, rief sie und setzte sich in Bewegung.

Als sie ihn erreichte, brachte sie kein Wort heraus. Einen kurzen Moment standen sie sich gegenüber, dann legte er die Arme um sie, und ihre Lippen fanden sich. Sie versank in seiner Umarmung, atmete den Geruch seines Rasierwassers ein und wusste, dass sie ihn niemals wieder gehen lassen konnte.

28. Kapitel

25. Januar 1930

Erna nieste dreimal hintereinander und schnäuzte sich kräftig.

»Du solltest nicht hier unten im Laden, sondern in deinem Bett sein«, konstatierte Lotte. »Mit so einem Katarrh ist nicht zu spaßen. Papa schickst du auch immer ins Bett, wenn er krank ist. Ich bekomme das hier auch ganz gut alleine gebacken.«

»Und was ist mit deiner Auslieferungsrunde?«, fragte Erna.

»Die erledigt Walter. Ist das nicht großartig? Ach, er ist ein wahrer Schatz!« Ihre Augen strahlten.

Die beiden befanden sich in der Küche, durch die Lotte bereits seit den frühen Morgenstunden wirbelte. Sie hatte bereits einen Apfelstreuselkuchen und einen Marmorkuchen für den Cafébetrieb gezaubert, da hatte Erna, die erst seit zwanzig Minuten anwesend war und sich mit Abspülen beschäftigte, noch tief und fest geschlummert.

Erna bestätigte Lottes Aussage und nieste erneut. Lottes Walter war tatsächlich ein äußerst lieber Junge, der sich mit einer Herzlichkeit und Höflichkeit bei ihnen vorgestellt hatte, die ihresgleichen suchte. Josef kannte das Sanitärgeschäft seiner Eltern vom Namen her, Kunde waren sie dort nicht. Walter hatte im letzten Jahr sein Abitur abgelegt und arbeitete sporadisch im Betrieb mit. Er dachte darüber nach, Jura zu studieren, doch sicher war er sich noch nicht. Sein Vater wollte natürlich lieber, dass er das Familiengeschäft weiterführte. Allerdings schien der alte Kraus noch weit davon entfernt zu sein, die Zügel endgültig an seinen Sohn zu übergeben. Erna und Josef hatten lang darüber nachgedacht, ob sich der Kontakt zwischen Walter und Lotte schickte, denn immerhin war Lotte gerade mal sechzehn Jahre alt. Doch Walter war so freundlich und hilfsbereit, »ein richtiges Herzchen«, wie Erna es erst neulich ausgedrückt hatte. Außerdem tat er Lotte gut, die, seitdem sich die beiden begegnet waren, den ganzen Tag strahlte, dass es eine Freude war. Sie so zu sehen, war für Erna das größte Glück. Sollten sich die Leute eben das Maul zerreißen. Über irgendwen wurde ja immer geredet, und gewiss würden sie rasch wieder andere Themen finden.

Lotte stand an der Arbeitsplatte und wog Mehl ab. Sie hatte eine karierte Schürze umgebunden, ihr Haar war ein Stück gewachsen und reichte ihr jetzt bis zum Kinn. Den vorderen Part hatte sie zurückgenommen, doch einige Strähnen wollte nicht im Zopf bleiben. Ein wenig glich sie in diesem Aufzug dem kleinen Mädchen, das aus Ernas Sicht vor nicht allzu langer Zeit mit großer Hingabe Sandkuchen gebacken hatte.

»Wo steckt Papa denn schon wieder?«, fragte Lotte. »Ich hab ihn bereits beim Frühstück vermisst.«

»Er ist in die Großmarkthalle gefahren, um dort weitere Zutaten für uns zu organisieren. Er kennt dort noch einige Händler und kann meist bessere Konditionen aushandeln. Ach, ich wünschte, er könnte schon mit der größeren Herstellung des Steckerl-Eises beginnen. Aber einige Wochen wird er sich noch gedulden müssen, und Geduld war noch nie eine seiner Stärken.« Sie stieß einen Seufzer aus. Mit Josef war es zurzeit nicht leicht. Er schien mit jedem vergehenden Tag rastloser zu werden. Auch saß er häufig mit Ludwig zusammen, und die beiden diskutierten über die sich häufenden Firmenpleiten. Die Sorge, dass es ihnen bald ebenso ergehen könnte, hing wie ein Damoklesschwert über ihnen. Doch daran wollte Erna nicht denken. Bestimmt würde alles gut gehen. »Ich hoffe so sehr darauf, dass unsere Pläne von Erfolg gekrönt sein werden. Es muss kein Großunternehmen werden, wie dein Vater es sich inzwischen erträumt. Mir würde es schon reichen, wenn wir damit ein finanziell sorgenfreieres Leben führen können und auch deine Schwester nicht mehr für den Familienunterhalt arbeiten muss. Es tut mir in der Seele weh, dass Frieda bei Tietz schuftet, nur damit wir unsere Miete bezahlen können.«

»Ach, mach dir darüber keine Gedanken«, antwortete Lotte. »Sie arbeitet gerne dort. Gestern hat sie mir erzählt, dass sie in der letzten Woche von sämtlichen Verkäuferinnen in der Damenoberbekleidung am meisten Umsatz gemacht hätte. Sie scheint für den Verkauf ein gutes Händchen zu haben.«

»Das glaube ich gerne«, antwortete Erna. Ihre Stimme klang nun matt. Sie fühlte sich erschöpft, und das obwohl sie heute doch noch gar nicht viel gearbeitet hatte. Lotte musterte sie sorgenvoll.

»Du solltest dich hinlegen, Mama. Ruh dich etwas aus. Ich sperr nachher den Laden auf und kümmere mich. Viel ist zurzeit ja sowieso nicht los. Ludwig und die paar anderen Kunden kriege ich schon geschaukelt.«

»Das ist lieb von dir«, bedankte sich Erna und tätschelte Lotte die Schulter. »Was würde ich nur ohne dich tun?«

Sie verliess die Küche, doch anstatt zurück in die Wohnung zu gehen, betrat sie den Gastraum, um noch einmal nach dem Rechten zu sehen. Im Raum hing das dämmrige Licht des grauen Wintertages. Seit Tagen zeigte sich das Wetter von seiner unschönen Seite, und die Stadt lag unter einer bedrückend grauen Wolkendecke, aus der es hin und wieder etwas schneite. Für Erna fühlte es sich an, als hätte sie eine Ewigkeit die Sonne nicht gesehen. Die Gerüche von Apfelkuchen, Kaffee und Ludwigs Pfeifentabak hingen im Raum. Erna liess ihren Blick über die wenigen Tische schweifen. Dieser Laden war ihr Traum gewesen. Oder war der Eissalon nicht eher Josefs Traum? Hatte sie selbst überhaupt jemals Träume gehabt? Vielleicht vage Vorstellungen, wie ihre Zukunft aussehen könnte. Sie hatte während der schlimmen Zeiten des Krieges gehofft, dass ihre beiden kleinen Mädchen nicht mehr hungern mussten, dass sie genügend Kohlen zum Heizen haben würden. Seit sie Kinder hatte, hatte sie stets dafür gearbeitet, dass es ihre Töchter im Leben mal besser haben würden als sie selbst. Wo wäre sie heute, wenn Josef sich nicht in sie verliebt, wenn er sie nicht geheiratet hätte? Sie konnte diese Fragen nicht beantworten. Auch wie die Zukunft werden würde, wusste sie nicht. Was sollte werden, wenn ihre Steckerl-Eis-Idee bei den Münchnern nicht gut ankam? Wie sollten sie dann die Schulden an die Bank zurückbezahlen? Erna verstand bis heute nicht, weshalb Anneliese Josef in dieser Hinsicht nicht besser finanziell unterstützte. Vermutlich war noch immer sie selbst der Sand im Getriebe des Mutter-Sohn-Verhältnisses. Anneliese hatte sich ihnen nach Alois'

Tod und Lottes Unfall angenähert, was aber noch lange nicht bedeutete, dass sie sie als ihre Schwiegertochter endgültig akzeptiert hatte. In den Augen dieser Frau würde sie vermutlich stets die aus ärmsten Verhältnissen stammende Wäscherin sein. Erna hatte sich oft gewünscht, es wäre anders gekommen. In ihren Träumen hatte sie sich ausgemalt, wie sie von Anneliese und Alois mit offenen Armen empfangen wurde, wie sie ihr Herzlichkeit entgegenbrachten, wie sie sie in den Schoß der Familie aufnahmen. Sie hatte sich in Anneliese die Mutter gewünscht, die sie nie gehabt hatte. Ihre Mama war an einer Lungenentzündung gestorben, da war sie gerade mal ein Jahr alt gewesen. Sie war ihr erstes und einziges Kind gewesen und im Waisenhaus gelandet, weil der Vater nicht auffindbar gewesen war. Mit dieser Familiengeschichte im Rücken war ihr Leben am Rand der Gesellschaft bereits entschieden gewesen. Sie war ein Bastard, dazu noch eine Waise. Josef war ihr großes Glück gewesen. Sie hatte ihn nicht des Geldes wegen geliebt. Sie hatte niemals angenommen, dass er für immer bei ihr bleiben wollte, so naiv war sie selbst als junge Frau nicht gewesen. *Schuster bleib bei deinen Leisten*, so hatte sie noch gedacht, als aus ihnen längst ein Liebespaar geworden war. Doch dann war sie schwanger geworden, und plötzlich hatte sich alles verändert. Sie liebte diesen Mann, und gemeinsam hatten sie jahrzehntelang Höhen und Tiefen des Lebens gemeistert. Und es hatte weiß Gott mehr Tiefen gegeben – nun wollten sie endlich die Höhen erklimmen. Sie hatten es verdient. Ein wenig Wohlstand, Sorglosigkeit und eine bessere Zukunft für ihre Töchter.

Plötzlich stand Ludwig an der noch geschlossenen Ladentür. Er rüttelte an der Türklinke, dann klopfte er gegen die

Scheibe. Erna sah verdutzt auf die Uhr. Es war doch noch gar nicht seine gewohnte Zeit. Was wollte er denn jetzt hier?

Sie ging und öffnete die Tür. Er trug einen schwarzen Wollmantel, auf seinem Kopf lag ein Filzhut, auf dem einige Schneeflocken funkelten.

»Guad Moang, Erna«, grüßte er und lüpfte kurz den Hut. »Du bist ja noch gar nicht zrechtgmacht. Kommst ned mit zur Beerdigung?«

»Ach herrje«, antwortete Erna und schlug sich vor die Stirn. »Die Beerdigung von der Moosgruberin! Ich hab ganz vergessen, dass die heute ist. Denkst du, es wäre schlimm, wenn ich nicht komme?«, fragte sie. »Mich plagt noch immer dieser abscheuliche Schnupfen, und allein schon bei der Vorstellung, in dem kalten Wind auf dem Friedhof zu stehen, fühle ich mich sofort noch kränker, als ich es sowieso schon bin.«

»Des kann ich verstehen«, antwortete Ludwig. »Ich möcht eigentlich auch nicht hingehen. Aber mir ham halt schon jahrelang nebeneinander gwohnt, und auch wenn ich sie nie bsonders hab leiden können, find ich ghört es sich halt. Die Rosi geht scho ned mit. Sie plagt mal wieder ihr Ischias. Heut is so arg, sie kann kaum laufen. Da is des mit dem Friedhof scho schlimm.«

Erna kannte Ludwig inzwischen so gut, dass sie wusste, dass er um den heißen Brei herumredete. Eigentlich wollte er sagen, dass sie sich wegen dem bisschen Schnupfen nicht so anstellen und ihn begleiten sollte. Erna dachte daran, wie ihr die Moosgruberin im Treppenhaus von ihrer Krankheit erzählt, wie sie geweint hatte. Es war ein äußerst persönlicher und auch inniger Moment gewesen, der sie einander nähergebracht hatte. Das neue Jahr hatten sie noch gemeinsam auf der Straße begrüßt, da war sie guter Dinge gewesen und hatte mal nicht über irgendetwas geschimpft. Vor einer Woche war sie ins Krankenhaus gekommen und kurz darauf verstorben. Nun würde niemand mehr im Treppenhaus mosern, wenn sie das Fenster geöffnet hatten oder über frisch gewischte Stufen huschten. Es war seltsam, aber sie würde die Ermahnungen vermissen.

»Also gut«, gab sie sich einen Ruck. »Ich komme mit. Du hast ja recht, wir sind es ihr schuldig. Gib mir zehn Minuten. Dann bin ich da. Du kannst gern hier im Laden warten.« Sie ließ ihn ein und schloss rasch die Tür hinter ihm.

Zwei Stunden später verließen Ludwig und Erna den Südfriedhof mit gemischten Gefühlen. Sie beide waren die einzigen Trauergäste bei dieser Beerdigung gewesen. Selbst Trudi, die Freundin der Moosgruberin, war nicht erschienen. Wieso ihr Sohn der Beerdigung ferngeblieben war, wusste der Pfarrer zu berichten: Er war vor zwei Tagen auf dem Gehweg ausgerutscht und hatte sich den Oberschenkel gebrochen. Da war ein Besuch auf dem Friedhof natürlich nicht möglich. Erna empfand Beklommenheit. Ja, die Moosgruberin war kein besonders freundlicher Mensch gewesen. Aber dass nur sie beide auf dem Friedhof stehen würden, hätte sie nicht gedacht. Irgendwer kam doch immer zu einer solchen Veranstaltung. Ehemalige Schulkameraden, entfernte Bekannte und Freunde aus anderen Leben, die die Todesanzeige in der Zeitung lasen und vor dem offenen Grab Anteilnahme heuchelten. Manch einer tat dies nur, damit er sich beim anschließenden Leichenschmaus auf Kosten der Angehörigen den Bauch würde vollschlagen können. So einer fand hier allerdings nicht statt. Vermutlich war dieser Umstand auch ein Grund dafür, weshalb sie zu zweit geblieben waren.

Sie ließen den Friedhof hinter sich, und es begann leicht zu schneien. Obwohl sich Erna in mehrere Kleidungsschichten gehüllt hatte, fror sie. Ihren bunt geringelten Schal, den sie sich vor Jahren aus einem Haufen Wollresten selbst gestrickt hatte, hatte sie bis zu ihrer Nase hochgezogen, ständig zog sie den Rotz hoch.

»Und was machen wir zwei jetzad mit dem angebrochenen Mittag?«, fragte Ludwig. »Ich bin des gar ned gwohnt, dass es nach einem solchen Anlass ned ins Wirtshaus geht. Ich mein, des ghört doch dazu. Über den Toten redn, Anekdoten erzählen, a bisserl weinen und den Kummer dann im Schnaps betäuben. Dazu a deftige Brotzeit. So ghört sich des! Ich find, die Moosgruberin hat des verdient. Oder wie siehst du des?« Er warf Erna einen Seitenblick zu. »Ich lad dich auch ein. Musst auch dein Kummer a ned im Schnaps ertränken, wennst ned magst.«

»Welchen Kummer?«, fragte Erna. »Obwohl ein kleines Schnapserl vielleicht gar keine so dumme Idee ist. So ein Obstler wärmt von innen. Und Wärme in jeder Form kann ich jetzt gut gebrauchen.«

Nach einigen Überlegungen entschieden sie sich dazu, ihren ganz privaten Leichenschmaus im Hofbräuhaus stattfinden zu lassen. Als sie es betraten, empfingen sie angenehme Wärme, die übliche Wirtshaus-Geruchsmischung und die vertraute Lautstärke. In der Schwemme ergatterten sie einen Sitzplatz, und Ludwig bestellte bei der Bedienung sogleich zwei Bierkrüge und zwei Marillenschnäpse. Da es noch vor zwölf Uhr war, entschieden sie sich dazu, Weißwürste zu essen.

»Was wird jetzad eigentlich mit der Wohnung von der Moosgruberin?«, fragte Ludwig, nachdem sich Erna eines Teils ihrer vielen Kleiderschichten entledigt hatte.

»Ich weiß es nicht«, antwortete Erna ehrlich. »Ich kann mir nicht vorstellen, dass ihr Sohn sie übernimmt. Der soll sich ja nur mit Gelegenheitsarbeiten über Wasser halten. Wieso fragst du? Irgendein Nachmieter wird sich schon finden. Darum kümmert sich die Hausverwaltung, vermutlich auch um die Entrümpelung.«

»Ich mein halt bloß«, sagte Ludwig. Er holte seine Pfeife aus der Hemdtasche und begann, sie mit Tabak zu füllen. »Bei uns im Haus fällt neuerdings öfter die Heizung aus, und der Vermieter kümmert sich ned anständig drum, der Sauhund. Außerdem ist bei mir des Fenster in der Stube undicht, ständig ziagts rein, als des neulich so arg geregnet hat, war des Fensterbrettl innen ganz nass. Da hab ich halt überlegt, ob des ned gscheiter wär, ich würd die Wohnung von der Moosgruberin übernehmen. So viel teurer als meine kann sie ja ned sein.«

»Das ist ein großartiger Vorschlag!«, antwortete Erna. »Wenn du magst, können wir gleich nachher zum Büro der Hausverwaltung gehen und nachfragen, ob die Wohnung noch frei ist.«

Die Bedienung kam und brachte die Bestellung. Die Vorstellung, dass Ludwig bald in ihrem Haus wohnen würde, gefiel Erna – obwohl er vermutlich niemals die Treppe wischen würde. Aber damit hatte sie kein Problem. Den wöchentlichen Hausputz erledigte sie für ihn gerne mit.

»Dann lass uns auf diese wunderbare Idee doch gleich anstoßen«, sagte Erna, griff zu ihrem Bierkrug und hielt ihn ihm hin. Doch Ludwig zögerte.

»Ich weiß ned recht«, antwortete er. »Des sollt ma glaub ich lieber bleiben lassen. Am End klappts ned, und ich muss in meiner zugigen Klapperbude bleim. Vorher feiern hat scho so manchem Unglück bracht.«

»Wenn du meinst«, antwortete Erna. »Dann lass uns auf die Moosgruberin anstoßen. Möge sie in Frieden ruhen.«

Sie stießen an, und Erna nahm einen kräftigen Schluck. Eigentlich war sie keine Freundin von Bier und schon gar nicht von dunklem. Aber als echte Münchnerin durfte sie das nicht sagen. Schon gar nicht, wenn man sich im Hofbräuhaus, dem Mekka des Bieres in München, befand. Heute schmeckte ihr das Gebräu aber gar nicht so schlecht. Vielleicht lernte sie es ja doch noch zu lieben. Sie stellte den Bierkrug ab und griff zu dem auf dem Tisch stehenden Senffass. Da sah sie plötzlich Frieda, die in Begleitung von Erich den Gastraum betrat. Ernas Augen wurden groß. Auch Ludwig entdeckte Frieda und winkte die beiden sogleich freudig näher. Frieda und Erich blieb nichts anderes übrig, als zu ihnen an den Tisch zu kommen.

»Grüß Gott«, grüßte Ludwig freudig. »Des is ja ein Zufall. Wollt's euch zu uns setzen? Is noch a halbe Stund bis zwölf, da gehen noch Weißwürstl.«

Erich war derjenige, der die Einladung annahm, und die beiden setzten sich.

Erna fühlte sich wie vor den Kopf gestoßen. Erich war wieder in München, und er traf sich wieder mit Frieda. Wieso hatte sie ihr nicht davon erzählt?

»Aber ihr müsst's wissen, dass des hier eigentlich eine Gedenkveranstaltung is«, erklärte Ludwig. »Des is da Leichenschmaus von der Moosgruberin.«

Verdutzt sah Frieda von Ludwig zu Erna, die die auf ihren Lippen liegende Frage beantwortete: »Wir waren die einzigen Trauergäste.«

29. Kapitel

15. Februar 1930

Josef saß auf einer Bank im Englischen Garten und beobachtete das fröhliche Treiben der Schlittschuhläufer auf dem Kleinhesseloher See. Seit Langem schien mal wieder die Sonne von einem blank geputzten Himmel, die Wolken und der graue Hochnebel hatten sich zwar verzogen, doch die eisige Kälte war geblieben. Heute störten Josef die frostigen Temperaturen allerdings nicht sonderlich. Es war etwas anderes, dass ihn ärgerte: Er hatte sich die Vermarktung seines Steckerl-Eises bei den Kiosk-Betreibern des Englischen Gartens einfacher vorgestellt, doch die Inhaber waren recht sture Hunde, damit hatte er nicht gerechnet. Allesamt besaßen Eisschränke, allein schon für die gekühlten Getränke. Daran würde ein Verkauf ihres Eises also nicht scheitern – doch keiner von ihnen war von seinem Steckerl-Eis sonderlich angetan gewesen. Derweil hatte er sogar Probiereis dabeigehabt. Bei dem kalten Wetter ließ es sich hervorragend in einer normalen Tasche transportieren, ohne zu schmelzen. Der Hinterleitner, der den Ausschank am Chinesischen Turm innehatte, hatte gleich abgewunken. »So an neumodischen

Firlefanz« würde er nicht verkaufen. Der Steindlmüller vom Seehaus war erst ganz angetan von dem Eis gewesen und hatte es sogar probiert. Doch so recht war er letzten Endes von der Idee trotzdem nicht zu überzeugen gewesen. Sein Eisschrank wäre im Sommer schon mit den Getränken überfüllt. Außerdem wär des ja eher was für Kinder. Josef hatte ihm klarzumachen versucht, dass der Nachwuchs ja auch mit in den Biergarten kam. Doch dem wollte er lieber Limo verkaufen, damit hätte er bessere Einnahmen. So hatte sich Josef die Umsetzung seiner Idee nicht vorgestellt. Er war fest davon ausgegangen, dass sich gerade im Parkumfeld sein Steckerl-Eis großartig verkaufen lassen würde. Aber diese Sturköpfe waren einfach zu deppert, um das zu erkennen. Oder wollte er für den Anfang zu viel? Erna hielt nicht viel von seinen täglichen Werbetouren durch die Stadt. Wenn es Frühling wurde, würde sich gewiss alles von alleine finden, dessen war sie sich sicher. Es musste ihr Eis erst einmal in großer Zahl im Stadtbild geben, dann würde es sich auch gut vertreiben lassen.

»Du musst Geduld haben«, hatte Erna erst heute Morgen zu ihm gesagt. Josef wusste, dass sie rechthatte. Doch ihn trieb eine weitere Sorge um, die ihn dazu zwang, solche Vertriebsversuche wie den heutigen zu starten: Es war die immer schlechtere Wirtschaftslage, die mit den noch immer auftretenden Bankenpleiten mit jedem Tag schlimmer zu werden schien. Erst am Morgen in der Großmarkthalle hatte er erfahren, dass ein alter Bekannter seine Autowerkstatt schließen musste, weil ihm seine Bank den Kredit aufgekündigt hatte, den er erst ein Jahr zuvor aufgenommen hatte, um seinen Betrieb zu erweitern. Was würde werden, wenn ihnen so etwas ebenfalls passierte? Die Angst davor trieb ihn so sehr um, dass er beinahe täglich bei seinem Bankberater anrief, um sich zu erkundigen, ob noch alles in Ordnung war. Jedes Mal wieder erhielt er dieselben beruhigenden Worte zur Antwort: Er müsste sich keine Gedanken machen, alles würde in gewohnten Bahnen laufen.

In Josefs Ohren hörte sich diese Aussage inzwischen wie eine Floskel an, die der Mann mit Sicherheit mehrmals am Tag von sich gab. Bei vielen Firmen Münchens ging die gleiche Angst um, und nicht wenige von ihnen hatten wirtschaftliche Probleme. Mitarbeiter wurden entlassen, der Pleitegeier flog über die Dächer, die Schlangen vor dem Arbeitsamt schienen jeden Tag länger zu werden. Wer von der Stütze lebte, kaufte sich kein Steckerl-Eis. Oder sah er das alles zu düster? Vielleicht hatten sie Glück, und ihre Bank überstand den Sturm. Ihren größten Gegner in der Nachbarschaft, das *Großglockner*, gab es ja mittlerweile nicht mehr. Und vielleicht würde sich die allgemeine Lage ja doch wieder rasch stabilisieren. Darauf galt es zu hoffen.

Mitten in seinen trüben Gedanken blieb plötzlich ein Fahrradfahrer neben ihm stehen. Es war Walter.

»Grüß Gott, Herr Pankofer! Das ist ja ein Zufall, Sie hier zu treffen. Was für ein schönes Wetter das heute endlich wieder ist.«

»Grüß dich, Walter«, grüßte Josef zurück. »Ja, das stimmt. Man möchte am liebsten mit den anderen auf dem See laufen. Aber ich kann bedauerlicherweise nur leidig Schlittschuh laufen. Wenn man das Gleiten auf den Kufen beherrscht, scheint es großen Spaß zu machen.« Er deutete auf den bunten Seetrubel.

»Ja, das tut es«, antwortete Walter. »Ich bin neulich mit

Lotte hier gewesen. Sie ist eine großartige Eisläuferin! Wenn sie über das Eis gleitet, merkt man gar nicht, dass sie ein verletztes Bein hat.«

»Lotte läuft Schlittschuh?«, hakte Josef verdutzt nach.

Walter biss sich auf die Lippen. Es war offensichtlich, dass er ein bisher gut gehütetes Geheimnis ausgeplaudert hatte. Bedauerlicherweise stürzte ausgerechnet jetzt direkt in der Nähe der Bank ein junges Mädchen und begann sogleich bitterlich zu weinen.

»Wir waren schon einige Male hier«, gestand Walter. »Sie hat es einfach gern. Sie sagt immer, dass sie sich, wenn sie über den See gleitet, richtig frei fühlt und von dem dummen Bein nicht eingeschränkt. Ich gebe auch immer gut auf sie acht. Das können Sie mir glauben. Bitte sagen Sie Ihrer Gattin nichts davon. Sie wird es Lotte bestimmt verbieten.«

»Ja, das wird sie wohl«, antwortete Josef. »Aber ich sehe die Sache mit Lotte ein wenig anders als meine Frau. Wenn sie sich das Eislaufen zutraut und es ihr Freude bereitet, dann soll sie es ruhig machen. Es ist beruhigend zu wissen, dass sie einen vernünftigen Aufpasser an ihrer Seite hat.«

»Haben Sie vielen Dank«, antwortete Walter erleichtert. »Übrigens bin ich gerade mal wieder für Ihr Fräulein Tochter unterwegs.« Er deutete auf ein Stoffsäckchen in seinem Fahrradkorb. »Die nächste Auslieferung der Haferkekse steht an. Die Kekse sind so beliebt, wir müssen inzwischen bei einigen Kiosken zweimal die Woche nachliefern. Aber ich kann das schon verstehen, sie schmecken köstlich.«

»Es ist sehr freundlich von dir, Walter, dass du uns hilfst.«

»Ich kann das gerne auch im Sommer machen«, antwortete er. »Ich liefere auch das Steckerl-Eis für Sie aus. Meine

Anlieferstationen für die Kekse wollen dieses ja auch verkaufen, oder? Ich finde, solche Verkaufsmöglichkeiten zu nutzen, ist eine großartige Idee, wenn ich das so sagen darf. Ihre Geschäftstüchtigkeit ist zu bewundern.«

»Wenn es nur so funktionieren würde, wie ich es mir vorgestellt habe«, antwortete Josef und stieß einen Seufzer aus. »Bisher haben nur die wenigen Kioske und Läden dem Verkauf zugestimmt, die bereits Lottes Haferkekse ins Sortiment aufgenommen haben. Bei allen anderen Ausschänken und Kiosken beiße ich bisher auf Granit. Manchmal sind es Vorurteile – was der Bayer nicht kennt, des verkauft er nicht. Oder es fehlt schlichtweg am Platz in den Eisschränken. An warmen Sommertagen haben Bier und Limonade in der Kühlung Vorrang.«

»Ich denke, sie werden ihre Meinung bestimmt noch ändern, wenn es das Eis in München zu kaufen gibt. Es lässt sich ja auch noch auf andere Art Wirbel machen. Einige gut platzierte Anzeigen in der Zeitung sind immer hilfreich. Ich hab einen Bekannten beim Abendblatt, der mir noch einen Gefallen schuldet. Vielleicht kann ich ihn ja zu einem Preisnachlass überreden.«

Josef sah Walter überrascht an. So viel Unterstützung hatte er sich von dem Jungen nicht erwartet. Er schien regelrecht für ihre Idee zu brennen. Lotte schien einen richtigen Glücksgriff getätigt zu haben. Es war zwar noch ein langer Weg, aber vielleicht könnte dieser patente Mann sogar eines Tages sein Schwiegersohn werden. Dagegen hätte er nichts einzuwenden.

»Das wäre äußerst freundlich«, antwortete er. »Hat dir Lotte denn die Eisherstellung schon gezeigt?«

»Nein, hat sie noch nicht. Aber vielleicht könnten Sie sie mir ja mal erklären. Die Herstellung dieser sensationellen Neuheit interessiert mich natürlich brennend.«

Josef gefiel Walters Interesse. »Das freut mich«, antwortete er, erhob sich von der Bank und fügte hinzu: »Brauchst mich nicht mehr siezen, Bub. Ich bin der Sepp.« Er hielt Walter die Hand hin.

Walter ergriff sie freudig.

Sensationelle Neuheit, wiederholte Josef in Gedanken. Wo der Junge recht hatte ... Das Steckerl-Eis war tatsächlich etwas ganz Neues, es war etwas, das München noch nie gesehen hatte. So oder so ähnlich musste der Werbetext in den Anzeigen lauten. Er musste umdenken. Er hatte etwas Besonderes und Einzigartiges im Angebot und es nicht nötig, bei Kioskbesitzern oder Ausschänken zu betteln. Wenn alles nach Plan lief, würden die bald von selbst ankommen und ihn anflehen, sein Steckerl-Eis verkaufen zu dürfen.

»Ich zeige dir gerne, wie die Eisherstellung funktioniert. Hast du heute Nachmittag Zeit? Wenn du möchtest, können wir uns dann auch gerne über weitere Werbeideen austauschen. Mir gefallen deine Vorschläge.«

»Gern«, antwortete Walter. »Lass mich nur rasch die Kekse ausfahren. Dann bin ich zu allen Schandtaten bereit.«

Walter schwang sich auf sein Fahrrad und fuhr davon. Josef sah ihm kopfschüttelnd und mit einem Lächeln auf den Lippen nach. Der lebensfreudige Junge hatte es tatsächlich geschafft, seine Zweifel und seine trübsinnigen Gedanken zu vertreiben. Eine Melodie pfeifend, machte er sich auf den Heimweg.

Zwei Stunden später befanden sich Josef und Walter in der Eiswerkstatt. Josef hatte sich dafür entschieden, eine Form, also fünfzehn Stück Vanilleeis herzustellen. Die dafür benötigte süße Vanillesoße hatten sie bereits angerührt. Sie bestand aus Wasser, Milch- und Sahnepulver, Zucker und Vanillezucker sowie Eiern, für Stabilität sorgte das Verdickungsmittel Pektin, das es in praktischer Flüssigform gab. Es hatte eine ganze Weile gedauert, bis sie das Rezept fertig kreiert hatten. Die Zutaten sollten nicht minderwertig sein, jedoch bezahlbar bleiben. Milch- und Sahnepulver erstand Josef bei einem Bekannten auf dem Großmarkt zu einem günstigen Preis. Den größten Kostenfaktor stellten noch immer die Eier dar. Aber auch hier hatte er einen recht ordentlichen Rabatt bei einem Großhändler aushandeln können.

»Jetzt müssen wir die Eisflüssigkeit in die dafür vorgesehene Form füllen«, erklärte Josef. Walter beäugte die extra für das Steckerl-Eis hergestellten Formen und hob den Deckel ab, der mit Klammern an den Seiten fixiert werden konnte.

»Interessant«, sagte er und betrachtete die Form von allen Seiten. »Woher weißt du, wie man so ein Eis herstellt?«

Josef erklärte Walter, während er die Flüssigkeit in die Form füllte, wie er in Berlin auf das Steckerl-Eis aufmerksam geworden war.

»Na, da hast du aber Glück gehabt, dass dir der Eishersteller alles genau erklärt hat! Wenn du mich fragst, hat der Mann äußerst blauäugig agiert. Mit so einer großartigen Idee geht man nicht bei der Konkurrenz hausieren.«

»Ach, Berlin ist weit weg«, antwortete Josef und winkte ab. »Ich denke nicht, dass wir uns in die Quere kommen werden.«

»Sag das nicht«, antwortete Walter. »Wenn du das hier richtig anstellst, könnte es sein, dass du dein Eis bald in ganz Deutschland und nicht nur in München verkaufst.«

»Deinen Optimismus möchte ich haben«, antwortete Josef und schüttelte den Kopf. »Und ich dachte, ich würde groß träumen.«

»Nicht träumen«, antwortete Walter. »Aber groß denken, das sollte man. Besonders als Unternehmer. Das kommt nicht von mir, sondern von meinem Vater. Obwohl er bedauerlicherweise gerne viel redet, es dann jedoch trotzdem nicht so ganz hinbekommt. Ich habe ihm schon so oft gesagt, dass wir expandieren und Geschäfte in anderen Städten wie Augsburg oder Dachau eröffnen könnten. Sanitärartikel sind gefragt. Doch er zögert und zaudert. Es ist ein Jammer …«

»Er wird bestimmt einen guten Grund dafür haben, weshalb er nicht erweitert«, antwortete Josef. »Du bist jung und hast nicht immer alles im Blick. Die Zeiten sind aktuell für uns alle nicht einfach. Durch den Börsencrash in Amerika hat sich die Lage für uns alle bedeutend verschlechtert. Viele Banken kommen gerade ins Schwimmen oder gehen ganz pleite. Sie fordern Kredite zurück. Aber wenn das Geld in das Unternehmen gesteckt worden ist, kann man es nicht so einfach zurückzahlen. Es gilt zu hoffen, dass diese Situation nur von vorübergehender Natur ist und wir alle noch einmal mit einem blauen Auge davonkommen. Auch ich habe einen Kredit bei einer Bank aufgenommen, um die Anschaffung der teuren Geräte zu finanzieren. Sollte sie das Geld zurückfordern, dann war es das mit unserem Steckerl-Eis.«

»Verstehe«, antwortete Walter. Seine Miene war nun ernst. Für einen Moment herrschte Stille im Raum. Sie fühlte sich seltsam bedrohlich an, als würde das Unglück bereits vor der Werkstatttür stehen und darauf warten, eintreten zu dürfen.

»Aber noch ist es nicht so weit, oder?«

»Nein, das ist es nicht«, antwortete Josef.

»Siehst du. Ich mag jung sein, aber ich bin informiert. Erst gestern habe ich mit einem guten Freund von mir, der Wirtschaft studiert, ein langes Gespräch über die aktuelle Situation geführt. Er ist der Meinung, dass der Spuk dieser Krise in wenigen Wochen vorüber sein wird. Natürlich werden kleinere Banken auf der Strecke bleiben, aber die Kredite können von größeren Banken aufgefangen werden. Ich denke im Moment darüber nach, Wirtschaft zu studieren. Ob ich in den Familienbetrieb einsteige, weiß ich jedoch noch nicht so recht, denn mein jüngerer Bruder liebäugelt ebenfalls damit. Allerdings wird eine Übernahme durch die Söhne vermutlich noch ein ganzes Weilchen dauern, denn mein Vater ist noch lange nicht bereit dazu, sich aufs Altenteil zu legen.«

»Solltest du Interesse daran haben, könntest du vielleicht eines Tages bei uns im Betrieb mitarbeiten«, antwortete Josef. »Selbstverständlich nur dann, wenn mein Plan aufgeht und unser Eis sich gut verkauft.«

»Das wäre mir eine Freude«, antwortete Walter. »Eiscreme zu verkaufen ist um ein Vielfaches charmanter als Sanitärartikel.« Er grinste und deutete auf die gefüllte Eisform. »Wollen wir das Eis jetzt fertig machen?«

»Aber gern«, antwortete Josef und stellte die Eisform in das Kühlbecken.

Die Werkstatttür öffnete sich. Es war Frieda, die in Begleitung von Erich eintrat. Verdutzt sah sie Josef und Walter an.

»Ihr seid hier?«, sagte sie. »Ich dachte, ich meinte ...«

Josefs Blick blieb an Erich hängen und verfinsterte sich sogleich.

»Was soll das? Was fällt dir ein, ihn ausgerechnet hierherzubringen?«, polterte er sogleich los. »Ja, bist du denn von Sinnen?«

Doch Frieda reagierte anders, als er annahm. Ihre Miene wurde trotzig, sie reckte das Kinn nach vorn und nahm Erichs Hand.

»Nein, das bin ich nicht«, antwortete sie. »Erich und ich haben einander wiedergefunden. Ob es dir nun gefällt oder nicht.«

Erich ergriff nun das Wort: »Ich weiß, Sie haben noch immer Vorbehalte gegen mich, wegen der Gesinnung meines Vaters. Aber ich versichere Ihnen ...« Weiter kam er nicht, denn Josef fiel ihm ins Wort.

»Mir ist es gleichgültig, was Sie mir versichern. Ein Bachmann kommt mir nicht ins Haus. Da lass ich nicht mit mir reden. Das hier ist mein Allerheiligstes, und du zeigst es dem Sohn dieses elenden Mörders! Der Apfel fällt nie weit vom Stamm. So ist es, und so wird es immer bleiben. Geht! Verschwindet!« Er zeigte zur Tür und brüllte lautstark: »Raus hier!«

Erich und Frieda flohen aus dem Raum. Nachdem die Tür hinter ihnen ins Schloss gefallen war, herrschte einen Moment eine angespannte Stille. Walters Miene zeigte Betroffenheit.

»Es tut mir leid, dass du Zeuge dieser unschönen Situation geworden bist«, sagte Josef zu ihm. »Es ist eine längere Geschichte. Zurück zum Eis?«

»Aber ja doch«, antwortete Walter.

Sie stellten die Form in das Kühlwasser, und Josef fühlte sich plötzlich erschöpft. Wieso tat Frieda ihm das an, wieso hinterging sie ihn so schändlich? Sie wusste doch, wie sehr sie ihn mit ihrem Tun verletzte. Doch in ihm stiegen auch Zweifel an seinem Verhalten auf. Vielleicht fiel in diesem Fall der Apfel tatsächlich weit vom Stamm. Doch er war noch nicht bereit dazu, daran zu glauben.

30. Kapitel

05. März 1930

»Also wegen mir bräuchts den ganzen Fasching nicht«, sagte Ludwig, während sie die Treppe zu seiner Wohnung hinaufliefen. »Ich bin jedes Mal froh drüber, wenn der Zirkus wieder a End hat. Gott sei Dank is alle Jahr am Aschermittwoch alles vorbei.«

Erna, die am gestrigen Tag mit großem Erstaunen festgestellt hatte, dass neuerdings sogar die Marktfrauen des Viktualienmarktes sich vom Faschingstreiben anstecken ließen und in bunten Kostümen zwischen ihren Ständen getanzt hatten, stimmte ihm zu, obwohl sie in früheren Zeiten schon gerne mal auf einen der zahlreichen in München stattfindenden Bälle gegangen wäre. Aber meist fehlte es ihr am passenden Kostüm, am Geld, oder der Fasching hatte wegen des Krieges oder anderer wirtschaftlicher Probleme nicht stattgefunden. Jetzt brauchte sie die bestellte Ausgelassenheit auch nicht mehr. Auch hing erneut der Haussegen schief, was zusätzlich die Stimmung dämpfte. Seit Erich und Frieda in der Eiswerkstatt aufgetaucht waren, lief Josef den ganzen Tag mit einer fürchterlichen Sauertopfmiene durch die Gegend, die ihresgleichen suchte. Da kam Erna der heute anstehende Umzug von Ludwig in die Wohnung der Moosgruberin ganz gelegen. Es hatte ein Weilchen gedauert, bis sämtliche Formalitäten geklärt worden waren, denn der Sohn hätte eigentlich noch die letzte Monatsmiete bezahlen sollen, hatte dies jedoch nicht getan. Ebenso wenig hatte er sich um das Ausräumen der Wohnung gekümmert. Rosi wusste zu berichten, dass das Verhältnis zwischen der Moosgruberin und dem Erwin schon länger zerrüttet gewesen war. Dem Hausverwalter war es recht gewesen, dass sich mit Ludwig unkompliziert ein zuverlässiger Nachmieter gefunden hatte, schließlich war er ein pensionierter Staatsdiener und konnte somit ein regelmäßiges Einkommen nachweisen. Nachdem er die Wohnung von einem Entrümpelungsdienst ausräumen und von einem Maler hatte renovieren lassen, konnte Ludwig endlich einziehen.

Ludwig schloss die Tür seiner bisherigen Bleibe auf, und Erna und er traten in den kleinen Hausflur. Erna schlug eine muffige Geruchsmischung entgegen, die sie die Nase rümpfen ließ. Vom Lüften schien Ludwig nur wenig zu halten. Seine Wohnung bestand aus einer Wohnstube, einem davon abgehenden Schlafzimmer und einer Küche. Im Hausflur befanden sich die Toilette und das Gemeinschaftsbad, das er jedoch nicht nutzte, wie Erna wusste. Zum Baden ging er immer montags und samstags während der kalten Jahreszeit ins Müller'sche Volksbad, im Sommer ins Ungererbad. Er schwamm dann auch immer einige Bahnen, denn im Alter musste man sich schließlich fit halten. In der Küche stand neben dem Spülbecken sein Rasierzeug und ein kleiner, runder Spiegel hing darüber an der Wand neben einem Regal, auf dem sich Porzellantöpfe mit den Aufschriften »Kartoffeln« und »Zwiebeln« befanden, die etwas verstaubt aussahen. Genutzt waren die beiden vermutlich länger nicht geworden. Auf dem Herd, einem Kohleofen, stand eine gusseiserne Pfanne, in der sich ein verkohltes Würstchen befand. Auf dem Tisch am Fenster, das wohl schon vor einiger Zeit zuletzt geputzt worden war, standen gebrauchtes Geschirr und ein paar leere Bierflaschen. In der Wohnstube und der Schlafkammer ging die Unordnung munter weiter. In der Stube lagen überall Zeitungsstapel, unzählig viele Bücher türmten sich in Regalen an den Wänden. Über einem Stuhl lag ein Teil von Ludwigs Kleidung. Die Schublade einer Kommode stand offen und gab den Blick auf seine Socken und seine Unterwäsche frei. Erna war fassungslos: Hier war so gar nichts für einen anstehenden Umzug vorbereitet. Ludwig schien ihre Gedanken zu erahnen, denn er zog den Kopf ein, und seine Miene wurde reumütig.

»Ich weiß, ich hätt a bisserl was zampacken solln. Aber die letzten Tag bin ich ned dazu kommen. Mich hat immer mein Ischias zwickt. Weißt ja, dass ich mit dem neuerdings Ärger hab. Und der depperte Weißkittl kann mir a ned so recht helfen. Der will mir immer a Spritzn geben, aber damit soll er mir bloß gehn.« Er winkte ab.

Erna stieß einen Seufzer aus. Sie hätte damit rechnen müssen.

»Ist hier jemand?«, hörte sie plötzlich Lottes Stimme. »Hier wären die Umzugshelfer. Walter ist auch mitgekommen.« Ein Klopfen war zu hören. Erna hörte erleichtert die Stimme ihrer Tochter. Immerhin würde sie das Chaos nicht allein bewältigen müssen.

Eine Stunde später sah die Situation nicht mehr ganz so hoffnungslos aus. Sie hatten die Unordnung so weit beseitigt, und Walter sowie ein weiterer Helfer, ein langjähriger Nachbar von Ludwig, hatten bereits die ersten kleineren Möbel in die Wohnung der Moosgruberin gebracht: den Tisch aus der Küche und die Stühle sowie den Schuhschrank aus dem Flur. Die Bücher wurden aus den Regalen geräumt und in Kartons gestapelt, die Walter mitgebracht hatte. Geschirr wanderte in Wäschewannen, Bilder wurden von den Wänden genommen und das Bett abgezogen. Den Großteil der Wäsche würde Lotte morgen zur Reinigung Simmerl bringen. Dort war Ludwig bereits seit vielen Jahren Stammkunde.

Am Nachmittag gönnten sie sich bei Kaffee und Bienenstich im Eissalon eine kleine Pause. Wegen des Aschermittwochs war dieser geschlossen. Dass alles vorbei war, war auf den Straßen Münchens spürbar, es war äußerst ruhig. Männer der Stadtreinigung beschäftigten sich damit, den Gehweg zu kehren.

»Wo steckt eigentlich der Sepp?«, fragte Ludwig mit vollem Mund. An seinem Schnauzbart hing etwas Sahne.

»Vermutlich in seiner Werkstatt«, antwortete Erna und zuckte mit den Schultern. »Er hofft, den Eisverkauf bald starten zu können. Immerhin haben wir schon März. Bestenfalls gibt es in drei bis vier Wochen bereits die ersten warmen Frühlingstage.«

»Wenn wir Glück ham«, antwortete Ludwig. »Also ich glaub da ned dran. Mich juckts im kleinen Zeh. Und wenn das passiert, dann is da Frühling no weit. Der is mir als Bub mal halb abgfrorn, und jetzt is der besser als jede Wettervorhersage, des kannst mir glaum.«

Erna antwortete nicht auf seine Ausführungen, stattdessen wanderte ihr Blick aus dem Fenster, und Falten legten sich auf ihre Stirn. Als ob Petrus Ludwigs Worte bekräftigen wollte, fing es just in diesem Moment an zu schneien. Auch Lotte bemerkte es.

»Ist Fasching nicht zum Winteraustreiben da?«, fragte sie. »So richtig hat das in diesem Jahr nicht funktioniert.«

»Das hat noch nie geklappt«, entgegnete Ludwig. »Da können die noch so viel in ihrer verrückten Kostüme umanandahupfen. Die Jahreszeiten gem nix auf unsere seltsamen Bräuche.«

»Wo steckt eigentlich Frieda?«, fragte Lotte. »Bestimmt ist sie wieder bei Erich. Also ich würde den beiden ja schon eine Heirat gönnen. Sie liebt ihn wirklich. Papa sollte endlich damit aufhören, ständig gegen ihre Verbindung zu wettern. Der Erich ist wirklich ein Netter. Bestimmt denkt der nicht so wie sein blöder Vater.«

»Lotte, bitte«, ermahnte Erna ihre Tochter. »Diese Angelegenheit gehört jetzt nicht hierher.«

»Wieso nicht?«, fragte Lotte. »Der Ludwig und der Walter kennen doch den Grund für Papas Ablehnung gegenüber Erich.«

»Trotzdem gehört es sich nicht, die Privatsachen von Leuten in einer solchen Runde zu erzählen«, bekräftigte Erna ihre Ermahnung.

»Also mei Meinung zu dem Thema kennts ihr ja bereits«, sagte Ludwig. »Ich halt nix davon, den Buam zu verurteilen, nur weil sei Vater sich mit de falschen Leut gemein gmacht hat. Ich hab auch ned alles gut gfunden, was mei Vater gsagt und gmacht hat. Ich kann den Sepp in der Hinsicht ned verstehen.

Auch er ist im wahrsten Sinne des Wortes weit vom Stamm gfallen. Obwohl er ja schon die Pankofer'sche Geschäftstüchtigkeit geerbt hat, des kann er ned verleugnen. Aber des hat ja nix mit politischen Gesinnungen zu tun. Wennts ihr wollts, red ich gern noch mal mit ihm. So von Mann zu Mann is des vielleicht besser.«

»Vielleicht ist das keine schlechte Idee«, antwortete Erna. »Frieda hat mir erzählt, dass Erich nun doch plant, in München zu bleiben. Er ist im Moment auf der Suche nach einer Anstellung. Als gelernter Kaufmann wird er bestimmt rasch etwas finden, dazu kommt der recht bekannte Familienname. Frieda hat gemeint, dass er sich in Hamburg so gar nicht wohlgefühlt hätte.«

»Das tät ich mich bei den Fischköpfen auch ned«, sagte Ludwig. »Weißt was, ich red jetzt glei mit dem Sepp. Vielleicht kann ich ihn ja zur Vernunft bringen.« Entschlossen stand Ludwig auf und verließ durch die Hintertür den Salon.

Als er in der Werkstatt eintraf, beschäftigte sich Josef gerade damit, eine Portion fertiggestellte Steckerl-Eis zu verpacken. Dieser Vorgang passierte auf einer gekühlten Metallunterlage, damit das Eis nicht gleich wieder dahinschmolz.

»Grüß dich, Sepp«, Ludwig trat näher. »Da bist heut aber fleißig bei der Sach. Meinst echt, dass du des Eis heut schon vorbereiten musst? So nach dem passenden Verkaufswetter schauts draußen nicht aus.«

»Dessen bin ich mir bewusst«, antwortete Josef. »Aber ich möchte die erste Auslieferung fertighaben, sollte sich das Wetter rasch bessern. Du weißt, wie schnell das um diese Jahreszeit gehen kann. An dem einen Tag herrscht noch tiefster

Winter, am nächsten scheint die Sonne vom blauen Himmel, und die Leute sitzen wieder in den Straßencafés.«

»Ja, so schnell kanns scho gehen«, antwortete Ludwig. Er trat näher und begutachtete das Eis. Ludwig hatte gerade wieder zehn Stück fertig und verfrachtete sie in den Eisschrank.

»Das sind dann die letzten«, sagte er. »Ich hab kein Sahnepulver mehr und muss schnell beim Lucky nachordern. Wenn ich Glück habe, treffe ich ihn heute Abend am Stammtisch.«

»Meinst, der findet heute statt?«, fragte Ludwig. »Immerhin is Aschermittwoch.«

»Wieso nicht?«, entgegnete Josef. »Ich kann mich nicht entsinnen, dass der Greitmeier jemals wegen Aschermittwoch geschlossen hätte. Kundschaft kommt immer, auch an Aschermittwoch.«

»Da hast auch wieder recht«, antwortete Ludwig. »Übrigens läuft mei Umzug ganz gut. Des Gspusi von der Lotte ist ein ganz patenter Bua. Den muss sie unbedingt festhalten.«

»Du ziehst heute um?«, fragte Josef verdutzt.

»Aber ja doch. Des war doch scho seit Längerem geplant. Hat die Erna nix zu dir gsagt?«

»Nein, hat sie ...« Josef unterbrach sich, und seine Schultern sanken ein Stück nach unten. »Doch, natürlich. Entschuldige, Ludwig. Ich hätte dir helfen sollen. Es ist nur, ich meine ...« Er kam ins Stocken.

»Ich versteh des scho«, antwortete Ludwig und setzte sich auf einen am Arbeitstisch stehenden Stuhl. »So eine Betriebsgründung is keine leichte Sach. Grad aktuell gibt es ja viele Risiken.«

Auch Josef setzte sich, fischte eine Schachtel Zigaretten aus seiner Hemdtasche und bot Ludwig eine Kippe an.

»Wieso ned?«, antwortete er. »Obwohl mir a gscheide Portion Schnupftabak grad noch lieber wär. Aber was ned is …«

Josef zündete ihnen die Zigaretten an. Er nahm einen kräftigen Zug und blies den Rauch in die Luft.

»Wohl dem, der grad ned von so einer kleinen Bank abhängig is«, meinte Ludwig. »Da lob ich mir doch so Betriebe wie die Sparkassen oder Volksbanken. Da kann gwies nix schiefgehen. Obwohl ma es ja nie wissen kann. Ich nehm an, du hast deinen Kredit von einer der beiden Banken, oder?«

»Bedauerlicherweise nicht«, antwortete Josef. »Obwohl die Sparkasse ja seit vielen Jahren unsere Hausbank ist. Auch mein Vater war dort immer guter Kunde. Aber meine Idee mit dem Vertrieb des Steckerl-Eis war ihnen und auch denen von der Volksbank zu wenig, ich konnte ihnen zu wenig Sicherheiten anbieten. Der Bankberater von der Reischl-Bank war da wesentlich entgegenkommender. Als ich den Kreditvertrag unterschrieben habe, konnte ja keiner ahnen, dass es solche Probleme geben würde.«

»Bei den Reischl-Brüdern also. Ach, da würd ich mir keine großen Sorgen machen. Die gibt's ja schon seit über hundert Jahren in München. Wenn sich wer mit Geld auskennt, dann der Laden. Da bist bestimmt gut aufghoben.«

»Das will ich hoffen. Sollten sie mir meinen Kredit aufkündigen, dann war es das mit unseren Träumen vom Steckerl-Eis, und wie es dann weitergehen soll, weiß der Himmel.«

»Ja, so Träume können schnell platzen«, antwortete Ludwig. »Des hat man ja beim Bachmann gsehn. Eben erst hat er noch den Ausbau von seinem Betrieb geplant, und jetzt leistet er den Engerln Gesellschaft.«

»Du weißt, dass der Name in meiner Gegenwart nicht erwähnt werden soll«, ermahnte Josef Ludwig sogleich.

»Geh komm. Jetzad hab dich doch ned so«, entgegnete Ludwig. »Der Herrgott, oder as Schicksal, des kannst dir aussuchen, hat ihm seine gerechte Strafe zuteilwerden lassen. Da muss dann auch mal gut sein mit dem alten Groll. Auch der Frieda zuliebe. Sie ähnelt dir mehr, als du denkst. Du solltest deinen Frieden mit dem Bua machen. Keiner von uns kann was für seine Herkunft. Niemand weiß des besser als du selber.«

»Aber mein Vater war kein Nazi«, antwortete Josef in scharfem Tonfall.

»Ich glaub, du musst lernen, ehrlich zu dir selbst zu sein«, entgegnete Ludwig. »Ja, dein guter Freund ist damals ums Leben gekommen. Aber er allein hat seinen Tod zu verantworten und sonst niemand, auch nicht der Bachmann. Er wollte Anton Bachmann davon abbringen, Hitler zu folgen. Das ist löblich. Aber er hätte dies auch unter weniger gefährlichen Umständen tun können. Es war ein schlimmer Unfall. Für den am Ende dieses fürchterlichen Tages nur dein hitzköpfiger Freund verantwortlich war, der nicht bedacht ghandelt hat und sich selbst in Gefahr bracht hat. Manches Mal muss man lernen, dass ma einen guten Freund auch loslassn muss, auch wenns noch so sehr wehtut. Schließ mit dem Kapitel ab und schau nach vorn. Deine Frieda liebt den Buam, und sie wünscht sich nix mehr, als dass du ihn akzeptierst. Ich glaub, sie wird nicht glücklich werden, wenn du es nicht tust, auch wenn sie ihn heirat', was sie gwies tun wird. Tu es deine Frauen zuliebe. Auch die Erna und die Lotte leiden unter deim depperten Sturschädel.«

»Du bist nur deshalb gekommen, oder?«, fragte Josef. »Erna hat dich geschickt. Sie will, dass du mich zur Vernunft bringst! Aber so einfach ist das nicht. Du hast deinen Freund nicht sterbend im Arm gehalten.« Er stand abrupt auf, strich sich durchs Haar und begann, im Raum auf und ab zu laufen. In seinen Augen schimmerten Tränen. »Und dass alles wegen Anton! Wieso war er nur so dumm? Vor dem Krieg und auch noch an der Front hab ich große Stücke auf ihn gehalten. Ich weiß noch, wie wir gemeinsam voller Stolz heimgekehrt sind. Wie wir damals das Ende der Monarchie gefeiert haben. Und dann lässt er sich von so einem dahergelaufenen Österreicher einwickeln. Wir und unsere Freundschaft war ihm irgendwann keinen Pfifferling mehr wert. Er, und nur er allein hat Gerhard auf dem Gewissen. Sonst niemand. Wie soll ich da jemals mit seiner Brut meinen Frieden machen?«

»Du hast mir schon grad zughört, oder?«, fragte Ludwig aufgebracht und stand auf. »Mach endlich deine Augen auf und schau genau hin, dann siehst auch du die Wahrheit. Es hat noch nie jemandem gholfen, die Realität zum leugnen oder sie sich so zurechtzubiegen, wie man es gern hätte. Ich muss jetzt wieder los. Da Umzug is noch ned fertig. Wennst magst, kannst ja nachher zum Helfen kommen. Mei Schlafzimmerschrank müsst noch rübergschafft werden, und da wären kräftige Hände gfragt.«

Mit diesen Worten ließ er Josef allein.

31. Kapitel

10. März 1930

Frieda wartete ab, bis Wilhelmine Käsbauer die Abteilung verlassen hatte, dann eilt sie rasch in den Aufenthaltsraum, in den sich Jule Aigner, eine ihrer Aushilfen, in Tränen aufgelöst geflüchtet hatte. Das Mädchen stand in dem von einer unfreundlichen Neonlampe an der Decke erhellten Raum am Fenster und schniefte herzzerreißend. Frieda brach der Anblick beinahe das Herz. Sie hatte die fünfzehnjährige Jule auf den ersten Blick ins Herz geschlossen und sich rasch mit ihr angefreundet. Jule hatte sich so sehr darüber gefreut, die Anstellung bei Tietz erhalten zu haben – mit dem Geld könnte sie endlich ihre kranke Mutter besser versorgen. Die beiden wohnten in einer winzigen Hinterhofwohnung. Ihre Mutter hatte im letzten Winter eine schwere Lungenentzündung überstanden, doch so richtig auf die Beine war sie nicht mehr gekommen, weshalb sie ihre Anstellung verloren hatte. Ihre Rücklagen hatten gerade so für die Miete gereicht, Kohlen zum Heizen hatten sie kaum gehabt, eine mitleidige Nachbarin hatte ihnen öfter Essen gebracht. Doch durch die Anstellung bei Tietz war es wieder aufwärts gegangen. In der Stube war es wieder warm geworden, und Jule hatte auch wieder Kartoffeln und sogar die von ihrer Mama so geliebten Würste einkaufen können. Den kleinen Luxus hatte die dumme Wilhelmine Käsbauer mit ihrer elenden Kleinlichkeit nun jedoch jäh zerstört, denn sie hatte Jule eben fristlos gekündigt. Von Anfang an hatte sie die etwas schüchterne Jule auf dem Kieker gehabt. Ständig hatte sie an ihr etwas auszusetzen gehabt. Die Kleider auf den Ständern hingen nicht ordentlich genug, die Pullover in den Regalen waren nicht richtig zusammengelegt, sie hätte der Kundin noch einen Rock aufschwätzen sollen. Es war Frieda rasch klar geworden, dass Jule es dieser Frau niemals würde rechtmachen können. Selbst wenn sie am Tag zehn Kleider verkaufen würde, fände die Käsbauer noch etwas daran auszusetzen. Frieda wusste, dass sie Jule verteidigen hätte müssen, doch sie hatte sich aus Angst davor, ihre eigene Anstellung zu verlieren, nicht getraut, der Käsbauer die Stirn zu bieten. Sie waren auf ihr Einkommen angewiesen, mindestens noch so lange, bis das Geschäft mit dem Steckerl-Eis in die Gänge kam. Oder bis Erich … Sie dachte den Gedanken nicht zu Ende. Er war wieder Teil ihres Lebens, war nach München heimgekehrt und suchte nun seinen Platz in dieser Stadt. Im Moment wohnte er bei seiner Großtante mütterlicherseits in deren Gästezimmer in ihrer Villa in Nymphenburg. Sie war eine faltige, knochige Frau in altmodischen Kleidern, die keinen Damenbesuch duldete. Frieda verfluchte sich noch immer dafür, auf die Idee gekommen zu sein, Erich die Eiswerkstatt zeigen zu wollen. Sie hatte angenommen, dass ihr Vater auf seiner üblichen Werberunde war. Seit diesem unseligen Vorfall hatte sich Erich nicht mehr bei ihr gemeldet, was sie sogar ein wenig verstehen konnte. Wenn sein Vater ihr eine solche Form der Ablehnung entgegenbringen würde, würde sie vermutlich ähnlich reagieren, Gefühle hin oder her. Aber hatten Eltern das Recht dazu, das Glück ihrer Kinder zu zerstören? Sie lebten doch heute nicht mehr wie vor hundert Jahren, wo arrangierte Ehen häufig auf der Tagesordnung gestanden hatten. Allerdings würde ihr Vater vermutlich jeden anderen Mann akzeptieren, den sie mitbringen würde. Hauptsache, sein Nachname war nicht Bachmann. Es war zum Haareraufen.

Frieda holte ein Taschentuch aus ihrer Rocktasche, trat zu Jule und reichte es ihr.

»Es tut mir so leid. Die Käsbauer ist und bleibt ein Drachen.«

»Zu mir schon«, antwortete Jule und putzte sich die Nase. »Aber jeder hier weiß, dass du ihr Liebling bist. Dich würde sie niemals wegen einer solchen Kleinigkeit auf die Straße setzen. Ich wollte die dummen Umkleiden gleich kontrollieren, aber ich musste noch dieser einen Kundin helfen und zur Toilette.«

»Ich weiß«, antwortete Frieda. Sie fühlte sich hilflos. Die Tatsache, dass die Käsbauer anders mit ihr umging als mit den restlichen Verkäuferinnen in der Abteilung war ihr auch schon aufgefallen. Vielleicht lag es daran, dass Frieda von Beginn an ein besonderes Geschick für den Verkauf von Damenoberbekleidung zeigte und bereits während ihrer ersten Tage in der Abteilung großartige Verkaufserfolge erzielt hatte. Andererseits verkauften auch einige ihrer Kolleginnen nicht schlecht, allen voran die langjährigste Ladnerin, Franzi Lechner, die noch immer die meisten Umsätze generierte und offiziell als Stellvertreterin der Käsbauer galt. Im Gegensatz zu ihrer Vorgesetzten war Franzi Lechner eine Seele von Mensch und hatte es sogar schon öfter geschafft, Wilhelmine zu beschwichtigen. Bedauerlicherweise war sie ausgerechnet heute krank.

»Wie soll es denn jetzt nur weitergehen?«, schniefte Jule. »Mama wird am Boden zerstört sein, wenn ich mit dieser schlechten Nachricht nach Hause komme. Ihre Medizin ist auch bald leer. Mit meinem Wochenlohn wollte ich Nachschub kaufen. Es ging ihr gerade wieder etwas besser, auch weil die Stube jetzt nicht mehr so kalt ist. Gestern hat sie mir so lieb über den Kopf gestreichelt und mich ein liebes Mädel genannt. Sie wüsst nicht, was sie ohne mich machen tät, hat sie gesagt.« Jule brach nun endgültig in Schluchzer aus, und Frieda fühlte sich schuldig. Hätte sie nur den Mund aufgemacht! Sie war doch sonst nie jemand gewesen, der vor solch herrischen Personen wie der Käsbauer kuschte. Schon in der Schule hatten ihr ihre Widerworte so manchen Stockhieb eingebracht. Vielleicht sollte sie zur Käsbauer gehen und noch einmal mit ihr reden, ihr Jules Situation erklären? Doch Frieda ahnte, dass ihre Fürsprache nicht viel bringen würde. Aber vielleicht fand sich ein anderer Weg. Ihre vorherige Vorgesetzte, Bruni Scharnagel, kam ihr in den Sinn. Sie leitete die Schuhabteilung schon seit einer gefühlten Ewigkeit und war die Herzlichkeit in Person. Wenn sie Glück hatte, konnte Bruni noch eine Aushilfskraft gebrauchen. Frieda beschloss, sie sogleich spontan zu fragen.

Eine Stunde später hatte Jule ihre Tränen getrocknet, und sie lächelte sogar wieder ein wenig. Bruni hatte sich Friedas Ausführungen angehört und ihr sogleich zugesagt, das arme

Mädchen unter ihre Fittiche zu nehmen. Zu Friedas Glück hatte am Vortag eine Aushilfskraft gekündigt, weil sie heiraten würde. Bruni war also äußerst froh über den raschen Ersatz. »Die Käsbauer war schon immer ein üble Hex«, sagte die Bruni. »Ich frag mich, wie du es bei der aushältst. Ich würd schreiend weglaufen.«

Jule befand sich bereits in ihrem neuen Wirkungskreis. Als Frieda sich von ihr verabschieden wollte, war sie bereits mit der Beratung einer Kundin beschäftigt. Frieda beobachtete sie einen Moment lang und erkannte sogleich, dass sie richtig gehandelt hatte: Frieda schien ein Händchen für den Schuhverkauf zu haben. Sie holte Schuhkarton um Schuhkarton und beriet die Kundin so perfekt, als hätte sie niemals im Leben etwas anderes getan. Ein warmes Gefühl breitete sich in Frieda aus. *Einmal am Tag sollst du eine gute Tat vollbringen*, so hatte es ihre alte Nachbarin früher irgendwann einmal zu ihr gesagt. Ihre gute Tat bestand häufig darin, ihnen Himbeerbonbons zu schenken. Die Erinnerung daran zauberte Frieda ein Lächeln auf die Lippen. Jule war für heute ihre gute Tat gewesen.

Kurz darauf verließ Frieda das Kaufhaus durch den Haupteingang. Heute hatte sie ihren freien Nachmittag. Obwohl von »frei« keine große Rede sein konnte, denn meist verbrachte sie diesen im Familienbetrieb, in dem sie immerhin inzwischen etwas Stammkundschaft hatten, auf die sie zählen konnten. Heute war Mittwoch, also würden gewiss wieder die beiden alten Schreckschrauben Adelheid und Gislinde bei ihnen auftauchen, um ihren wöchentlichen Plausch zu halten und dem Vergnügen ihres Kartenspiels zu frönen. Dies taten sie, zur Freude ihrer Mutter, stets mit mehreren Portionen Kaffee und reichlich Kuchen.

»Grüß Gott, Frieda«, war es eine vertraute Stimme, die sie aus ihren Gedanken riss. Es war Erich. Verdutzt sah Frieda ihn an. »Ein Vögelchen hat mir gezwitschert, dass du heute Nachmittag nicht arbeitest«, sagte er und zwinkerte ihr zu.

»Ja, das stimmt«, antwortete Frieda. Sie ahnte, dass das besagte Vögelchen den Namen Lotte trug. »Obwohl das ja relativ ist. Wie du dir denken kannst, werde ich im Laden gebraucht.« In ihr bebte alles. Er war gut darin geworden, sie ohne Vorwarnung zu überfallen, das musste sie ihm lassen.

»Denkst du, du könntest dir heute komplett freinehmen?«, fragte er. »Ich hätte da einen Termin für uns beide, den ich ungern verschieben würde.«

»Einen Termin?«, hakte Frieda verwundert nach und zog eine Augenbraue in die Höhe.

»Er liegt mir sehr am Herzen, und es wäre mir eine Ehre, wenn du mich begleiten würdest.« Er sah sie mit diesem besonderen Blick an, dem sie nicht widerstehen konnte, und ein Lächeln umspielte ihre Lippen.

»Gut, ich begleite dich«, antwortete sie. »Aber nur, weil du mich neugierig gemacht hast. Mama und Lotte werden mein Fehlen heute Nachmittag bestimmt verschmerzen können.«

»Fein«, sagte er. »Dann los! Wir dürfen uns auf keinen Fall verspäten.« Er nahm ihre Hand und zog sie mit sich.

Nur wenige Minuten später befanden sie sich vor dem Haupteingang des Rathauses, was Frieda irritierte.

»Was wollen wir denn hier?«, fragte sie und hielt Erich zurück, der bereits die Tür geöffnet hatte.

»Das wirst du gleich sehen«, antwortete er. »Es ist ein Termin im ersten Obergeschoss. Wir müssen uns beeilen, du weißt doch, wie der Amtsschimmel ist. Pünktlichkeit wird bei den Behörden großgeschrieben.«

In dem mit kunstvollen Gewölben und Marmorsäulen ausgestatteten Treppenhaus zog er sie hektisch weiter. Frieda hatte Mühe, mit ihm mitzuhalten. Im ersten Stock angekommen, blieb sie nach Atem ringend stehen, was ihr die Rüge eines hinter ihr laufenden Mitarbeiters einbrachte, der, einen Aktenstapel in Händen, beinahe in sie hineingelaufen wäre.

»De Verliebten allerweil«, brummelte er und ging weiter. Verdutzt sah Frieda ihm nach. Ihr Blick blieb an einem Wegweiser hängen, der die Zimmer im Flur rechter Hand als Standesamt auswies. Sogleich begann sich ihr Herzschlag zu beschleunigen. Sollte es wirklich sein ...

»Was ist hier los?«, fragte sie und schaute Erich fest in die Augen.

»Ich wollte mit dir gemeinsam erneut unser Aufgebot bestellen«, antwortete er. »Es war eine spontane Idee. Ich habe heute Morgen die Zusage für eine Anstellung bei Dallmayr im Einkauf erhalten. Da dachte ich, jetzt kannst du endlich wieder gutmachen, was du damals zerstört hast. Es war nach dem fürchterlichen Brand und dem Tod meiner Eltern nicht leicht für mich. Dazu die Ablehnung deines Vaters ... Ich hätte unsere Verlobung niemals lösen dürfen.« Plötzlich sank er vor ihr auf die Knie und nahm ihre rechte Hand. Frieda wusste nicht, wie ihr geschah. Zwei Mitarbeiterinnen blieben unweit von ihnen stehen und betrachteten neugierig die sich bietende Szenerie.

»Willst du meine Frau werden, Frieda? Ich verspreche dir, ich werde dich niemals wieder enttäuschen, und komme, was mag, an deiner Seite stehen. Ich liebe dich. Willst du mich heiraten?« Erwartungsvoll sah er sie an.

In Frieda schienen die Glücksgefühle überzuschwappen. Sie konnte es nicht glauben! Noch vor wenigen Wochen hatte sie gedacht, ihn für immer verloren zu haben, und nun kniete er vor ihr. Es war wie ein Wunder! Tränen stiegen in ihre Augen, und sie nickte.

»Ja«, brachte sie über die Lippen und fügte hinzu: »Aber ja doch.«

Da erhob er sich, schloss sie fest in seine Arme und küsste sie so leidenschaftlich, dass ihr die Luft wegblieb.

Am nächsten Morgen stand Frieda in ein wollenes Schultertuch gewickelt auf dem Steg am Ufer des Ammersees und ließ ihren Blick über die glatt vor ihr liegende Wasseroberfläche schweifen, über der ein Nebelschleier hing, der die Fantasie so manchen Dichters beflügelt hätte. Frost hatte sich auf das den Steg einrahmende Schilfgras gelegt. Sein kalter Hauch lag in der Luft. Es herrschte eine besondere Stille, die es vermutlich nur zu dieser Jahreszeit an diesem verzaubernd wirkenden Platz gab. In wenigen Wochen würden die Stimmen der Vögel die Luft erfüllen, ihr fröhliches Zwitschern, das verheißungsvoll den Frühling ankündigte. Einen Frühling, der so vieles für sie entscheiden würde. Es galt zu hoffen, dass die Pläne ihres Vaters aufgehen und sie mit ihrem Steckerl-Eis Erfolge feiern würden. Doch noch mehr wünschte sich Frieda, dass ihr Vater endlich zur Vernunft kommen und Erich als seinen Schwiegersohn annehmen würde. Erich, den

Mann, den sie liebte und in dessen Armen sie am gestrigen Abend ihre Unschuld verloren hatte. Sie wusste, dass es falsch war, sich einem Mann vor der Ehe hinzugeben. Aber es hatte sich richtig angefühlt. Er war zärtlich und einfühlsam gewesen, es hatte kaum wehgetan. Sie fühlte sich heute verändert, so als wäre sie erst jetzt eine richtige Frau. Ihre Hochzeit hatten sie nun für Mitte April geplant. Das Aufgebot war bestellt, es war nur eine Trauung auf dem Standesamt vorgesehen. Sie wusste noch gar nicht so recht, wie sie ihrer Familie und allen anderen die Neuigkeiten beibringen sollte. Hilde würde sich bestimmt riesig darüber freuen, und gewiss würde sie sich erneut dazu bereiterklären, ihre Trauzeugin zu sein.

Sogar ein Kleid hatte Frieda bereits im Sinn. Es war eines der Frühjahrsmodelle, die erst neulich geliefert worden waren: cremefarben, schmal geschnitten, ein Stoffgürtel mit Spitze betonte die Taille, der Rock umspielte glockig die Knie. Dazu passenden Pumps, vielleicht ein Schleier im Haar. Als kleines Mädchen hatte sie stets von einer Hochzeit in der Kirche und von einem wunderschönen Prinzessinnenkleid geträumt. Doch dieser Jungmädchentraum würde vermutlich niemals in Erfüllung gehen. Den Glauben an eine Eheschließung vor Gott wollte Frieda dennoch genauso wenig aufgeben wie den Wunsch, dass ihr Vater sie zum Altar führen würde. Vor dem Moment, an dem sie ihm von der erneuten Verlobung mit Erich erzählen würde, graute es ihr schon jetzt. Würde er sie erneut des Hauses verweisen? Sie hatte ihren Vater stets vergöttert, ihm vertraut. Sie hätte niemals gedacht, dass er so stur sein konnte. Aber Erich war ein guter Mensch und verabscheute alles, was mit dem Nationalsozialismus zu tun hatte, das hatte er ihr geschworen. Ihr Vater wusste davon, doch trotzdem hielt er an seiner Ablehnung fest. Wenn er Erich nur kennenlernen würde. Dann würde er bestimmt anders von ihm denken …

Frieda hörte Schritte hinter sich und wandte sich um. Es war Erich. Er trug eine beige Stoffhose und eine aus dicker Wolle gestrickte Trachtenjacke darüber. Er legte von hinten die Arme um sie und küsste zärtlich ihren Hals.

»Da wache ich auf und meine Liebste ist nicht da. Ich dachte, mir bleibt das Herz stehen.«

»Ich wollte etwas frische Luft schnappen«, antwortete Frieda. Die Stelle an ihrem Hals, die er geküsst hatte, kribbelte, und ein wohliger Schauer zog ihren Rücken hinunter. Er roch nach Kaminfeuer, seine Bartstoppeln kitzelten sie etwas. »Es ist schön hier draußen. So wunderbar friedlich – ganz anders als in der Stadt.«

»Ja, das ist es«, antwortete er. »Deshalb bin ich gerne hier. Wenn ich könnte, würde ich für immer hier draußen bleiben. Aber leider geht das nicht. Ich verspreche dir, dass wir oft hier sein werden. Wenn du möchtest, können wir jedes Wochenende herfahren. Besonders die sommerliche Hitze ist am See erträglicher. Ich hoffe, du kannst schwimmen?«

»Aber natürlich! Papa hat es uns beigebracht. Einer seiner Kinderfreunde ist in einem Weiher ertrunken, deshalb war es ihm wichtig, dass wir es können.«

»Das war verantwortungsbewusst von ihm«, antwortete Erich. Einen Moment herrschte ein Schweigen zwischen ihnen, das sich seltsam beklemmend anfühlte. Von irgendwoher war das tuckernde Geräusch eines Bootsmotors zu hören.

»Er wird mich niemals akzeptieren, nicht wahr?«, fragte Erich plötzlich.

Frieda schloss für einen Moment die Augen. Seine Worte trafen sie tief im Innersten, lösten aber auch das Gefühl von Entschlossenheit in ihr aus. Sie wollte sich ihr Glück nicht von ihrem Vater und seinem elenden Starrsinn kaputtmachen lassen. Sie würde ihn endlich zur Vernunft bringen. Es brauchte nur die richtigen Argumente. Er liebte sie und wollte sie nicht verlieren. Das Wohl seiner Familie ging ihm doch über alles. Er musste nachgeben, nicht nur für sie und für Erich, sondern auch für Lotte und ihre Mama, die zwischen den Stühlen standen. Erich gehörte zu ihr, er würde ein Teil der Pankofers werden, ob es Josef gefiel oder nicht. Aber jetzt wollte sie nicht mehr darüber reden oder daran denken. Dieser Moment war so besonders, sie wollte ihn nicht mit einem sorgenvollen Gespräch zerstören.

»Wir werden sehen«, antwortete sie, drehte sich um und ihre Lippen fanden die seinen. Seine Hände umschlangen sie fest, seine Wärme und sein Geruch umhüllten sie, und sie wusste, dass sie sich gleich erneut lieben würden.

32. Kapitel

13. März 1930

»Du wirst … was?«, fragte Frieda fassungslos.

»Ich werde für einige Monate zu meiner Tante nach Amerika ziehen«, wiederholte Hilde. »Sie ist bereits vor einigen Jahrzehnten gemeinsam mit meinem Onkel ausgewandert, arbeitet dort in der Traumfabrik Hollywoods als Maskenbildnerin, und mein Onkel hat sich inzwischen mit seinen Restaurants einen Namen gemacht. Sie hat mich bei ihrem letzten Besuch im Herbst zu sich eingeladen. Wie du weißt, habe ich damals noch gezögert, weil ich mich in Wilhelm Leubinger verguckt hatte. Aber der will ja nichts mehr von mir wissen und hat nur Augen für die Geli Habermehl, die depperte Pflunzen.« Sie rollte die Augen.

»Aber deshalb muss man doch nicht gleich bis nach Amerika gehen!«, entgegnete Frieda. »Du wolltest doch eigentlich Journalismus und Germanistik studieren und hast schon die Augen nach einer Stellung bei der Zeitung offen gehalten. Was soll denn daraus werden? Und was sagen deine Eltern zu der Sache?«

Die beiden saßen in dem ausgezeichnet besuchten und bei vielen Münchnern äußerst beliebten Café *Luitpold*. Dessen

Innenausstattung hätte jedem Schloss Ehre gemacht: Sie befanden sich in einem wahren Prunksaal und nahmen ihren Kaffee unter prächtigen Deckengemälden und Wandfriesen ein. Hilde hatte das große Glück, eine der Angestellten näher zu kennen, denn sonst wäre es schwer für sie gewesen, regelmäßig einen der heißbegehrten Tische in diesem beliebten Etablissement zu ergattern.

Eine Bedienung brachte ihnen ihre Bestellung, zwei Portionen Kaffee und zweimal Himbeersahne, die in ganz München nirgendwo so gut schmeckte wie hier.

»Meine Eltern freuen sich sogar für mich! Mama würde mich am liebsten begleiten, doch sie fürchtet sich vor der Seereise. Ihr wird schon übel, wenn sie bloß an Schiffe denkt. Außerdem empfinde ich München als ermüdend und habe gerade was meine Schreibambitionen betrifft das Gefühl, nicht ernst genommen zu werden. In den Zeitungsredaktionen dieser Stadt scheinen Frauen noch immer nur schmückendes Beiwerk zu sein, das Kaffee kocht und sich um die Anzeigenabteilung kümmert.«

»Aber in Amerika kannst du doch noch weniger schreiben«, warf Frieda ein, die die Neuigkeiten von Hilde tief erschütterten. Sie war ihre einzige wahre Freundin in der Stadt und durfte sie nicht alleinlassen. Gerade jetzt, wo die Situation mit Erich und ihrem Vater so verfahren war, benötigte sie ihren Zuspruch.

»Aber ich kann Erfahrungen sammeln«, antwortete Hilde. »Bernie will mir die Filmstudios in Hollywood zeigen, vielleicht lerne ich sogar berühmte Schauspieler kennen. Und ich kann meine Englischkenntnisse weiter verbessern, was einer angehenden Journalistin bestimmt gut zu Gesicht stehen wird. Wir Frauen müssen in dieser Welt doppelt so gut sein wie die Männer, nur so werden wir wahrgenommen. Wenn ich aus Amerika zurückkehre, werde ich von den Redakteuren bestimmt ganz anders wahrgenommen. Davon bin ich felsenfest überzeugt.«

»Und was ist, wenn du nicht mehr zurückkommst?«, fragte Frieda. »Was ist, wenn du dich dort verliebst und einen Antrag von einem attraktiven Schauspieler oder sonst wem bekommst? Dann siehst du München am Ende niemals wieder. Dann sehe ich dich niemals wieder, und das wäre schrecklich! Du bist doch meine beste Freundin. So jemanden findet man nicht einfach so an irgendeiner Straßenecke.«

»Ach, Liebes.« In Hildes Augen schimmerten plötzlich Tränen der Rührung, und sie tätschelte Friedas Hand. »Du bist auch meine beste Freundin, und München ist doch mein Zuhause. Natürlich werde ich zurückkommen. Obwohl so ein attraktiver Schauspieler natürlich dazwischenkommen könnte, da hast du schon recht. Davon sollen in Hollywood ja nicht wenige unterwegs sein. Wenn du magst, könnte ich mein Tantchen fragen, ob du mich begleiten kannst. Dann machen wir die Filmwelt gemeinsam unsicher. Was meinst du dazu? Das wäre doch herrlich. Du und ich in Hollywood! Wir könnten hübsche Kleider tragend über den Hollywood Boulevard schlendern und abends in eine schicke Cocktailbar gehen. Du hast doch aktuell sowieso nur Schwierigkeiten mit deiner Familie wegen Erich. Eine Auszeit von dem ganzen Schlamassel könnte nicht schaden.«

»Du weißt, dass ich meine Familie, trotz aller Schwierigkeiten mit meinem Papa, nicht im Stich lassen kann«, entgegnete Frieda. »Ohne meinen Verdienst bei Tietz können wir die Mieten nicht bezahlen. Außerdem hoffe ich noch immer darauf, dass Papa Erich akzeptieren wird. Lotte hat mir davon berichtet, dass jetzt sogar Ludwig auf ihn eingewirkt hat. Er muss irgendwann seine Ablehnung gegenüber Erich aufgeben. Daran will ich fest glauben. Und darüber, dass ich mir eine Reise nach Amerika nicht leisten kann, brauchen wir erst gar nicht zu sprechen. Mir wäre vermutlich sogar ein Ticket in der Holzklasse zu teuer.«

»Es war ja nur eine Idee ...«, antwortete Hilde und zog eine Schnute. »Dass dein Vater wegen Erich noch immer Schwierigkeiten macht, versteht doch längst niemand mehr. Anton Bachmann ist tot, was will er denn noch? Er kann dir doch wegen seiner alten Geschichten nicht verbieten, die Liebe deines Lebens zu heiraten.«

»Nein, das kann er nicht«, antwortete Frieda. »Erich und ich werden heiraten, ob es ihm gefällt oder nicht. Aber ich hätte es eben gerne anders. Er ist mein Papa, und ich liebe ihn. Es ist für mich unerträglich, dass ich ihn bei der Wahl meines Ehemannes enttäuschen muss.« In ihre Augen traten nun Tränen, und Hildes Blick wurde mitleidig.

»Ach, Liebes«, sagte sie. »Familie wird wohl nie einfach werden. Ich kann davon ja auch ein Lied singen, wie du weißt. Mein Bruder geht bereits seit vielen Jahren seine eigenen Wege und jedes Mal, wenn er bei uns erscheint, gibt es Streit. Und das alles nur deshalb, weil er seiner künstlerischen Passion folgt und nicht Jura studieren wollte, wie Papa es sich gewünscht hat.«

»Obwohl die Kunst deines Bruders durchaus gewöhnungsbedürftig ist«, antwortete Frieda. »Hat er von seinen seltsamen Metall-Skulpturen überhaupt jemals eine verkauft?«

»Ich weiß es ehrlich gesagt nicht«, antwortete Hilde. »Aber erst neulich hat er mir erzählt, dass er gemeinsam mit einigen Freunden eine Ausstellung plant. Mir gefallen seine Werke auch nicht, aber ich verstehe wirklich nur wenig von Kunst.«

Einen Moment herrschte nun eine betretene Stille am Tisch. »Wann wirst du abreisen?«, war es Frieda, die sie brach.

»Bereits nächste Woche. Erst geht es mit der Bahn nach Hamburg und dort einige Tage später weiter mit dem Schiff. Die Passage ist bereits gebucht. Ich bin schon so gespannt, wie die Überfahrt auf einem solch großen Dampfer sein wird. Ein bisschen Respekt hab ich schon davor. Mir spukt da immer dieser fürchterliche Untergang der Titanic im Kopf herum. Sie ist ja auch im April gesunken.«

»Nächste Woche schon?«, antwortete Frieda. »Aber dann kannst du ja gar nicht meine Trauzeugin sein! Erich und ich haben doch das Aufgebot für Mitte April bestellt.«

»Das stimmt«, antwortete Hilde. »Allerdings habt ihr euch doch recht kurzfristig dazu entschieden, an diesem Datum zu heiraten! Die Passage hat Tantchen schon vor einigen Tagen gebucht, da wusste ich noch gar nichts von euren Plänen. Es tut mir wirklich leid, aber du wirst ohne mich auf dem Standesamt auskommen müssen.«

Frieda fühlte sich nun endgültig wie vor den Kopf gestoßen. Nicht nur, dass ihre einzige und langjährigste Freundin plante, für einen unbestimmten Zeitraum nach Amerika zu gehen, sie brach auch noch ihr Versprechen, ihre Trauzeugin zu sein. Frieda musste allerdings zugeben, dass sie wirklich etwas kurzfristig erneut das Aufgebot bestellt hatten. Es war eine hübsche Überraschung von Erich gewesen, bis vor einigen Tagen hatte selbst sie keine Ahnung von diesem Heiratstermin gehabt.

»Frag doch Luise oder eine von unseren Zwillingen. Margot wird bestimmt nicht Nein sagen.«

»Ja, das könnte ich machen«, antwortete Frieda missmutig. Die Tatsache, dass Hilde nicht zu ihrer Hochzeit kommen würde, traf sie hart. Sie dachte an den Moment, als sie den Termin im Büro des Standesamtes festgemacht hatten. Es hatte sich so perfekt und richtig angefühlt, Erich hatte ihre Hand gehalten, sie hatten sich verliebte Blicke zugeworfen. Doch nun schien alles verändert. Wie würde dieser Hochzeitstag werden? Eine Heirat im kleinen Kreis, das Ja-Wort, vielleicht ein Essen in einer der Lokalitäten … Ihre Mutter wusste noch gar nichts davon, auch Lotte nicht. Bisher hatte sich noch nicht der passende Moment gefunden, ihnen von der erneuten Verlobung zu erzählen. Wie würden sie reagieren? Sie befürchtete, dass sie in betretene Gesichter blicken würde. Ach, es war alles so verfahren. Sie wünschte sich doch nichts anderes, als glücklich sein zu dürfen. Daran war doch nichts falsch!

Plötzlich wollte Frieda nur noch fort von hier. Sie musste irgendwohin, wo sie ihre Gedanken ordnen konnte. Als hätte Hilde ihre Gedanken erraten, sagte sie plötzlich: »Ich müsste dann auch los. Ich hab noch einen Termin beim Friseur. Für Hamburg und Amerika muss ich schick sein.« Sie winkte die Bedienung näher und bat sie darum, die Rechnung zu bringen.

Frieda zog es nach ihrem Kaffeehausbesuch nicht nach Hause, obwohl sich das Münchner Wetter heute nicht von seiner besten Seite zeigte. Den noch vor einigen Tagen anhaltenden Dauerfrost hatten milder Wind und Regen abgelöst, der in den letzten Tagen länger anhaltend gewesen war und für große Pfützen auf Straßen und Gehwegen gesorgt hatte. Die Isar hatte sich innerhalb kürzester Zeit in einen reißenden Strom verwandelt, und es stand zu befürchten, dass sie bald über die Ufer treten könnte. Im Moment regnete es zwar nicht, doch es hing eine graue Wolkendecke über der Stadt. Lange würde die trockene Phase nicht anhalten.

Frieda stromerte über den Viktualienmarkt, auf dem aufgrund des schlechten Wetters nur wenig Betrieb herrschte. Die Verkäufer standen verdrießlich dreinschauend hinter ihren Auslagen, manch einer begann bereits damit, den Laden dichtzumachen, was Frieda gut verstehen konnte. Sie lief weiter und blieb vor dem Kaufhaus Hirschvogel stehen, das mit Rabatten auf Winterkleidung versuchte, die Kundschaft ins Geschäft zu locken. Frieda dachte einen Moment lang darüber nach, es zu betreten, doch sie verwarf den Gedanken wieder. Bei Tietz bekam sie Mitarbeiterrabatt, und auch bei ihnen waren viele Stücke im Moment im Preis reduziert. Bereits seit einigen Tagen überlegte sie, sich einen ganz bestimmten Wollrock zu kaufen, doch sie getraute sich nicht, denn die Käsbauer bewachte die rabattierte Warte wie eine Löwin ihre Jungen. Ihrer Meinung nach durfte das Personal die Ware erst erwerben, wenn sich wirklich keine Kundin fand, die das Stück kaufen wolle. Frieda hatte den Rock vorsichtshalber auf dem Ständer ganz nach hinten gehängt. Vielleicht hatte sie Glück, und er würde bis zum Tag des endgültigen Umräumens auf die Frühjahrskleidung noch immer dort hängen. Sie lief an der Rosenapotheke vorüber, wo der Apotheker mit einer Zigarette in der Hand in der geöffneten Tür stand und die an ihm vorübereilenden Passanten beäugte.

Sie erreichte den Marienplatz und blieb vor dem ehemaligen *Großglockner* stehen. Das Gebäude hatte einen neuen Besitzer gefunden und war bereits eingerüstet. Walter wusste zu berichten, dass ein Herrenausstatter in die Räumlichkeiten einziehen würde. Immerhin kein Kaffeehausbetrieb – dessen Anblick hätte Frieda nur schwer ertragen. Sie wandte sich um, und ihr Blick blieb an dem im neugotischen Stil errichteten Neuen Rathaus hängen, wie der im Jahr 1909 fertiggestellte monströse Bau bezeichnet wurde. Das Alte Rathaus, das den Marienplatz nach Osten abschloss, war mit den Jahren für die immer größer werdende Stadtverwaltung zu klein geworden und diente heute nur noch zu Repräsentationszwecken. Ein kühler Windstoß ließ Frieda erzittern, während sie zum Rathausturm mit seinem Glockenspiel hinaufblickte, das just in diesem Moment zu spielen begann. Sie lauschte den vertrauten Tönen und beobachtete einen Moment lang die sich drehenden Figuren, die jedes Jahr aufs Neue von den Touristen mit staunenden Augen bewundert wurden. Ihr Blick wanderte von den Figuren weg zu den darunterliegenden Fenstern, in denen sich der graue Himmel spiegelte. Hinter einem von ihnen war das Büro des Standesamtes untergebracht. Sie könnte es erneut betreten und das Aufgebot wieder abbestellen … Vielleicht war ihr Handeln zu überstürzt gewesen. Sie hatte sich von Erichs Tatkraft und Euphorie mitreißen lassen. Plötzlich fühlte es sich so an, als würde sie ihre Familie verraten. Oder war dieser Gedanke Unsinn? Mama und auch Lotte ahnten gewiss bereits, dass sie irgendwann erneut eine Heirat planen würden, doch vielleicht hätte sie sie in ihre Terminfindung einbinden sollen. Am Ende würden sie sich ausgeschlossen fühlen. Erich hatte ihr gesagt, dass er für sie sorgen würde: Sie müsste nicht mehr bei Tietz arbeiten, er wollte eine hübsche Wohnung für sie beide mieten, er wünschte sich Kinder. Aber wie sollte es dann mit dem elterlichen Betrieb weitergehen? Ihr Einkommen wurde doch benötigt. Wie sollte sie ihren Eltern beibringen, dass sie jetzt ohne sie würden klarkommen müssen? Sie wollte sie nicht im Stich lassen, doch sie war dann eine Ehefrau, sie gehörte dann zu Erich. Papa würde ihm deshalb noch viel mehr grollen, als er es sowieso bereits tat.

Vielleicht fand sich ja anderweitig eine Lösung für ihr Problem. Anneliese kam ihr in den Sinn. Vielleicht könnte sie sie ja noch einmal finanziell unterstützen. Wenigstens so lange, bis der Eisverkauf richtig in die Gänge gekommen war und es ihren Eltern möglich war, vollständig auf eigenen Beinen zu stehen. Sie beschloss, sogleich zu ihrer Großmutter zu gehen und mit ihr zu reden.

Es dämmerte bereits, als Frieda das direkt am Englischen Garten gelegene Anwesen verließ, in dem ihre Großmutter eine Wohnung im zweiten Obergeschoss bewohnte. Anneliese Pankofer hatte sie freundlich empfangen und es schien, dass sie sich wirklich über den Besuch ihrer Enkeltochter freute. Sie hatte eifrig Tee gekocht und Kekse angeboten, die tatsächlich von Lotte stammten. Frieda hatte gar nicht gewusst, dass Lotte ihr regelmäßig welche brachte. Sie hatten in einer mit dunklen Möbeln eingerichteten Wohnstube an einer grün gepolsterten Sitzgruppe gesessen, eine beigefarbene Lampe mit Troddeln hatte für gemütliches Licht gesorgt. Feines Porzellan stand auf einer mit einem blauen Muster bestickten Tischdecke, eine einsame Kerze brannte in einem silbernen Kerzenständer, der mal wieder poliert werden sollte. Anneliese rauchte kleine Zigarillos, weswegen alles etwas vernebelt erschien. Sie hatte von Lottes Besuchen erzählt, und wie reizend sie doch sei. Von ihrer Nachbarin, die sich das Bein gebrochen hatte, weshalb ihre Haushaltshilfe, die Dotti, jetzt auch für sie einkaufen ging. Die Zeitung brachte sie ihr höchstpersönlich jeden Morgen vom Kiosk mit. Sie hatte viel geredet, über Belanglosigkeiten, am Ende war es sogar das schlechte Wetter, über das sie sich ausließ. Frieda hatte geduldig zugehört, hie und da ein *Ja*, ein *Ach herrje*, oder ähnliche Floskeln eingeworfen. Irgendwann beschlich sie das Gefühl, dass ihre Großmutter nur deshalb so redselig war, weil sie einsam war. Oder bildete sie sich das nur ein? Anneliese Pankofer war eine wohlhabende Witwe und hatte gewiss einen großen Freundeskreis in der Stadt, in der sie ihr gesamtes Leben verbracht hatte. Frieda wurde sich in diesem Moment klar darüber, wie wenig sie über ihre Großmutter wusste. Plötzlich schämte sie sich, sie aus egoistischen Gründen zu überfallen. Andererseits ging es um die Familie, auch um Annelieses, der sie sich wieder zugewandt hatte. Frieda wusste, dass ihrem Vater ein bedeutend größeres Erbe zugestanden hätte. Wäre es nach dem Tod ihres Großvaters gerecht zugegangen, müsste sie nicht bei Tietz in der Damenabteilung arbeiten und ihr Vater hätte niemals einen Bankkredit zur Finanzierung seines Steckerl-Eis-Traums aufnehmen müssen. Nachdem Frieda es endlich irgendwann geschafft hatte, ihr Anliegen vorzutragen, war die Ernüchterung eingetreten. Anneliese hatte kaum noch finanzielle Rücklagen. Sie hatte beinahe alles Geld für die Behandlung von Lotte ausgegeben. Sie lebte nun von einem bescheidenen Auskommen und musste selbst sehen, wie sie über die Runden kam. Anteile an der Firma besaß sie keine.

»Der gute Alois hat anscheinend geahnt, dass ich irgendwann unserem Sepp gegenüber einknicken könnte«, hatte sie gesagt. »Sein langer Arm reicht sogar noch aus dem Grab zu uns heraus.« Sie hatte einen tiefen Seufzer ausgestoßen und in diesem Moment mit ihren eingefallenen Schultern, in ihrem schwarzen altmodischen Kleid und dem hageren Gesicht wie eine gebrochene Frau ausgesehen. Frieda ahnte, dass hinter ihren Worten eine schmerzhafte Ehe steckte, die vermutlich nur so lange Bestand gehabt hatte, damit beide ihr Gesicht wahren konnten. Scheidungen waren im katholisch geprägten München noch immer eine gesellschaftliche Katastrophe.

Kurz nach ihrem Geständnis war Frieda mit dem Versprechen gegangen, bald wieder zu Besuch zu kommen. Es war seltsam: Das Gespräch war nicht verlaufen, wie sie es sich erhofft hatte, doch sie fühlte sich ihrer Großmutter nun näher als jemals zuvor.

Trotz des Dämmerlichts und des leichten Nieselregens schlug Frieda nicht den Weg nach Hause ein, sondern schlenderte kurz durch den Englischen Garten, in dem es seltsam still war. Die meisten Wege waren verlassen, nur hie und da begegnete ihr ein Spaziergänger, meist waren es Hundebesitzer. Dann ließ Frieda den Park hinter sich und flanierte durch Straßen und Gassen. Sie kam an erleuchteten Ladengeschäften, Restaurants und Cafés vorüber, die Lichter der Autoscheinwerfer spiegelten sich in den Pfützen auf den Straßen, Passanten hetzten, meist mit gesenkten Köpfen, sich unter Regenschirme duckend, an ihr vorüber. Dieser Abend fühlte sich so trostlos an, wie sie sich fühlte.

Sie erreichte die Isar, und plötzlich sah sie ihren Vater. Er stand auf der Maximilianbrücke am Geländer und wirkte seltsam in sich gekehrt. Sie ging zu ihm.

»Papa. Was machst du denn hier?«

Er hob den Blick, und Frieda erkannte sogleich, dass etwas ganz und gar nicht stimmte. Er wirkte erschöpft, zum ersten Mal fielen ihr die vielen Falten auf, die sich in sein Gesicht gegraben hatten.

»Frieda, Liebes«, flüsterte er. Kurz verzog er die Lippen zu einem Lächeln. »Wo kommst du denn her? Es ist doch viel zu kalt, um durch die Stadt zu laufen. Du wirst dich verkühlen.«

Das war keine Antwort auf ihre Frage. Er hatte seinen Blick von ihr abgewandt und starrte auf die Isar hinab, die durch den starken Regen der letzten Tage und das Tauwetter zu einem reißenden Strom angeschwollen war. Frieda spürte eine seltsame Unruhe in sich. Hier stimmte etwas ganz und gar nicht, doch sie wusste nicht, was sie tun oder sagen sollte. Sie beschloss, seine Frage zu beantworten.

»Ich war bei Großmutter, um sie um etwas zu bitten. Aber sie konnte mir nicht helfen.«

»Verstehe«, antwortete Josef. »Ich nehme an, du wolltest Geld von ihr.«

Verdutzt schaute Frieda ihren Vater an.

»Das wollen wir alle von ihr. Selbst ich.« Er verstummte und starrte erneut auf den Fluss hinab.

Frieda wusste nicht, was sie auf seine Worte antworten sollte. Es war ein so seltsamer Moment, der ihr Angst einjagte, sie jedoch auch zu einem Entschluss kommen ließ. Sie musste es ihm sagen. Jetzt und hier. Ihr Vater hatte die Wahrheit verdient.

»Ich werde Erich heiraten, Vater. Mitte April schon«, platzte sie heraus. »Wir lieben einander, und ich weiß, dass er gut für mich sorgen wird. Er ist kein Nazi. Ich wünsche mir so sehr, dass du ihn akzeptierst, dass du unserer Ehe deinen Segen geben wirst und er ein fester Teil unserer Familie werden darf. Bitte, Papa. Ich könnte mir nichts Schöneres vorstellen, als dass du mich zum Altar führst.«

Ihr Vater sah sie an. In seinen Augen lag plötzlich ein seltsam wehmütiger Ausdruck, den Frieda nicht einordnen konnte. Er hob die Hand und strich über ihre Wange.

»Dann geh und heirate ihn«, sagte er. »Ich weiß, dass er dich glücklich machen wird.«

»Du erlaubst es also …?«, antwortete Frieda mit Tränen in den Augen. »Oh, du bist der Beste! Hab vielen Dank. Er wird dich nicht enttäuschen, das verspreche ich dir.« Freudig umarmte sie Josef und drückte ihm einen Kuss auf die Wange.

»Wollen wir dann jetzt nach Hause gehen und es den anderen sagen?«, fragte Frieda. »Bestimmt könnte Erich später zu uns stoßen, und wir könnten alle zusammen unsere erneute Verlobung und deine Zustimmung zur Vermählung mit einem Umtrunk feiern. Und vielleicht klappt im Anschluss an das Standesamt noch die kirchliche Trauung. Ich muss mit dem Pfarrer sprechen. Ach, das wäre wunderbar!« Sie klatschte freudig in die Hände.

»Das mit dem Umtrunk ist eine wunderbare Idee«, antwortete er, nahm ihre Hand und drückte sie fest. »Geh du ruhig schon mal nach Hause und bereite alles vor. Ich komme gleich nach. Ich hab noch eine Kleinigkeit zu erledigen, etwas Geschäftliches.« Er zwinkerte ihr zu.

»Fein. Dann bis gleich, bitte beeil dich!«, antwortete Frieda freudig und wandte sich zum Gehen. Sie konnte ihr Glück kaum fassen und drehte sich am Ende der Brücke übermütig im Kreis. Endlich stimmte ihr geliebter Papa ihrer Ehe mit Erich zu, und er ließ die Vergangenheit hinter sich, hinter ihnen!

Doch dann nahm sie plötzlich aus dem Augenwinkel etwas wahr – sie hielt in der Bewegung inne und richtete ihre Aufmerksamkeit erneut auf die Brücke. Ihr Vater war auf das steinerne Geländer geklettert und sprang genau in diesem Moment in die tosende Isar.

Frieda fühlte sich für einen Moment wie erstarrt, dann begann sie zu schreien und rannte zurück.

33. Kapitel

24. März 1930

Erna stand an Josefs Grab, auf das die ersten Sonnenstrahlen des Morgens fielen. Morgennebel lagen wie weiße Schleier auf den Gräbern, auf denen sich erste Frühjahrsblüher zeigten. Schneeglöckchen und Krokusse, eine unweit des Grabes stehende Weide hatte sich in das Kleid ihrer weichen Kätzchen gehüllt. Es lagen noch die Kränze und Blumengestecke auf der feuchten Erde, die Blüten welkten bereits. Die Ruhe des Friedhofs hüllte sie ein, wie sie es seit der Beerdigung täglich für viele Stunden tat. Erna starrte auf das schlichte Holzkreuz, auf dem Josefs Geburts- und Todesdatum standen. Da es bereits dunkel gewesen war, als er in die Isar gesprungen war, hatte es von der von Passanten herbeigerufenen Polizei keine Suchaktion gegeben. Am nächsten Morgen hatte ein Spaziergänger seine Leiche gefunden. Sein Körper war in einem Gestrüpp flussabwärts hängen geblieben. Die letzten Tage waren wie im Nebel vergangen. Erna hatte ihren Mann in einem kalten Raum identifizieren und sich um die Beerdigung kümmern müssen. Sie alle waren wie betäubt gewesen. Sie hatte Frieda vor Augen, wie sie tränenüberströmt und käseweiß wie ein Gespenst an jenem Abend in Begleitung eines jungen Polizisten in die Wohnstube gekommen war, um ihr die schlimme Nachricht zu überbringen. Frieda hatte irgendetwas gestammelt, Erna hatte kein Wort verstanden. »Sie steht unter Schock«, hatte der Polizist gesagt und etwas taktlos hinzugefügt. »Sieht ja nicht jeder seinen Vater von der Brücke springen.«

Inzwischen wusste Erna, was es gewesen war, das Josef dazu gebracht hatte, sich in den Tod zu stürzen: Die Bank hatte ihm nur wenige Stunden zuvor den Kredit gekündigt. Auch sie waren nun von dieser abscheulichen Krise betroffen. Er war zuvor bei Anneliese gewesen, sie hatte ihm, ebenso wie später Frieda, erklärt, dass sie auch kein Geld mehr hatte. Daran, wie es jetzt weitergehen sollte, hatte Erna bisher nicht gedacht. Sie fühlte nur den Schmerz, reagierte irgendwie, taumelte durch diese neue Welt – eine Welt ohne die Liebe ihres Lebens. Tränen strömten über ihre Wangen, und sie presste die Augen zusammen.

»Wieso nur hast du das getan?«, stellte sie erneut die Frage, die sie an dieser Stelle bereits mehrfach ausgesprochen hatte, die ihr nicht aus dem Kopf gehen wollte. »Wir haben doch schon so viele Krisen miteinander gemeistert. Unser Leben war nie einfach. Wir hätten gemeinsam auch das hier bewältigt. Du kannst uns doch jetzt nicht allein lassen!« Sie verstummte. Weiß Gott, es waren in den letzten Jahrzehnten mehr Tiefen als Höhen gewesen. Der Bruch mit Josefs Familie, der Krieg mit all seiner Düsternis, die Zeiten danach, in denen sie oftmals nicht gewusst hatten, wo sie das Essen für ihre Kinder herbekommen sollten. Dagegen war es jetzt doch einfach. »Wir hätten das geschafft. Wieso hast du

Dummkopf nicht mit mir geredet? Zu zweit trägt sich eine Last immer leichter, so hast du es doch immer gesagt. Ich hätte dir auch dieses Mal tragen geholfen, du hättest es nur zulassen müssen.« Sie verstummte. Sie wusste, dass sie besser nach Hause gehen sollte, denn sie hatte sich zu kümmern. Sie musste für Frieda und Lotte da sein, die verstört waren, besonders Frieda. Sie brauchten ihre Mutter, mehr als jemals zuvor. Aber wie sollte sie jetzt Stärke zeigen und anderen Trost spenden können? Ihr fehlte die Kraft für Umarmungen, für tröstende Worte, die wie hohle Phrasen klangen. Was sollte sie auch sagen? *Es wird wieder gut werden*? Würde es das tatsächlich? Er kam nicht mehr zurück. Niemals wieder. Er hatte sie verdammt noch mal einfach so im Stich gelassen.

Es war Anneliese, die sie aus ihren Gedanken riss. Sie stand unvermittelt neben ihr, Erna hatte ihre Schritte auf dem bekiesten Weg nicht gehört.

»Guten Morgen, Erna«, grüßte sie. »Bist also auch wieder hier. Ich hab dich gestern Abend schon gesehen. Ich wollte nicht stören.«

Erna antwortete nichts. Ihr Hals fühlte sich wie zugeschnürt an. Sie wusste auch nicht, was sie hätte sagen sollen. Schweigend standen sie eine Weile nebeneinander.

»Ich hätte damals anders reagieren müssen«, sagte Anneliese irgendwann. »Ich meine, als er uns gesagt hat, dass er dich liebt. Ich hätte zu meinem Sohn stehen und Alois überzeugen müssen, dass er seine Entscheidung, dich zu heiraten, akzeptiert. Dann wäre es nie so weit gekommen.«

»Wir wissen beide, dass Alois nicht auf dich gehört hätte«, antwortete Erna.

»Du hast wohl recht«, sagte Anneliese. »Aber probieren hätte ich es sollen. Das wäre ich euch schuldig gewesen. Auch ich war in dem engstirnigen Denken gefangen. Ich habe immer gedacht, du wärst nicht gut genug für ihn und er hätte eine bessere Partie verdient. Heute weiß ich, wie blind ich damals gewesen bin – oder ich habe halt blind sein wollen. Du weißt ja, wie die Gesellschaft so ist. Nachdem der Sepp weg gewesen ist, war das Verhältnis zwischen dem Alois und mir noch schwieriger als zuvor. Mei, wir waren halt eines dieser Paare – des Geldes wegen sind wir verheiratet worden. Alois war die Wäscherei immer wichtiger als alles andere, jeden Schaden hat er von ihr abwenden wollen, und der Sepp war in seinen Augen ein solcher gewesen. Ein Träumer, ein Schwacher. Selbst ich war in seinen Augen eine Gefahr für die Firma geworden, weil ich euch Geld zugesteckt hab. Deswegen hat er vermutlich auch das Testament noch einmal geändert. Zuzutrauen war es ihm. Manchmal wünschte ich, ich könnte die Zeit zurückdrehen und wieder der Backfisch von damals sein, der trotz des unguten Gefühls in der Magengegend den reichen Sohn aus gutem Haus geheiratet hat. Aber wir können eben alle nicht aus unserer Haut. Jetzt ist es, wie es ist.« Sie stieß einen Seufzer aus.

Erna wusste nicht, was sie erwidern sollte.

»Ich muss nach Hause«, sagte Erna und ging bewusst nicht auf ihr Gerede ein. »Es wird Zeit, dass ich mich kümmere. Bestimmt warten Lotte und Frieda schon auf mich. Du kommst zurecht?« Ihre Stimme klang kühl. Sie warf Anneliese einen kurzen Blick zu. Sie wusste, dass sie höflicher sein und sich erkundigen müsste, ob Anneliese mitkommen und einen Tee haben möchte. Aber sie brachte es nicht fertig. Sie wusste, dass sie sich ungerecht verhielt, doch in diesem Moment gab Erna Anneliese eine Mitschuld an Josefs Tod. Er hatte damals aus seiner Haut gekonnt und hatte sie geheiratet. Ihm war das Gerede der Gesellschaft egal gewesen. Anneliese hätte damals stärker sein und ihrem Mann die Stirn bieten müssen, sie hätte … Ach, es war müßig, diese Gedanken zu Ende zu denken. So war es nun einmal. Der Satz traf den Nagel auf den Kopf. Die Vergangenheit war gelebt, wie ihre Zukunft jetzt aussehen sollte, wusste Erna nicht.

»Ich bleib noch ein wenig«, antwortete Anneliese. Erna ließ sie allein.

Als Erna wenig später im Salon eintraf, staunte sie nicht schlecht, wer da neben Lotte hinter der Kuchentheke stand: Fanny war wieder da.

»Hallo, Erna«, grüßte Fanny. »Gell, da schaust. Gleich nachdem ich von eurem Unglück ghört hab, hab ich denkt, ich muss zu euch. Und auf dem depperten Hof hats mir eh ned gfallen. Da wars so langweilig, ich sags euch.« Sie winkte ab. »Ich bin und bleib halt a Stadtpflanze.«

»Fanny …«, brachte Erna heraus. Die Anwesenheit ihrer ehemaligen Küchenmamsell sorgte dafür, dass sie erneut die Fassung verlor und zu weinen begann. Fanny kam sogleich zu ihr, schloss sie in die Arme und begann, tröstend auf sie einzureden. »Mei, Mädel. Wegen mir altem Weiberl brauchst doch ned des Heulen anfangen. Des wird scho wieder. Bist ned allein. Wir schaffen des scho irgendwie.«

Erna wünschte sich in diesem Moment, dass Fanny sie niemals wieder loslassen würde. Ihre festen Arme umschlossen sie wie ein schützender Wall, und sie duftete herrlich nach frisch gebackenen Keksen. Nur schweren Herzens löste sich Erna irgendwann aus Fannys Umarmung und wischte sich die Tränen von den Wangen.

»Wenn das mit dem Schaffen nur so einfach wäre ...«, antwortete sie.

»Ich weiß schon alles von der Rosi«, antwortete Fanny mit ernster Miene. »Die Bank will das Geld zurück, und ihr habts es ned.«

»So ist es«, antwortete Erna mit hängenden Schultern. »Wir haben noch bis Ende nächster Woche Zeit, dann muss ich bezahlen. Aber es steckt alles in den neuen Maschinen und ach ...« Sie brach ab, und in ihrem Hals bildete sich erneut ein dicker Kloß. »Es kann sein, dass wir alles verlieren, sogar unser Zuhause.«

»Na, so schwarz würde ich des jetzt nicht sehen«, beschwichtigte Fanny sogleich. »Mit so einem Bankmenschen kann man bestimmt reden, und vielleicht findet sich ja ein Weg, um aus dieser Misere rauszukommen. Wie sieht es denn mit Sepps Mutter aus? Sie ist doch eine Geldige. Die kann euch bestimmt was geben.«

»Kann sie nicht«, antwortete Erna und sank auf einen der Stühle. »Sie hat gerade noch so viel Geld, dass es ihr selbst zum Auskommen reicht. Beinahe ihre gesamten finanziellen Mittel sind für Lottes Sanatorium draufgegangen. So hat sie es jedenfalls gesagt. Frieda hatte kurz vor Sepps Tod mit ihr geredet.«

Kurz wanderte ihr Blick zu Lotte. Das Mädchen sah arg mitgenommen aus. Sie war blass wie die Wand, ihre Augen waren umschattet, und sie versank in einem schwarzen Kleid, das sie von Frieda bekommen hatte. Seit sie vom Tod ihres

Vaters erfahren hatte, sprach sie nicht mehr. Selbst Walter, der jeden Tag im Laden erschien und sich um sie bemühte, hatte es bisher nicht geschafft, ein Wort aus ihr herauszubringen.

»Wo steckt eigentlich Frieda?«, fragte Fanny.

»Bei Tietz«, antwortete Erna. Sie erhob sich wieder, schälte sich aus ihrem Mantel und hängte ihn an einen Garderobenständer. »Wenn sie dort nicht erscheint, wird sie entlassen, und dann können wir die Miete nicht mehr bezahlen. Ich frage mich, woher sie die Kraft nimmt. Es ist bewundernswert. Weißt du schon, dass sie wieder mit Erich verlobt ist? Die beiden wollten eigentlich Mitte April heiraten, aber unter diesen Umständen …« Erna vollendete den Satz nicht.

»Immerhin eine gute Nachricht! Also haben sich die beiden wiedergfunden«, antwortete Fanny. »Ich hab ja immer gsagt, dass sie ein hübsches Paar sind. Hat ihnen der Sepp wenigstens vor seinem Tod noch seinen Segen geben?«

»Ich weiß es nicht«, antwortete Erna und zuckte die Schultern. »Auch Frieda redet nicht viel.«

»Verstehe«, antwortete Fanny. »Im Angesicht des Todes muss man des auch ned. Wenn sie was zum Erzählen hat, wird sie es früher oder später schon machen. Ich koch uns jetzad erst einmal einen Kaffee. Der wird uns guttun. Und dann schaun wir weiter.«

»Also hab ich mich doch ned verhört!«, war plötzlich eine vertraute Stimme zu hören. Ludwig hatte durch die Hintertür den Raum betreten. Seit er im Haus wohnte, wählte er meist den Weg durch die Küche. »Unsere Fanny ist wieder da. Hätt mich auch gwundert, wenn dich die unschönen Neuigkeiten nicht zu uns gführt hätten. Bleibst für immer oder schleichst dich gleich wieder aufs Land zu de gstingerten Misthaufen?«

»Grüß Gott, Ludwig«, grüßte Fanny. »Schee, dich zum sehen. Die Rosi hat mir vorhin erzählt, dass du jetzad auch hier im Haus wohnst. Da is dir da Tod von da Moosgruberin ja entgegenkommen. Ich schleich mich nirgendwo mehr hin. Des Landleben kann mir gstohlen bleiben.«

»Ich hab dir doch gleich gsagt, dass des nix für dich is. Aber wolltst ja ned hörn«, antwortete Ludwig. »A Münchner Kindl bleibt a Münchner Kindl.«

Er setzte sich an seinen Stammplatz am Kopfende des Sechsertischs am Fenster und legte die aktuelle Tageszeitung vor sich auf den Tisch.

»Ich hoff, es gibt heut trotz der Rückkehr von der ländlichen Prominenz an gscheiden Kaffee und Lottes Kekse. Des san die besten Haferkekse von ganz München, des sag ich euch. Da kann kein Bäckermeister mithalten. Und Neuigkeiten hätt ich auch. Ich hab mir da nämlich a paar Gedanken gmacht. Wenns recht is.«

»Na, da bin ich jetzt aber gspannt«, antwortete Fanny. »A bisserl mehr als an Keks könnt ich auch brauchen. A anständige Marmeladsemmel wär was Feines. Ich hab vor lauter Aufregung vor der Abfahrt nix runterbekommen.«

Eine Weile darauf saßen sie zu fünft beisammen. Fanny hatte es mit der Hilfe von Erna innerhalb kürzester Zeit geschafft, ein reichliches Frühstück aufzudecken. Walter, der kurz nach Ludwig aufgetaucht war, hatte Semmeln holen müssen, sogar hart gekochte Eier gab es und die selbstgemachten Marmeladen, die Fanny von ihrem Ausflug ins langweilige Landleben mitgebracht hatte. Heimeliger Kaffeeduft zog durch den Gastraum, in den die hellen Strahlen der Märzsonne fielen. An der Tür hing das Geschlossen-Schild, das Erna eben erst wieder geradegerückt hatte. Ob sie es jemals wieder entfernen würden, stand in den Sternen.

»Also gut«, sagte Ludwig mit vollem Mund und legte sein angebissenes Marmeladenbrötchen auf den Teller. In seinem Schnauzbart hingen einige Krümel. »Ich hab die letzten Tage nachdenkt, Kassensturz gmacht und mit einem alten Freund von mir vo der Beamtenbank gredt. Wir treffen uns immer mittwochs zum Schafkopfen. Er is a alter Fuchs und gwinnt fast immer. Aber letzte Woch, da hab ich es ihm zoagt.«

»Komm zum Punkt«, fiel Fanny ihm ungeduldig ins Wort. »Was hast mit ihm gredt?«

»Na, wegen der misslichen Lage hier, und dass ich euch gern helfen tät. Ich hab a weng was Gespartes, aber ganz langen würd des nicht. Deshalb hat der Gustl gmeint, dass er da bestimmt was deichseln könnt. Dem seine Bank is von dem ganzen Schmarrn noch ned so betroffen, und so hoch wär die Summe ja ned. Vorhin hab ich mit ihm telefoniert, und er hat mir zugsagt. Also biete ich dir, meine liebe Erna, nun ganz offiziell meine Unterstützung an. Des Geld glangt, um den Kredit zu bezahlen, und wenn des Gschäft erst einmal angrollt ist, kannst dus mir ja wieder zruckzahlen.«

Erna schaute Ludwig mit großen Augen an. Sie konnte nicht glauben, was er gerade gesagt hatte – ausgerechnet von seiner Seite hätte sie niemals mit finanzieller Unterstützung gerechnet. Aber wollte sie seine Hilfe überhaupt? Der Traum vom Steckerl-Eis war Josefs Traum gewesen, nicht der ihrige. Hatte sie die Kraft dazu, ihn für ihn weiterzuleben? Er hatte so viele Pläne gehabt. Vermarktung, Verkauf, Verpackung. Er hatte die Herstellung in den letzten Wochen perfektioniert. Doch würde sie es ebenso gut hinbekommen wie er?

»Das ist lieb von dir, Ludwig«, antwortete Erna. »Aber ich weiß noch gar nicht, wie es jetzt überhaupt weitergehen soll. Der Sepp hat sich in den letzten Wochen um viele Belange rund um das Steckerl-Eis allein gekümmert. Außerdem war es doch seine Idee. Ich weiß nicht ...« Sie brach ab, und erneut stiegen Tränen in ihre Augen.

Lotte war diejenige, die nun das Wort ergriff, was Erna verwundert aufmerken ließ. Sie redete endlich wieder.

»Papa würde bestimmt wollen, dass wir weitermachen, Mama«, sagte sie. »Ich wünschte, er hätte früher davon erfahren, dass Ludwig ihm hätte helfen können. Ich wünschte, er hätte seinen Kummer mit uns geteilt und wäre nicht ...« Sie kam ins Stocken, und auch ihre Augen schimmerten. Walter legte tröstend seine Hand auf die ihrige. Sie sah ihn dankbar an, dann setzte sie ihre Rede fort: »Ich bin mir sicher, dass Papa uns jetzt von dort oben sieht und stolz auf uns ist. Wir sorgen dafür, dass sein Traum vom Steckerl-Eis wahr wird. Ganz München, ja ganz Deutschland soll sein *JOPA-Eis* kennenlernen. Das sind wir ihm schuldig.«

»Ja, das sind wir«, antwortete Erna, und über ihre Wangen liefen nun erneut Tränen. »Danke dir, Ludwig. Das werde ich dir niemals vergessen.« Sie nahm seine Hand und drückte sie fest.

34. Kapitel

04. April 1930

Frieda stand auf der Maximilianbrücke genau an der Stelle, an der an diesem schicksalhaften Abend ihr Vater gestanden hatte. Sie starrte auf die Isar hinab, die in den letzten Tagen durch das Ausbleiben des Regens wieder ruhiger geworden war. Die Sonne war eben untergegangen, das rotgoldene Abendlicht spiegelte sich auf der Wasseroberfläche. Es sah friedlich aus. Der Anblick der Isar war ihr so vertraut, niemals im Leben wäre sie auf die Idee gekommen, den Fluss als Feind zu betrachten. Doch jetzt hatte ihr die Isar ihren Vater genommen. Er war ein guter Schwimmer gewesen, das wusste Frieda, doch an jenem Abend hatte er gegen die Übermacht der reißenden Fluten keine Chance gehabt, er hatte es auch nicht gewollt, zu überleben. Frieda kam jeden Abend stets zu dieser Stunde hierher. Immer wieder sah sie die Geschehnisse vor Augen, wiederholte sie in Gedanken das letzte Gespräch, das sie mit ihrem Papa geführt hatte, und sie machte sich Vorwürfe. Sie hätte anhand seines Verhaltens merken müssen, dass etwas nicht stimmte. Er hatte seltsam gleichgültig gewirkt, als wäre er der Welt bereits entrückt gewesen. Sie hatte Entschuldigungen dafür gesucht, weshalb es ihr nicht aufgefallen war. Er hatte ihr und Erich den Segen für ihre Ehe gegeben – Frieda nahm an, dass er das nur deshalb getan hatte, weil er sich bereits für den Tod entschieden hatte, weil er wusste, dass er seine Familie ins Unglück stürzen würde und es für sie nicht noch schlimmer hatte machen wollen. Er hatte sie kurz vor seinem Tod noch einmal lächeln sehen. Übermütig hatte sie sich im Kreis gedreht und sich so glücklich gefühlt wie lange nicht mehr. Hätte er dieser Vermählung auch zugestimmt, wenn er noch am Leben und alles seinen gewohnten Gang gegangen wäre? Sie wusste es nicht. Seine Worte kamen ihr wie eine bitter schmeckende Lüge vor. Sie und Erich hatten ihre Hochzeitspläne nun auf unbestimmte Zeit verschoben. Der Termin auf dem Standesamt war abgesagt, und sie ging ihm bewusst aus dem Weg. Nun galt es, ihre eigenen Befindlichkeiten hintanzustellen und für die Familie da zu sein, allen voran für ihre Mama, die, obwohl sich das Blatt durch Ludwigs Großzügigkeit wenigstens in finanzieller Hinsicht gewendet hatte, noch immer verloren wirkte. Sie war in den letzten Tagen noch dünner geworden, sämtliche ihrer Kleider hingen wie Säcke an ihr. Auch Frieda und Lotte hatten abgenommen, die Trauer schnürte ihnen allen die Mägen zu.

Frieda nahm Schritte wahr, hielt ihren Blick jedoch weiterhin auf das Wasser gerichtet. Sie war es gewohnt, dass um sie herum Leben herrschte. Fußgänger liefen an ihr vorüber, Leute, die miteinander redeten, manch einer hatte seinen Hund dabei – ein Dackel hatte sie einmal lautstark angebellt, was sie erschrocken hatte zurückweichen lassen. Doch dieses Mal liefen die Schritte nicht an ihr vorüber, sondern kamen neben ihr zum Stillstand. Es war Lotte.

»Dachte ich mir doch, dass ich dich hier finde«, sagte sie. »Walter hat mir erzählt, dass er dich gestern Abend hier gesehen hat. Er ist zu dieser Zeit immer auf dem Heimweg. Wie lief es denn heute bei Tietz?«

»Ich war nicht dort«, antwortete Frieda wahrheitsgemäß. Nun war es raus. »Gestern hat der Postbote meine Kündigung gebracht. Ich hab ihn im Hausflur abgefangen. Mama sollte es nicht erfahren, sie hat bereits genug Kummer. Ich habe es wirklich versucht. Ich war, kurz nachdem Papa …« Sie kam ins Stocken, Tränen traten in ihre Augen. »Ich war … kurz nach Papas Tod dort«, setzte sie neu an, »und die Käsbauer hat wissen wollen, weshalb ich so mitgenommen aussehe. Sie hat geglaubt, ich hätte mich in Schwabing herumgetrieben. Da bin ich in Tränen ausgebrochen und davongelaufen. Diese dumme, unsensible Kuh.«

»Verstehe«, antwortete Lotte. »Aber du hast jeden Morgen das Haus verlassen. Wo warst du denn stattdessen?«

»Irgendwo«, antwortete Frieda wahrheitsgemäß. »Ich bin rumgelaufen.«

»Hm«, antwortete Lotte. »Hat es was gebracht? Ich meine, das Rumlaufen. Sollte es damit besser werden, dann könnte ich dich ja morgen begleiten. Aber du darfst nicht so schnell laufen. Weißt ja, dass ich ein Krüppel bin.«

»Hör auf, so zu reden«, entgegnete Frieda. »Du weißt ganz genau, dass du keiner bist. Das bisschen Nachziehen von deinem Bein fällt doch kaum noch auf. Neuerdings kannst du sogar Fahrrad fahren. Das kann nicht einmal ich.«

»Stimmt. Obwohl es nicht leicht zu lernen war. Ohne Walter hätte ich das nie geschafft. Wenn du magst, kann er es dir auch beibringen«, antwortete Lotte. »Dann könntest du, anstatt herumzulaufen, herumfahren. Vielleicht hilft das besser.«

»Was willst du eigentlich?«, blaffte Frieda Lotte plötzlich an. Weshalb sie in diesem Augenblick so aufbrausend reagierte, wusste sie selbst nicht. »Wieso redest du so mit mir?«

»Weil du es nicht verhindern hättest können«, antwortete Lotte. »Wir alle hätten es nicht gekonnt. Ich weiß, dass du denkst, dass es dir hätte auffallen müssen. Du warst die Letzte, mit der er geredet hat, du hast ihn springen sehen. Da kann man schon mal ein wenig durch die Gegend laufen und nicht wissen, was werden soll. Aber irgendwann muss man damit doch auch wieder aufhören, oder? Weißt du, ich bin seit seinem Tod jeden Tag in der Werkstatt gestanden und hab diese dämlichen Maschinen angestarrt. Ich hab das Kühlbecken angeschaut, die Eisformen, die Kühlschränke hab ich auf- und wieder zugemacht. Einmal hab ich welche von den fertigen Steckerl-Eis vor lauter Wut rausgeholt und sie auf dem Boden geworfen, sogar darauf rumgetrampelt bin ich. Walter war derjenige, der mich gefunden und beruhigt hat. Er hat auch alles aufgeräumt, das glaub ich jedenfalls, denn ich hab ihn einfach allein gelassen. Als der Ludwig gesagt hat, dass er uns helfen kann, hab ich gedacht, dass jetzt alles gut werden würde. Aber die Traurigkeit hat trotzdem nicht gehen wollen. Sie klebt auch jetzt noch an mir. Das ist wohl normal. Ich mein, wir haben gerade erst unseren Papa verloren. Da darf die Traurigkeit einem den Himmel verdüstern. Da darf man auch mal wütend sein. Obwohl die Wut es nicht besser macht, und das Rumlaufen und die Selbstvorwürfe helfen auch nicht weiter.«

»Nein, das tun sie nicht«, antwortete Frieda und seufzte. In diesem Augenblick kam es ihr so vor, als wäre sie die Jüngere von ihnen beiden.

»Eine der Schwestern im Sanatorium hat das so oder so ähnlich damals zu mir gesagt, als ich während der täglichen Gymnastik mal wieder alles aufgeben wollte«, setzte Lotte ihre Rede fort. Sie hat gesagt, dass ich gern wütend sein darf. Auf mein Bein, die Straßenbahn, auf die ganze Welt, wenn es mir gefällt. Aber ich kann die Wut auch anders einsetzen, hat sie mir erklärt. Aus Wut kann Trotz werden und der unbedingte Wille, dass man alles schaffen kann. Ich hab ihr damals nicht geglaubt, aber sie hat recht gehabt. Ich hab es geschafft und kann heute wieder laufen. Ich hab aus der dummen Wut und der Verzweiflung Stärke gemacht. Und wir zwei beide sind doch auch stark, oder? Das waren wir früher schon, wenn wir uns gegen die anderen Kinder in den Höfen verteidigen haben müssen. Vor den Pankofer-Mädels hatten alle Respekt.« Sie nahm Friedas Hand und drückte sie.

»Ja, das hatten sie«, antwortete Frieda in einem sanfteren Tonfall. »Aber es waren kleine Kämpfe, die von Kindern.«

»Die für uns genauso bedeutend waren, wie die der Erwachsenen es sind«, entgegnete Lotte. »Mama braucht uns. Wir können sie nicht im Stich lassen. Also höre ich jetzt damit auf, in der Werkstatt Unsinn zu machen, und du hörst damit auf, auf dieser Brücke zu stehen und in die Isar zu starren. Abgemacht?«

»Abgemacht«, antwortete Frieda und atmete tief durch. Sie konnte nicht anders und umarmte Lotte. »Was bin ich froh, dass ich dich hab, kleines Schwesterchen. Meine beste und liebste Nervensäge auf der ganzen Welt.« Sie drückte

Lotte fest an sich, und Lotte drückte Frieda noch fester zurück. So standen sie einen langen Moment Arm in Arm an dem Platz, an dem ihr Vater beschlossen hatte, endgültig aus dem Leben zu scheiden, und sie fühlten die tröstende, vertraute Wärme der anderen. Es war das laute Gebell eines Dackels, das sie auseinandertrieb – derselbe kleine Übeltäter, der Frieda erst neulich angegangen war. Sein Frauchen, eine ältere, gebückt gehende Dame, hatte Mühe, den aufmüpfigen Rüpel zurückzuhalten, und Frieda und Lotte wichen erschrocken zurück.

»Beppi! Platz, aus! Was soll das denn? Lass die jungen Fräuleins in Ruhe, du depperter Hund. Entschuldigens, die Damen. Ich hab den Beppi noch nicht lang. Er ist noch a bisserl unerzogen. Heut gibt's keine Leckerlis, du böser Hund!« Sie zerrte an der Leine und die beiden entfernten sich. Erleichtert atmeten Frieda und Lotte auf.

»Allein dieser Hund ist ein Grund dafür, weshalb ich nicht mehr hierherkommen sollte«, sagte Frieda. »Am Ende beißt mir die Töle doch noch irgendwann ins Bein. Du hast recht, es muss gut sein mit dem Durch-die-Gegend-Laufen und Auf-dieser-Brücke-Stehen. Aber Fahrradfahren würde ich trotzdem gerne lernen. Denkst du, dass Walter es mir auch beibringen könnte?«

»Bestimmt«, antwortete Lotte und hakte sich bei Frieda unter. Die beiden setzten sich in Bewegung. »Aber nicht mehr heute Abend, denn es wird gleich dunkel.«

Frieda war es plötzlich leichter ums Herz. Sie hatte ganz vergessen, wie sehr ihre kleine Schwester ihr guttun konnte. Kein Mensch auf dieser Welt kannte sie besser. Die Pankofer-Mädels von einst waren erwachsen geworden, und jede von ihnen hatte ihren eigenen Kopf, doch wenn es schwierig wurde, hielten sie weiterhin genauso zusammen wie damals.

»Übrigens war Erich heute Mittag da. Er hat nach dir gefragt und Mama erzählt, dass er dich bei Tietz nicht angetroffen hat«, sagte Lotte in einem beiläufig klingenden Tonfall. »Ich glaub, Mama ahnt bereits, dass du nicht mehr bei Tietz bist. Sie wird es dir bestimmt nicht krummnehmen. Durch Ludwigs großzügige Unterstützung kommen wir jetzt auch so über die Runden. Auch planen wir ja schon bald die Eröffnung des Eissalons mit dem Steckerl-Eis. Walter bastelt schon fleißig an der großen Anzeige für die Abendzeitung. Das wird bestimmt großartig werden. Jetzt muss nur noch mit der Eisherstellung alles klappen. Aber das wird schon werden, Mama und Fanny haben es gestern ganz gut hinbekommen. Nur die Verpackung muss noch flotter gehen, sonst schmilzt uns das Eis wieder vom Steckerl, bevor es anständig eingewickelt ist.« Sie grinste. »Was wird jetzt eigentlich aus Erich und dir? Ich finde, du behandelst ihn seit Papas Tod nicht richtig. Du liebst ihn doch, oder? Wieso bist du so abweisend zu ihm?«

»Das geht dich nichts an«, antwortete Frieda ruppig. Lottes Erwähnung von Erich sorgte dafür, dass der Anflug des guten Gefühls mit einem Schlag wieder verschwand. »Es ist egal, dass ich ihn liebe«, fügte sie hinzu. »Ich kann ihn nicht heiraten. Es geht einfach nicht.«

Erneut sah sie das Gesicht ihres Vaters vor Augen, hörte seine Worte. Sie glaubte fest daran, dass diese im Angesicht des Todes eine Lüge gewesen waren und er sie nicht ernst gemeint hatte. »Ich hatte gehofft, dass Papa Erich akzeptieren würde«, sagte sie. »Dass er endlich seinen Frieden mit der alten Geschichte machen würde. Aber das hat er nicht getan. Ich kann doch keinen Mann heiraten, den er verabscheut hat. Jetzt nicht mehr.«

Noch während sie den letzten Satz aussprach, hörte sie die Worte ihres Vaters und spürte das kurze Glücksgefühl in ihrem Inneren, dass er durch seine Zustimmung in diese Ehe in ihr ausgelöst hatte. Heute schmeckte es bitter. Sie würde mit Erich reden müssen, und das so bald wie möglich. Er hatte Ehrlichkeit von ihr verdient.

Zu Hause angekommen, fanden sie Erna, Ludwig, Fanny und Walter in der Eiswerkstatt vor. Es herrschte eine seltsam gedrückte Stimmung. Auf dem Tisch lagen die Verpackungsmaterialien verstreut, dazwischen fanden sich einige geschmolzene Steckerl-Eis.

»Grüß Gott zusammen«, grüßte Frieda und ließ ihren Blick über das Durcheinander schweifen. »Ich nehme an, die Verpackungsversuche haben wieder nicht funktioniert?«

»Nein, das haben sie nicht«, antwortete Erna mit finsterer Miene. »Wir schaffen es einfach nicht, das Eis so schnell einzupacken, dass es nicht in den Händen schmilzt. Damit können wir den Verkauf in den Kiosken vergessen. Wir können ja schlecht unverpacktes Eis ausliefern. Wir werden uns wohl weiterhin auf den Ladenverkauf beschränken und auf das Beste hoffen müssen.« Sie stieß einen Seufzer aus, erhob sich, begann die Eisverpackungen einzusammeln und beförderte sie in einen Mülleimer. Fannys Miene war ebenfalls düster. Seit ihrer Rückkehr wohnte sie bei ihnen und schlief auf dem Kanapee in der Stube. Eine Dauerlösung war das nicht, aber eine eigene Wohnung konnte sie sich aufgrund eines fehlenden Einkommens nicht leisten. »Wir sind einfach zu blöd«, schimpfte sie. »So schwer kann des doch ned sein, so ein deppertes Eis einzuwickeln. Aber entweder hält des Papier nicht gscheit oder es ist schon alles halbert gschmolzen, bis ich fertig bin.« Sie erhob sich, holte einen Lappen aus der Spüle und begann den Tisch abzuwischen. Ludwigs Miene war ebenfalls betreten. Sein Hemd wies einige Schokoladenflecken auf, was darauf hinwies, dass selbst er einige Verpackungsversuche gestartet hatte.

»Wenn wir Pech haben, fällt unser Steckerl-Eis gar nicht besonders auf. Hier in der Innenstadt gibt es ja überall Konkurrenz«, sagte Erna. »Am Ende wird es wie im letzten Jahr werden, und wir kommen gerade so über die Runden. Mit dem Verkauf über die Kioske und der neuen Marke hätte es etwas werden können. Aber so …« Sie zuckte die Schultern. »Ach, ich wünschte, der Sepp wäre jetzt hier. Vielleicht wäre ihm noch etwas eingefallen. Oder dem besten Eisverkäufer von ganz München, unserem Marco mit seinem Eiswagen …«

»Eiswagen«, wiederholte der neben Ludwig sitzende Walter. »Das ist es! Die Italiener mit ihren Eiswagen sind mobil. Sie ziehen durch die Stadtteile und bringan des Eis direkt zum Kunden. Bei uns kam auch immer einer von denen, und der Wagen war jedes Mal innerhalb kürzester Zeit von Dutzenden Kindern umringt. Wenn wir unser Steckerl-Eis über Eiswagen vertreiben, dann wird des schneller bekannt! Wir könnten damit direkt in den Englischen Garten, ach, überallhin, fahrn. Des wär sogar noch viel besser, als es über die Kioske und Gaststätten zu vertreiben, die vom Gewinn ja etwas abham wolln. Viele von denen hatten dem Sepp sowieso abgsagt, weil sie meinten, keinen Platz für Eis in der Kühlung zu haben. Wir bräuchten auch keine Verpackungen. Es würd die normale Kühlung glangen.«

»Das ist ja grundsätzlich eine nette Idee«, antwortete Erna. »Aber wir besitzen nur einen einzigen alten Eiswagen, der vor dem Ende seiner letzten Saison bereits erste Löcher bekommen hat. Auch braucht es zum Ziehen und Schieben eines solchen Wagens Kraft. Wir bräuchten dafür Angestellte. Von welchem Geld soll ich diese bezahlen? So einfach ist das nicht.«

»Und wenn wir das Eis mit dem Fahrrad ausliefern?«, fragte Walter. »Ich hab so ein Eisfahrrad letzten Sommer während eines Urlaubs mit meinen Eltern in Italien gesehen. Damit kommt man ohne große Anstrengung überallhin, und es fällt auf.«

»Mit dem Radl?«, wiederholte Fanny verdutzt. »Meinst echt? Obwohl, blöd wär des ned – mit so einer Kühlkisten vorn dran. Aber wo kriegt man denn so a Radl her?«

»Und wer soll das bezahlen?«, fügte Erna hinzu. »Ludwig hat uns bereits genug Geld gegeben.«

»Ich hab auch nimma mehrer«, erwiderte er. »Hat ja keiner ahnen können, dass des jetzt auch noch bestimmte Radl braucht.«

»Vielleicht kann ich euch helfen«, sagte plötzlich eine allen wohlbekannte Stimme, und sämtliche Anwesende blickten zur Tür, in der Anneliese stand. Verwundert wurde sie angestarrt. Mit ihrem Auftauchen hatte niemand gerechnet.

»Ich hab zwar kein Geld mehr – aber ich hab eine Menge Schmuck, den ich sowieso nicht mehr trage. Wenn ich den verkauf, könnt es für die Radl reichen. Mir gefällt die Idee. Und ich bin mir sicher, dem Sepp hätte sie auch gefallen.«

35. Kapitel

06. April 1930

Lotte saß auf einer Bank im Englischen Garten und beobachtete die Enten auf dem Kleinhesseloher See. Eigentlich war kein Wetter, um auf einer Bank zu sitzen, aber sie musste sich ausruhen. Eine graue Wolkendecke hing über der Stadt, und es war unangenehm kühl, weshalb sie noch immer ihren warmen Mantel, Schal und Wollmütze trug. Von schönem, warmem Frühlingswetter waren sie noch weit entfernt. Sie war am späten Vormittag mal wieder zu ihrer üblichen Keksverteilungstour losgezogen. Sie liebte diese wöchentliche Runde inzwischen sehr. Jeder Kioskbetreiber und Ladenbesitzer hielt gern einen Schwatz mit ihr, manchmal bekam sie eine Zeitschrift oder eine Süßigkeit geschenkt. Immer wieder wurde ihr versichert, wie gut sich ihre Kekse verkauften und dass es nur positive Rückmeldungen gab. Sie hatte neulich davon gehört, dass in der Nähe des Sees ein neuer Kiosk eröffnet hätte. Diesem hatte sie einen Besuch abstatten und ihre Kekse anbieten wollen, doch das war gründlich schiefgelaufen. Sie hatte keinen neuen Kiosk gefunden, zu ihrem Unglück war sie dann auch noch auf dem Eis einer über Nacht gefrorenen Pfütze ausgerutscht und auf das Humpelbein gefallen. Sogleich hatte sie einen stechenden Schmerz im Knie verspürt. Zum Glück war es nicht weit zu der Bank gewesen, auf der sie nun saß. Doch wie es jetzt weitergehen sollte, wusste sie nicht so recht. Der Schmerz im Bein hatte rasch wieder nachgelassen, doch sie traute sich nicht aufzustehen.

»Das hab ich Dummerchen jetzt davon«, sagte sie leise zu sich selbst. »Wäre ich doch bloß nicht so gierig gewesen. Die Verkäufe laufen doch auch ohne neue Kioske gut.« Sie war den Tränen nah. Was sollte nun werden? Der Weg nach Hause war weit. Mama würde sich bestimmt bald Sorgen machen. Und was war, wenn in dem dummen Bein tatsächlich wieder etwas kaputtgegangen war? Dann könnte sie vielleicht gar nicht mehr richtig laufen oder stehen. Was sollte dann nur werden? Sie konnte doch ihre Kekse nicht im Sitzen backen, geschweige denn Steckerl-Eis herstellen, was ihr ebenfalls unglaublichen Spaß machte. Tränen der Verzweiflung traten in ihre Augen, und die düsteren Selbstvorwürfe, die sie geglaubt hatte für immer abgeschüttelt zu haben, schlichen sich wieder in ihre Gedanken. Sie hatte nicht auf die Straßenbahn geachtet, sie war selbst schuld an dem dummen Unfall und daran, dass sie nun ein Krüppel war, ihr Leben lang eingeschränkt. Oh, wie sehr sie es doch verabscheute, wenn sie von Frieda oder ihrer Mama ermahnt wurde, wenn sie ihr Dinge nicht zutrauten, weil sie ja das Hinkebein hatte. Hätte sie doch damals besser aufgepasst. Ein Münchner Kind rannte doch nicht einfach so vor eine Straßenbahn. Wütend schlug sie auf ihren Oberschenkel, und eine Träne kullerte über ihre Wange. »Du dummes, dummes Bein. Verdammt noch mal! Wieso wolltest du nicht mehr gut werden?«

Da hörte sie plötzlich den Kies knirschen und blickte auf. Es war Walter, der sich ihr auf seinem Fahrrad näherte. Auch er trug noch seinen warmen Mantel aus brauner Wolle, auf seinem Kopf saß die vertraute Schiebermütze aus kariertem Stoff. Hektisch wischte sich Lotte über das Gesicht. Er blieb direkt vor ihr stehen und sah sie überrascht an.

»Hallo, Lotte. Fanny hat mir erzählt, dass du zu dem neuen Kiosk am See wolltest. Da dachte ich, ich radle dir entgegen, damit du nicht den ganzen Weg bei dem kalten Wetter laufen musst. Hat der Kiosk denn heute überhaupt geöffnet? Kundschaft wird er vermutlich nur wenig haben.« Als hätte Petrus seine Worte gehört, begann es in diesem Moment leicht zu nieseln. Er betrachtete Lotte näher, und seine Miene wurde besorgt.

»Kann es sein, dass du geweint hast?«, fragte er.

Da konnte Lotte nicht anders und brach erneut in Tränen aus. Er stieg sogleich von seinem Rad, setzte sich neben sie und schlosss sie in seine Arme.

»Lotte, Liebes. Wieso weinst du denn?«, fragte er hilflos. »Was ist denn geschehen?«

»Dieses dumme Bein!«, brachte Lotte heraus. »Ich bin gefallen, und es tat plötzlich so weh«, antwortete sie und löste sich aus seiner Umarmung. »Die Pfütze da drüben ist vereist.« Sie deutete auf die unweit der Bank gelegene überfrorene Stelle.

»Ach du je«, antwortete er. »Solch ein Unglück. Bist du direkt auf das Bein gefallen?«

»Ja, aufs Knie. Es gab gleich einen stechenden Schmerz, gerade so hab ich es bis zur Bank geschafft.«

»Verstehe«, antwortete Walter. »Tut es jetzt auch noch weh? Hast du schon versucht aufzustehen?«

»Jetzt ist es nicht mehr so schlimm«, antwortete Lotte. »Aber ich trau mich nicht aufzustehen. Was ist, wenn der Schmerz wiederkommt? Oh, Mama wird so besorgt sein. Sie wird mich gleich zum Arzt bringen. Was, wenn der mir dann alles verbietet? Ach, was bin ich nur für ein Dummerchen. Ich hätte doch ahnen müssen, dass dieser dumme Kiosk bei dem kalten Wetter geschlossen hat. Wäre ich doch niemals bis hierher gelaufen. Wie soll ich mit dem wehen Bein denn jetzt nur nach Hause kommen?«

»Aber du konntest doch nicht ahnen, dass du auf einer Pfütze ausrutschen würdest«, antwortete Walter. »Und vielleicht ist das mit dem Bein auch gar nicht so schlimm. Willst du nicht doch mal einen Versuch wagen und aufstehen? Ich helfe dir auch.« Er sah Lotte ermutigend an. »Manchmal ist es auch nur der erste Schreck.«

»Denkst du? Aber was ist, wenn es nicht geht?«, fragte sie unsicher. »Was sollen wir dann machen?«

»Das entscheiden wir, wenn es nicht geht«, antwortete er. »Immer ein Schritt nach dem anderen. Komm. Versuch es.«

Lotte traute dem Frieden nicht, weshalb sie erst einmal nur das Bein etwas bewegte. Sie streckte es aus, kein Schmerz war zu fühlen. Sie winkelte es wieder an, auch dies tat nicht weh.

»Siehst du, das klappt doch schon ganz gut«, ermutigte er sie. »Und jetzt versuchst du aufzustehen.« Er stand auf und hielt ihr die Hand hin. Sie ergriff sie dankbar und erhob sich langsam. Als sie stand, blickte sie unsicher auf ihre Stiefel hinab. Es gab keinen Schmerz. Nur ein leicht dumpfes Gefühl, das sie einzuordnen wusste, denn sie war ja nicht zum ersten Mal gestürzt. Vermutlich würde sie auf ihrem Knie bald einen unschönen blauen Fleck vorfinden. Sie setzte sich vorsichtig in Bewegung, tat weitere Schritte.

»Es geht!«, rief sie erleichtert. »Sieh nur, ich kann laufen! Es tut nichts weh. Der Schmerz ist tatsächlich verschwunden.«

»Welch ein Glück«, antwortete er. Er stand direkt vor ihr und hielt sie noch immer an beiden Händen. Plötzlich veränderte sich die Stimmung zwischen ihnen, und er sah sie mit einem Blick an, den Lotte noch nie so an ihm gesehen hatte und der sie schaudern ließ. In ihrem Magen begann sich ein kribbeliges Gefühl auszubreiten. Plötzlich schlang er seine Arme um sie. Sie ließ es zu und zuckte nicht zurück.

»Hab ich dir eigentlich schon mal gesagt, wie glücklich du mich machst, Lotte?«, sagte er. »Ich weiß, ich sollte es nicht sagen, weil wir noch so jung sind. Aber ich kann nicht anders, ich muss es endlich aussprechen. Ich liebe dich, Lotte. Seit ich dich zum ersten Mal gesehen habe, tue ich das, und ich wünsche mir nichts mehr auf der Welt, als dich endlich küssen zu dürfen.« Seine Lippen näherten sich den ihren und berührten sie. Dieser Kuss fühlte sich seltsam ungewohnt, aber auch wunderschön an. Seine Umarmung wurde fester, und das warme Gefühl in ihrem Inneren schien zur Unendlichkeit anzuschwellen. So fühlte sich also die Liebe an! Sie wünschte sich, dieser Augenblick würde niemals enden.

Nach ein paar Sekunden beendete Walter den Kuss, ließ sie jedoch nicht los, sondern blickte ihr fest in die Augen.

»Ich weiß, es ist zu früh dafür, und ich überrumple dich damit bestimmt. Aber ich weiß es ganz sicher: Ich will dich niemals wieder verlieren. Könntest du dir vorstellen, mich zu heiraten? Nicht heute, nicht nächstes Jahr, das wissen wir beide. Aber wenn die Zeit reif ist. Würdest du dann meine Frau werden wollen?«

Lotte konnte es nicht fassen. Er hatte ihr einen Heiratsantrag gemacht! Er war etwas anders als in den romantischen Filmen, die sie kannte. Da sank der Mann immer auf die Knie und hielt der Frau einen hübschen Ring in einer Schatulle hin. Aber was sollte es schon – jede Faser ihres Körpers bebte. Sie nickte und antwortete: »Aber ja doch. Meine Antwort ist Ja.«

Da küsste er sie erneut, dieses Mal stürmischer als beim ersten Mal. Er hob sie hoch und begann, sich übermütig mit ihr im Kreis zu drehen. Einem alten Herrn, der irritiert dreinblickend an ihnen vorüberlief, rief er freudig zu: »Sie hat Ja gesagt.« Da lächelte der Mann und gratulierte sogar.

Nachdem Walter Lotte wieder auf den Boden gesetzt hatte, schwirrte ihr regelrecht der Kopf.

»Und jetzt sorge ich dafür, dass meine Verlobte sicher nach Hause kommt«, sagte er und deutete auf den Gepäckträger seines Fahrrads. »Darf ich bitten, mein Fräulein?«

Lotte setzte sich lachend, und Walter fuhr wackelig los. Sie hielt sich an ihm fest und fühlte sich so glücklich wie lange nicht. Schneller als gedacht erreichten sie den Eissalon, fuhren in den Hinterhof, und Lotte stieg vom Gepäckträger. Erna trat genau in diesem Moment mit dem Mülleimer in Händen nach draußen. Irritiert sah sie die beiden an. »Walter, Lotte. Wo kommt ihr denn so spät her? Ist etwas geschehen?«

»Nein, es ist alles in bester Ordnung«, beschwichtigte Walter sogleich. »Ich habe Lotte auf dem Weg getroffen und das letzte Stück mitgenommen.«

»Na dann«, antwortete Erna. Ihr Blick war misstrauisch, als ob sie etwas ahnen würde. Aber das konnte nicht sein ... Oder?

»Fanny hat nach dir gefragt, Lotte. Sie hat es heute mal wieder im Rücken, du sollst ihr beim Backen des Streuselkuchens zur Hand gehen. Walter.« Sie nickte dem jungen Mann noch einmal zu, dann ging sie ins Haus zurück. Nachdem sie außer Hörweite war, atmete Lotte erleichtert auf. Es war ihr schwergefallen, mit den wunderbaren Neuigkeiten nicht sogleich herauszuplatzen. Aber sie ahnte, dass ihre Mutter Walters Antrag weniger begeistern würde. Er schien ihre Gedanken zu erahnen.

»Wir müssen es ihnen jetzt noch nicht sagen, wenn du das möchtest«, sagte er. »Wir beide sind uns einig, und das ist doch erst einmal das Wichtigste.« Bewusst legte er nicht die Arme um sie, sondern blieb neben seinem Fahrrad stehen. Er wusste genauso gut wie sie, dass die Fenster Augen hatten.

»Ja, so machen wir es«, antwortete Lotte. Die Tatsache, ihr Glück für sich zu behalten, würde ihr schwerfallen. Aber es gefiel ihr auch, ein solch kostbares Geheimnis zu hüten. Die Zeit würde zeigen, wie lange sie es schaffen würde, Stillschweigen zu bewahren.

36. Kapitel

07. April 1930

Frieda stand in der im Dunkeln liegenden Wohnstube am Fenster und blickte nach draußen. Es schneite kräftig, und die Kaufingerstraße war bereits von einer recht ansehnlichen Schneedecke überzogen. Schneefall war für Anfang April nichts Ungewöhnliches, aber solche Mengen sah man zu dieser Jahreszeit selten. Ein böiger Wind wirbelte die Flocken durch die Lichtkegel der Straßenlaternen, ein einsamer Fußgänger huschte auf der gegenüberliegenden Straßenseite über den Gehweg. Ihrem Papa hätten diese Wetterkapriolen bestimmt Bauchschmerzen bereitet – ein warmes Frühjahr war für einen Eisverkäufer eindeutig besser. Aber das Wetter konnte man sich nicht aussuchen, schon gar nicht im April. Das Geräusch von schlurfenden Schritten ließ Frieda aufmerken, und sie wandte sich um. Es war Erna, die das Esszimmer betrat. Sie trug ihren Morgenmantel, ihr Haar war offen, gegen alle Moderegeln der Zeit fiel es ihr bis über die Schultern.

Erna schaltete eine kleine, auf einer Kommode stehende Lampe ein, trat neben ihre Tochter und schenkte ihr ein müdes Lächeln.

»Du kannst also auch nicht schlafen«, sagte sie und strich Frieda eine Haarsträhne aus der Stirn. »Ich nehme an, dein Vater schleicht sich ebenso in deine Träume, wie er es bei mir tut?«

»Ja, das stimmt«, antwortete Frieda. Sie ersparte ihrer Mutter die Einzelheiten des eben geträumten Traums, denn sie würden ihr zu sehr wehtun. Die letzten Minuten im Leben des Josef Pankofer verfolgten Frieda noch immer, wie ein Film lief das Geschehene jede Nacht ab. Auch seine letzten Worte wollten ihr nicht aus dem Kopf gehen. Bisher hatte sie mit niemandem darüber geredet, aber vielleicht sollte sie es jetzt endlich tun und ihrer Mama davon erzählen. Sie könnte ihr helfen, seine Worte einzuordnen. Als hätte ihre Mutter ihre Gedanken erraten, sagte sie plötzlich: »Hat er dir eigentlich gesagt, dass er dir und Erich seinen Segen geben möchte? Er hatte es mir an seinem Todestag beim Frühstück mitgeteilt. Ich war so erleichtert darüber, dachte sogar, dass es ein gutes Zeichen wäre und er mit der unschönen Vergangenheit endgültig seinen Frieden gemacht hätte. Dass er Erich nun endlich als Teil der Familie anerkennen würde. Ich habe ihm gesagt, wie sehr du dich darüber freuen wirst und dir wünschst, dass er dich zum Altar führen wird.«

In Ernas Augen traten Tränen. Sie fischte ein Taschentuch aus ihrem Morgenmantel und tupfte sich über die Augen. »Er hat gesagt, dass er sich auch schon darauf freut. Ich weiß nicht, ob er zu dem Zeitpunkt bereits gelogen hat. Ob er schon wusste, dass er in den Tod springen wird.«

»Er hat es mir gesagt«, antwortete Frieda. »Kurz bevor er gesprungen ist, hat er es getan. Ich war so glücklich, ich hab ihn umarmt und bin danach von der Brücke gegangen. Er hat gemeint, er würde gleich nachkommen. Ich hab mir nichts dabei gedacht …« Frieda kam kurz ins Stocken. Es war das erste Mal, dass sie laut aussprach, was in jenem Moment geschehen war. Es kostete Kraft. »Ich hab mich so sehr gefreut, dass ich mich am Ende der Brücke übermütig im Kreis gedreht habe. Dann hab ich ihn plötzlich auf dem Geländer stehen sehen, und er ist gesprungen. Einfach so. Ich stand nur ein Stück von ihm entfernt und konnte ihn nicht aufhalten.« In Friedas Ohren begann es zu rauschen, und der kalte Schmerz dieses Augenblicks ergriff erneut Besitz von ihr. Das Gesehene war ein solcher Schock für sie, auch jetzt schien die Erinnerung unerträglich. Da spürte sie die Arme ihrer Mama, die sie umfingen und festhielten. Sie umhüllte Frieda mit ihrem Geruch und ihrer Wärme, so wie sie es so oft in ihrem Leben bereits getan hatte. In den Armen ihrer Mama war jeder Kummer, und mochte er noch so groß gewesen sein, ein Stück kleiner geworden. Auch jetzt beruhigte sich ihr schneller gewordener Pulsschlag wieder, und das Rauschen in ihren Ohren ließ nach. Frieda war diejenige, die sich als Erste aus der Umarmung löste.

»Ich glaube, er hat das mit Erich nur deshalb gesagt, weil er mich nicht traurig zurücklassen wollte«, sprach sie nun auch ihre Bedenken zum ersten Mal laut aus.

»Bestimmt nicht«, antwortete Erna und nahm Friedas Hand. »Er mag in diesem Moment verzweifelt gewesen sein, aber er hat bestimmt die Wahrheit gesagt. Er wollte immer nur, dass seine Töchter glücklich sind. Es ist ihm schwergefallen, Erich zu akzeptieren, aber ich denke, er hat mit ihm tatsächlich seinen Frieden gemacht. Er scheint begriffen zu haben, dass Erich nicht wie sein Vater ist. Er hat euch seinen

Segen gegeben, und du solltest seine Worte nicht infrage stellen.«

»Aber du tust es doch auch«, antwortete Frieda, die noch immer nicht so recht daran glauben wollte, dass ihr Vater es tatsächlich ernst gemeint haben könnte. »Er hat doch, was die Kirche betraf, vermutlich schon gelogen. In diesem Moment hat er bereits gewusst, dass er mich niemals zum Altar führen wird. Ich kann Erich nicht heiraten. Nicht, solange diese unbeantwortete Frage im Raum steht.«

»Aber wir werden die Wahrheit nie erfahren«, entgegnete Erna. »Es könnte doch sein, dass sein Sprung in die Isar gar nicht geplant gewesen war, und dass er es aus Verzweiflung spontan getan hat. Hast du daran schon mal gedacht? Dann waren seine Worte nicht einfach so dahingesagt, sie waren kein bitter schmeckendes Abschiedsgeschenk, sondern die Wahrheit. Dein Vater war ein ehrlicher Mann. Wieso sollte er jetzt von seinen Prinzipien abweichen?«

»Ich weiß es nicht«, antwortete Frieda. Aus diesem Blickwinkel hatte sie die Situation noch nicht betrachtet. Sie hatte gedacht, er hätte den Sprung bereits geplant, als sie auf die Brücke gekommen war. Aber was war, wenn ihre Mama recht hatte? Wenn sein Selbstmord tatsächlich spontan geschehen war? Dann stimmten seine Worte, und er hatte ihr und Erich tatsächlich seinen Segen gegeben. Darüber musste sie erst einmal nachdenken. Noch vor nicht allzu langer Zeit war ihr die Meinung ihres Vaters egal gewesen, und sie hätte Erich auch ohne seinen Segen geheiratet. Wieso war er ihr plötzlich so wichtig? Weil Josef nun tot war?

»Du solltest dir Zeit geben«, sagte Erna und strich ihrer Tochter liebevoll über den Arm. »Die benötigen wir alle. Am besten wird es sein, wenn du mit Erich über deine Gefühle sprichst. Er hat verdient, dass du mit ihm darüber redest, findest du nicht?«

»Ja, das hat er«, antwortete Frieda, froh darüber, dass ihre Mama sie nicht zu einer Entscheidung drängen wollte.

Es war Fanny, die das Gespräch der beiden durch ihr Eintreten unterbrach. Sie stand plötzlich, missbilligend dreinblickend, nur mit ihrem Nachthemd bekleidet und barfuß in der Tür.

»Mei, was seids denn ihr für zwei Nachtschwärmer! Stehen da in der Stub'n und ratschen. Wisst's ihr eigentlich, wie spät mir ham? Schauts, dass in eure Betten kommts! Schließlich ham ma morgen viel vor.«

Reumütig zogen Erna und Frieda sogleich die Köpfe ein.

»Entschuldige, Fanny«, erwiderte Erna. »Wir geben jetzt Ruhe. Fest versprochen.«

Nachdem Fanny den Raum verlassen hatte, grinsten die beiden einander an, wie Lausmädchen, die gerade etwas angestellt hatten.

»Sie ist ja schlimmer als meine frühere Lehrerin, Frau Lamprecht, die alte Hexe«, sagte Frieda und unterdrückte ein Kichern. Fanny hatte es mit ihrem Auftritt tatsächlich geschafft, die Stimmung der beiden aufzuhellen.

»Guter Gott!«, antwortete Erna. »Vor der Frau hatte sogar ich Angst. Allerdings muss ich Fanny recht geben – wir haben vier Uhr morgens. Wir sollten versuchen, noch etwas Schlaf zu finden. Morgen gibt es viel zu tun.« Erna streckte sich und gähnte.

Frieda willigte ein, obwohl sie nicht müde war.

Wenig später lag sie wieder in ihrem Bett, lauschte den gleichmäßigen Atemzügen von Lotte, und ihre Gedanken wanderten erneut zu dem eben Gesprochenen. Was war, wenn ihr Vater es wirklich so gemeint hatte? Konnte es wirklich sein, dass er spontan gesprungen war?

»Ach, wärst du doch gleich nachgekommen, wie du es gesagt hast«, sagte Frieda leise. »Wieso nur hast du das getan?« Sie drehte sich zur Seite und nahm sich vor, so bald wie möglich zu Erich zu gehen. Ihre Mama hatte recht. Er hatte Ehrlichkeit von ihr verdient.

Am nächsten Morgen fühlte sich Frieda ausgeschlafener, als sie gedacht hatte, und das veränderte Wetter sorgte zusätzlich für Munterkeit. Der winterliche Spuk der Nacht hatte sich verzogen, und der gefallene Schnee taute im hellen Sonnenlicht. Sie hatten sich für den heutigen Tag den Frühjahrsputz im Geschäft vorgenommen, schließlich musste für die geplante Eröffnung alles aufgehübscht werden, und Erna wollte einiges umdekorieren. Josef hatte vor seinem Tod noch einige Werbemittel beauftragt, die am Vortag geliefert worden waren. Dazu zählten Fähnchen und Plakate, aber auch zwei große Blechschilder mit dem Schriftzug *JOPA-Eis* darauf, die es aufzuhängen galt. Außerdem plante Erna, den dunklen Kaffeehausmöbeln eine hellere Farbe zu verpassen – schließlich war der Sommer ihr Geschäft, und da sollte ihr Eissalon fröhlich wirken. Nach einiger Überlegung hatten sie sich für einen hellgelben Lack entschieden, in dem die Stühle und Tische heute gestrichen werden sollten. Frieda hatte sich bereits einen Malerkittel, ein altes Hemd ihres Vaters, übergezogen und war gerade mit Fanny dabei, die Möbel in den Innenhof zu verfrachten. Allerdings war Fanny, was das Tragen der Stühle anging, keine große Hilfe. Sie kam schnell außer Atem und benötigte viele Pausen. Auch gerade jetzt setzte sie sich wieder nach Luft japsend auf eine der nach draußen gebrachten Sitzgelegenheiten.

»Mei, die ganze Schlepperei ist nix mehr für a altes Madl wie mich! Wo steckt denn die Jugend, wenn man sie mal braucht? Sonst schrawenzelt dieser Walter doch auch an ganzen Tag hier umanand. Wennst mich fragst, dann is die Lotte scho längst dem sein Gspusi. Habts ihr eigentlich gmerkt, dass die Leut deswegen schon reden? Die Lechnerin vom Nachbarhaus hab ich gestern mit der Gruberin darüber tratschen hörn. Sodom und Gomorra is des, hat sie gsagt.«

Frieda antwortete mit einem Seufzer. Irgendwann hatte es ja so kommen müssen. Walter und Lotte waren seit ihrem ersten Aufeinandertreffen unzertrennlich, und obwohl die beiden noch jung waren, konnte es durchaus sein, dass sie etwas füreinander empfanden. Sie alle hatten die Augen davor verschlossen, dass Gefühle im Spiel sein konnten. Besonders nach Papas Tod waren sie froh über die Unterstützung des jungen Mannes gewesen, der gerade für Lotte einen besonderen Halt darstellte und mit seiner Tatkraft überzeugte. Da konnte man das Offensichtliche schon mal aus dem Blick verlieren. Sie schaute zur Werkstatt. Durch das Fenster waren die beiden zu sehen: Sie waren mit der Eisherstellung zugange, schließlich mussten ihre Lager für die geplante Eröffnung in einigen Tagen gut gefüllt sein. Sowohl Lotte als auch Walter liebten diese Tätigkeit. Vielleicht hatten sich hier tatsächlich zwei gefunden? Lotte wurde im Sommer siebzehn Jahre alt, sie war kein Kind mehr.

»Also auf'm Land war neulich a Hochzeit von einem Dirndl, die nicht viel älter als unsere Lotte gwesn is. Und der Ehemann war meiner Meinung nach auch no ned ganz trocken hinter de Ohren«, merkte Fanny an. »So kann des nimma lang weitergehen, des is euch schon klar, oder? Ihr wollts doch wegen der Sach ned ständig dem Gred der Leut ausgliefert sein. Und was is, wenn die zwei ned aufbassen und da flott a Braten in der Röhre is? Wär ned des erste Unglück, des unbedacht bei junge Leut geschieht. Obwohl a Kindchen ja niemals a Unglück ist. Du weißt ja, was ich mein! Es sind halt immer die Umstände …«

»Also, so weit würde ich jetzt nicht gehen«, wiegelte Frieda Fannys Andeutung ab. Es entsetzte sie, dass Fanny überhaupt solch ein Geschehen in Betracht zog. Dass Lotte … Nein, das konnte unmöglich sein. »Wo du nur hindenkst! Walter ist ein guter Kerl, dessen bin ich mir sicher.«

»Weil wir grad bei guten Kerlen sind«, sagte Fanny und deutete zum Hofeingang. »Da kommt noch einer.«

Frieda wandte sich um.

»Erich«, sagte sie, und sogleich beschleunigte sich ihr Herzschlag.

»Ich geh dann mal schaun, ob die Erna noch Hilfe braucht«, sagte Fanny und schaute Frieda einen Moment lang vielsagend an. »Jetzt ist ihr ja auch noch eingefallen, die Wände neu zu streichen. Des halt ich ja für an Schmarrn, aber wenn´s unbedingt sein muss …« Mit diesen Worten drehte sie sich um und ging zurück ins Haus.

Erich blieb vor Frieda stehen, und keiner von beiden schien einen Moment lang zu wissen, was er sagen sollte. Sie sahen einander nur an, und das Kribbeln in Frieda wurde so stark, dass sie glaubte, zu zerspringen. Ihre Hände begannen zu zittern, und weil sie nicht so recht wusste, wohin mit ihnen, steckte sie sie in ihre Rocktaschen.

»Ihr streicht die Möbel neu«, stellte Erich fest und deutete auf das Mobiliar und die Farbeimer.

»Ja, das machen wir«, antwortete Frieda, froh darüber, dass er etwas Alltägliches ansprach. »Mama findet, dass das Geschäft dann freundlicher aussieht. Schließlich verkaufen wir ja Eis.«

»Das ist eine gute Idee«, erwiderte er. »Wenn ihr wollt, gehe ich euch gerne zur Hand.«

»Das ist lieb von dir«, antwortete Frieda und schob sich eine Haarsträhne hinters Ohr. Zitterte etwa ihre Stimme? »Aber du hast bei Dallmayr bestimmt viel zu tun. Wir kommen schon zurecht. Walter und Lotte wollen später auch noch helfen.« Sie deutete zur Werkstatt.

»Ich habe bei Dallmayr gekündigt«, antwortete er. »Mir ist rasch klar geworden, dass eine Bürotätigkeit nicht das Richtige für mich ist. Außerdem ist der Abteilungsleiter ein Choleriker. Unter einer solchen Person möchte ich nicht arbeiten. Papa mag damals zu unseren Mitarbeitern streng gewesen sein, aber er war stets gerecht. So einen herrischen Zeitgenossen wie diesen hätte er niemals geduldet.«

»Oh, ich ... verstehe«, antwortete Frieda. »Und was nun?«

»Das weiß ich ehrlich gesagt noch nicht so recht«, antwortete er. »Aber ich habe gehört, dass es da eine Unternehmung gibt, die den Verkauf einer absoluten Neuheit plant.« Er trat noch näher an sie heran und legte die Hände auf ihre Schultern. Frieda ließ ihn gewähren. Seine Nähe jagte ihr einen Schauder über den Rücken. Sogleich hatte sie den vertrauten Duft seines Rasierwassers in der Nase. All ihre Zweifel der letzten Tage lösten sich in diesem Moment in Luft aus. Sie dachte an die Worte ihrer Mama: *Dein Vater war ein ehrlicher*

Mann. Sie liebte Erich, er war der perfekte Mann für sie, er würde sie glücklich machen.

»Davon hast du also gehört«, antwortete sie und grinste schelmisch.

»Ja, das habe ich«, antwortete er. »Und ich dachte mir, vielleicht könnte diese Unternehmung etwas professionelle Unterstützung gebrauchen.« Seine Arme umschlossen sie nun, und seine Lippen waren jetzt ganz nah bei den ihren.

»Das könnte sie bestimmt«, antwortete Frieda noch, dann berührten seine Lippen die ihren, und seine Umarmung wurde fester. Frieda glaubte, vor Glück zu zerspringen. Es war eine Bemerkung aus dem Hintergrund, die den romantischen Moment jäh störte.

»Hab ich's ned gsagt!«, hörte sie die wohlbekannte Tratschstimme der Lechnerin. »Sodom und Gomorra is des. Aber mir will ja keiner glaum.«

37. Kapitel

15. April 1930

»Nein, nicht doch. Du musst bremsen, Frieda. So brems doch!«, rief Lotte ihrer Schwester hinterher, die wackelig und kreischend über die im hellen Licht der Mittagssonne liegende Theresienwiese radelte. Diesen Platz hatten sie sich für Friedas erste Radfahrstunden ausgesucht, denn hier gab es keine Straßenbahnen, Autos oder Fußgänger, denen sie in die Quere kommen konnte. Das war auch gut so, denn Frieda war, was das Radfahren anging, nicht gerade ein Naturtalent. Es war bereits der dritte Tag, den sie mit dem Drahtesel hier verbrachten, und sie schaffte es noch immer nicht, anständig das Gleichgewicht zu halten. Auch das Bremsen gelang ihr selten. So eine ungeschickte Radfahrerin hatte die gute alte Bavaria, deren Statue unweit von ihnen entfernt stand, bestimmt noch nie gesehen. Wenn sie könnte, würde sie bestimmt schmunzeln.

Frieda kam ins Schlingern und kreischte lautstark.

»Vergiss das Treten nicht!«, rief Lotte ihr hinterher.

»Aber das mach ich doch. Hilfe! Der Lenker ist kaputt. Er ist nicht fest. So hilf mir doch!«, rief Frieda verzweifelt.

»Du sollst ihn ja selber gerade halten – und treten. Himmel, so schwer ist das doch nicht!«, schimpfte Lotte, der langsam der Geduldsfaden riss. Sie lief ihrer Schwester hinterher. Wenn das so weiterging, würde Frieda niemals mit einem der Eisfahrräder losziehen können, wie sie es geplant hatten: Walter und Frieda sollten fürs Erste die Verkaufstouren mit den Fahrrädern übernehmen. Walter hatte gemeint, dass er sein Studium auch im Herbst beginnen könnte. Erna hatte sich über die Zusage seiner weiteren Unterstützung gefreut, ihm aber auch versichert, dass sie ihm sobald wie möglich ein Gehalt bezahlen würde. Schließlich war er für den Betrieb ebenso tätig wie die gute Fanny, die, zum Bedauern sämtlicher Mitglieder der Pankofer Familie, noch immer in der Wohnstube nächtigte, weshalb sie ab neun Uhr abends, Fannys fester Zeit zum Schlafengehen, nur noch auf Strümpfen durchs Haus schlichen. Es galt zu hoffen, dass sich für Fanny bald eigene vier Wände finden ließen. Lotte wäre am liebsten ebenfalls mit einem der Eisfahrräder losgezogen, aber ihre Mama hatte es verboten und war trotz Lottes Flehen und Betteln hart geblieben, was Lotte nach dem Verfliegen ihrer ersten Enttäuschung doch verstehen konnte. Schließlich war sie körperlich noch immer eingeschränkt, und wenn sie mit dem Fahrrad stürzte, könnte ihr Bein wieder schlimmer werden. Es war ein großes Glück gewesen, dass ihr Sturz von neulich im Park ohne Folgen geblieben war. Sie würde also im Geschäft fleißig sein, ihrer Mutter und Fanny bei der Herstellung des Eises zur Hand gehen und im Eisladen arbeiten. Annelieses Schmuck hatte ein hübsches Sümmchen ergeben, mit dem sie drei Fahrräder hatten erwerben können, zwei von ihnen wurden von einem mit Walter befreundeten Fahrradverkäufer mit eigener Werkstatt gerade zu den perfekten Eisfahrrädern umgebaut. Vermutlich ließ es sich mit diesen bedeutend einfacher fahren als mit normalen, denn sie hatten drei Räder. Walter hatte ihnen bereits Skizzen der Räder gezeigt: Das *JOPA*-Logo würde auf den Eiskasten kommen. Wenn alles klappte, konnten sie bereits in wenigen Tagen mit den ersten Fahrten beginnen.

»Bremsen, verflixt noch mal! So drück doch auf die Bremse ...«

»Mach ich doch!«, rief Frieda. Trotzdem fuhr sie wackelig weiter.

»Himmel, so brems doch endlich!«, schrie Lotte.

Frieda wurde langsamer und hielt an. Lotte erreichte ihre Schwester und blieb nach Atem ringend neben dem Fahrrad stehen. In Friedas Blick lag die nackte Angst.

»Ich kann das einfach nicht!«, rief Frieda. »Ich bin für das Fahrradfahren nicht geschaffen. Es ist alles so fürchterlich wackelig, und man muss auf so viele Dinge gleichzeitig achtgeben. Jetzt stell dir auch noch vor, ich hab so einen Eiskasten dabei und fahre auf irgendwelchen belebten Straßen. Ich seh die Fußgänger jetzt schon vor mir Reißaus nehmen.«

»Du stellst dich aber auch selten dämlich an«, entgegnete Lotte, stemmte die Hände in die Hüfte und sah ihre Schwester finster an. »So schwer ist es nun wirklich nicht. Du musst nur treten, das Gleichgewicht halten und lenken.«

»Das sind gleich drei Dinge auf einmal«, antwortete Frieda und zog beleidigt eine Schnute.

»Drei Dinge, die du mit etwas Übung spielend leicht hinbekommen wirst«, blieb Lotte stur. »Das kann jedes kleine Kind. Komm. Ich zeig es dir noch mal.« Sie griff beherzt nach dem Lenker, und Frieda stieg vom Rad. Lotte radelte los und drehte fröhlich Runden auf dem Platz. Sie fuhr sogar einige Achten und zeigte Frieda voller Stolz, dass sie inzwischen freihändig fahren konnte. Nachdem sie ihre Vorführungen beendet hatte, blieb sie mit strahlenden Augen und geröteten Wangen vor Frieda stehen und meinte: »Siehst du, es ist ganz einfach. Willst du es nicht doch noch einmal versuchen?«

»Nein, das werde ich nicht«, antwortete Frieda. »Sonst breche ich mir am Ende noch den Hals. Aber ich werde jetzt gleich ein ernsthaftes Gespräch mit Mama führen. Ich bin der Meinung, dass du zusammen mit Walter die Fahrradtouren übernehmen solltest. So gut wie du werde ich mit dem Drahtesel niemals klarkommen, dein verletztes Bein hin oder her. Sollte ich doch losradeln, komme ich vermutlich mit wer weiß was für welchen Knochenbrüchen nach Hause.«

»Das würdest du wirklich tun?«, rief Lotte freudig. »Oh, du bist ein Schatz.« Sie fiel Frieda übermütig um den Hals. »Ach, das wird eine Freude! Walter plant schon richtige Tagestouren, damit die Leute an festen Wochentagen mit uns rechnen. Und hast du schon seinen großartigen Entwurf für die Zeitungsanzeige gesehen?«

»Nein, hab ich noch nicht«, antwortete Frieda. Lottes Reaktion erleichterte sie. Gott sei Dank hörte sie nun damit auf, ihr unbedingt das Fahren auf diesem Höllengerät beibringen zu wollen.

»Er hat sogar Papas *JOPA*-Logo miteingebracht, und der Text ist in einer hübschen Schreibschrift geschrieben. Dazu gibt es ein Bild von unserem Eis. Er bezeichnet es als Sensation! Allerdings ist das ein wenig zu dick aufgetragen, oder?«

»Ach, mit Speck fängt man Mäuse«, antwortete Frieda und winkte ab.

»Auch wieder wahr«, entgegnete Lotte. »Was ist es doch für ein großes Glück, dass Walter zu uns gestoßen ist. Findest du nicht?« Ihre Augen strahlten.

»Ja, das ist es«, antwortete Frieda. Sie überlegte kurz, dann beschloss sie das leidige Thema des Getratsches der Nachbarschaft, Lottes und Walters allzu vertraulicher Umgang miteinander, anzusprechen. Nur wie sollte sie es am besten anstellen?

»Sag mal, Lotte«, begann sie, während Lotte vom Rad stieg und sie sich auf den Heimweg machten. »Wegen dir und Walter, also, ich meine, es ist …« *Himmel noch mal*, schalt sie sich in Gedanken. Es war ihre Lotte, mit der sie redete!

»Hat er sich dir schon einmal, du weißt schon, unsittlich genähert …?«

Lotte blieb stehen und sah Frieda erstaunt an.

»Wenn du auf diese seltsame Art nachfragen willst, ob er mir schon mal nahegekommen ist, dann beantworte ich dir diese Frage gerne mit Ja«, antwortete sie frei heraus. »Er hat mich sogar schon geküsst. Neulich im Park war das. Und er hat noch etwas getan!«

Frieda konnte kaum glauben, was sie hörte. Lotte redete darüber, als wäre es das Normalste der Welt, mit sechzehn Jahren geküsst zu werden. Himmel, sie war doch noch ein halbes Kind!

»Was denn noch?«, hakte Frieda nach, sich die schlimmsten Gedanken machend. Was war, wenn er … Sie wollte den Gedanken nicht weiterspinnen.

»Er hat mich gefragt, ob ich ihn heiraten möchte, und ich hab Ja gesagt.«

»Er hat … was getan?« Frieda blieb stehen und sah Lotte fassungslos an.

»Er hat mir einen Antrag gemacht, und ich habe ihn angenommen«, erwiderte Lotte kess. »Wir mögen noch jung sein, aber manches Mal weiß man einfach, dass es der Richtige ist, oder? Ich hab ihn wirklich gern, und ohne Walter kann ich mir mein Leben nicht mehr vorstellen. Du hast doch den Erich auch gern. Und so viel älter als ich bist du jetzt auch nicht.«

»Vier Jahre und zwei Monate«, entgegnete Frieda hilflos. »Das ist eine ganze Menge. In deinem Alter habe ich Männer noch gar nicht angesehen, meine Liebe. Du kannst dich doch mit sechzehn noch nicht verloben und dich schon gar nicht küssen lassen. Was sollen denn die Leute denken?«

»Wieso soll ich das nicht können?«, hakte Lotte nach. »Außerdem bin ich bald siebzehn, und verloben heißt ja nicht, dass wir gleich heiraten werden. Damit wollen wir uns noch Zeit lassen, bis der Walter mit seinem Studium fertig ist. Er hat gesagt, dass er sich dann richtig gut um mich kümmern will. Er könnte, wie Erich, in unseren Betrieb einsteigen. Das wäre doch großartig. Findest du nicht? Außerdem ist es doch egal, was die Leute denken. Die denken doch jeden Tag immer irgendwas anderes. Ich hab den Walter gern. Das ist es, was zählt. Und Papa hat ihn auch gerngehabt, das weiß ich. Bestimmt hätte er sich über unsere Verlobung gefreut.« Sie streckte ihr Kinn nach vorne, wie sie es immer tat, wenn sie eine Aussage bekräftigen wollte.

»Das stimmt«, musste Frieda zugeben. »Er mochte Walter tatsächlich sehr. Er hat sogar einmal zu mir gesagt, dass ihr ein hübsches Paar abgeben würdet.« Sie zwinkerte Lotte zu.

»Wirklich, hat er das?«, hakte Lotte freudig überrascht nach.

»Ja, allerdings«, antwortete Frieda. »Und er ist mit dieser Einschätzung nicht allein. Ich finde auch, dass ihr gut zusammenpasst. Mit einem richtigen Antrag von seiner Seite hätte ich jedoch niemals gerechnet. Eine längere Verlobungszeit wäre in eurem Fall vermutlich keine schlechte Idee. Du solltest schon mindestens zwanzig sein, wenn ihr heiratet. Was meinst du?«

»Das lässt sich einrichten«, antwortete Lotte. »Walter will ja auch erst ein gutes Einkommen haben, damit er mich und unsere Kinder, er will mindestens fünf Stück haben, gut versorgen kann.« Sie grinste.

»Das sind große, aber schöne Pläne«, antwortete Frieda und knuffte Lotte in die Seite. Ihre kleine Schwester war ihr in Sachen Familienplanung eindeutig ein Stück voraus. Sie und Erich hatten bisher noch nicht über die genaue Größe ihrer Kinderschar gesprochen. »Jetzt müssen wir nur noch darüber nachdenken, wie wir Mama die Neuigkeiten beibringen.«

»Ach, das bekommen wir schon irgendwie hin«, antwortete Lotte in einem gelassenen Tonfall. »Sie hat Walter ja auch gern. Sie wird sich bestimmt für uns freuen.«

»Ja, das wird sie«, antwortete Frieda. »Und gute Neuigkeiten kann sie im Moment gut gebrauchen.« Sie umarmten sich ein weiteres Mal, und Frieda sagte: »Ich wünsch dir Glück, Kleines, und gratuliere von Herzen.«

Nachdem sie sich aus der Umarmung gelöst hatten, schlugen sie endgültig den Rückweg ein.

Als sie eine Weile darauf im Laden ankamen, staunten sie nicht schlecht, was für eine bunte Figur sie dort zwischen den frisch gestrichenen Möbeln vorfanden: Es war ein lustiger Clown. Frieda musste zweimal hinschauen, um zu erkennen, wer unter dem Kostüm steckte.

»Grüß Gott, die Fräuleins«, begrüßte Ludwig sie freudig. »Kommen Sie ruhig rein. Des müssen Sie erleben, des müssen Sie probieren. Unsere neue Sensation am Eis-Himmel wird Sie bezaubern.« Er legte die Arme um sie und führte sie zur Theke. »Das einzigartige Steckerl-Eis der Firma *JOPA*. Wenn Sie des probiert ham, wolln sie niemals wieder was anderes!«

Verdutzt sahen Lotte und Frieda zu Erna und Fanny, die grinsend hinter der Theke standen. Erna schien sich bemüßigt zu fühlen, eine Erklärung abgeben zu müssen. Sie hob die Hände und sagte nur: »Es ist ganz allein seine Idee gewesen!«

38. Kapitel

25. April 1930

»Wieso muss das ausgerechnet heute passieren?«, schimpfte Lotte und blickte verzweifelt auf das Kühlbecken, das im Moment seinem Namen nicht gerecht wurde. Die Kühlflüssigkeit war eher eine lauwarme Brühe. »Was hat das Gerät nur? Es kann doch nicht sein, dass es uns ausgerechnet an unserem Eröffnungstag im Stich lässt. Gestern hat es doch noch einwandfrei funktioniert.«

Fanny, die neben ihr stand, schaute hilflos drein. »So is des mit dem modernen Zeigs. Die Kurbelei bei de alten Eismaschinen war zwar anstrengend, aber allwei zuverlässig. Was mach ma denn jetzt? So wird des nix mit dem Erdbeereis.«

»Vielleicht kann Walter uns helfen. Er müsste gleich eintreffen. Es muss an der Elektrik liegen, anders kann es nicht sein.«

»Ohweia«, sagte Fanny plötzlich, und ihr Blick wurde reumütig. »Ich glaub, ich bin schuld. Ich hab gestern hier noch putzt, damit alles für den großen Tag schön sauber is. Da hab ich a paar Kabel aus die Steckdosen zogen, damit ich besser in die Ecken komm. Mei, ich Dummerl hab vergessen, sie wieder neizustecken!«

»Ein paar Kabel?«, wiederholte Lotte entsetzt. »Welche denn noch?« Ihr Blick wanderte zu den Eisschränken und ihr schwante Übles. Sie öffnete die Tür und schaute auf Eissteckerl, die in einem See aus Eissoße lagen. »Himmel, Fanny! Was hast du getan? Es ist alles geschmolzen, sieh dir das an. Was sollen wir denn jetzt machen? Damit können wir den Eröffnungstag vergessen. Mama wollte um zehn Uhr den Laden aufsperren. Himmel, heute erscheint doch auch der große Artikel in der Zeitung. Oh nein!«

Fanny zog den Kopf ein. Trotzdem konnte sie es nicht lassen, einen unpassenden Kommentar zu der Thematik abzugeben.

»Mei, des moderne Zeigs. Bloß wegen so am depperten Stecker«, murrte sie. »Mit einem anständigen Eisschrank wär uns des nicht passiert.«

In diesem Moment trat Frieda durch die Tür. Sie trug schon ihr graues Arbeitskleid und hatte sich eine Schürze umgebunden. Irritiert dreinblickend kam sie näher. Als sie das Malheur im Kühlschrank sah, weiteten sich ihre Augen.

»Großer Gott, was ist denn hier passiert? Es ist ja alles geschmolzen.«

»Fanny hat geputzt und die Stecker rausgezogen«, antwortete Lotte mit finsterer Miene. »Jetzt ist alles hin. Somit können wir die für heute geplante Eröffnung vergessen.«

»Wie, den Stecker rausgezogen? Aber wieso das denn?«, hakte Frieda verdutzt nach und schaute Fanny an.

»Mei, da hinten drin wars halt staubig, und de Schnur da war im Weg«, antwortete Fanny und deutete auf das weiße Kabel. »Ich hab halt ned dran gedacht, dass ich des auch wieder einstecken muss.«

»Das Kühlbecken hat sie auch ausgesteckt«, sagte Lotte. »Ich hab keine Ahnung, wie lange es dauert, um es wieder kalt zu bekommen. Ich hab es gerade wieder an den Strom gesteckt. Es ist eine wirkliche Katastrophe.«

Erna erschien in Begleitung ihres Milchlieferanten. Sie hatte die aktuelle Tageszeitung dabei und wedelte fröhlich damit.

»Seht nur, was gerade gekommen ist! Ich hab auch gleich nach unserer Anzeige gesehen. Sie ist großartig geworden! Eine ganze Seite, wie geplant. Walter ist ein solcher Schatz. Das wird heute ein wunderbarer Eröffnungstag werden. Dazu das perfekte Wetter. Besser könnte es gar nicht sein.« Ihr fielen die betretenen Mienen auf, und sie ließ die Zeitung sinken. »Was ist denn los? Ist etwas geschehen?«

Es herrschte Schweigen. Fanny zog noch weiter den Kopf ein.

Lotte holte tief Luft und erklärte, was passiert war.

»Ach du meine Güte«, entgegnete Erna. »Und es ist wirklich alles hin?« Sie stürzte zu den Eisschränken und betrachtete voller Entsetzten die Eissoße. »Wie konntest du nur, Fanny?«, wetterte sie sogleich los. Fanny antwortete nichts, sie sah aus, als würde sie gleich in Tränen ausbrechen. »Man steckt doch nicht einfach alles aus. Was hast du dir dabei nur gedacht? Jetzt ist alles kaputt. Alle Vorräte sind geschmolzen, und wir können nicht eröffnen. Aber das müssen wir doch, schließlich steht es in der Zeitung. Verdammt noch eins!« Sie sank auf einen der Stühle neben dem Arbeitstisch und sackte ein Stück in sich zusammen. Eine Weile getraute sich niemand etwas zu sagen. All die Mühen und Vorbereitungen der letzten Tage waren umsonst gewesen. Der Gastraum erstrahlte in neuem Glanz, alles war geputzt und gewienert. Lotte und Walter waren mit hübschen Westen ausgestattet worden, auf die das *JOPA*-Logo gedruckt worden war. Sie hätten am heutigen Nachmittag zu ihrer ersten Verkaufsfahrt aufbrechen sollen. Daraus würde jetzt auch nichts werden.

»Und wenn wir rasch wieder neues Eis machen?«, schlug Frieda vor. »Lotte hat das Kühlbecken und die Eisschränke wieder angesteckt. Am Rand des Beckens bildet sich bereits wieder eine erste weiße Schicht. Wir haben noch sämtliche Zutaten und vier Stunden Zeit, bis wir eröffnen. In dieser Zeit könnten wir es schaffen, wenigstens genügend Eis für den Ladenverkauf herzustellen, oder? Dann beginnen wir mit den Verkaufsfahrten eben erst morgen.«

»So einfach ist das nicht«, antwortete Erna. »Das Kühlbecken mag schnell wieder einsatzbereit sein, aber die Eisschränke brauchen einige Stunden, bis sie wieder kalt genug sind. Wir haben also keine Lagermöglichkeiten.«

»Und wenn wir das Eis in die Eisschränke in der Küche bringen?«, schlug Lotte vor. »In denen ist es kalt genug und die Vitrine im Laden ist sowieso kalt. Das könnte funktionieren.«

»Ja, das könnte es«, antwortete Erna.

»Also wenn Sie für die Herstellung noch mehr Milch brauchen würden, könnt ich grad noch einige Flaschen mehr hierlassen«, meldete sich jetzt der Milchmann zu Wort, dessen Anwesenheit niemandem mehr aufgefallen war. Verwundert schaute Lotte ihn an.

»Das wäre wunderbar, Poldi«, antwortete Erna. »Gingen zehn Flaschen? Und kann ich dir das Geld dafür morgen geben?«

»Zehn Flaschen. Wird gemacht«, antwortete er. »Ich bring sie gleich. Braucht ihr auch noch Sahne? Davon hätte ich auch noch was im Wagen. Sie schaffen das, da bin ich mir sicher. Das mit dem Steckerl-Eis ist eine großartige Idee. Das wird bestimmt ein großer Verkaufsschlager.«

Erna lächelte. Die lobenden Worte und die rasche Unterstützung des Milchmanns waren wie Balsam für ihre Seele. Sie erhob sich und strich ihre Arbeitsschürze glatt, auf der sich einige Schokoladenflecken befanden.

»Also gut, dann wollen wir es versuchen. Flott an die Arbeit, Kinder.« Sie klatschte in die Hände.

Bald darauf waren sie kräftig am Arbeiten. Fanny beschäftigte sich damit, die Eisschränke zu säubern, und Lotte, Frieda und Erna rührten in Windeseile die neuen Eismischungen zusammen. Es wurden Holzstiele aus dem Vorratslager geholt, die Formen mit den Flüssigkeiten gefüllt und verschlossen. Als die erste von ihnen im Kühlbecken landete, blickten alle voller Hoffen und Bangen darauf. Hoffentlich würde es gut durchfrieren. Erna holte die Form heraus und löste das Stieleis heraus. Es sah perfekt aus, genauso wie es sein sollte.

»Es klappt wieder«, konstatierte Frieda erleichtert. »Was für ein Glück.«

Flott wurde das Eis in eine große Schüssel verfrachtet und in die Küche zu den Eisschränken gebracht. So ging es munter weiter, und alsbald herrschte gute Stimmung. Es wurde Vanille-, Schokoladen- und Erdbeereis produziert. Selbst Fanny schaffte es mit der Zeit, wieder zu lächeln und versprach hoch und heilig, niemals wieder irgendwo Stecker zu ziehen.

Eine halbe Stunde vor Eröffnung des Ladens war das Wunder geschafft: Jeweils zweihundert Steckerl-Eis von jeder Sorte waren vorbereitet. Sowohl die beiden Eisschränke als auch die Vitrine im Laden waren gut gefüllt.

Erschöpft von der Arbeit setzten sich die vier für einen Moment an den Fenstertisch.

»Du liebe Güte«, sagte Erna erschöpft. »Also, solch eine Hektik brauche ich nicht noch einmal. Das ist in meinem Alter nichts mehr.«

»Grüß Gott zusammen«, hörten sie eine vertraute Stimme und blickten zum Verkaufstresen. Ludwig war erschienen – oder besser gesagt der *JOPA*-Clown, wie er sich nannte, wenn er in sein Kostüm geschlüpft war. So recht konnten sie es alle noch nicht fassen, dass ausgerechnet Ludwig einen solchen Vermarktungsweg für ihr Eis gewählt hatte. Schließlich verteufelte er doch jedes Jahr den Fasching mit seinen bunten Kostümen.

»Grüß dich, Ludwig«, begrüßte Erna ihn. »Du willst das also heute tatsächlich durchziehen? Wegen uns musst du dich wirklich nicht verkleiden. Bestimmt wird sich das Eis auch so verkaufen.«

»Aber natürlich mach ich des heut«, antwortete Ludwig mit Entrüstung in der Stimme. »Der gute Walter hat mich als Werbefigur sogar im Zeitungsartikel abgedruckt. Da muss ich doch Stellung beziehen. Clowns mögen alle, so war des scho immer. Mei Kostüm hat auch nix mit dem depperten Fasching zu tun. Die Gschicht hab ich euch noch gar ned erzählt, gell? Als ich noch ein kleiner Bub war, war einmal ein Wanderzirkus ned weit von unserm Zuhaus auf einer Wiesn. Mei Vater is mit uns zur Vorstellung gangen, und mit dene ganzen Viecher und de Akrobaten hab ich nix anfangen können. Aber die Clowns waren lustig. Alle Kinder fanden die gut, mei, was ham mir glacht. Ich war richtig traurig, als der Zirkus a paar Tag später weg gwesen is. Jahrelang wollt ich danach a Clown werden. Mir hat die Vorstellung gfallen, dass ich die Leut zum Lachen bringen könnt. Also lassts einem alten Mann die Freud und mich a bisserl sentimental sein.«

»Also den Zirkus mocht ich auch immer gern«, antwortete Fanny. »Ich wär gern eine Seiltänzerin geworden. Aber ich bin sogar zu ungschickt, um auf einem Holzbalken zu balancieren.«

Da tauchte Walter auch auf. Er trug bereits seine *JOPA*-Weste und eine passende weiße Schiebermütze auf dem Kopf. Verdutzt blickte er in die Runde.

»Hier steckt ihr alle! Wieso sitzt ihr denn hier herum? In zehn Minuten ist Eröffnung, draußen wartet auch bereits die erste Kundschaft. Mein Artikel scheint funktioniert zu haben, und das herrliche Frühlingwetter spielt uns zusätzlich in die Karten. Besser könnte es gar nicht laufen.«

Die Blicke von Erna, Lotte, Frieda und Fanny wanderten nach draußen. Auf dem Gehweg standen tatsächlich bereits ein paar Leute.

»Du liebe Güte!«, rief Erna. »Und ich bin noch gar nicht zurechtgemacht. Jetzt aber flott, gebt mir fünf Minuten. Ich muss nur rasch die Haare richten und mich umziehen. Wo haben wir denn unsere neuen Schürzen hingelegt? Du hast sie doch gestern Abend noch gebügelt, oder, Fanny?« Sie sprang auf und eilte an Walter vorbei durch die Hintertür. Lotte und die anderen folgten ihr.

Nur wenige Minuten später sperrte Erna, noch etwas außer Puste, aber mit einem strahlenden Lächeln auf den Lippen, um punkt elf Uhr die Ladentür auf, und die ersten Eishungrigen stürmten den Salon, manch einer hatte noch die Zeitung in Händen. Voller Stolz standen Erna, Fanny, Lotte und Frieda in ihren neuen Schürzen, ebenfalls mit dem *JOPA*-Eis-Logo bestickt, hinter der Ladentheke. Freudestrahlend wurde das Steckerl-Eis von der großen und kleinen Kundschaft entgegengenommen. Kinderaugen strahlten, und es gab viel Lob für die neue Idee. Ludwig stand vor dem Laden und machte fröhlich Scherze, sogar Seifenblasen produzierte er irgendwann, weshalb auch immer. Lotte und Walter kümmerten sich alsbald darum, Nachschub zu produzieren, denn schnell war klar, dass die Vorräte rasch erschöpft sein würden. Ihnen ging, Erna konnte es kaum glauben, Anneliese zur Hand, die irgendwann aufgetaucht war und doch tatsächlich gefragt hatte, ob sie helfen konnte. Die Schlange der Kundschaft vor dem Laden schien nicht enden zu wollen, und es erschien sogar noch ein weiterer Zeitungsjournalist, der einen Bericht über ihre neue Eissensation im Abendblatt veröffentlichen wollte. Er hatte einen Fotografen dabei, der eifrig Fotos von Erna, Lotte und Frieda vor dem Laden, aber auch von Ludwig schoss. Die Idee des *JOPA*-Clowns gefiel dem Schreiberling besonders gut. Erna konnte ihr Glück kaum fassen – mit solch einem Erfolg hatten sie wahrlich nicht gerechnet. Doch zu dem Glücksgefühl gesellte sich, während Erna beobachtete, wie Ludwig einem kleinen Mädchen für das Pressefoto ein Eis überreichte, auch Wehmut, und sie dachte an Josef.

»Es ist dein Erfolg«, murmelte sie und blinzelte die Tränen fort, die sich, trotz all der Freude, in diesem Moment in ihre

Augen stahlen. »Wieso bist du nur gesprungen, du Dummerchen? Es ist doch alles gut geworden.«

Lange Zeit für die wehmütigen Gedanken blieb ihr nicht, denn der Fotograf bat sie, noch einmal neben Ludwig zu treten. Ein Foto mit der Chefin des Hauses und dem *JOPA*-Clown fehle ihm noch, sagte er lächelnd.

Es war Frieda, die am späten Nachmittag schweren Herzens verkündete, dass sie ausverkauft waren. Murrend zog die wartende Kundschaft ab. Ein kleines Mädchen begann sogar zu weinen.

»Morgen gibt es wieder frisches Eis«, versprach Frieda und nickte der Kleinen aufmunternd zu. Sie schloss die Tür hinter dem Mädchen und seiner Mutter, und plötzlich kam ihr ein Gedanke: Hatte nicht Erich heute Nachmittag kommen wollen? Er war am Vortag nach Nürnberg aufgebrochen, angeblich plante er eine Überraschung. Doch er hatte auf jeden Fall zur Eröffnung zurück sein wollen. Wo war er nur abgeblieben?

Es dauerte nicht lange, bis Frieda eine Antwort erhielt: Die müde Eissalon-Truppe hatte es sich gerade an dem Sechsertisch am Fenster mit einer deftigen Brotzeit für alle, die Walter flott am Viktualienmarkt eingekauft hatte, gemütlich gemacht, als Erich den Raum betrat.

Er grüßte in die Runde und entschuldigte sich sogleich für seine Verspätung.

»Es tut mir schrecklich leid, dass ich es nicht rechtzeitig geschafft habe«, sagte er, nahm sich einen Stuhl von einem der anderen Tische, setzte sich neben Frieda und hauchte ihr zur Begrüßung einen kurzen Kuss auf die Wange, was sie erröten ließ. An Zärtlichkeitsbekundungen vor aller Augen musste sie sich erst noch gewöhnen. »Bedauerlicherweise gab es ein Problem mit der Bahn, und der Zug stand geschlagene drei Stunden auf den Gleisen. Aber wenigstens bringe ich gute Neuigkeiten mit, die euch alle freuen werden: Ich habe unser Verpackungsproblem für das Steckerl-Eis gelöst. Eine Firma in Nürnberg verfügt über genau die richtige Verpackungsmaschine, wie wir sie für unser Eis benötigen. Und es kommt noch besser: Wir müssen die Maschine nicht gleich kaufen, sondern können sie auch mieten. Nächste Woche schon wird ein Vertreter des Hauses zu uns kommen und sich alles genau ansehen.«

»Das sind doch mal gute Neuigkeiten«, antwortete Walter freudig. »Da sei auch deine Verspätung entschuldigt. Obwohl du etwas verpasst hast, das kann ich dir sagen. Unser Steckerl-Eis hat sie alle begeistert. Wenn es weiterhin so gut läuft, wird bald jedes Kind in ganz München den Namen *JOPA-Eis* kennen.« Er machte eine kurze Pause, blickte kurz zu Lotte und erhob sich. »Und weil wir gerade alle so nett zusammensitzen, möchte ich noch etwas verkünden. Ich habe Lotte um ihre Hand gebeten, und sie hat Ja gesagt. Wir lieben einander und werden heiraten.«

Ernas Augen wurden groß. Sie sah zu Frieda, die ihrem Blick auswich. Selbst Ludwig war jetzt still, was nicht häufig vorkam.

»Mei, was für eine Freud!«, war es Fanny, die als Erste auf die Aussage reagierte. »Dann feiern wir ja bald a Doppelhochzeit. Is des ned schee?« Sie stieß Erna in die Seite. »Jetzt sag doch auch mal was, Brautmutter. Bessere Partien hättst da für deine Töchter doch ned wünschen können! Darauf müss ma anstoßen. Ham mir noch an Sekt? Des geht ned mit dunklem Bier.« Eifrig stand sie auf und verschwand in der Küche.

Ernas Blick wanderte zu Lotte, die den Blick senkte. Anscheinend schien ihr die offizielle Verkündung von Walter in diesem Moment nicht sonderlich zu schmecken. Andererseits hatte Fanny mit ihrer Aussage recht: Ihre Töchter hatten zwei gute Partien gemacht. Walter und Erich waren die perfekten Schwiegersöhne, und sie würden gemeinsam mit Lotte und Frieda *JOPA-Eis* so erfolgreich machen, wie Josef es sich gewünscht hatte. Die Zukunft lag in den Händen der Jugend. Es galt zu hoffen, dass sie sie gut gestalten und ihnen das Glück auch weiterhin hold sein würde. Erna lächelte nun, erhob sich und sagte: »Was für großartige Neuigkeiten. Kommt her, ihr beiden, und lasst euch umarmen.«

39. Kapitel

16. Juni 1930

Frieda saß auf dem Fliesenboden der Küche neben der Spüle und lehnte den Kopf an die Wand. Ihre Wangen waren erhitzt, und ihr Haar klebte an ihrer Stirn.

»Geht es wieder?«, fragte Lotte mit besorgter Miene. Sie stand in ihrem Arbeitskleid neben ihr, auf ihrer Schürze befand sich eine Mischung aus Mehl und Schokoladenflecken. Hinter ihr auf der Arbeitsplatte stand ein dreistöckiges Machwerk aus Biskuit und Marzipan, verziert mit Rosen und Schokoladenschnörkeln. Obenauf saß bereits das Brautpaar. Ob die Braut von dem süßen Machwerk jedoch tatsächlich kosten würde, stand im Moment in den Sternen.

»Ich weiß nicht recht«, antwortete Frieda. »Oh, dieser Magen. Das macht er neuerdings ständig mit mir. Vielleicht hab ich mir einen ganz fürchterlichen Infekt eingefangen. Und das ausgerechnet heute!« Tränen stiegen in ihre Augen. Lotte wusste nicht so recht, was sie tun sollte. Sie beschloss, sich neben Frieda auf den Boden zu setzen. Früher hatten sie das auch immer getan. Ging es einer von ihnen schlecht, suchte die andere ihre Nähe. Obwohl auf dem Küchenboden sitzen heute zum ersten Mal vorkam. Normalerweise kuschelten sie eher unter der Bettdecke. Aber heute war kein normaler Tag, sondern Friedas Hochzeitstag, also spendete sie eben auf dem Küchenboden Trost. Den konnte Frieda auch gut gebrauchen. Für elf Uhr war die standesamtliche Trauung im Rathaus angesetzt. Das hieß, dass sie noch genau fünf Stunden Zeit hatte, um die lästige Übelkeit wieder loszuwerden.

So saßen sie eine ganze Weile nebeneinander und keine von beiden sagte ein Wort. Lotte empfand es als ein gutes Zeichen, dass Frieda ruhig blieb. Sie hatte sogar die Augen geschlossen, ihre Atmung war ruhiger geworden. Vielleicht hatten sie ja Glück, und es würde flott wieder besser gehen. Magen-Darm-Infekte hatten ja meist die Angewohnheit, ebenso schnell wieder zu verschwinden, wie sie gekommen waren. Es könnte aber auch die Aufregung sein, die Frieda auf den Magen geschlagen hatte. Frau heiratete schließlich nicht jeden Tag.

»Hörst du das?«, fragte Frieda irgendwann mit einer rau klingenden Stimme.

Lotte wusste, was Frieda meinte. Es war das gleichmäßige Tropfen von der Dachrinne.

»Ja«, antwortete Lotte. »Es regnet noch immer.«

Frieda stieß einen Seufzer aus. »Das auch noch. Was ist das nur für ein dummer Hochzeitstag! So habe ich mir das nicht vorgestellt.«

»Obwohl es doch angeblich Glück bringen soll, wenn die Braut nass wird«, antwortete Lotte. In Gedanken fügte sie hinzu, dass Frieda froh darüber sein konnte, dass sie heute in den Hafen der Ehe einfahren durfte. Sie und Walter würden noch eine ganze Weile warten müssen, bis das geschah. Noch am selben Abend, an dem Walter ihre Verlobung verkündet hatte, hatte Erna ein ernstes Gespräch mit ihnen geführt. Sie erkannte an, dass Walter ernste Absichten hatte, doch in ihren Augen waren sie für die Verkündigung einer offiziellen Verlobung zu jung. Sie dürften erst heiraten, wenn Lotte volljährig war. Lotte war wütend gewesen, doch Walter hatte Verständnis gezeigt. So würde Lotte noch geschlagene vier Jahre auf ihren großen Tag warten müssen. Von der flotten Verlobung waren auch Walters Eltern nicht begeistert gewesen, hatten sie ihre Schwiegertochter in spe bis zur Verkündung der Verlobung noch gar nicht kennengelernt. Das hatte sich inzwischen glücklicherweise geändert – der Name Pankofer war den Kraus' durchaus auch vorher schon ein Begriff gewesen, was für Wohlwollen sorgte. Trotzdem war die Stimmung bei ihrem ersten Aufeinandertreffen, Walters Eltern hatten zum Essen geladen, eher unterkühlt gewesen. Die Zeit würde hoffentlich dafür sorgen, dass sich dieses Verhältnis verbesserte. In anderer Hinsicht hatte Walter es an diesem Abend immerhin geschafft, seinen Vater versöhnlich zu stimmen: Er hatte ihm mitgeteilt, Wirtschaftswissenschaften studieren zu wollen. Da war der alte Kraus aufgeblüht, denn er hegte noch immer die Hoffnung, dass sein Sohn eines Tages seinen Betrieb übernehmen würde.

Frieda gab eine grummelige Antwort. »Ich hab es mir eben so schön ausgemalt«, sagte sie. »Und was, wenn es morgen immer noch regnet? Dann können wir die kirchliche Trauung im Garten am Ammersee doch vergessen. Es sollten die perfekten Tage werden, und jetzt geht alles den Bach runter.« Tränen schimmerten in ihren Augen, und sie schniefte.

Lotte fühlte sich hilflos und wusste nicht so recht, was sie jetzt sagen sollte. Wäre es ihre Hochzeit, wäre ihr jetzt vermutlich ebenfalls zum Heulen zumute. Die Idee, die kirchliche Trauung außerhalb der Stadt auf dem Seegrundstück stattfinden zu lassen, hatte Erich gehabt. Er kannte auch den ortsansässigen Pfarrer, der sogleich zugesagt hatte. In den letzten Tagen hatten sie gemeinsam alles organisiert. Die für heute geplante standesamtliche Trauung sollte nur im kleinen Kreis stattfinden, doch am See sollten dann sechzig geladene Gäste dabei sein. Es könnte ein perfekter, unvergesslicher Hochzeitstraum werden – wenn das Wetter mitspielte. Eine Trauung im Freien im Schnürlregen wollte niemand gerne haben.

»Mei, was machts denn ihr zwei um die Zeit scho hier unten? Und warum sitzts ihr aufm Boden?«, war es Fanny, die Lotte aus ihren Gedanken riss und aufblicken ließ.

»Da schau her, die Torte is ja scho fertig!«, fügte sie hinzu und betrachtete das auf der Arbeitsplatte stehende Backwerk mit staunenden Augen. »Die ist aber schee gworden! An dir is a Konditormeisterin verloren gangen, Kind.«

Im nächsten Moment begann Frieda erneut zu würgen. Sie sprang auf und beugte sich über das Spülbecken. Fannys Augen weiteten sich. Lotte erhob sich ebenfalls und betrachtete mitleidig das Geschehen. Friedas Übelkeitsattacke war zum Glück nur kurz, und heraus kam auch nichts mehr.

»Und ich dachte, es würde jetzt aufhören«, brachte sie heraus, und Tränen tropften in die Spüle. »So kann ich doch unmöglich heiraten. Verdammte Übelkeit aber auch! Wieso geht die nicht endlich weg? Seit über einer Woche geht das jetzt schon so.«

Fanny wurde hellhörig. Mit seltsamen Übelkeitsattacken bei jungen Mädchen kannte sie sich aus.

»Des geht also schon länger«, hakte sie nach. »Wann genau is es denn am schlimmsten? Morgens, oder geht des den ganzen Tag?«

Lotte sah Fanny irritiert an. Was waren das denn für seltsame Fragen?

»Morgens ist es am schlimmsten«, antwortete Frieda.

Fanny nickte mit einem wissenden Gesichtsausdruck, dann stellte sie eine etwas indiskrete Frage, die aber sein musste.

»Wann hast du denn des letzte Mal Besuch ghabt?«

Verdutzt sahen sowohl Frieda als auch Lotte Fanny an. Mit einer solchen Frage hatten sie nicht gerechnet.

»Ich weiß nicht recht«, antwortete Frieda ehrlich. »Ich hab da gar nicht drauf geachtet. Es könnt schon ein Weilchen her sein. Aber was hat das denn mit meiner Übelkeit zu tun?«

Fanny trat lächelnd näher.

»Ach, Madl«, sagte sie und tätschelte Frieda den Arm. »A ganze Menge. Wenn ich mich ned irre, und des hab ich mich in an solchem Fall noch nie, dann erwartest du a Kind. Da is es doch gut, dass heute gheirat wird.« Sie zwinkerte Frieda zu.

»Ein Kind …?«, wiederholte Frieda und sah zu Lotte, die ebenfalls verdattert dreinblickte.

Erna betrat nun die Küche. Sie streckte sich gähnend und blickte in die Runde. Die betretene Stimmung schien ihr nicht aufzufallen.

»Guten Morgen, alle zusammen. Ihr seid ja alle schon munter. Habt ihr schon gesehen: Die Regenwolken haben sich verzogen. Das wird bestimmt ein schöner Tag.«

»Mei, wie schön«, sagte Fanny freudig. »Und die depperte Übelkeit bessert sich gwies auch glei wieder. So ist des halt bei Schwangerschaften. Aber was red ich. Des weißt du ja selber, Erna.«

»Schwangerschaften?«, wiederholte Erna und sah sofort zu Frieda, die den Kopf einzog. Verdammte Fanny! Frieda hätte es ihrer Mutter lieber persönlich gesagt.

»Guter Gott, wie blind ich gewesen bin«, sagte Erna und trat neben Frieda. »Vor lauter Steckerl-Eis und Hochzeitsplanung hab ich es nicht bemerkt, derweil hätt ich als Mutter es doch sehen müssen. Ach, Liebes, was für eine Freude. Ein Kindchen, was für ein Glück!«

Sie umarmte Frieda und drückte sie fest an sich. Ihr nächster Satz sorgte dafür, dass die Stimmung im Raum wehmütig würde: »Dein Vater hätte sich so sehr gefreut.«

»Das ist doch verrückt«, sagte Frieda am späten Nachmittag desselben Tages und schüttelte lächeln den Kopf.

»Wieso?«, fragte Erich, der sich gerade damit beschäftigte, die karierte Picknickdecke auf dem Rasen auszubreiten. »Ich finde, es ist eine großartige Idee. Bei diesem schönen Wetter wäre es geradezu frevelhaft, im Haus zu bleiben.«

»Aber es ist unser Hochzeitstag«, sagte Frieda. »Da picknickt man doch nicht im Englischen Garten.« Sie trug noch immer das cremefarbene Kostüm, das sie für die standesamtliche Trauung im Hirschvogel erworben hatte und das mit seiner tailliert geschnittenen Jacke ihre schmale Figur betonte – die allerdings bald nicht mehr so schmal sein würde. Verstohlen lächelnd hatte Frieda mehrfach am Tag die Hand auf ihren Bauch gelegt. Erich wollte sie von der

Schwangerschaft jedoch erst erzählen, wenn sie von einem Arzt offiziell bestätigt worden war. Fanny, Lotte und ihre Mutter hatte sie gebeten, so lange Stillschweigen darüber zu bewahren, und sie hatten es fest versprochen.

»Den wir doch perfekt feiern«, antwortete Fanny, die ein altmodisches weinrotes Kleid mit weißen Streublümchen darauf trug, das bis zu ihren Knöcheln reichte. »Mir trinken Kaffee, wie es sich ghört. Halt bloß ned im Kaffeehaus oder an irgendam Tisch, sondern im Englischen Garten auf der Wiesn. Des ist doch sowieso viel schöner. Und wenn ihr zwei Frischvermählten wollts, könnts nachher noch a Runde Ruderboot fahren. So wie des anständige Verliebte machen.« Sie deutete zu dem unweit von ihrem Lagerplatz entfernten Bootsverleih, an dem reger Betrieb herrschte.

»Also ich finde die Idee klasse«, sagte Walter und stellte einen gut gefüllten Picknickkorb neben die Decke. Er hatte das Jackett seines Anzugs abgelegt, ebenso die Krawatte, und seine Hemdsärmel waren hochgekrempelt. »Oft sind Hochzeitsfeiern eher spießig, diese hier ist viel entspannter.«

»Mir gfällts sowieso immer in unserm Englischen Garten«, meinte Ludwig. Er trug einen altmodischen Anzug und eine rote Fliege, die etwas schief stand. »Bloß mit dem aufm Boden hocken hab ich es ned so. Da komm ich am End nimma hoch. Aber dafür hab ich Abhilfe gschaffen.« Er öffnete einen Klapphocker und setzte sich fröhlich grinsend darauf.

»Also so einen Hocker könnte ich jetzt auch gut gebrauchen«, merkte Anneliese an, die als Einzige etwas angesäuert dreinblickte. Die Planänderung schmeckte ihr nicht sonderlich. Ihrer Meinung nach verbrachten anständige Leute ihren Hochzeitstag nicht auf einer Decke im Park. Sie fügte sich jedoch in ihr Schicksal. Es galt zu hoffen, dass die kirchliche Trauung am See in gesitteteren Bahnen ablaufen würde.

Die Picknickidee war Erich spontan gekommen. Eigentlich war geplant gewesen, nach dem Mittagessen im Hofbräuhaus, wo sie einen Tisch im etwas feineren und ruhigeren Restaurationsbereich im ersten Stock reserviert hatten, noch ins Café *Luitpold* zu gehen. Dort war ihnen ein Platz im Innenbereich zugewiesen worden, was ihnen so gar nicht schmeckte. Draußen herrschte schönster Sonnenschein, was einem Wunder gleichkam, wie Ludwig mehrfach betont hatte, und sie mussten drinbleiben. Nachdem Erich seinen Picknick-Vorschlag gemacht hatte, waren alle aufgestanden und hatten unter dem missbilligenden Blick des Oberkellners das Etablissement verlassen.

Erich hatte sein Jackett ebenfalls abgelegt, auch seine hübsch bestickte Weste lag jetzt im Gras, und seine Hemdsärmel waren ebenfalls aufgekrempelt. Von seiner Verwandtschaft hatte der Trauung im Standesamt bedauerlicherweise niemand beiwohnen können. Sein Onkel hatte in Hamburg noch einen wichtigen geschäftlichen Termin gehabt und würde München erst am späten Abend erreichen.

Erna verteilte fröhlich Teller auf der Picknickdecke. Es gab von Lotte gebackenen Streuselkuchen vom Vortag und Obsttörtchen, die sie beim Bäcker geholt hatten. Die Hochzeitstorte befand sich inzwischen bereits auf dem Weg zum Ammersee. Hoffentlich würde der von ihnen engagierte Fahrdienst auch gut auf das süße Machwerk achtgeben. Erna holte Kaffeebecher aus dem Korb, sogar an Sektkelche hatte Fanny gedacht. Und an noch etwas, was Erna in der Kühltasche entdeckte und was ihr ein Lächeln auf die Lippen zauberte:

Steckerl-Eis. Fein säuberlich hatte sie sie in eine kleine Metalldose geschichtet und diese auf einen Kühlpack gelegt.

»Seht nur, was unsere Fanny eingepackt hat!«, sagte sie und hielt eines in die Höhe.

»Oh, wie schön«, rief Lotte, die in ihrem fliederfarbenen Backfischkleid entzückend aussah. »Auf ein Eis hab ich jetzt richtig Appetit.«

Erna verteilt die Köstlichkeiten, und plötzlich empfand sie ein ganz besonderes und warmes Gefühl in ihrem Inneren, das ihr ein Lächeln auf die Lippen zauberte. Josef kam ihr in den Sinn, und der Gedanke an ihn stimmte sie in diesem Moment seltsamerweise nicht traurig. Sie wusste, dass er, wo auch immer er jetzt war, stolz auf sie sein würde. Sein *JOPA-Eis* eroberte die Stadt und vielleicht bald ganz Deutschland. Sie lebten seinen Traum vom Eis.

Nachwort

Ideen für Bücher finden uns Autoren auf die seltsamsten Wege. Diese hier kam in der Form eines Eiswagens an einem sommerlich warmen Sonntagnachmittag vor unsere Tür gefahren, der lautstark das Lied von Bill Ramseys *Wumpa-Tumpa Eisverkäufer* dudelte. Mit meinem erworbenen Eis saß ich dann in unserem Garten und begann darüber nachzudenken, eine Geschichte über Eiscreme zu schreiben. Ich entdeckte eine Eis-Marke, die es heute nicht mehr gibt, die aber eine besondere Geschichte hat – *JOPA-Eis*.

Früher gab es dieses Eis in ganz Deutschland an jeder Ecke zu kaufen. Mein Vater erinnert sich noch gut daran, ebenso meine Schwiegermutter. *JOPA* steht tatsächlich für den Namen Josef Pankofer.

Pankofer betrieb eine Eisdiele in München, deren Produktpalette erweiterte er mit – damals sensationellem – Eis am Stiel. Allmählich begann er dann auch, Kioske und Lebensmittelgeschäfte mit Kühltruhen auszustatten, um seine Vertriebswege zu erweitern.

Über den Privatmann Josef Pankofer ist leider nichts bekannt, einzig sein Geburtsjahr, 1907, ist überliefert. Im Buch habe ich mir die Freiheit genommen, ihn etwas älter zu machen. Sein Familienleben ist frei erfunden.

Die Firma Schöller fertigte ab 1936 in Nürnberg in Lizenz *JOPA-Eis*. Es waren damals nur die vier Eissorten Vanille, Schokolade, Erdbeere und Zitrone. Im Jahr 1969 übernahm Nestlé die Firma.

Eine Kleinigkeit möchte ich noch anmerken: Das Kaufhaus Hirschvogel existierte niemals in München. Es entsprang der Fantasie meiner lieben Kollegin Heidi Rehn. Dafür, dass meine Pankofer-Damen in ihrem Haus der schönen Dinge einkaufen gehen konnten, bedanke ich mich sehr herzlich bei ihr.